Darynda Jones

Deuxième tombe sur la gauche

Charley Davidson – 2

Traduit de l'anglais (États-Unis) par Isabelle Pernot

Milady

Milady est un label des éditions Bragelonne

Titre original : *Second Grave on the Left*

Suivi d'un extrait de : *Third Grave Dead Ahead*

ISBN : 978-2-8112-0795-3

Bragelonne – Milady
60-62, rue d'Hauteville – 75010 Paris

E-mail : info@milady.fr
Site Internet : www.milady.fr

Pour les Mighty, Mighty Jones Boys, Danny, Jerrdan et Casey.
Vous êtes ma raison de vivre.

Remerciements

Même dans mes rêves les plus fous, je n'aurais jamais cru avoir un agent comme Alexandra Machinist ou une éditrice comme Jennifer Enderlin. Je l'ai déjà dit, mais ça vaut la peine d'être répété. Je ne sais pas très bien ce que j'ai fait pour vous mériter. Peut-être est-ce dû à ma période de bénévolat à la maison de retraite du coin, ou à ce gamin que j'ai sorti d'un immeuble en feu. Non, attendez, je n'ai jamais sorti de gamin d'un immeuble en feu.

Bon, je vais voir pour y remédier. En attendant, un grand merci à Jen, mon impressionnante éditrice, et à toute l'équipe de St. Martin's Press et Macmillan. Vous assurez un max, les gars.

Un grand merci également à Alexandra, ma Superwoman à moi, et à toute l'équipe de la Linda Chester Literary Agency.

À la merveilleuse Whitney Lee de la Fielding Agency et à la super futée Josie Freedman d'ICM. Tous mes remerciements, les filles.

À la super talentueuse Liz Bemis de Bemis Promotions. Juste, waouh.

À ma Charley Davidson à moi, Danielle Tanner.

À ma famille – vous vous reconnaîtrez – et à mes amis. Merci de m'aimer, ou de faire semblant. Quoi qu'il en soit, j'apprécie l'effort.

Aux déesses de LERA et de la Ruby Slippered Sisterhood, ma deuxième famille.

À Bria Quinlan, Gabi Stephens et Samira Stephan pour leur aide sur les traductions.
Au commandant Murray Conrad. Merci de m'avoir laissé vous embêter régulièrement sans jamais me mettre en prison.
Enfin, un merci tout particulier à mes lecteurs, notamment ceux qui n'ont pas dormi la nuit précédant la remise de ce livre pour pouvoir me confier leurs impressions : Danielle Swopes, Tammy Baumann et Kit Carson. Je vous dois un mocha latte, les filles, ou une petite île.

Chapitre premier

Les faucheuses sont à tomber… raide mort.

TEE-SHIRT SOUVENT PORTÉ PAR
CHARLOTTE JEAN DAVIDSON,
FAUCHEUSE D'EXCEPTION

— Charley, dépêche-toi, réveille-toi.

Des ongles pointus s'enfoncèrent dans mes épaules en faisant de sacrés efforts pour dissiper le brouillard de sommeil dans lequel je marinais. Les doigts auxquels ils appartenaient me secouèrent suffisamment fort pour provoquer un petit tremblement de terre en Oklahoma. Comme je vivais au Nouveau-Mexique, ça posait problème.

À en juger par le timbre et le ton de la voix de l'intruse, j'étais tout à fait sûre qu'il s'agissait de ma meilleure amie, Cookie. Je laissai un soupir agacé franchir mes lèvres en me résignant au fait que ma vie n'était qu'une série d'interruptions et de requêtes – surtout de requêtes, d'ailleurs. Cela s'expliquait sûrement par le fait que j'étais la seule faucheuse de ce côté de Mars, l'unique portail vers l'au-delà que les défunts pouvaient emprunter – du moins ceux qui n'étaient pas passés de l'autre côté juste après leur mort et qui restaient coincés sur Terre. Ceux-là étaient sacrément nombreux. Comme j'étais née faucheuse, j'avais toujours vu les morts venir frapper à ma porte – métaphoriquement parlant, puisque les morts frappent rarement. Ils me demandaient mon aide pour finir quelque tâche inachevée. Je n'en revenais pas du nombre de chers disparus qui oubliaient d'éteindre le gaz.

Pour la plupart, ceux qui franchissent le portail ont simplement le sentiment qu'ils sont restés sur Terre assez longtemps. Arrive alors la Faucheuse. C'est-à-dire, moi. Les défunts peuvent me voir où qu'ils soient dans le monde et passent vers l'au-delà à travers moi. On m'a dit que je brille comme un phare équivalent à la lumière de mille soleils. Pour un défunt qui a la gueule de bois, ça doit craindre un max.

Je suis Charlotte Davidson, détective privée et consultante auprès de la police. Je déchire tout – enfin, j'aurais pu, si j'avais continué à suivre ces cours de *free-fight*. Mais je ne les ai suivis que pour apprendre à tuer des gens avec du papier. Oh, bien sûr, n'oublions pas que je suis une faucheuse. D'accord, ce boulot-là n'est pas si mal. J'ai plein d'amis pour lesquels je serais prête à tuer. Certains sont vivants, d'autres moins. J'ai aussi une famille et je suis très reconnaissante que certains de ses membres soient vivants. Enfin, j'ai un ticket avec l'un des êtres les plus puissants de l'univers, Reyes Alexander Farrow, le fils de Satan, à moitié humain, à moitié top-modèle.

Donc, en tant que faucheuse, je comprends les morts. Leur notion du temps laisse à désirer. Mais ce n'est pas un problème. En revanche, me faire réveiller au milieu de la nuit par un être vivant, qui respire et qui va régulièrement se faire affûter les ongles au Monde des Couteaux, ça, non, ça ne passe pas.

Je donnai une tape sur les mains qui me secouaient, comme un garçon dans une bagarre de filles, puis continuai à taper l'air lorsque l'intruse se précipita pour envahir ma penderie. Apparemment, au lycée, Cookie avait été élue

« Personne la plus susceptible de mourir d'une seconde à l'autre ». En dépit d'une envie quasi irrépressible de lui lancer un regard furibond, je n'arrivais pas à rassembler le courage d'ouvrir les yeux. La lumière crue filtrait déjà à travers mes paupières, de toute façon. Mon appart avait vraiment un problème de puissance électrique.

— Charley…

En même temps, peut-être que, moi, j'étais morte. Peut-être que j'avais passé l'arme à gauche et que je flottais vers la lumière, comme dans les films. Pauvre de moi.

— … je ne plaisante pas…

Je n'avais pas particulièrement l'impression de flotter, mais l'expérience m'avait appris à ne jamais sous-estimer les désagréments du timing de la Mort.

— … allez, lève-toi.

Je serrai les dents et utilisai toute mon énergie pour m'ancrer sur Terre. *Dois pas… aller… vers la… lumière.*

— Tu m'écoutes, au moins ?

La voix de Cookie me parvenait étouffée à présent que sa propriétaire fouillait dans mes affaires. Elle avait de la chance que mon instinct de tueuse n'ait pas pris le dessus pour lui flanquer une rouste. Je l'aurais laissée brisée, couverte d'hématomes, gémissant sa souffrance et agitée de rares soubresauts.

— Charley, pour l'amour du ciel !

Les ténèbres m'enveloppèrent soudain lorsqu'un vêtement me gifla le visage. Ce qui était totalement injustifié.

— Pour l'amour du ciel toi-même, protestai-je d'une voix ensommeillée en me débattant pour faire tomber la pile de vêtements qui ne cessait de grandir au-dessus de ma tête. Qu'est-ce que tu fabriques ?

— Je t'habille.

— Je suis déjà aussi vêtue que j'ai envie de l'être à… (je jetai un coup d'œil aux chiffres luisant sur ma table de nuit) 2 heures du mat, putain ! Sérieux ?

— Sérieux.

Elle me jeta autre chose. Son adresse au tir étant ce qu'elle était, ma lampe de chevet bascula. L'abat-jour atterrit à mes pieds.

— Enfile ça.

— Quoi, l'abat-jour ?

Mais Cookie n'était plus là. C'était bizarre. Elle était sortie précipitamment, en laissant un drôle de silence dans son sillage. Le genre de silence qui fait que vos paupières s'alourdissent, que votre respiration devient rythmée, profonde, régulière…

— Charley !

Je jaillis hors de mon corps en entendant Cookie hurler d'une voix aiguë. M'étant ainsi débattue, je manquai de tomber du lit. Mince, elle avait de sacrés poumons. Elle m'avait crié dessus depuis son appartement, de l'autre côté du couloir.

— Tu vas réveiller les morts ! ripostai-je sur le même ton.

Je ne gérais pas bien les morts à 2 heures du matin. Étonnant, non ?

— Je vais faire encore pire si tu ne sors pas tes fesses de ce lit.

Pour une meilleure amie/voisine/secrétaire-très-bon-marché, Cookie commençait à devenir un peu trop autoritaire. Nous avions toutes les deux emménagé dans notre appartement respectif, en face l'une de l'autre, trois ans auparavant. Je venais de quitter l'ONG dans laquelle je m'étais engagée, tandis qu'elle sortait du tribunal des affaires familiales avec une gamine dans son sillage. Nous étions comme ces personnes qui, en se rencontrant, ont l'impression de déjà se connaître. Quand j'avais ouvert mon agence de détective privé, elle m'avait proposé de répondre au téléphone jusqu'à ce que je trouve une solution plus permanente. On connaît la suite. Depuis, elle est mon esclave.

J'examinai les vêtements qui jonchaient mon lit et en soulevai deux d'un air dubitatif.

— Mes pantoufles lapin et une minijupe en cuir ? la hélai-je. Tu trouves que ça va ensemble ?

Cookie revint dans ma chambre comme une furie, les mains sur les hanches, ses courts cheveux noirs partant dans toutes les directions, sauf vers le bas. Elle me lança un regard furieux, le même regard que me lançait ma belle-mère quand je lui faisais le salut nazi. Cette femme était vraiment susceptible quant à sa ressemblance avec Hitler.

Je soupirai, agacée.

— Est-ce qu'on va à une de ces fêtes bizarres où tout le monde s'habille comme un animal en peluche ? Tu sais que ces gens-là me fichent la chair de poule.

Cookie repéra un pantalon de jogging et me le lança à la tête, ainsi qu'un tee-shirt proclamant : « Les faucheuses sont à tomber… raide mort. » Puis, elle repartit aussi vite qu'elle était venue.

— Ça veut dire non ? demandai-je, sans m'adresser à quelqu'un en particulier.

Repoussant ma couette Bugs Bunny d'un geste théâtral, je m'assis sur mon lit et m'efforçai d'enfiler le jogging. Mais mes pieds avaient du mal à rentrer dedans, ce qui n'a rien d'étonnant pour un être humain essayant de s'habiller à 2 heures du matin. Puis je mis un de ces soutiens-gorge push-up en dentelle auxquels j'étais devenue accro. Mes nibards avaient besoin de tout le soutien que je pouvais leur apporter.

Je me tortillais pour fermer le soutien-gorge lorsque je me rendis compte que Cookie était revenue. Je levai les yeux vers elle d'un air interrogateur.

— Tes bonnets D sont-ils bien arrimés ? me demanda-t-elle en secouant mon tee-shirt avant de me l'enfiler de force. Puis elle me fourra dans les mains un blouson que je n'avais pas porté depuis le lycée, ramassa une paire de pantoufles et m'entraîna par le bras hors de ma chambre.

Cookie était un peu comme une tache de jus d'orange sur un pantalon blanc. Elle pouvait être énervante ou drôle. Ça dépendait de qui portait le pantalon blanc. Je sautillai sur un pied pour mettre mes pantoufles lapin tandis qu'elle me faisait dévaler l'escalier. Je passai tant bien que mal le blouson lorsqu'elle me poussa hors de l'immeuble. Mes « attends », « aïe » et « mon petit orteil ! » n'eurent aucun effet. C'est à peine si Cookie desserra son étreinte lorsque je lui demandai si elle avait des lames de rasoir au bout des doigts.

La nuit noire, froide et piquante, nous enveloppa tandis que nous nous dépêchions de rejoindre la voiture de Cookie. Une semaine s'était écoulée depuis que nous avions résolu une des affaires les plus médiatisées de l'histoire d'Albuquerque : le meurtre de trois avocats en lien avec un trafic d'êtres humains. J'avais vraiment savouré le calme après la tempête mais, apparemment, l'accalmie était sur le point de prendre fin.

Je faisais de gros efforts pour trouver amusant le comportement erratique de Cookie. Je tolérai donc sa brutalité jusqu'à ce que, pour une raison qui m'échappait alors, elle essaie de me fourrer dans le coffre de sa Taurus. Deux problèmes se posèrent aussitôt. D'abord, mes cheveux se prirent dans le mécanisme du verrou. Ensuite, il y avait déjà un défunt là-dedans, dont l'image fantomatique paraissait monochrome dans la pénombre. J'envisageai de dire à

Cookie qu'il y avait un mec mort dans son coffre, mais je me ravisai. Son comportement était déjà suffisamment bizarre sans rajouter un passager clandestin mort au milieu de tout ça. Fort heureusement, elle ne pouvait voir les défunts. Mais je n'allais certainement pas grimper là-dedans avec lui.

— Stop ! dis-je en levant la main en signe de reddition tout en récupérant de longues mèches de cheveux noisette dans le verrou du coffre. Tu n'oublies pas quelqu'un ?

Cookie s'arrêta dans un crissement de pneus – métaphoriquement parlant – et leva vers moi un regard perplexe. C'était drôle.

Je n'avais pas encore d'enfant, mais j'aurais cru qu'il était difficile d'oublier quelque chose que l'on avait mis trente-sept heures à expulser d'entre ses jambes, le tout dans des souffrances terribles. Je décidai de lui donner un indice.

— Ça commence par A et ça finit par mmm-ber.

Cookie battit des paupières et réfléchit quelques instants. Je fis une nouvelle tentative.

— Euh, le fruit de tes entrailles ?

— Oh, Amber est chez son père. Monte dans le coffre.

Je lissai mes cheveux martyrisés et balayai du regard l'intérieur du coffre. De son vivant, le mec mort devait être un sans-abri. Il gisait recroquevillé en position fœtale et ne nous prêtait aucune attention, à Cookie et moi. Ce qui était étrange, puisque j'étais censée briller et scintiller. La lumière de mille soleils, vous vous souvenez ? Ma présence, à tout le moins, aurait dû me valoir un signe de tête. Mais il ne me donnait rien du tout. Que dalle. Nada. J'étais vraiment nulle, comme faucheuse. J'avais absolument besoin d'une faux.

— Ça ne va pas le faire, annonçai-je en me demandant où on achetait du matériel agricole. De toute façon, où pourrions-nous bien aller, à 2 heures du mat, qui m'obligerait à me cacher dans le coffre d'une voiture ?

Cookie se pencha à travers le mec mort et attrapa une couverture, puis referma le coffre d'un geste brusque.

— D'accord, monte à l'arrière, mais garde la tête baissée et couvre-toi.

— Cookie, dis-je en l'attrapant fermement par les épaules pour l'obliger à ralentir, qu'est-ce qui se passe ?

Puis, je les vis, les larmes au bord de ses beaux yeux bleus. Deux choses seulement faisaient pleurer Cookie : les films d'Humphrey Bogart et la souffrance d'une personne proche d'elle. Sa respiration s'accéléra sous l'effet de la panique, et la peur s'échappa d'elle comme la brume d'un lac.

Maintenant que j'avais son attention, je lui demandai de nouveau :

— Que se passe-t-il ?

— Mon amie Mimi a disparu il y a cinq jours, me répondit-elle après un soupir tremblant.

Ma mâchoire s'ouvrit en grand avant que je puisse la rattraper.

— Et c'est maintenant que tu me le dis ?

— Je viens juste de l'apprendre.

Sa lèvre inférieure se mit à trembler, ce qui me serra le cœur. Je n'aimais pas voir ma meilleure amie souffrir ainsi.

— Monte, lui ordonnai-je d'une voix douce.

Je lui pris les clés et me glissai sur le siège du conducteur tandis qu'elle faisait le tour et s'installait côté passager.

— Maintenant, raconte-moi ce qui s'est passé.

Cookie ferma la portière et s'essuya les yeux avant de commencer son récit.

— Mimi m'a appelée la semaine dernière. Elle semblait terrifiée et m'a posé toutes sortes de questions sur toi.

— Moi ? fis-je, surprise.

— Elle voulait savoir si tu… pouvais la faire disparaître.

Le mot « danger » se mit à clignoter dans ma tête. En gras. Et en majuscules. Je serrai les dents. La dernière fois que j'avais essayé d'aider quelqu'un à disparaître, c'est-à-dire la semaine précédente, cela s'était terminé de la pire manière possible.

— J'ai essayé de lui dire que, quel que soit son problème, tu pouvais l'aider.

C'était adorable, mais exagéré, malheureusement.

— Pourquoi ne m'as-tu pas parlé de son appel ? lui demandai-je.

— Tu étais au milieu d'une affaire avec ton oncle, des gens essayaient sans arrêt de te tuer et tu étais vraiment très occupée.

Cookie marquait un point. Des gens avaient bel et bien essayé de me tuer, de manière répétée. Fort heureusement, ils n'avaient pas réussi. Sinon, j'aurais été assise à cette même place, mais morte.

— Elle m'a dit qu'elle viendrait te voir en personne, mais elle ne s'est jamais montrée. Il y a quelques minutes, j'ai reçu ce texto.

Elle me tendit son téléphone.

« Cookie, peux-tu me retrouver à notre café dès que tu auras ce message ? Viens seule. M. »

— Je ne savais même pas qu'elle avait disparu.

— Tu es propriétaire d'un café ? demandai-je.

— Comment ai-je pu l'ignorer ?

Son souffle se coinçait dans sa gorge sous l'effet de l'émotion.

— Attends, comment sais-tu qu'elle a disparu ?

— J'ai essayé de la joindre sur son portable quand j'ai eu le texto, mais elle n'a pas répondu, alors j'ai appelé chez elle et j'ai eu son mari.

— Oui, je suppose que lui le sait.

— Il a paniqué. Il voulait savoir ce qui se passait, où était sa femme, mais le message disait de venir seule. Alors, je lui ai dit que je le rappellerai dès que j'en saurais plus. (Elle se mordilla la lèvre.) Il n'était pas content.

— Tu m'étonnes. Il n'y a pas beaucoup de raisons qui poussent une femme à disparaître.

Cookie me regarda en battant des paupières. Puis elle prit une brusque inspiration, si brusque qu'elle se mit à tousser.

— Oh, non, tu ne comprends pas ! s'écria-t-elle lorsque la quinte fut passée. Mimi est très heureuse en ménage. Warren vénère le sol sur lequel elle marche.

— Cookie, tu en es sûre ? Je veux dire…

— Certaine. Crois-moi, s'il y a le moindre abus dans cette relation-là, c'est le compte en banque de Warren qui en est la victime. Tu n'imagines pas à quel point il adore cette femme – et leurs enfants.

— Ils ont des enfants ?

— Oui, deux, répondit-elle d'une voix brusquement abattue.

Je décidai de ne pas insister sur la possibilité de violence conjugale jusqu'à ce que j'en sache davantage.

— Donc, il ne sait pas où elle est ?

— Il n'en a pas la moindre idée.

— Et elle ne t'a pas dit ce qui se passait ? Pourquoi elle voulait disparaître ?

— Non, mais elle avait peur.

— Eh bien, avec un peu de chance, nous aurons bientôt des réponses.

Je démarrai la voiture et roulai jusqu'au *Chocolate Coffee Café*, dont Cookie n'était malheureusement pas la propriétaire. Parce que, sérieusement ? Du chocolat et du café ? Ensemble ? Celui qui avait eu l'idée du mélange aurait dû recevoir le prix Nobel de la paix. Ou au moins un abonnement au Reader's Digest.

Nous nous engageâmes sur le parking, puis nous nous garâmes dans un coin sombre d'où nous pouvions observer les lieux sans être vues. Je n'étais pas sûre de la façon dont Mimi réagirait à ma présence, puisqu'elle avait demandé à Cookie de venir seule. Je dressai mentalement la liste de tous ceux qui pouvaient lui vouloir du mal, basée sur le peu que je savais. Son mari arrivait en tête. Les statistiques sont difficiles à ignorer.

— Et si tu attendais dans la voiture ? suggéra Cookie en tendant la main vers la poignée de la portière.

— Non. On a trop de paperasse au bureau, de la paperasse qui ne va pas se remplir toute seule, je te signale. Je ne peux pas risquer de te perdre maintenant.

— Charley, tout ira bien. Elle ne va pas m'attaquer ou un truc dans le genre. Je veux dire, je ne suis pas toi. On n'essaie pas de me tuer un jour sur deux.

— Moi non plus ! protestai-je en essayant d'avoir l'air indigné. Mais les personnes qui poursuivent ton amie ne sont peut-être pas de cet avis. Je suis désolée, ma petite, mais je viens aussi.

Je sortis de la voiture et lui lançai les clés lorsqu'elle descendit à son tour. Une fois encore, on balaya du regard le parking quasi-désert, puis on entra dans le café-restaurant. Je n'étais presque pas gênée dans mes pantoufles lapin.

— Tu la vois ? demandai-je.

Je ne savais pas du tout à quoi Mimi ressemblait. Cookie regarda autour de nous. Il y avait en tout et pour tout deux personnes à l'intérieur, un homme et une femme. Pas étonnant que ce soit si désert, à une heure pareille ! Le type portait un borsalino et un trench et ressemblait à une star de ciné des années 1940. La femme, elle, avait l'air d'une prostituée qui avait eu une dure nuit de boulot. Mais ni l'un ni l'autre ne comptaient vraiment, puisqu'ils étaient décédés. L'homme remarqua immédiatement ma présence. Maudite soit ma brillance. La femme ne m'accorda même pas un regard.

— Bien sûr que non, répliqua Cookie. Il n'y a personne ici. Où peut-elle bien être ? Peut-être que j'ai trop tardé. Peut-être que je n'aurais pas dû appeler son mari ou prendre le temps de sortir tes fesses maigrichonnes du lit.

— Pardon ?

— Oh, bon sang, ça ne va pas du tout, je le sens, je le sais.

— Cookie, tu dois te calmer. Sérieusement ! Enquêtons un peu avant d'appeler la garde nationale, d'accord ?

— D'accord. Tu as raison.

Elle posa la main sur sa poitrine et s'obligea à se détendre.

— Ça va ? lui demandai-je, incapable de résister à l'envie de la taquiner juste un tout petit peu. Tu as besoin d'un Valium ?

— Non, ça va, répondit-elle en mettant en pratique les techniques de respiration profonde qu'on avait apprises en regardant un documentaire sur les accouchements dans l'eau. Occupe-toi de tes fesses.

Ça, c'était totalement injustifié.

— En parlant de mes fesses, il va falloir qu'on ait une longue discussion à propos de l'image que tu en as. (On se rendit jusqu'au comptoir.) « Maigrichonnes » ? Vraiment ?

Ce restaurant à thème rétro était décoré de tabourets de bar ronds couleur turquoise et de comptoirs roses. La serveuse s'avança à notre rencontre. Son uniforme était assorti à la déco.

— Je te ferais remarquer…, étais-je en train d'ajouter.

— Hé, bonsoir. (Je me tournai vers la serveuse et lui souris. Le prénom « Norma » était inscrit sur son badge.) Vous voulez du café, les filles ?

Cookie et moi échangeâmes un coup d'œil. C'était comme demander au soleil s'il voulait bien briller. On s'installa chacune sur un tabouret, devant le comptoir, et on acquiesça comme deux chiens sur la plage arrière d'un van Volkswagen. En plus, elle nous avait appelées « les filles ». C'était trop mignon.

— Alors, vous avez de la chance, ajouta-t-elle en souriant, parce que je fais le meilleur café de ce côté du Rio Grande.

Je tombai amoureuse à ce moment-là. Juste un petit peu.

— On est venues retrouver quelqu'un, expliquai-je en essayant de ne pas baver lorsque de riches arômes parvinrent à mes narines. Vous êtes de service depuis longtemps ?

Norma finit de remplir nos tasses et mit la cafetière de côté.

— Ça alors ! s'exclama-t-elle en battant des paupières, surprise. Vous avez les plus beaux yeux que j'ai jamais vus. Ils sont...

— Dorés, répondis-je avec un autre sourire. Oui, on me le dit souvent. (Apparemment, les yeux dorés étaient rares. Cela me valait en tout cas un paquet de commentaires.) Donc...

— Oh, non, je ne suis pas de service depuis longtemps. Vous êtes mes premières clientes. Mais mon cuisinier a passé toute la soirée ici. Il pourra peut-être vous aider. Brad !

Elle héla le cuisinier comme seule la serveuse d'un *diner* pouvait le faire. Brad se pencha par la fenêtre qui servait de passe-plat. Je m'attendais à voir apparaître un homme d'âge mûr, débraillé, ayant désespérément besoin de se raser. Au lieu de quoi je me retrouvai face à un gamin qui ne paraissait pas plus de dix-neuf ans. Il dévisagea la serveuse plus âgée avec un regard malicieux et le sourire aguicheur de la jeunesse.

— Tu m'as appelé ? demanda-t-il en ronronnant.

Elle leva les yeux au ciel et lui lança un regard de reproche très maternel.

— Ces dames cherchent quelqu'un.

Le regard du cuisinier dériva vers moi, et l'intérêt qui s'afficha sur son visage n'avait rien de subtil.

— Eh bien, heureusement, elles m'ont trouvé.

Oh, bon sang. J'essayai de ne pas rire, car cela n'aurait fait que l'encourager.

— Avez-vous vu une femme, entre trente-cinq et quarante ans, les cheveux bruns courts et la peau claire ? demanda Cookie avec le plus grand sérieux.

Le jeune haussa un sourcil d'un air amusé.

— Tous les soirs, ma belle. Il va falloir me donner un peu plus d'infos que ça.

— Tu as une photo d'elle ? demandai-je à Cookie.

Ses épaules s'affaissèrent sous l'effet de la déception.

— Je n'y ai même pas pensé. Je suis sûre d'en avoir une chez moi. Pourquoi n'ai-je pas pensé à la prendre ?

— Ne commence pas à t'autoflageller, attends un peu. (Je me tournai vers le gamin.) Je peux avoir ton nom et ton numéro ? lui demandai-je. Ainsi que celui de la serveuse qui travaillait avant vous, ajoutai-je à l'intention de Norma.

Elle pencha la tête d'un air hésitant.

— Il va falloir que je lui demande avant de pouvoir vous donner ces infos, mon chou.

Normalement, j'avais une belle carte de détective privé, laminée, tout ce qu'il y a de plus vrai, que j'exhibais pour délier la langue des gens, mais Cookie m'avait entraînée hors de mon appartement si rapidement que je n'avais pas pensé à l'apporter. Je détestais ne pas pouvoir en mettre plein la vue.

— Moi, je peux vous dire son nom, intervint Brad le cuisinier avec une lueur diabolique dans les yeux. C'est Izzy. Son numéro se trouve dans les toilettes pour homme, deuxième cabine, juste en dessous d'un émouvant poème sur la tragédie des nibards de mec.

Ce gamin avait raté sa vocation.

— Des nibards sur un mec, c'est une tragédie. Et si je revenais demain soir ? Tu seras là ?

Il ouvrit grand les bras pour désigner son environnement.

— Je vis un rêve, bébé. Je ne manquerais ça pour rien au monde.

Je pris quelques instants pour balayer les lieux du regard. Le resto se trouvait à l'angle d'un croisement très fréquenté, en centre-ville. Enfin, il devait être très fréquenté en journée. La défunte star du grand écran n'arrêtait pas de me regarder, et moi je continuais à l'ignorer. Ce n'était pas le moment d'avoir une conversation avec un mec mort que personne à part moi ne voyait. Après quelques grandes gorgées d'un des meilleurs cafés que j'avais jamais bus – Norma ne plaisantait pas –, je me tournai vers Cookie.

— Jetons un coup d'œil aux environs.

Elle s'étrangla presque sur son kawa.

— Évidemment. Je n'y avais même pas songé. Jeter un coup d'œil. Je savais bien que j'avais une bonne raison de t'amener ici.

Elle sauta à bas de son tabouret et… eh bien, elle jeta un coup d'œil autour d'elle. J'eus besoin de toute ma retenue pour ne pas rire.

— Allons voir plutôt dans les toilettes, Magnum, lui suggérai-je avant que ma volonté ne perde le combat.

— D'accord, répondit Cookie en se dirigeant tout droit vers la réserve.

Oh, si ça lui faisait plaisir. On pouvait commencer par là.

Quelques minutes plus tard, on entra dans les toilettes pour femme. Heureusement, Norma s'était contentée de hausser les sourcils en nous voyant fouiller l'endroit. Certaines personnes auraient pu s'énerver, surtout quand on avait regardé dans les toilettes pour homme, étant donné que c'était réservé aux hommes. Mais Norma était super sympa. Elle s'occupa en remplissant des pots de sucre et en nous surveillant du coin de l'œil. Après une fouille intégrale, on comprit qu'Elvis n'était vraiment pas dans le bâtiment. Mimi, l'amie de Cookie, non plus.

— Pourquoi n'est-elle pas là ? me demanda Cookie. Tu crois qu'il lui est arrivé quelque chose ?

Elle recommençait à paniquer.

— Regarde ce qui est écrit, suggérai-je.

— Je ne peux pas ! cria-t-elle, complètement angoissée.

— Écoute ta petite voix intérieure.

— Je ne suis pas comme toi. Je ne pense pas comme toi et je n'ai pas non plus tes capacités, répliqua-t-elle en battant des bras. Je ne sais pas enquêter, même sur un truc perso. Mon amie me demande mon aide, et je n'arrive même pas à répondre à une simple demande, je n'arrive pas… bla, bla, bla.

J'envisageai de la gifler tout en étudiant les lettres bien nettes fraîchement tracées sur l'un des murs. Mais Cookie était lancée. Je détestais l'interrompre.

Au bout d'un moment, elle s'arrêta d'elle-même et jeta un coup d'œil au mur.

— Oh, fit-elle d'un ton penaud, ce n'était pas une métaphore.

— Tu sais qui est Janelle York ? lui demandai-je.

Le nom était écrit d'une main bien trop appliquée pour appartenir à une ado bien décidée à dégrader un bien public. Sous le nom se trouvait l'inscription HANA L2-S3-R27, tracée dans le même style bien net. Ce n'était pas un graffiti, mais un message. J'arrachai une serviette en papier au distributeur et empruntai un stylo à Cookie pour noter l'info.

— Non, je ne connais pas de Janelle. Tu crois que c'est Mimi qui a écrit ça ?

Je regardai dans la poubelle et en sortis un emballage de marqueur indélébile récemment ouvert.

— Je dirais qu'il y a une chance non nulle, oui.

— Mais pourquoi me dire de la retrouver ici si c'était juste pour laisser un message sur le mur ? Pourquoi ne pas me l'envoyer par texto ?

— Je ne sais pas, chérie.

J'attrapai une autre serviette en papier pour fouiller de nouveau le contenu de la poubelle, mais je n'y trouvai rien d'intéressant.

— Je suppose qu'elle avait l'intention de te voir, mais que quelque chose ou quelqu'un lui a fait changer d'avis.

— Oh ! là, là ! Alors, qu'est-ce qu'on fait, maintenant ? demanda Cookie, de nouveau paniquée. Qu'est-ce qu'on fait ?

— D'abord, répondis-je en me lavant les mains, on arrête de se répéter. C'est ridicule.

— D'accord. (Elle acquiesça.) Désolée.

Ensuite, tu vas me trouver le plus d'infos possible sur la compagnie pour laquelle Mimi travaille. Les propriétaires. Le conseil d'administration. Les directeurs. Les plans du bâtiment… juste au cas où. Et fais une recherche sur ce nom, ajoutai-je en désignant par-dessus mon épaule l'inscription sur le mur.

Songeuse, Cookie balaya le sol du regard. Je pouvais pratiquement voir les rouages tourner dans son esprit qui partait dans mille directions à la fois tandis qu'elle remettait la lanière de son sac sur son épaule.

— Quand il arrivera au poste, j'appellerai l'oncle Bob pour lui demander qui s'occupe de la disparition de Mimi.

L'oncle Bob, le frère de mon père, était un lieutenant de l'APD, la police d'Albuquerque, tout comme mon père autrefois. Mon travail à ses côtés comme consultante constituait une bonne partie de mes revenus. J'avais résolu bien des affaires pour cet homme, tout comme pour mon père avant lui. C'était plus facile de résoudre un crime quand vous pouviez demander au défunt qui avait fait le coup.

— Je ne sais pas qui s'occupe des personnes disparues au commissariat. Il va également falloir qu'on parle au mari. Comment s'appelle-t-il ?

— Warren, répondit Cookie en me suivant hors des toilettes.

Je dressai mentalement la liste de tout ce que j'avais à faire, puis je payai nos deux cafés. Après avoir lancé un sourire à Brad, je voulus sortir du resto. Malheureusement, un homme en colère armé d'un flingue nous repoussa à l'intérieur. C'était probablement utopique d'espérer qu'il était là pour braquer l'établissement.

Cookie s'immobilisa derrière moi, puis laissa échapper une exclamation de stupeur.

— Warren !

— Est-ce qu'elle est là ? demanda-t-il, son doux visage tordu par la colère et la peur.

Même le flic le plus coriace avait les genoux flageolants quand il se tenait du mauvais côté du canon d'un .38. Mais, visiblement, Cookie ne possédait même pas le bon sens dont Dieu avait doté les écureuils.

— Warren Jacobs ! le réprimanda-t-elle en lui donnant une tape sur le crâne.

— Aïe !

Il se massa la tête à l'endroit où Cookie l'avait frappé. De son côté, elle récupéra le flingue et le fourra dans son sac.

— Tu tiens vraiment à ce que quelqu'un se fasse tuer.

Il redressa les épaules comme un enfant qui se ferait gronder par sa tante préférée.

— Qu'est-ce que tu fais là ? lui demanda-t-elle.

— Je suis allé jusqu'à ton immeuble après ton appel, puis je t'ai suivie ici et j'ai attendu pour voir si Mimi allait sortir. Comme ce n'était pas le cas, j'ai décidé d'entrer.

Il semblait épuisé et quelque peu affamé à force de s'inquiéter depuis des jours. De plus, il était à peu près aussi coupable que moi de la disparition de sa femme. Je suis capable de déchiffrer les émotions des gens mieux que personne, et il était innocent. Il avait mauvaise conscience à propos de quelque chose, mais cela n'avait rien à voir avec une quelconque activité illégale. Il se sentait probablement coupable pour quelque offense imaginaire qui, d'après lui, avait poussé sa femme à partir. Je ne savais pas ce qui se passait, mais je doutais fort que cela ait un rapport avec lui.

— Venez, dis-je en les faisant entrer tous les deux dans le resto. Brad !

Il ressortit la tête par l'ouverture, un sourire diabolique illuminant son visage.

— Je vous manque déjà ?

— On va voir de quoi tu es capable, beau gosse.

Il haussa les sourcils, visiblement prêt à relever le défi, et fit tournoyer sa spatule comme le batteur d'un groupe de rock.

— Asseyez-vous et regardez, dit-il avant de retourner à ses fourneaux en retroussant ses manches.

Ce gamin allait en briser, des cœurs. Je frémis en songeant au carnage qu'il laisserait dans son sillage.

Trois *mucho grande* burritos et sept tasses de café plus tard – dont quatre seulement étaient à moi –, je me retrouvais assise en compagnie d'un homme que l'inquiétude et le doute rendaient tellement malade que mes synapses pariaient entre eux sur le temps qu'il parviendrait à garder son petit déjeuner. La cote n'était pas en sa faveur.

Il me parlait des récents changements dans l'attitude de Mimi.

— Quand avez-vous remarqué ce changement drastique ? demandai-je – approximativement ma cent douzième question, à vue de nez.

— Je ne sais pas. Je suis tellement préoccupé, parfois, je me dis que, si mes enfants prenaient feu, je ne le verrais même pas. Je dirais, il y a trois semaines.

— Puisqu'on en parle, où sont vos enfants ? demandai-je en levant les yeux.

— Quoi ? fit-il en se tournant de nouveau vers moi. Oh, ils sont chez ma sœur.

C'était une bonne chose. Ce type était vraiment dans tous ses états. Grâce à Norma, je ne prenais plus mes notes sur une serviette en papier, mais sur un carnet de commandes.

— Votre femme n'a rien dit ? Elle n'a pas posé de questions sortant de l'ordinaire ? Elle ne vous a pas fait part de son inquiétude ou du fait qu'elle avait l'impression d'être suivie ?

— Elle a brûlé un rôti. (Son visage s'éclaira un peu du fait qu'il était enfin capable de répondre à une de mes questions.) Après, tout est parti de travers.

— Elle prend donc sa cuisine très au sérieux.

Il acquiesça, puis secoua la tête.

— Non, ce n'est pas ce que je voulais dire. Elle ne rate jamais son rôti.

Cookie me pinça sous la table lorsqu'elle vit que je me demandais si je devais en rire ou pas. Je lui lançai un rapide coup d'œil furibond, puis repris mon air soucieux et compréhensif.

— Votre métier, c'est détective privée, n'est-ce pas ? demanda Warren.

— Définissez « métier », répondis-je en plissant les yeux.

Comme il se contentait de me regarder fixement, perdu dans ses pensées, j'ajoutai :

— Non, sérieusement. Je ne suis pas comme les autres détectives privés. Je n'ai aucune éthique, aucun code de conduite et un goût de chiotte en matière de nettoyant pour arme à feu.

— Je veux vous engager, me dit-il sans se laisser décourager par mon aveu concernant le nettoyant.

Je comptais déjà faire ce boulot bénévolement pour Cookie, surtout que le salaire que je lui versais suffisait à peine à acheter de la nourriture pour êtres humains. Mais l'argent serait bien pratique quand les percepteurs se pointeraient.

— Je suis très chère, le prévins-je en essayant de jouer les serveuses de taverne.

— Et moi, je suis très riche, répliqua-t-il en se penchant vers moi.

J'interrogeai Cookie du regard. Elle confirma d'un haussement de sourcils et d'un hochement de tête.

— Oh. Très bien, dans ce cas, j'imagine qu'on peut faire affaire. Attendez une minute, ajoutai-je, car les pensées se bousculaient dans mon esprit, riche à quel point ?

— Suffisamment, j'imagine.

Si ses réponses devenaient encore plus vagues que ça, elles allaient finir par ressembler à la nourriture qu'on servait dans les cantines à travers tout le pays.

— Je voulais dire, est-ce que quelqu'un vous a demandé de l'argent, récemment ?

— Juste mon cousin Harry. Mais il m'en demande toujours.

Peut-être que le cousin Harry avait le couteau sous la gorge, ou qu'il s'était enhardi. Je notai l'adresse du bonhomme, puis demandai :

— Vous voyez autre chose ? Quelque chose qui pourrait expliquer le comportement de Mimi ?

— Pas vraiment, répondit-il après avoir confié sa carte bleue à Norma.

Ni moi ni Cookie n'avions assez d'argent pour payer nos cafés supplémentaires, et encore moins nos *mucho grandes*, et puisque je doutais fort qu'ils acceptent mes pantoufles lapins en échange…

— M. Jacobs, dis-je en prenant mon courage à deux mains, j'ai un aveu à vous faire. Je sais très bien déchiffrer le comportement des gens et, sans vouloir vous offenser, je vois que vous me cachez quelque chose.

Il se mâchonna la lèvre inférieure. La culpabilité et le remords s'échappaient de lui par tous les pores. Ce n'était pas tant de la culpabilité du style « j'ai tué ma femme et enterré son cadavre dans le jardin », mais plutôt du genre « je sais quelque chose, mais je ne veux pas le dire ».

Il soupira bruyamment et se prit la tête à deux mains.

— J'ai cru qu'elle avait une liaison.

Bingo.

— Eh bien, c'est un début. Pouvez-vous m'expliquer pourquoi ?

Trop épuisé pour fournir l'effort jusqu'au bout, il esquissa un haussement d'épaules.

— À cause de son comportement, voilà tout. Elle était devenue si distante. Je l'ai interrogée à ce sujet, mais elle a ri, en me disant que j'étais le seul homme dans sa vie parce qu'elle n'avait pas envie d'en supporter un deuxième.

Dans le fond, c'était tout à fait normal de sa part de soupçonner un adultère, vu combien Mimi avait apparemment changé.

—Oh, une amie à elle est morte récemment, ajouta-t-il en y repensant après coup. (Il fronça les sourcils en essayant de se souvenir des détails.) J'avais complètement oublié. Mimi m'a dit qu'elle avait été assassinée.

—Assassinée ? répétai-je. Comment ?

—Je suis désolé, je ne m'en souviens pas.

Une autre vague de culpabilité s'échappa de lui.

—Elles étaient proches ?

—C'est justement ça, le problème. Elles se sont connues au lycée, mais elles ont perdu contact après. Mimi ne m'a même jamais parlé d'elle jusqu'à ce qu'elle meure, alors j'ai été surpris de voir combien ça la touchait. Elle était effondrée, et pourtant…

—Et pourtant ? insistai-je en le voyant se perdre de nouveau dans ses pensées.

Ça commençait justement à devenir intéressant, il ne pouvait pas s'arrêter maintenant.

—Je ne sais pas. Elle était bouleversée, mais pas vraiment par la mort de son amie. C'était différent. (Il fit jouer ses mâchoires en fouillant dans sa mémoire.) Je ne m'en suis pas vraiment préoccupé sur le moment mais, en toute franchise, elle n'a pas semblé surprise que son amie ait été assassinée. Puis, je lui ai demandé si elle voulait assister à ses funérailles et, mon dieu, vous auriez dû voir sa tête ! On aurait dit que je lui avais proposé de noyer le chat du voisin.

Il faut bien l'avouer, l'histoire du chat du voisin ne me renseignait pas autant que je l'aurais voulu.

—Alors, elle était en colère ?

Il battit des paupières et me regarda fixement, genre longtemps. Assez pour que je passe ma langue sur mes dents pour m'assurer qu'il n'y avait rien de coincé entre elles.

— Elle était horrifiée, finit-il par répondre.

Mince, j'aurais aimé qu'il se souvienne du nom de cette femme, et pourquoi Mimi n'avait pas été surprise de son assassinat. Un meurtre surprend généralement l'entourage.

En parlant de noms, je décidai de l'interroger à propos de celui qu'on avait trouvé sur le mur des toilettes. N'ayant pas trouvé de corps étranger coincé entre mes dents, je demandai :

— Mimi vous a-t-elle jamais parlé d'une certaine Janelle York ?

— C'est elle ! s'exclama-t-il, surpris. C'est l'amie de Mimi qui a été assassinée. Comment le saviez-vous ?

Je ne le savais pas, mais lui le pensait, et ça lui donnait une bonne impression de moi.

Chapitre 2

Ne pas croiser les effluves.
Ne jamais croiser les effluves.

AUTOCOLLANT POUR VOITURE

— T'écoutes quoi ? demandai-je en me penchant pour éteindre la radio tandis que Cookie nous ramenait chez nous.

This Little Light of Mine était tout simplement trop joyeuse, étant donné les conditions atmosphériques du moment. Cookie appuya sur le bouton « scan ».

— Je ne sais pas. C'est censé être du classic rock.

— Oh. Dis-moi, tu as acheté cette voiture d'occasion ? demandai-je en repensant au mec mort dans son coffre.

Je me demandais comment il était arrivé là. Il fallait que je sache si Cookie n'avait pas joué les veuves noires avant de me rencontrer. Après tout, elle avait les cheveux noirs et elle les avait coupés récemment. Un déguisement, peut-être ? Il ne fallait pas non plus oublier qu'elle avait tendance à être méchante, tôt le matin, quand elle n'avait pas encore bu sa première tasse de café. Un accès de violence routière dans ces moments-là était tout à fait possible, quand elle n'était plus la Cookie heureuse et saine d'esprit que je connaissais. Les défunts restaient rarement sur Terre sans une bonne raison. Le Mec-mort-dans-le-coffre était sans doute décédé de mort violente, et il fallait que je comprenne comment et pourquoi, si je voulais qu'il traverse.

— Ouais, répondit-elle distraitement. Au moins, on sait par où commencer, grâce au nom de Janelle York. Tu veux que j'appelle ton oncle sur ce coup-là ? Et peut-être le légiste, aussi ?

— Absolument, répondis-je avec la plus grande nonchalance. Alors, dis-moi, où l'as-tu achetée ?

Elle me regarda en fronçant les sourcils.

— Acheté quoi ?

Je haussai les épaules en regardant par la fenêtre.

— Ta voiture.

— Chez Domino Ford. Pourquoi ?

Je levai les mains.

— Je me posais la question, c'est tout. C'est juste un de ces trucs bizarres auxquels tu penses quand tu rentres chez toi après avoir enquêté sur la disparition d'une personne.

Cookie écarquilla les yeux d'un air horrifié.

— Oh, mon dieu ! Il y a un mort sur mon siège arrière, c'est ça ?

— Qu... quoi ? balbutiai-je, stupéfaite. Même pas. Qu'est-ce qui te fait croire une chose pareille ?

Elle fixa sur moi un regard entendu, juste une seconde avant d'entrer dans une station-service en faisant crisser ses pneus.

— Cook, on est à cinq secondes de la maison.

— Dis-moi la vérité, insista-t-elle après avoir failli me projeter à travers le pare-brise – elle avait de très bons freins. Je suis sérieuse, Charley. Les morts te suivent partout où tu vas, mais je ne veux pas d'eux dans ma voiture. Et tu mens très mal.

— Non, c'est pas vrai, protestai-je, étrangement horrifiée par cette affirmation. Je suis une excellente menteuse. Demande à mon dentiste. Il jurerait que j'utilise régulièrement du fil dentaire.

Cookie se gara brutalement et me regarda d'un air menaçant. Genre, vraiment flippant. Elle s'en serait bien sortie en prison.

Je consentis à répondre après avoir lâché un soupir digne d'une production de Broadway.

— Je te le jure, Cook, il n'y a pas de mort sur ton siège arrière.

— Alors, il est dans le coffre. Il y a un cadavre dans mon coffre, n'est-ce pas ?

C'était amusant d'entendre la panique dans sa voix – jusqu'à ce que Cookie décide de sortir de la voiture.

— Quoi ? protestai-je en descendant à mon tour. Bien sûr que non !

Elle désigna sa Taurus blanche en me regardant d'un air accusateur.

— Il y a un cadavre dans ce coffre, dit-elle d'une voix forte.

Assez forte pour que le flic assis dans sa voiture à côté de nous, la vitre baissée, nous entende.

Je levai les yeux au ciel. On était fin octobre. Pourquoi diable sa vitre était-elle baissée, hein ? Quand il ouvrit sa portière et se déplia de tout son long, je me frappai le front avec la paume. Non, je rêvais, ça n'était pas en train d'arriver. Si je devais encore appeler mon oncle Bob, un lieutenant de l'APD, au milieu de la nuit pour me tirer de l'une de ces altercations ridicules que j'avais tendance à avoir avec des flics inconnus, il allait me tuer. Il me l'avait dit. Avec un éplucheur d'orange. Je ne sais pas trop pourquoi.

— Il y a un problème, mesdames ? demanda l'agent.

Cookie me regarda d'un air grognon.

— Dis-lui donc qu'il n'y a pas de cadavre dans ce coffre. Hum ?

— Cook, sérieux ?

Elle mit les mains sur les hanches en attente d'une réponse. Je me tournai vers l'inspecteur Harry.

— Écoutez, agent O. Vaughn, dis-je en jetant un coup d'œil à son badge. Je sais que ce que Cookie vient de dire peut paraître bizarre, mais c'était une métaphore. Nous n'aurions ja-jamais…

Je regardai de nouveau son visage, le pli presque méprisant qui lui barrait la bouche, et un vague sentiment de familiarité provoqua des picotements le long de ma colonne vertébrale. Un peu à la *Ça*, de Stephen King.

— Vous ne seriez pas apparenté à Owen Vaughn, par hasard ?

— Je suis Owen Vaughn, répliqua-t-il en pinçant plus encore les lèvres.

Pas possible ! Pour des raisons connues de lui seul, Owen Vaughn avait essayé de me tuer au lycée. Avec un 4 × 4. Après, il avait dit à la police qu'il essayait seulement de m'estropier, mais il avait refusé de leur expliquer pourquoi. Apparemment, je lui gâchais la vie, mais j'aurais été bien incapable de dire pourquoi.

Je décidai de la jouer cool. Pas besoin de lui jeter à la figure ses activités criminelles passées. Il était temps d'enterrer le passé – surtout qu'il avait un flingue et moi pas.

Je souris et lui donnai un léger coup de poing sur le bras, comme si nous étions de vieux amis.

— Ça fait longtemps qu'on ne s'est pas vus, Vaughn.

Ça ne marcha pas du tout. Il se raidit, prit le temps d'examiner l'endroit où mon poing était entré en contact avec son bras, puis tourna de nouveau son regard vers moi avant de zoomer sur mes yeux comme s'il n'avait qu'une seule envie, m'étrangler jusqu'à voir la lumière disparaître de mes pupilles.

Embarrassant.

Puis, je me souvins qu'au lycée, il était ami avec Neil Gossett. J'avais récemment revu Neil et décidai d'utiliser cette info pour briser le bloc de glace dans lequel Vaughn était coincé.

— Oh, au fait, j'ai justement vu Neil l'autre jour. C'est le directeur adjoint de la prison de Santa Fe.

— Je sais ce que fait Neil Gossett, me dit-il d'un ton toujours aussi méprisant. Je sais où vous êtes et ce que vous faites, tous autant que vous êtes. (Il se pencha vers moi.) N'en doute pas un instant.

Pendant une bonne minute, je restai figée sous l'effet du choc tandis qu'il retournait à sa voiture de patrouille. Cookie resta plantée là, elle aussi, à le regarder s'en aller.

— Il n'a même pas regardé dans le coffre.

— C'est moi ou ça sent le harcèlement, ce qu'il a dit ? demandai-je en regardant disparaître ses feux arrière.

— Qu'est-ce que tu as bien pu lui faire ?

— Moi ? (Je posai une main sur ma poitrine pour montrer combien ces paroles me blessaient.) Pourquoi toujours présumer que c'est ma faute ?

— Parce que ça l'est toujours.

— Je te signale que ce type a essayé de m'estropier quand j'étais au lycée. Avec un 4 × 4.

Cookie se tourna vers moi d'un air incrédule.

— Tu as déjà envisagé de quitter le pays ?

— Bizarrement, oui.

— Coffre. Cadavre.

Elle marcha jusqu'à sa voiture et déverrouilla le coffre. Je plongeai vers elle et le refermai avant que le mec mort me voie.

— Je le savais ! s'exclama Cookie en reculant de nouveau. Il y a un cadavre dans mon coffre.

J'essayai de la faire taire en appuyant de manière répétée mon index contre mes lèvres. Puis je chuchotai d'une voix forte, comme un ivrogne dans un bar pour célibataire :

— Ce n'est pas un cadavre, c'est un mec mort. Il y a une différence. Et s'il se rend compte que je peux le voir, il ne va plus me lâcher et va me demander de résoudre son meurtre et tout le bazar.

Brusquement, Cookie prit un air accusateur.

— Tu allais me laisser me balader avec ce type dans mon coffre sans jamais rien dire.

— Quoi ? reniflai-je. Absolument pas. Je te l'aurais dit, à un moment donné. Je me serais tue juste pendant quelques jours, le temps de piger qui c'est.

Elle s'avança jusqu'à ce qu'on se retrouve nez à nez, littéralement.

— C'est mal, très mal.

Puis, elle tourna les talons et prit la direction de notre immeuble. À pied.

Merde. Je lui courus après, à petites foulées, en m'émerveillant de la distance qu'une femme ronde en colère était capable de parcourir en si peu de temps.

— Cookie, tu ne peux pas rentrer à pied. Il fait encore noir, et on est sur Central.

— Plutôt croiser dix loubards dans une dizaine de ruelles sombres que de remonter dans cette voiture, répondit-elle en pointant du doigt l'objet du délit sans même se retourner.

Je fis le calcul dans ma tête, puis lui demandai :

— Et qu'en est-il des parkings plongés dans le noir ? Ou des passerelles ? Flippant, hein ?

Cookie continua à avancer à grandes enjambées, préférant se prendre un coup de couteau à cause des cinq dollars dans sa poche arrière plutôt que de renoncer à sa noble quête et affronter le défunt. Je ne voyais pas bien la logique, mais je comprenais sa peur. Attendez un peu – en fait, non, je pigeais pas.

—Cookie, les morts m'entourent en permanence. Il y en a toujours au bureau, assis dans la salle d'attente ou debout près de la machine à café. Pourquoi est-ce un problème, tout à coup ?

—C'est là, le hic. Toi, tu as des morts autour de toi en permanence. Pas moi. Et pas dans ma voiture.

—Je devrais sûrement éviter de te parler du petit garçon dans ton appart, alors ?

Elle s'arrêta brutalement, stupéfaite.

—Oui. OK. Oublie ça, fis-je.

—Il y a un gamin mort chez moi ?

—Pas tout le temps.

Elle secoua la tête et repartit. De nouveau, j'eus du mal à soutenir l'allure, à cause de mes pantoufles lapins. Je me rendis compte, dans un soupir, que je faisais trop d'exercice. J'allais devoir compenser ça plus tard avec un gâteau.

—Je n'arrive pas à croire qu'il y a un gamin mort chez moi et que tu ne me l'aies jamais dit.

—Je ne voulais pas t'inquiéter. Je crois qu'il en pince pour Amber.

—Oh, mon dieu.

—Écoute, dis-je en l'attrapant par sa veste et en l'obligeant à s'arrêter, retournons chercher la voiture et je m'occuperai de tout ça, d'accord ? On ne peut pas la laisser là. Quelqu'un va finir par la voler.

Son regard s'éclaira.

—Tu crois ? Non, attends, peut-être que je devrais y retourner pour laisser les clés dessus. Tu sais, pour leur faciliter la tâche.

— Euh, en voilà une idée.

Elle repartit d'un air décidé en direction de sa voiture. J'étais inquiète, mais pas trop. Au moins, elle allait dans la bonne direction.

— Si on met de côté la fois où j'ai pris un bain de minuit avec le club d'échecs, dis-je, à peine légèrement essoufflée, c'est la nuit la plus agitée de toute ma vie.

Je levai les yeux, trébuchai, titubai, repris mon équilibre et regardai autour de moi comme si tout cela était volontaire, avant d'ajouter :

— Non, je retire ce que je viens de dire. La nuit la plus agitée de toute ma vie, c'est celle où j'ai aidé mon père à résoudre le mystère d'une explosion au gaz dans laquelle trente-deux personnes avaient trouvé la mort. Une fois l'enquête terminée, elles ont toutes voulu traverser. En même temps. Toutes ces émotions tourbillonnant en moi simultanément, il m'a fallu toute la nuit pour m'en remettre.

Cookie ralentit, mais ne se retourna pas. Je ne pouvais guère lui en vouloir. J'aurais dû lui parler du petit garçon depuis longtemps. Ce n'était pas gentil de la prendre de court avec ce genre d'info.

— Sans le type qui avait vu un étudiant vandaliser les tuyaux du gaz, l'affaire n'aurait peut-être jamais été résolue. Mais je n'avais que sept ans, expliquai-je en espérant distraire Cookie par mon bavardage. J'avais du mal à tout comprendre. Hé, au moins, ta voiture est toujours là, dis-je en la montrant du doigt.

Cookie marcha jusqu'à sa Taurus, puis se tourna vers moi.

— Je suis désolée, Charley.

Je m'arrêtai pour lui lancer un regard méfiant.

— Tu ne vas pas me sortir une blague à deux balles, j'espère ? Parce que j'en ai eu plus que ma part quand j'avais douze ans.

— Moi, je suis là, à paniquer parce qu'il y a un cadavre dans mon coffre…

— Un mec mort, Cook. Un mec mort.

— … et toi, tu fais juste de ton mieux. Tu ne m'avais jamais raconté cette histoire.

— Quelle histoire ? demandai-je, toujours méfiante. Celle de l'explosion ? Ce n'est rien.

Je la lui avais racontée pour qu'elle ne pense plus à tous ces morts en liberté dans la nature.

— Rien ? Tu es comme un super-héros, mais sans la cape.

— Oooh, c'est vraiment adorable. C'est quoi le piège ?

— Il n'y en a pas, pouffa-t-elle. Dis-moi juste qu'il n'y a pas de cadavre dans mon coffre.

À contrecœur, je pris la clé et ouvris le coffre.

— Il n'y a pas de cadavre là-dedans.

— Charley, tu peux me dire la vérité. Tout va bien.

Surprise, je clignai des yeux. Il avait disparu.

— Non, vraiment, insistai-je en balayant les environs du regard.

Je reculai pour mieux voir et heurtai quelque chose de froid et d'immobile. La température autour de moi baissa et me fit frissonner. C'était comme entrer dans un frigo, sauf que je ne voulais pas inquiéter Cookie. Pas encore une fois.

— Nan, dis-je en haussant les épaules, il n'y a pas de mec mort là-dedans.

Elle pinça les lèvres d'un air entendu. Je fis un pas de côté et regardai autour de moi, l'air de rien. Du coin de l'œil, j'étudiai la tour debout à côté de moi. Le Mec-mort-dans-le-coffre me toisait, mais sans me voir, le visage complètement dépourvu d'émotion. Je résistai à l'envie d'agiter la main et de claquer des doigts. Cela ne ferait sans doute que l'irriter.

— Est-ce qu'il se tient à côté de toi ? demanda Cookie.

J'avais dû le regarder avec un peu trop d'intensité, parce qu'elle m'avait percé à jour derrière ma façade nonchalante. J'acquiesçai avec un soupir résigné et coupable.

— Dépêche-toi. (Elle m'arracha les clés des mains et se précipita côté conducteur.) Charley, dépêche-toi avant qu'il remonte dans le coffre.

— Oh.

Je me faufilai sur le siège passager. Cookie pensait encore qu'il était possible de distancer les défunts. Je le lui laissai croire tandis qu'elle démarrait la voiture et sortait du parking comme une banshee bien décidée à… qu'est-ce que ça fait, au fait, une banshee ?

— On l'a semé ? demanda-t-elle.

J'étais partagée. D'un côté, il fallait qu'elle sache, qu'elle comprenne comment fonctionne l'autre monde. D'un autre côté, je mourais d'envie de rentrer chez moi en vie, avec peu voire pas du tout de morceaux de voiture jaillissant de ma tête ou de mon torse, ou des deux.

— Ouaip, répondis-je en m'efforçant de ne pas fixer notre passager clandestin du regard.

Cela me rappelait cette fois-là, à la fac, quand, au détour d'un couloir, j'étais tombée nez à nez avec l'exhibitionniste des lieux. J'avais eu du mal à détourner le regard, tout comme j'avais du mal à présent, en grande partie parce que le Mec-mort-dans-le-coffre s'était installé sur les genoux de Cookie.

— Brrr, dit-elle.

Elle se pencha pour monter le chauffage, alors même qu'on venait de s'engager sur le parking de notre immeuble.

— Je vais prendre une douche, puis chercher ce qui est arrivé à Janelle York, annonça-t-elle lorsqu'on fut dans le couloir du premier étage, où se trouvaient nos appartements.

(Il était à peine quatre heures trente.) Tu devrais aller redormir un peu.

— Cook, dis-je en me déplaçant légèrement sur la gauche, car le Mec-mort-dans-le-coffre commençait à envahir ma bulle personnelle. (J'y tenais, à ma bulle.) J'ai bu trois grandes tasses de café. Il est impossible que je me rendorme, à ce stade.

— Essaie, au moins. Je viendrai te réveiller dans deux heures.

— Tu vas encore me lancer des vêtements à la tête ?

— Non.

— D'accord, mais je te préviens, je n'arriverai jamais à me rendormir.

Je me réveillai deux heures plus tard, d'après mon réveil. Il était presque sept heures. J'avais juste assez de temps pour prendre ma douche, me faire du café et mater des types sexy sur Internet pendant quelques minutes. Apparemment, le Mec-mort-dans-le-coffre avait besoin d'une douche, lui aussi.

Chapitre 3

De gros seins impliquent de grosses responsabilités.

TEE-SHIRT

— Toi, t'es vraiment bon à enfermer.

Je me tenais sous la douche et faisais couler de l'eau aussi chaude que possible. Pourtant, la chair de poule recouvrait tout mon corps. Voilà ce qui arrivait quand des mecs morts se douchaient avec moi. Je regardai au fond des pupilles du défunt SDF en provenance du coffre de Cookie. Mais il semblait ne pas me voir. Il avait les cheveux mi-longs, d'un brun sale, une barbe en broussaille et des yeux vert noisette. J'étais vraiment un aimant pour ce genre de types.

Mon haleine faisait de la buée, alors que de la vapeur s'élevait des murs de la douche. Je résistai à l'envie de regarder en direction des cieux et de lever les bras lentement alors que la vapeur roulait autour de nous sous forme de vagues. Pourtant, ç'aurait été cool de faire semblant d'être une déesse des eaux. J'aurais pu ajouter un air d'opéra pour plus d'effet.

— Tu viens souvent ici ? demandai-je plutôt, ce qui n'amusa que moi – ça en valait donc tout à fait la peine.

Comme il ne répondait pas, je testai sa lucidité en poussant sa poitrine du bout de l'index. Mon doigt entra en contact avec son manteau en lambeaux, aussi solide pour moi que les murs de la douche autour de nous, mais l'eau qui dégoulinait de mon doigt passa directement à travers lui pour aller s'écraser avec les autres gouttes sur le sol de la douche. Mon geste ne lui arracha aucune réaction. Ses yeux vides continuaient à regarder à travers moi, ce qui était étrange. Il m'avait paru tellement sain d'esprit, dans le coffre de Cookie.

À contrecœur, je me penchai en arrière pour rincer le shampoing dans mes cheveux et me forçai à garder les yeux ouverts, pour observer mon observateur. Enfin, si on peut dire.

— Tu as déjà eu une de ces journées de dingue qui démarrent sur les chapeaux de roue et ne font qu'empirer ?

De toute évidence du genre fou mais silencieux, il ne répondit pas. Je me demandai depuis combien de temps il était mort. Peut-être arpentait-il la Terre depuis si longtemps qu'il avait perdu l'esprit. C'était déjà arrivé dans un film. Bien sûr, s'il était SDF avant de mourir, la maladie mentale jouait peut-être déjà un grand rôle dans sa vie.

Juste au moment où je coupai l'eau, il leva les yeux. Je levai les yeux aussi, principalement parce qu'il l'avait fait.

— Qu'est-ce qu'il y a, mon grand ?

Quand je le regardai de nouveau, il n'était plus là. Il avait disparu, comme ça, d'un coup, comme le font souvent les morts. Pas d'au revoir. Pas de « À la prochaine ». Juste envolé.

— Vas-y, mec, tu les auras.

Avec un peu de chance, il ne reviendrait pas. Satanés morts.

Je sortis la main au-delà du rideau de douche pour attraper une serviette et vis des gouttelettes de sang ruisseler le long de mon bras. Je relevai les yeux et découvris un rond rouge sombre au plafond qui s'étendait lentement, comme une tache de sang appartenant à une personne qui saignait encore. Je n'eus pas le temps de dire « qu'est-ce qui se passe, put… », car quelqu'un tomba à travers. Un individu grand et lourd, qui atterrit pile sur moi.

On s'effondra au fond de la douche dans un amas de torses et de membres. Malheureusement, je me retrouvai clouée sous une personne faite d'acier solide, mais je reconnus aussitôt un détail : sa chaleur, comme une signature, comme un messager annonçant son arrivée. Je me dégageai tant bien que mal de sous l'un des êtres les plus puissants de l'univers. Reyes Farrow. Je constatai alors que j'étais couverte de sang des pieds à la tête. Son sang.

— Reyes ! m'écriai-je, affolée.

Il était inconscient, vêtu d'un tee-shirt et d'un jean inondés de sang.

— Reyes, répétai-je en lui prenant la tête à deux mains.

Ses cheveux noirs dégoulinaient. De grandes éraflures zébraient son visage et son cou, comme si quelque chose l'avait griffé. Mais la majeure partie du sang provenait des plaies profondes et mortelles sur sa poitrine, son dos et ses bras. Il s'était défendu, mais contre quoi ?

Mon cœur tambourinait dans ma poitrine.

— Reyes, je t'en prie.

Je lui tapotai la joue ; en réponse, ses cils, d'un rouge cramoisi car maculés de croûtes de sang, papillonnèrent. En un éclair, il se retourna contre moi en grondant. Sa robe noire se matérialisa autour de lui, autour de nous, et une main en jaillit pour se refermer tel un étau sur ma gorge. Le temps que mon cœur se remette à battre, j'étais plaquée contre le mur de la douche, et une lame tranchante comme un rasoir luisait devant mes yeux.

— Reyes, dis-je faiblement, car je perdais déjà connaissance tant la pression sur ma gorge était précise, exacte.

Je ne voyais plus son visage, juste du noir, car la robe ondoyante qui était une partie intégrante de lui protégeait son identité, même de moi. Le monde devint flou, puis se mit à tournoyer. Je luttai contre sa poigne, qui me faisait l'effet d'un étau. Mais j'avais beau croire que je me battais pour la bonne cause, je sentis presque aussitôt mes membres s'affaisser, trop faibles pour soutenir leur propre poids.

Je sentis Reyes se presser contre moi tandis qu'une éclipse totale s'avançait sur la pointe des pieds. Je l'entendis parler d'une voix qui s'enroula autour de moi comme de la fumée :

— Méfie-toi de l'animal blessé.

Puis, il disparut. La gravité reprit le dessus, et je m'effondrai une fois de plus dans le fond de la douche, tête la première, cette fois. Quelque part au fond de mon esprit, je compris que j'allais le regretter.

Une chose vraiment très étrange s'était produite le jour de ma naissance. Une silhouette noire m'attendait juste au sortir du ventre de ma mère. Cette entité masculine portait une robe à capuche qui ondulait autour d'elle, emplissant toute la salle d'accouchement de ses vagues noires, comme de la fumée dans la brise. Je ne pouvais pas voir le visage de l'intrus, mais je sais qu'il nous observait quand le docteur coupa le cordon. Je ne pouvais pas sentir ses doigts, mais je sais qu'il me toucha quand les puéricultrices me nettoyèrent. Je ne pouvais pas entendre sa voix, mais je sais qu'il chuchota mon nom, d'une voix rauque et grave.

Il était si puissant que sa simple présence m'affaiblissait et empêchait l'air d'entrer dans mes poumons. J'avais peur de lui. En grandissant, j'ai compris qu'il était la seule chose dont j'avais peur. Je n'avais jamais souffert des phobies normales de l'enfance, ce qui était sans doute une bonne chose, puisque les morts se rassemblaient autour de moi en masse. Mais lui, il me faisait peur. Pourtant, il ne se montrait que dans les moments de grand péril. Il m'avait sauvé la vie, plus d'une fois. Alors pourquoi avais-je aussi peur ? Pourquoi l'avais-je surnommé le Grand Méchant, alors qu'il semblait être tout sauf cela ?

Peut-être à cause de la puissance qui irradiait de lui et qui semblait absorber une partie de moi chaque fois qu'il était à proximité.

Faisons un bond en avant de quinze années, jusqu'à une nuit froide dans les rues d'Albuquerque. Ma première rencontre avec Reyes Farrow. Gemma, ma sœur aînée, et moi, nous réalisions une vidéo pour l'école dans une partie plutôt malfamée de la ville. Nous avions remarqué des mouvements à la fenêtre d'un petit appartement. Horrifiées, nous nous étions rendu compte qu'un homme battait un adolescent. À ce moment-là, je n'avais plus pensé qu'à une chose : le sauver. D'une façon ou d'une autre. De désespoir, j'avais lancé une brique sur la fenêtre de ce type. Cela avait marché. Il avait arrêté de frapper le garçon. Malheureusement, il s'était lancé à notre poursuite. On s'était enfuies en courant dans une ruelle sombre et on cherchait une ouverture dans un grillage quand on s'était aperçues que le garçon s'était échappé aussi. On l'avait découvert plié en deux derrière son immeuble.

On était revenues sur nos pas. Du sang maculait son visage et dégoulinait de son incroyable bouche. On avait appris qu'il s'appelait Reyes et on avait essayé de l'aider, mais il avait refusé, allant jusqu'à nous menacer si nous ne partions pas. Ce fut ma première leçon dans le domaine des absurdités de l'esprit masculin. Mais, à cause de cet incident, je n'avais pas été totalement surprise d'apprendre, plus d'une décennie après, que Reyes venait de passer ces dix dernières années en prison pour avoir tué ce sale type.

C'était l'une des quelques vérités que j'avais récemment découvertes à son sujet. Parmi elles, et non des moindres, se trouvait le fait que Reyes et le Grand Méchant, cet être noir qui me suivait et veillait sur moi depuis ma naissance, n'étaient qu'une seule et même personne. C'était lui la créature qui m'avait sauvé la vie à plusieurs reprises. Lui qui m'observait dans l'ombre, en n'étant qu'une ombre lui-même, et qui me protégeait de loin. Lui dont j'avais eu si peur en grandissant. Bon sang, c'était même lui la seule chose que je redoutais dans ces années-là.

C'était stupéfiant de penser que l'être fait de fumée de mon enfance était en réalité un homme de chair et de sang. Cependant, il pouvait quitter son corps physique et voyager à travers l'espace et le temps sous forme d'une présence éthérée, capable de se dématérialiser en un battement de cœur. Capable, aussi, de tirer l'épée et de trancher la colonne vertébrale d'un homme en un clin d'œil. Capable de faire fondre les calottes glaciaires d'un seul coup d'œil entre ses cils noirs.

Pourtant, chacune de ces révélations n'avait fait qu'apporter toujours plus de questions. À peine une semaine auparavant, j'avais découvert d'où lui venaient ces facultés surnaturelles. J'avais regardé au sein de son monde quand ses doigts avaient effleuré mon bras, quand sa bouche avait fait courir des flammes sur ma peau et quand il s'était enfoncé en moi, provoquant un orgasme tel que son passé s'était déverrouillé et que le voile s'était levé sur son existence. J'avais vu de mes yeux la naissance de l'univers, puis son père, son vrai père, le plus bel ange jamais créé, se faire chasser des cieux. Lucifer avait riposté à la tête d'une vaste armée ; c'était au cours de cette période tourmentée que Reyes était né. Forgé dans la chaleur d'une supernova, il s'était élevé rapidement au sein de cette armée pour devenir un chef respecté. Bras droit de son père, il commandait des millions de soldats. C'était un général parmi les voleurs, encore plus beau et plus puissant que son géniteur, avec la clé du portail de l'enfer gravée sur son corps.

Mais l'orgueil de son père ne connaissait pas de limite. Il voulait les cieux eux-mêmes. Il voulait récupérer le contrôle de tous les êtres vivants dans l'univers. Il voulait le trône de Dieu.

Reyes, obéissant au moindre de ses ordres, avait attendu et guetté la naissance d'un portail sur la Terre, un passage direct vers le paradis, un moyen de sortir de l'enfer. Pisteur aussi furtif que talentueux, il avait réussi à franchir toutes les portes du monde inférieur et avait découvert les portails au fin fond de l'univers, un millier de lumières de forme identique. Un millier de faucheuses espérant avoir le privilège de servir sur Terre.

Puis Reyes avait regardé de plus près et s'était rendu compte qu'une de ces faucheuses était faite d'or tissé. C'était une fille du soleil, étincelante et chatoyante. Moi. Je m'étais retournée, je l'avais vu et je lui avais souri. Reyes avait été vaincu.

Il avait défié son père, refusant de retourner en enfer lui dire où nous nous trouvions. Il avait attendu des siècles qu'on m'envoie, et il s'était incarné sur Terre lui aussi, en renonçant, pour moi, à toutes ses connaissances. Car le jour où il était né sous forme humaine, il avait oublié qui et ce qu'il était. Plus important encore, il avait oublié ce dont il était capable. Il avait renoncé à tout pour être avec moi, mais un cruel caprice du destin l'avait jeté dans les bras d'un monstre. Un prédateur de la pire espèce lui avait dicté chacun de ses gestes en grandissant. Mais, peu à peu, il avait commencé à se rappeler son passé. Qui il était. Ce qu'il était. Malheureusement, le temps que tous ses souvenirs lui reviennent, il se trouvait en prison pour le meurtre de l'homme qui l'avait élevé.

Je me réveillai en sursaut au fond de ma baignoire et me redressai d'un bond. La surface dure et glissante étant ce qu'elle était, à savoir principalement dure et glissante, je retombai aussitôt, mes paumes se dérobant sous moi. Le choc fut rude. Aussi, lors de ma deuxième tentative, y allai-je plus doucement en cherchant Reyes des yeux et en me jurant d'acheter des adhésifs antidérapants pour ma baignoire.

Il n'y avait pas de sang. Aucune trace de lutte. Et pas de Reyes. Que lui était-il arrivé ? Pourquoi était-il mutilé ainsi ? Je repoussai son image dans mon esprit, en grande partie parce que la tête me tournait dès qu'elle apparaissait. Ce n'était pas une bonne chose.

Je me souvins de ses paroles. « Méfie-toi de l'animal blessé. » Il avait parlé en araméen, l'une des milliers de langues que je connaissais de façon innée. Sa voix n'était qu'un grondement sourd et rempli de douleur. Je devais le retrouver.

J'enfilai précipitamment un jean et un pull, ainsi qu'une paire de bottes, et m'attachai les cheveux en queue-de-cheval. J'avais tellement de questions – et tellement d'inquiétudes, aussi. Reyes avait passé un mois dans le coma. Il avait été atteint par le tir d'avertissement d'un garde près d'un rassemblement de détenus qui semblaient sur le point de déclencher une émeute. Le jour où l'État allait le débrancher de la machine qui le maintenait en vie, Reyes avait paru se réveiller comme par magie, et il était sorti de l'unité de long séjour, à Santa Fe, les mains dans les poches, comme s'il n'avait aucun souci. C'était la semaine précédente. Depuis, personne ne l'avait vu ni n'avait entendu parler de lui. Pas même moi. Jusqu'à aujourd'hui.

Était-il encore en vie ? Qui l'avait attaqué ? Qui en était capable ? Il était le fils de Satan, putain ! Qui pourrait s'en prendre à un mec pareil ? Je disposais de deux ou trois ressources que je pouvais mettre en œuvre, mais mon fixe se mit à sonner.

— Faites vite, dis-je en décrochant.

— OK. Deux agents du FBI sont là, m'annonça Cookie – vite.

Merde.

— Des *Men in black* au bureau ?

— Eh bien, oui, mais je dirais que leur costume est plutôt bleu marine.

Merdum. Je n'avais pas de temps à perdre avec eux, quelle que soit leur couleur.

— D'accord, deux questions : est-ce qu'ils ont l'air énervé et est-ce qu'ils sont sexy ?

Cookie me répondit après une longue, longue pause :

— Premièrement, pas vraiment. Et deuxièmement, pas de commentaire pour l'instant. Oh, troisièmement, tu es sur haut-parleur.

Je lui répondis après une autre longue, longue pause :

— Bon, ben, OK. J'arrive de suite.

Avant que j'aie le temps de le faire moi-même, un long bras passa par-dessus mon épaule et mit fin à l'appel. Reyes se tenait derrière moi. La chaleur qui émanait de lui en permanence s'insinua dans mes vêtements, me communiquant une sensation de bien-être. Il se rapprocha et s'appuya contre mes fesses. Je réagis à sa proximité par une montée d'adrénaline. Quand il pencha la tête et que son souffle effleura ma joue, mes genoux cédèrent presque sous mon poids.

— Bien joué, Dutch, me dit-il d'une voix douce comme une caresse.

Un frisson de plaisir dévala ma colonne vertébrale et vint se nicher dans mon abdomen. Reyes m'appelait Dutch depuis ma naissance, mais je ne savais toujours pas pourquoi. Il était comme le désert, âpre et beau, rude et implacable, avec la promesse d'un trésor derrière chaque dune, l'attraction de l'eau dissimulée juste sous la surface.

Je me retournai pour lui faire face. Mais il refusa de céder le terrain qu'il avait gagné, si bien que je dus me pencher en arrière pour le regarder et le dévorer des yeux. Ses cheveux noirs bouclaient au-dessus d'une oreille et tombaient légèrement emmêlés sur son front. Ses cils, si épais qu'on aurait dit en permanence qu'il venait de se réveiller, protégeaient ses yeux d'un brun liquide, lesquels brillaient d'une lueur malicieuse. Son regard se promena librement sur moi et ralentit en arrivant sur ma bouche, puis plongea en atteignant la vallée entre Danger et Will Robinson. Ensuite, il remonta et se fixa sur mes yeux. Je compris à cet instant le véritable sens du mot « perfection ».

— Tu as meilleure mine, lui dis-je d'un ton désinvolte.

Les blessures si profondes, si potentiellement dangereuses, avaient disparu. J'avais la tête qui tournait sous l'effet du soulagement et de l'inquiétude.

Reyes me souleva le menton et fit courir ses doigts sur ma gorge, encore enflée à cause de son accès de folie passagère dans la douche. Il avait une sacrée poigne.

— Désolé.

— Tu veux bien m'expliquer ?

— Je t'ai prise pour quelqu'un d'autre, répondit-il en baissant la tête.

— Qui donc ?

Au lieu de répondre, il prit mon pouls, du bout des doigts. Il semblait se délecter de cette preuve de vie qui circulait dans mes veines.

— S'agit-il des démons dont tu m'as parlé ? demandai-je.

— Oui, répondit-il sur un ton si désinvolte qu'on aurait pu croire que des démons tentaient régulièrement de le tuer.

Il m'avait appris leur existence la semaine précédente, après que j'avais découvert sa véritable nature. Il m'avait dit que ces démons me poursuivaient mais que, pour m'atteindre, il faudrait d'abord qu'ils lui passent sur le corps. Je pensais alors qu'il s'exprimait par métaphores. Apparemment, j'avais tort.

— Sont-ils… (Je m'arrêtai au beau milieu de ma phrase et déglutis péniblement.) Est-ce que tu vas bien ?

— Je suis inconscient, répondit-il en se rapprochant et en s'humectant les lèvres.

Mon estomac fit un bond, mais ce n'était pas uniquement dû à la vision de sa langue sur ses lèvres pleines.

— Tu es inconscient ? Qu'est-ce que ça veut dire ?

Les mains posées sur le comptoir de part et d'autre de mon corps, il m'emprisonnait entre ses bras musclés.

— Ça veut dire que je ne suis pas éveillé, répondit-il une seconde avant de me mordiller le lobe de l'oreille, juste assez fort pour provoquer un séisme à la surface de ma peau.

Sa voix profonde de ténor résonnait dans mes os et les faisait fondre de l'intérieur. J'avais du mal à me concentrer sur ses paroles à cause du trouble que chaque syllabe et chaque caresse généraient en moi. Il était comme de l'héroïne recouverte de chocolat, et j'étais complètement accro.

Je l'avais déjà eu en moi. J'avais connu le paradis pendant un bref instant, une expérience tellement surréaliste, tellement fracassante, qu'il m'avait probablement dégoûtée à vie de tous les autres hommes. Sérieusement, qui pouvait rivaliser avec un être créé à partir de la beauté et du péché fusionnés dans la chaleur torride de la sensualité ? Il était un dieu parmi les hommes. Et merde.

— Pourquoi n'es-tu pas réveillé ? demandai-je en m'efforçant de rediriger le cours de mes pensées. Reyes, qu'est-ce qui s'est passé ?

Il était occupé à me mordiller en descendant en direction de ma clavicule. Sa bouche chaude provoquait des activités sismiques à chaque point de contact. Je n'avais vraiment pas envie de l'interrompre, mais…

— Reyes, tu m'écoutes ?

Il redressa la tête, un sourire sensuel au coin des lèvres.

— Oui, j'écoute.

— Quoi donc ? Le bruit du sang qui se précipite entre tes jambes ?

— Non, répondit-il avec un petit rire rauque qui me donna des picotements partout. J'écoute les battements de ton cœur.

Il se pencha de nouveau pour déclencher l'assaut aérien.

— Reyes, je suis sérieuse. Comment as-tu été blessé ?

— Douloureusement, chuchota-t-il dans mon oreille.

Sa réponse me serra le cœur.

— Ça suffit, dis-je en bloquant son poignet, alors que la main qui y était attachée faisait des choses exquises à mon intimité.

Il réussit à retourner sa main pour entrelacer nos doigts.

— Et si je refuse ? Tu vas me mettre au coin ?

— Oui, répondis-je tandis qu'un soupir tremblant s'échappait de mes lèvres.

— Et si je n'y vais pas, j'aurai droit à une fessée ?

Je ne pus m'empêcher de rire.

— Reyes, il faut qu'on parle, le réprimandai-je.

— Alors, parlons, répondit-il en me caressant le poignet avec son pouce.

Je posai l'index sur son épaule et le poussai gentiment.

— Laisse-moi reformuler. Il faut que toi, tu parles. Je t'en prie, raconte-moi ce qui s'est passé. Pourquoi es-tu inconscient ?

Il poussa un lent soupir et recula pour mieux soutenir mon regard.

— Je te l'ai dit la semaine dernière, ils m'ont trouvé.

— Les démons ?

— Oui.

— Qu'est-ce qu'ils veulent ?

— La même chose que moi, répondit-il en me dévorant des yeux. Mais peut-être pour d'autres raisons.

Il m'avait déjà expliqué que les démons me voulaient parce que j'étais un portail, un moyen d'accéder au paradis. J'ignorais qu'ils iraient jusqu'à recourir à de telles extrémités.

— Es-tu toujours vivant ?

— Mon corps physique est comme le tien, difficile à tuer, bien plus que la plupart des humains.

Le soulagement envahit toutes les cellules de mon corps. J'inspirai profondément, puis lui demandai :

— Dis-moi ce qui se passe exactement.

— Exactement ? D'accord. Ils attendent qu'exactement une possibilité sur deux se réalise.

— Quelles possibilités ?

— Que mon corps meure, afin de pouvoir me ramener en enfer, ou que tu me trouves. La première possibilité leur donnerait accès à la clé, expliqua-t-il en désignant de la tête les courbes fluides et lisses de son tatouage.

C'était stupéfiant, mais ce dernier était une carte des portes de l'enfer. Sans lui, le voyage hasardeux à travers le néant de l'éternité se terminait rarement bien pour les entités essayant de s'échapper.

— Et l'autre leur donnerait accès au ciel. (Il soutint mon regard sans ciller.) L'une comme l'autre les rendrait extrêmement heureux.

— Alors, dis-moi où se trouve ton corps physique, et ensuite on pourra… je ne sais pas, te cacher.

Il secoua la tête d'un air de regret.

—J'ai bien peur de ne pas pouvoir faire ça.

Je haussai les sourcils.

—Comment ça, tu ne peux pas ? Reyes, où es-tu ?

Un sourire triste fit pencher l'un des coins de sa bouche.

—En lieu sûr.

—Tu es à l'abri des démons ? lui demandai-je d'une voix pleine d'espoir.

—Non, répondit-il, toi, tu es à l'abri des démons.

Lorsqu'il se pencha de nouveau vers ma jugulaire, je reculai.

—Donc, ils savent où tu es ? Ils essaient de te tuer ?

Ce qu'il me racontait là ressemblait fort à mon pire cauchemar – blessée et impuissante quelque part, avec un fou qui voulait me tuer. Jusqu'à présent, le coupable n'était jamais d'origine démoniaque, mais, maintenant, mon cauchemar récurrent allait sûrement se mettre à jour pour refléter une présence diabolique. Merveilleux.

Dans un gros soupir, Reyes recula, s'affala sur la chaise devant mon ordinateur et mit les pieds sur le bureau en croisant les chevilles.

—Faut-il vraiment qu'on ait cette conversation maintenant ? Je n'ai pas beaucoup de temps.

Mon cœur se mit à tambouriner dans ma poitrine. Je me demandais combien de temps il... nous avions. Je n'avais pas de table et de chaises, mais un bar avec des tabourets. Je m'assis sur l'un d'eux et me tournai vers lui.

—Pourquoi refuser de me dire où tu es ?

—Pour plein de raisons différentes.

Son regard glissa sur moi comme un voile de feu. D'un seul coup d'œil, il parvenait à embraser mes désirs les plus profonds. Je décidai alors d'arrêter de lire de la romance à la lueur d'une bougie.

— Peux-tu me dire lesquelles, ou faut-il que je les devine ?

— Puisque je ne peux sans doute pas rester toute la journée, je vais te les dire.

— Au moins, ça nous mène quelque part.

— La première raison, c'est que c'est un piège, Dutch, qui t'est tendu, à toi et à nul autre. Pourquoi ne m'ont-ils pas encore tué, à ton avis ? Ils veulent que tu me retrouves. N'oublie pas, tu ne les vois pas, ils ne te voient pas.

Il avait déjà mentionné ce détail la semaine précédente, mais la vérité était difficile à appréhender – et perturbante, qui plus est.

— Et si je les vois ? demandai-je.

Son regard se promena une fois de plus sur moi.

— Disons simplement que tu es difficile à louper.

— Eh bien, on n'a qu'à faire ça incognito, genre Navy SEALs ou le SWAT.

— Ça ne marche pas comme ça.

— Mais cette raison n'est pas suffisante, protestai-je en serrant les poings. Il faut essayer. On ne peut pas les laisser te tuer.

— Tu n'as pas entendu la deuxième raison.

Voilà qui ne présageait rien de bon.

— D'accord, balance-la.

J'attendis, les bras croisés.

— Ça ne va pas te plaire.

— Je suis une grande fille, répliquai-je en relevant le menton. Je peux gérer.

— D'accord. Je vais laisser mourir mon corps physique.

Tous les muscles de mon corps se figèrent.

— Ce n'est pas comme si j'en avais besoin, ajouta-t-il en haussant les épaules avec désinvolture. Il me ralentit et, comme tu as pu le voir, il me rend vulnérable aux attaques.

— Mais, sur la vidéo, quand tu t'es réveillé du coma, tu as disparu. Tu as dématérialisé ton corps humain.

— Dutch, dit-il en me lançant un regard de reproche sous ses longs cils noirs, même moi, je n'en suis pas capable.

— Alors, comment as-tu fait pour disparaître ? J'ai vu la vidéo.

— Je peux interférer quand je veux avec des appareils électriques. Toi aussi, si tu te concentrais.

Je l'ignorais.

— Je pensais juste…

— Tu t'es trompée, répliqua-t-il d'un ton catégorique.

Bon sang ce qu'il pouvait être susceptible sous la torture.

— D'accord, je me suis trompée. Ce n'est pas comme si j'avais été livrée avec le manuel « tout savoir sur les entités surnaturelles ».

— C'est vrai.

— Mais ce n'est pas une raison pour laisser mourir ton corps physique. C'est vrai, qu'est-ce qui va t'arriver après ? Tu viens juste de dire qu'ils te ramèneront en enfer si tu meurs.

— Même eux ne savent pas s'ils en sont capables. C'est simplement ce qu'ils espèrent. Il n'y a qu'une seule façon de le découvrir, j'imagine, ajouta-t-il en haussant les sourcils d'un air de défi.

— Attends une minute, tu ne sais pas ce qui se passera ? Tu ignores s'ils peuvent te ramener ?

Il haussa les épaules.

— Je n'en ai aucune idée. Mais j'en doute.

— Mais s'ils en sont capables ? S'ils te renvoient là-bas ?

— Ça ne risque sans doute pas d'arriver, insista-t-il. Qui réussirait à me renvoyer ?

— Oh, mon dieu, je n'arrive pas à croire que tu sois prêt à courir un tel risque.

— C'est encore plus dangereux d'être vivant sur Terre, Dutch, répliqua-t-il avec une note de colère. Il s'agit d'un risque que je ne suis plus prêt à courir.

— Dangereux pour qui ?

— Pour toi.

Sa réponse me frustra encore plus.

— Je ne comprends pas. En quoi est-ce plus dangereux pour moi ?

Il passa les mains dans ses cheveux noirs. Son geste ne fit que les ébouriffer davantage et les rendre encore plus sexy, si bien qu'il me fallut un moment pour me concentrer de nouveau.

— Ce sont des démons, Dutch, et il n'y a qu'une seule chose dans cet univers qu'ils convoitent encore plus que des âmes humaines.

— Les burritos que sert Macho Taco pour le petit déj ?

Reyes se leva et marcha jusqu'à moi, me dominant de toute sa hauteur.

— Ils te veulent, Dutch. Ils veulent le portail. Sais-tu ce qui se passera s'ils te trouvent ?

Je me mordis la lèvre et haussai une épaule.

— Ils auront le moyen d'entrer au ciel.

— Je ne peux pas laisser une chose pareille se produire.

— C'est vrai, j'oubliais, dis-je avec tristesse. Tu seras obligé de me tuer.

Il se rapprocha plus encore et baissa d'un ton.

— Je le ferai, Dutch, sans hésiter.

Super. C'était sympa de savoir qu'il surveillait mes arrières.

— Tu es vexée ? me demanda-t-il en me soulevant le menton.

— Arrête de lire dans mes pensées, répondis-je, sur la défensive.

— Je ne lis pas dans les pensées, je suis comme toi, je lis les émotions, les sentiments. Tu es vexée.

— Comment un démon a-t-il pu trouver son chemin jusqu'à cette dimension ? demandai-je en m'écartant de lui.

Je me levai et me mis à faire les cent pas. De son côté, il retourna s'asseoir et poser les pieds sur le bureau. Pour la première fois, je remarquai ses bottes : noires, à moitié cow-boy et à moitié motard. J'aimais bien.

— Je croyais qu'il était presque impossible pour les démons de sortir de l'enfer.

— Oui, tout est dans le presque. De temps en temps, un démon brave le néant et cherche un moyen de traverser le labyrinthe. C'est hasardeux, et rares sont ceux qui s'en sortent. La plupart se perdent dans l'oubli.

Il donna un coup de coude dans ma souris, ranimant mon ordinateur. Du coup, mon fond d'écran apparut, c'est-à-dire une photo de Reyes, celle prise après son arrestation, car c'était la seule que j'avais de lui. Il fronça les sourcils.

Je résistai à l'envie de ramper sous le tabouret de bar. De toute façon, cela ne l'aurait sans doute pas empêché de me voir.

— Tu disais ?

— Euh, oui. (Il se focalisa de nouveau sur moi.) Si, par miracle, un démon réussit à franchir le portail, cela ne veut pas dire qu'il est vraiment là. Il doit s'accrocher à l'âme d'un nouveau-né. C'est le seul moyen pour lui d'entrer dans cette dimension, celle où nous nous trouvons tous les deux, me rappela-t-il.

— Mais ce n'est pas comme ça que tu as fait quand tu t'es échappé de l'enfer. Tu n'as pas eu besoin de t'accrocher comme un parasite.

— J'étais différent. Une fois libre, j'ai pu naviguer entre les dimensions aussi facilement qu'on franchit une porte.

— Comment est-ce possible ?

— Ça l'est, c'est tout, répondit-il de manière évasive. Je suis né différent. On m'a créé pour une raison. Quand les déchus ont été chassés du ciel, ils ont été bannis de la lumière, d'où le besoin de me faire naître. J'étais un outil, un moyen pour parvenir à une fin. Mais naître sur la Terre n'a peut-être pas été ma meilleure décision à ce jour. Mon corps physique m'a rendu trop vulnérable et doit être détruit, afin de cacher la clé.

Quand Reyes était né sous forme humaine, la clé, la carte de l'enfer imprimée sur son corps lors de sa création, était apparue sur son corps humain. Je me demandai ce que ses parents humains en avaient pensé, ce que les docteurs en avaient dit. Un tatouage sur un nouveau-né. Je ne savais pas très bien comment tout cela fonctionnait mais, apparemment, c'était pour Satan un moyen de s'échapper de l'enfer. Mais il ne voulait pas en sortir et devenir vulnérable avant la naissance d'un portail. Alors il avait envoyé son fils dans cette dimension pour attendre cette naissance. Reyes était supposé retourner chercher Satan et toutes ses armées à la minute où j'étais née. Au lieu de quoi, il avait choisi de naître sur Terre, lui aussi, pour être avec moi, pour grandir ensemble. Mais il avait été kidnappé bien avant que son rêve puisse devenir réalité.

— Si ces démons franchissent le portail en sens inverse, poursuivit-il, ils auront la clé, et mon père sera libre de s'échapper. Tu peux être sûre qu'il ne s'en privera pas. (Il s'adossa au dossier de la chaise et croisa les mains derrière la tête.) Tu sais que les gens prophétisent la fin du monde depuis pratiquement l'aube des temps ?

— Oui, répondis-je en devinant instinctivement que son anecdote allait mal finir.

—Ils n'ont aucune idée de ce qui les attend si mon père parvient à récupérer cette clé. (Il laissa retomber ses mains pour se pencher en avant.) La première chose qu'il fera, c'est se lancer à ta poursuite.

—Je m'en fous.

Il fixa sur moi un regard dubitatif.

—Bien sûr que non.

—Bien sûr que si. Tu ne peux pas laisser mourir ton corps. On ne sait pas ce qui se passera. Ils pourraient s'emparer de la clé quand même.

—Si tu veux. Imaginons qu'ils ne soient plus une menace, que tu aies réussi à tous les vaincre.

—Moi ?

—Il reste encore ce petit problème que j'appelle « vie derrière les barreaux ». Je ne retournerai pas en prison, Dutch.

Quoi ? Il s'inquiétait pour ça ?

—Je ne comprends pas. Tu peux quitter ton corps quand tu veux. Ce n'est pas comme si ces barreaux pouvaient te retenir.

—Ce n'est pas si simple.

Il se montrait évasif, encore, et me cachait quelque chose.

—Reyes, je t'en prie, dis-moi tout.

—Ce n'est pas important.

Il tendit la main et éteignit l'écran de l'ordi, comme si, tout d'un coup, ça l'ennuyait.

—Reyes. (Je posai la main sur son bras pour l'encourager à me regarder.) Pourquoi n'est-ce pas si simple ?

Il serra les mâchoires et jeta un coup d'œil à ses bottes.

—Il y a… un effet secondaire.

—Quand tu quittes ton corps ?

—Oui. Quand j'en sors, mon corps plonge dans un état similaire à celui d'une crise d'épilepsie. Si je le fais trop souvent, les médecins de la prison me donnent des médocs, des médocs qui ont un effet inacceptable. (Son regard revint à la rencontre du mien.) Ils m'empêchent de sortir de mon corps. Je suis coincé en prison, et tu es complètement vulnérable.

Oh.

— Eh bien, continue à fuir, alors. Je t'aiderai. Mais laisse-moi d'abord trouver quelqu'un pour te soigner. J'ai une amie doctoresse, et je connais deux infirmières. Elles accepteront de te recevoir, pour moi. Elles ne te dénonceront pas, je te le promets. Laisse-moi te retrouver, on s'inquiétera de la prison plus tard.

— Mais si tu me trouves, lui aussi me trouve, et je retournerai en prison, en dépit de tes connaissances.

Encore ?

— Qui risque de te trouver ?

— Le type que ton oncle t'a collé aux fesses.

Cela me prit au dépourvu.

— De quoi tu parles ?

— Ton oncle te fait suivre, probablement dans l'espoir que je me montre.

— L'oncle Bob me fait suivre ? répétai-je, horrifiée.

— Tu n'es pas censée remarquer ce genre de choses ? Tu sais, les « détecter » ? ajouta-t-il avec un clin d'œil taquin.

— Tu essaies de changer de sujet, lui reprochai-je en essayant de me remettre de ce clin d'œil.

— Désolé. (Il reprit son sérieux.) Donc, si je comprends bien, tu veux que je reste en vie à cause de l'infime possibilité qu'on me renvoie en enfer. C'est bien ça ?

— Reyes, tu t'es échappé de cet endroit. Tu es ce même être qui a été créé avec la clé du portail de l'enfer sur le corps. Tu es la clé de leur liberté, mais tu t'es enfui avec. Tu étais leur général, leur plus puissant guerrier, et tu les as trahis. À ton avis, qu'est-ce qui se passera si on te renvoie là-bas ? Sans parler du fait que, si tu y retournes, ton père, qui se trouve être Satan, disposera de la clé pour s'échapper de l'enfer, lui aussi.

— « Si ».

— Oui, eh bien, c'est un « si » que je ne peux pas ignorer. L'enfer doit déjà être assez pénible sans y être en plus l'ennemi public numéro un. Et sans parler du risque de laisser sortir Satan. (Je croisai les bras.) Dis-moi où tu es.

— Dutch, tu ne peux pas venir me chercher. Même si tu pouvais tous les vaincre...

— Pourquoi tu n'arrêtes pas de dire ça ? lui demandai-je, exaspéré. Je suis une lumière vive qui attire les défunts afin qu'ils puissent passer de l'autre côté à travers moi. Je suis un peu comme un de ces exterminateurs d'insectes, quand on y pense. Je suis presque sûre que « vaincre les démons » ne fait pas partie de la description de mon job.

Un doux sourire apparut sur son beau visage et réussit, étonnamment, à faire fondre mes rotules.

— Si tu avais la moindre idée de ce dont tu es capable, le monde serait bel et bien un endroit dangereux.

Ce n'était pas la première fois que j'entendais ça, et formulé de façon aussi vague.

— D'accord, alors pourquoi ne pas me l'expliquer ? lui demandai-je en sachant qu'il ne dirait rien.

— Si je te disais de quoi tu es capable, tu aurais l'avantage. C'est un risque que je ne veux pas courir.

— Par Jupiter, qu'est-ce que je pourrais bien te faire ?

Il se leva dans un grondement et m'attira contre lui.

— Bon sang, tu poses de ces questions, Dutch !

Il enroula ses longs doigts autour de ma nuque et me releva le menton avec son pouce juste une seconde avant de capturer ma bouche avec la sienne. Le baiser passa d'hésitant à exigeant en un rien de temps. Sa langue plongea dans ma bouche, et je savourai son goût et son odeur terreuse. Je me laissai aller dans ses bras, penchai la tête pour permettre au baiser de s'approfondir, puis m'accrochai aux larges épaules de Reyes comme si ma vie en dépendait.

Une main sur ma nuque, l'autre me retenant contre lui, il me fit reculer et me plaqua contre le mur. Puis, il me prit les poignets et les releva au-dessus de ma tête, d'une seule main, tandis qu'il explorait librement mon corps de l'autre. Il se saisit de Danger et effleura son sommet jusqu'à ce que celui-ci durcisse et que je ne puisse retenir un gémissement sourd.

Reyes sourit, baissa la tête et appuya sa bouche chaude contre mon pouls. De la lave en fusion tourbillonna dans mon abdomen, provoquant des frissons sismiques et sensuels dans tout mon corps. Je luttai pour avoir la force de l'arrêter. Mon absence de contrôle en ce qui concernait Reyes frisait le déplorable. Il était le fils de Satan, apparemment le plus bel être qui ait jamais foulé les chemins du ciel, et alors ? Il avait été forgé dans la chaleur d'un millier d'étoiles, et alors ? Mes entrailles se liquéfiaient à son contact, et alors ?

Je devais me ressaisir, en me rattrapant à autre chose qu'à ce qu'il y avait dans son pantalon.

— Attends, dis-je lorsque sa langue me fit frissonner jusqu'au tréfonds de mon être. Je préfère te prévenir.

— Oh ?

Il recula et posa sur moi un regard alangui et sensuel.

— Je ne vais pas te laisser tuer ton corps physique.

— Et comment vas-tu m'en empêcher ? me demanda-t-il d'un ton sceptique.

Je le repoussai, pris mon sac et ouvris la porte. Juste avant de la refermer, je me retournai vers lui.

— Je vais te retrouver.

Chapitre 4

Que ça ait des pneus ou des testicules,
ça va te donner du fil à retordre.
AUTOCOLLANT POUR VOITURE

Je verrouillai la porte derrière moi, ce qui signifiait laisser le fils de Satan dans mon appartement. Seul. Énervé. Et sûrement sexuellement frustré. Un doute insidieux au fond de mon esprit me faisait espérer que je ne l'avais pas mis en colère. Je n'aimerais pas qu'il utilise le feu de l'enfer pour incendier mon nid de célibataire.

Mais, franchement, il était ridicule. Complètement, totalement ridicule. Toute cette histoire me rappelait l'école primaire, quand ma meilleure amie me disait : « Les garçons sont dégoûtants, on devrait leur jeter des cailloux. »

Je traversai le parking d'un pas lourd et laissai le petit vent froid calmer mon désir tremblant. Je coupai par le bar de mon père pour passer par l'escalier intérieur. Mon père était un flic d'Albuquerque qui, comme mon oncle Bob, avait grimpé en flèche tous les échelons jusqu'à devenir lieutenant – avec mon aide, naturellement. Je résolvais des crimes pour ces deux-là depuis l'âge de cinq ans, bien que « résoudre » soit peut-être un mot un peu fort. Je leur transmettais les infos des défunts pour les aider à résoudre des crimes depuis l'âge de cinq ans. Voilà qui était mieux. Mon oncle appartenait toujours à l'APD, mais mon père avait pris sa retraite quelques années plus tôt pour acheter le bar où mon agence avait ses locaux au premier étage. Je vivais également à deux pas de la porte de derrière, tout cela était donc décidément très pratique.

Papa était arrivé de bonne heure. Une lumière dans son bureau filtrait dans la salle plongée dans la pénombre, aussi fis-je le tour des tables de bistro et contournai-je le comptoir pour passer la tête dans son bureau.

— Salut, papa, dis-je, le faisant sursauter.

Il se tourna vers moi. Je vis qu'il avait été occupé à examiner une photo sur le mur du fond. Sa maigre silhouette tout en longueur me faisait penser à un bâtonnet d'esquimau habillé de vêtements pour Ken froissés. Visiblement, il avait travaillé toute la nuit. Une bouteille de whisky était ouverte sur son bureau, et il tenait un verre presque vide à la main.

L'émotion qui émanait de lui me prit au dépourvu. Elle était bizarrement faussée et me rappelait la fois où un serveur m'avait apporté un thé glacé alors que j'avais commandé un soda light. La première gorgée, une chose normalement tout à fait ordinaire, m'avait causé un choc à cause du goût inattendu. Il arrivait que mon père ait des jours sans, mais là, son « goût » était différent. Inattendu. Je me pris en pleine figure un profond chagrin, mélangé au poids écrasant du désespoir, au point que j'en eus le souffle coupé.

Inquiète, je me redressai aussitôt.

— Papa, qu'est-ce qui ne va pas ?

Un sourire las et forcé apparut sur son visage.

— Rien, ma chérie, je m'occupais juste de la paperasse.

C'était un mensonge, qui résonna comme une fausse note à mon oreille. Mais je décidai de jouer le jeu. S'il ne voulait pas me parler de ce qui l'ennuyait, j'allais laisser couler – pour l'instant.

— Tu es rentré, cette nuit ? lui demandai-je.

Il posa son verre et prit une veste couleur fauve sur le dossier de sa chaise.

— J'allais justement le faire. Tu as besoin de quelque chose ?

Bon sang ce qu'il pouvait être mauvais menteur. Peut-être que je tenais ça de lui.

— Nan, tout va bien. Passe le bonjour à Denise.

— Charley, me dit-il avec une note de reproche dans la voix.

— Quoi, je ne peux pas passer le bonjour à ma belle-mère préférée ?

Avec un soupir fatigué, mon père enfila sa veste d'un coup d'épaule.

— J'ai besoin de prendre une douche avant le service de midi. Sammy devrait bientôt arriver, si tu as besoin d'un petit déjeuner.

Sammy, le cuisinier de mon père, faisait des *huevos rancheros* à tomber.

— Oui, je prendrai peut-être quelque chose tout à l'heure.

Mon père était pressé de partir – ou, peut-être, de s'éloigner de moi. Il me frôla sans me regarder dans les yeux ; le désespoir se dégageait de lui par vagues, telle une épaisse vapeur boueuse.

— Je reviens dans quelques heures, me dit-il avec autant de gaieté qu'un patient hospitalisé dans un service psychiatrique pour tendances suicidaires.

— D'ac, lui répondis-je tout aussi gaiement.

Il sentait le sirop miel citron, une odeur qui s'attarda dans son bureau. Quand il fut parti, j'entrai pour jeter un coup d'œil à la photo qu'il regardait avant mon arrivée. C'était un cliché de moi vers l'âge de six ans. J'avais la frange de travers et un trou à la place des deux dents de devant, ce qui ne m'empêchait pas de manger de la pastèque. Du jus dégoulinait sur mes doigts et mon menton. Mais ce qui retint mon attention, et qui avait dû retenir aussi celle de mon père, ce fut l'ombre noire qui planait juste au-dessus de mon épaule. Des traces de doigts sur le verre me donnèrent la preuve que mon père avait examiné précisément cet endroit.

Je baissai les yeux vers le haut d'une bibliothèque qui disparaissait sous son collage d'instants en famille humoristiques. Il avait mis de côté plusieurs photos de moi, qui montraient toutes une ombre noire en arrière-plan et qui comportaient toutes des traces des doigts à cet endroit-là. Je ne pus m'empêcher de me demander ce que faisait mon père – et aussi ce que signifiait cette ombre noire, parce que, même moi, je ne la connaissais pas, celle-là. Était-ce lié à mon statut de faucheuse ? Ou peut-être, juste peut-être, s'agissait-il de Reyes, sa robe noire presque visible, presque palpable ? Cette idée m'intriguait. En grandissant, je ne l'avais vu que quelques fois. Avait-il été là plus souvent ? Pour veiller sur moi ? Me protéger ?

Quand j'arrivai à mon bureau, sans surprise, deux hommes vêtus d'un complet bleu marine froissé m'y attendaient. Ils se levèrent et me tendirent tous deux la main.

— Mademoiselle Davidson, dit l'un d'eux.

Il me montra son badge, puis le rangea à l'intérieur de sa veste – exactement comme à la télé. C'était super cool, et je me dis que j'avais besoin d'une veste avec une poche intérieure si je voulais qu'on me prenne au sérieux. Généralement, je rangeai ma carte de détective privé dans la poche arrière de mon jean, d'où elle ressortait pliée, froissée et globalement mutilée.

L'autre agent fit la même chose, me serrant la main d'un côté tout en exhibant son badge de l'autre. Ces messieurs étaient très coordonnés et se ressemblaient comme des frères. L'un était plus âgé que l'autre, mais tous deux avaient des cheveux blond pâle et des yeux bleus transparents que, dans n'importe quelle autre situation, je n'aurais sans doute pas trouvés aussi flippants.

— Je suis l'agent Foster, me dit le premier, et voici l'agent spécial Powers. Nous enquêtons sur la disparition de Mimi Jacobs.

En entendant le nom de Mimi, Cookie renversa un pot à crayons, ce qui n'aurait pas été si grave si elle n'avait pas essayé de le rattraper, balayant une lampe du même coup. Tandis que les stylos et autres outils d'écriture s'envolaient, la lampe tomba à mi-chemin du sol et s'arrêta brutalement avant de s'écraser contre l'avant du bureau lorsque Cookie tira sur le fil. Réagissant au son, elle tira trop fort, et la lampe remonta violemment avant de heurter l'arrière de son écran, ce qui fit tomber le teckel en céramique, également appelé « saucisson sur pattes », qu'Amber lui avait offert pour Noël.

Discret.

Après avoir eu droit à une bande-annonce de cinq minutes d'un film intitulé « Les jeunes et les maladroits » – qui me promettait des mois de fou rire –, je me tournai vers nos invités.

— Vous voulez bien me suivre dans mon bureau ?

— Certainement, répondit l'agent Foster en regardant Cookie comme si elle avait besoin de se faire enfermer.

Tout en ouvrant la voie, je lançai à mon amie mon plus beau regard incrédule. Elle baissa les yeux. Heureusement, le saucisson sur pattes avait atterri dans la poubelle au sommet d'une pile de papiers et ne s'était pas cassé. Cookie l'en ressortit en gardant les yeux baissés.

— Je suis désolée, mais je ne pense pas avoir déjà entendu parler d'une Mimi Jacobs, dis-je en me versant une tasse de café tandis que les agents s'installaient face à mon bureau.

Cookie excellait dans l'art de faire du bon café et de tendres câlins. Ou peut-être était-ce l'inverse. Dans tous les cas, j'étais gagnante.

— Vous en êtes sûre ? insista l'agent Foster.

Il semblait du genre jeune qui aime se la péter. Je n'étais pas particulièrement fan de ce genre-là, mais je faisais vraiment de gros efforts pour surmonter ma première impression.

— Elle a disparu depuis près d'une semaine, expliqua-t-il. La seule chose qu'on a retrouvée sur son bureau, c'est un carnet avec votre nom et votre numéro de téléphone.

Elle avait dû les noter quand elle avait parlé à Cookie. Je me tournai vers eux en remuant mon café avec de grands yeux innocents.

— Si Mimi Jacobs a disparu depuis près d'une semaine, pourquoi avoir attendu si longtemps avant de venir me voir ?

Le plus âgé, Powers, tiqua, sans doute parce que j'avais répondu à la question par une autre question. Il avait visiblement l'habitude d'obtenir des réponses aux siennes. Quel idiot !

— On n'a pas prêté beaucoup d'attention à ces notes jusqu'à ce qu'on apprenne que vous étiez détective privée. On s'est dit qu'elle vous avait peut-être engagée.

— Dans quel but ? demandai-je en cherchant à leur soutirer plus d'informations.

Il remua sur sa chaise.

— Nous sommes ici pour le découvrir.

— N'avait-elle pas des ennuis ? Peut-être avec la compagnie pour laquelle elle travaille ?

Les deux hommes échangèrent un regard. Dans d'autres circonstances, j'aurais crié « eurêka » – en mon for intérieur, tout au moins. Mais j'avais l'impression que je venais juste de leur offrir le parfait bouc émissaire. Ils en savaient plus qu'ils voulaient bien l'admettre.

— Nous l'avons envisagé, mademoiselle Davidson, mais nous vous serions reconnaissants de garder cette information pour vous.

Donc, pas la compagnie. Une hypothèse envolée, encore vingt-sept mille à vérifier.

Apparemment satisfaits, les deux agents se levèrent en même temps. Foster me tendit sa carte de visite.

— Nous insistons pour que vous nous contactiez si elle essayait de vous joindre, me dit-il d'un ton où je décelai une infime note de menace – j'essayai de ne pas rire.

— Absolument, répondis-je en les raccompagnant. (Je m'arrêtai juste avant d'ouvrir la porte qui séparait mon bureau de celui de Cookie.) Désolée de ne pas avoir pu vous aider davantage, et que vous soyez obligés de partir maintenant.

Foster se racla la gorge, mal à l'aise en me voyant hésiter encore quelques instants.

— Oui, euh, OK. On vous recontactera si on a besoin d'autre chose.

Alors qu'ils attendaient derrière moi, je tournai lentement la poignée et jouai un peu avec avant d'ouvrir la porte. Cookie tapait sur son clavier d'ordinateur. Telle que je la connaissais, elle avait dû écouter notre conversation grâce à l'interphone.

— Mademoiselle Davidson, me dit Foster, qui souleva un chapeau invisible en passant devant moi.

Après le départ des agents, Cookie se tourna vers moi d'un air exaspéré.

— Jouer avec le bouton de la porte ? C'était discret !

— Oh, oui, madame « Je suis la Grâce personnifiée ». Tu crois que tu aurais pu renverser encore plus de trucs ?

Elle se renfrogna à ce souvenir.

— Tu crois qu'ils se sont doutés de quelque chose ?

Tant de possibilités me vinrent aussitôt à l'esprit : « À ton avis ? » « Tu crois ? » « Seulement s'ils n'étaient pas de parfaits idiots. »

— Oui, répondis-je d'un ton neutre me permettant justement d'insinuer tout ça.

— Mais, ne devrait-on pas travailler avec eux plutôt que contre eux ?

— Pas pour l'instant, non.

— Pourquoi ?

— Principalement parce que ce ne sont pas des agents du FBI.

Elle poussa une petite exclamation de surprise.

— Comment le sais-tu ?

— Vraiment, tu te poses encore la question ?

Je n'avais pas du tout envie de lui expliquer – pour la millième fois – comment j'étais capable de deviner quand quelqu'un mentait.

— Euh, oui, désolée, fit-elle en secouant la tête. (Puis elle laissa échapper une exclamation horrifiée.) Tu savais que ce n'étaient pas de vrais agents du FBI ?

— J'avais des soupçons.

— Et tu les as quand même emmenés dans ton bureau ? Tu es restée seule avec eux ?

— Mes soupçons ne se vérifient pas toujours.

Cookie réfléchit, puis se calma.

— C'est vrai. Souviens-toi de la fois où tu t'es jetée sur le facteur et…

Je levai la main pour l'interrompre. Mieux valait passer certaines choses sous silence.

— Plus la peine de vérifier du côté de son boulot, dis-je en réfléchissant à voix haute. Je te parie ma ferme virtuelle que c'est une impasse. Concentre-toi sur le lien entre Mimi et Janelle York.

— À part le fait qu'elles sont allées au lycée ensemble ?

— Non. Commence par ça. Fouille dans leur passé à toutes les deux et vois si quelque chose ressort.

Juste à ce moment-là, l'oncle Bob entra dans mes locaux. Ou, plus exactement, il les prit d'assaut. Cet homme était toujours tellement stressé ! Il était sans doute temps pour nous deux d'aborder la question du sexe. Il avait besoin de se trouver une copine avant de faire une crise cardiaque – ou peut-être qu'une poupée gonflable suffirait ?

— Si c'est pour jouer les grognons, tu peux repartir par où tu es venu, monsieur le Macho, dis-je en lui montrant la porte.

Je décrivis un cercle avec mon doigt pour lui faire comprendre qu'il pouvait tourner les talons et repartir la queue entre les jambes.

Il s'arrêta brusquement et me dévisagea avec un mélange de perplexité et d'agacement.

— Je ne suis pas grognon. (Il avait l'air vexé. C'était rigolo.) Je veux juste savoir dans quoi tu t'es encore fourrée.

Ce fut mon tour d'être vexée.

— Quoi ? protestai-je. M'enfin, je n'ai jamais…

— Je n'ai pas le temps pour cette comédie, répliqua-t-il en agitant un index menaçant. (Voilà qui me servirait de leçon.) D'où connais-tu Warren Jacobs ?

Bordel, mais comment était-il au courant ? Les nouvelles allaient vite dans le monde des forces de l'ordre.

— Je viens juste de le rencontrer. Pourquoi ?

— Parce qu'il te demande. Non seulement sa femme a disparu, mais un vendeur de voiture qu'il harcelait et qu'il menaçait de tuer a été retrouvé mort la nuit dernière. Je suis peut-être cinglé, mais je crois qu'il pourrait bien y avoir lien entre les deux.

Fils de pute, pensai-je en poussant un gros soupir.

— Oh, je peux t'appeler Bob le Cinglé ?

— Non.

— BC alors, pour faire plus court ?

Cela ne me valut qu'un regard noir, après quoi je demandai :

— Est-ce que je peux le voir ?

— Il est en salle d'interrogatoire à l'heure où je te parle et il va probablement demander un avocat d'une seconde à l'autre. Qu'est-ce qui se passe ?

Cookie et moi échangeâmes un regard avant de vider notre sac sans nous faire prier.

On raconta tout à l'oncle Bob, même l'histoire du message sur le mur. Il sortit son téléphone et ordonna à l'un de ses sous-fifres d'aller vérifier au resto.

— Tu aurais dû me prévenir, me dit-il d'un ton cinglant après avoir raccroché.

— Comme si j'en avais eu l'occasion ! Mais puisqu'on en parle, deux types qui se font passer pour des agents du FBI sont également à sa recherche. Et ils ont vraiment envie de la retrouver.

Inquiet, l'oncle Bob – ou Obie comme j'aimais l'appeler, mais rarement en face – nota leur description.

— C'est grave, tu sais, me dit-il.

— M'en parle pas. Il faut retrouver Mimi avant eux.

— Je vais appeler les fédéraux du coin pour leur faire savoir qu'il y a deux imposteurs dans la nature. Mais tu aurais dû m'appeler dès que toute cette histoire a commencé.

— Je ne pensais pas en avoir besoin, puisque tu me fais suivre.

Il serra les dents, incapable de nier l'évidence. Il poussa un gros soupir, puis se rapprocha et me souleva gentiment le menton en me toisant de toute sa hauteur.

— Un jury a reconnu Reyes Farrow coupable de meurtre, Charley. C'est pour ton bien. S'il te contacte, tu voudras bien me prévenir ?

— Vas-tu annuler la filature ? répliquai-je aussitôt.

Il hésita, puis secoua la tête, si bien que j'ajoutai :

— Dans ce cas, que le meilleur détective gagne.

Je sortis furieuse en songeant qu'il s'agissait là d'une déclaration ridicule. L'oncle Bob, un vétéran de l'APD, était l'as de pique en matière d'investigations. Moi, j'étais plutôt du niveau d'un trois de cœur.

En traversant le bloc d'immeubles pour rejoindre la boutique de tatouage de mon amie Pari, je scrutai la rue à la recherche de l'ombre qu'Obie m'avait assignée, mais en vain. Ce devait être quelqu'un de bon. L'oncle Bob n'aurait pas envoyé un bleu pour me surveiller.

Je m'arrêtai devant la boutique de Pari, pas parce que j'avais particulièrement besoin d'un tatouage, mais parce que mon amie était capable de voir les auras. Moi aussi, mais je me demandais si peut-être un détail ne m'avait pas échappé pendant tout ce temps. Comment pouvais-je voir les auras, les défunts et les fils de Satan et n'avoir jamais, en vingt-sept ans, croisé un démon ? Merde, je ne savais même pas qu'ils existaient jusqu'à ce que Reyes m'apprenne qu'ils étaient prêts à se battre à coups de crocs et de griffes pour m'avoir. Pour passer à travers moi. Je retins mon souffle en comprenant autre chose. Si les démons existaient, putain, si Satan lui-même existait, alors les anges aussi. Sérieux, comment pouvais-je être à ce point hors du coup ?

Avec un peu de chance, Pari savait des choses que j'ignorais, outre le bon réglage de l'allumage sur une

Plymouth Duster de 1970 dotée d'un moteur 440 Turbo. Je ne savais même pas que les voitures avaient des problèmes d'allumage. D'ailleurs, en parlant de ça, il était encore tôt pour qu'une boutique de tatouage soit déjà ouverte, aussi fus-je surprise de voir la porte entrebâillée. J'entrai et entendis mon amie crier :

— J'ai besoin de lumière !

— Je m'en occupe, répondit une voix masculine.

Puis j'entendis du bruit dans l'arrière-salle tandis que je me faufilai derrière Pari. Elle était courbée sous un fauteuil de dentiste qu'elle remettait à neuf, des fils électriques en tas à côté de ses genoux.

— Merci, dit-elle en démêlant tranquillement les fils.

— Quoi ? fit le type dans l'arrière-boutique.

Surprise, Pari se redressa d'un bond et se cogna la tête contre le fauteuil avant de se tourner vers moi.

— Putain, Charley ! protesta-t-elle en levant une main pour protéger ses yeux tout en frottant sa nouvelle bosse de l'autre. Tu peux pas te faufiler comme ça derrière moi ! On dirait un de ces projecteurs que les voitures de flics utilisent au milieu de la nuit.

Je pouffai tandis qu'elle cherchait ses lunettes de soleil à tâtons.

— Tu as dit que tu avais besoin de lumière.

Pari était une graphiste qui s'était tournée vers l'art corporel pour tenir les créanciers à l'écart. Heureusement, elle y avait trouvé sa vocation, et elle faisait la fierté de la profession avec des manches pleines de lignes élégantes, de lys tigrés et de fleurs de lys, ainsi qu'un ou deux crânes pour impressionner la clientèle.

C'était elle qui avait dessiné la faucheuse que je portais sur l'omoplate gauche. C'était un tout petit bout de bonne femme avec de grands yeux innocents et une robe fluide qui ressemblait à de la fumée. Comment Pari avait pu réussir une œuvre d'art pareille avec de l'encre pour tatouage, ça, ça me dépasse encore.

Mon amie mit ses lunettes, puis me regarda enfin en soupirant.

— J'ai dit que j'avais besoin de lumière, pas d'une explosion céleste. Je te jure, tu vas finir par me rendre aveugle, un de ces quatre.

Comme je le disais, Pari pouvait voir les auras ; c'est juste que la mienne était vraiment très brillante.

Elle attrapa une bouteille d'eau sur le comptoir et s'assit sur le fauteuil cassé. Elle posa ses pieds chaussés de bottes de randonnée sur deux caisses de part et d'autre du siège et appuya ses coudes sur ses genoux. Je pris une autre bouteille dans le petit frigo, puis me tournai vers mon amie en essayant de ne pas rire devant sa position vulgaire.

— Alors, Faucheuse, quoi de neuf ?

— Je n'arrive pas à trouver la lampe torche ! cria le type dans l'arrière-boutique.

— Laisse tomber, répondit Pari avant de me faire un sourire complice. Tout dans le physique et rien dans la tête, celui-là.

J'acquiesçai. Elle aimait la beauté. Qui pouvait se vanter du contraire ?

— D'accord, tu te la joues cool et sereine, mais tu es à peu près aussi calme qu'un poulet à l'abattoir, me dit-elle en me dévisageant d'un œil d'expert. Qu'est-ce qui se passe ?

Bon sang, elle était douée. Je décidai d'en venir au fait.

— Tu as déjà vu un démon ?

Sa respiration se ralentit tandis qu'elle digérait ma question.

— Tu veux dire, une créature infernale qui sent le soufre ?

— Oui.

— Dans le genre rejeton de l'Enfer ?

— Oui, répétai-je.

— Dans le genre…

— Oui, répétai-je encore.

Le sujet me rendait nauséeuse, sans parler de l'idée que quelqu'un torturait Reyes en ce moment même… Non pas que ce petit merdeux ne méritât pas un tout petit peu de souffrir, mais quand même.

— Alors, ils existent vraiment ?

— J'en déduis que ta réponse est « non », commentai-je tandis que mes espoirs s'envolaient en fumée. C'est juste que je pense en avoir quelques-uns à ma poursuite et j'espérais que tu saurais quelque chose que j'ignorais.

— Merde. (Songeuse, elle regarda le sol pendant quelques instants, puis elle se focalisa de nouveau sur moi. Enfin, je crois. C'était difficile à dire avec ses verres teintés.) Attends, tu as des démons à tes trousses ?

— En quelque sorte.

Elle me regarda fixement pendant un long moment, en tout cas assez long pour être considéré comme culturellement impoli, puis elle baissa la tête.

— Je n'en ai jamais vu, me dit-elle d'une petite voix, mais je sais qu'il existe des choses de par le monde, des choses qui nous font sursauter la nuit. Et je ne parle pas de la prostituée d'à côté. Des choses effrayantes, impossibles à oublier.

Je penchai la tête d'un air interrogateur.

— Comment ça ?

— Quand j'avais quatorze ans, j'ai fait une soirée pyjama avec des copines. Comme la plupart des gamines de cet âge-là, on a fini par décider de faire une séance de spiritisme.

— D'accord.

Tout cela ne laissait rien présager de bon.

— Donc, on est descendues dans ma cave et on s'est mises à lancer des incantations pour conjurer un esprit de l'au-delà. Tout à coup, j'ai senti quelque chose, comme une présence.

— Un défunt ?

— Non. (Elle secoua la tête en y repensant.) Enfin, je ne crois pas. Les défunts sont froids. Cette créature était juste... présente. Je l'ai sentie se frotter contre moi comme un chien. (Elle se serra le bras, et un petit frisson la parcourut.) Personne d'autre ne l'a senti, bien sûr, jusqu'à ce que je le dise. (Elle pinça les lèvres.) Ne dis jamais à un groupe de gamines de quatorze ans, en plein milieu d'une séance de spiritisme dans une cave obscure, que tu as senti quelque chose se frotter contre toi – pour ta propre sécurité.

— Promis, pouffai-je. Qu'est-ce qui s'est passé ?

— Elles se sont levées d'un bond en hurlant et ont couru vers l'escalier. Ça m'a foutu les jetons et j'ai détalé aussi, naturellement.

— Naturellement.

— Je voulais juste m'éloigner de ce qui avait bien pu se matérialiser dans ma cave, alors j'ai couru comme si j'avais une raison de vivre en dépit de mes tendances suicidaires.

Pari avait été gothique quand ce genre n'était pas encore considéré comme cool – un peu comme maintenant, quoi.

— J'ai cru que j'étais sauvée en arrivant en haut de l'escalier. Puis, j'ai entendu un grondement, sourd, guttural. Avant de comprendre ce qui m'arrivait, j'ai dévalé la moitié des marches, ce qui m'a valu une entorse au poignet et des côtes fêlées. Je me suis relevée tant bien que mal et je suis partie sans demander mon reste. Il m'a fallu un moment avant de me rendre compte que je n'étais pas tombée. On m'avait attrapée par les jambes et tirée en arrière.

Elle souleva la jambe de son pantalon et défit la fermeture Éclair de ses bottes, qui montaient jusqu'à ses genoux, pour me montrer une cicatrice en forme d'éclair sur son mollet. Ça ressemblait à des marques de griffes.

— Je n'ai jamais eu aussi peur de ma vie.

— Putain, Par ! Qu'est-ce qui s'est passé, ensuite ?

— Quand mon père a découvert pourquoi on hurlait toutes comme ça, il a ri et il est descendu dans la cave pour nous prouver qu'il n'y avait rien.

— Et ?

— Il n'y avait rien en bas, répondit Pari en haussant les épaules.

— Tu lui as montré ta blessure ?

— Ouh là, non ! (Elle secoua la tête comme si je venais juste de lui demander si elle mangeait des enfants au petit déjeuner.) Déjà qu'ils me rangeaient à la lettre « M » comme « monstre », je n'allais pas en plus confirmer leurs soupçons.

— Putain, Par, répétai-je.

— M'en parle pas.

— Alors, qu'est-ce qui te fait croire que c'était un démon ?

— Rien. Ce n'était pas un démon. Ou, du moins, je ne pense pas. C'était autre chose, quelque chose de plus.

— Comment le sais-tu ?

Elle tordit les lanières de cuir à son poignet.

— En grande partie parce que je connais son nom.

Je me figeai quelques instants avant de lui demander :

— Pardon ? Tu peux répéter ?

— Tu te souviens de ce que je t'ai raconté à propos de mon accident ? me demanda-t-elle en haussant les sourcils.

— Bien sûr.

Pari était morte à l'âge de six ans dans un accident de voiture. Heureusement, un ambulancier consciencieux l'avait ramenée à la vie. Depuis, elle voyait les auras, y compris celle des défunts. Elle avait appris que si elle voyait une aura particulièrement grisâtre à laquelle aucun corps n'était rattaché, c'était l'âme d'une personne décédée. Un fantôme.

— Quand je suis morte, mon grand-père m'attendait de l'autre côté.

— Je m'en souviens. Heureusement, il t'a renvoyée parmi nous. Je lui dois une corbeille de fruits quand j'irai au paradis.

Elle se pencha et me serra la main dans un rare moment de gratitude. C'était gênant.

— Je ne l'avais vu qu'une seule fois, me confia-t-elle en refermant ses deux mains sur sa bouteille d'eau. La seule chose dont je me souviens, c'est qu'il avait des danois plus hauts que moi. Pourtant, j'ai su sans l'ombre d'un doute qu'il s'agissait de mon grand-père. Quand il m'a dit que ce n'était pas mon heure, que je devais retourner sur Terre, j'ai pensé que je n'avais pas du tout envie de le quitter.

— Ben moi, je suis bien contente qu'il t'ait renvoyée ici à coups de pied aux fesses. Tu aurais été infernale là-haut.

— Tu as sûrement raison, approuva-t-elle en souriant. Mais je ne t'ai pas raconté le plus étrange.

— La plupart des gens trouvent les expériences de mort imminente déjà très étranges.

— C'est vrai, reconnut-elle avec un sourire malicieux.

— Mais ton histoire l'est encore plus ?

— Bien plus. (Elle hésita, prit une profonde inspiration, puis posa les yeux sur moi.) Sur le chemin du retour, tu sais, vers la Terre, j'ai entendu des choses.

Ça, c'était nouveau.

— Quel genre ?

— Des voix. J'ai entendu une conversation.

— Tu as espionné des êtres célestes ? m'exclamai-je, stupéfaite qu'une chose pareille soit possible.

— Je suppose qu'on pourrait dire ça comme ça, même si je ne l'ai pas fait exprès. J'ai entendu toute une conversation en un instant, comme si elle était juste apparue dans ma tête. Pourtant, je savais que je n'étais pas censée l'entendre. Je savais que ces informations étaient dangereuses. J'ai appris le nom d'un être assez puissant pour provoquer la fin du monde.

— La fin du monde ? répondis-je, la gorge nouée.

— Crois-moi, je sais que ça fait bizarre. Ils parlaient de cet être qui s'était échappé de l'enfer et qui était né sur Terre.

Mon pouls s'accéléra d'un rien, juste assez pour me mettre mal à l'aise.

— Ils ont dit qu'il était capable de détruire le monde et de déclencher l'apocalypse s'il le voulait.

Je ne connaissais qu'un seul être qui se soit échappé de l'enfer, un seul qui soit né sur Terre. Je le savais puissant, mais pas au point de provoquer une putain d'apocalypse. En même temps, qui était puissant à ce point-là ? J'aurais vraiment dû être plus attentive en cours de catéchisme.

— Donc, la nuit de la séance de spiritisme, dans ma sagesse d'ado, j'ai décidé de l'invoquer.

Je laissai échapper une petite exclamation de stupeur.

— Ben voyons. Parce que c'est exactement ce qu'on veut – invoquer la créature capable de détruire tous les êtres vivants sur Terre.

— Exactement, me dit-elle, sans relever le sarcasme. Je me suis dit que je réussirais peut-être à le convaincre de n'en rien faire. Tu sais, le ramener à la raison.

— Oui, et t'as vu comment ça s'est terminé ?

Elle pinça les lèvres.

— J'avais quatorze ans, grosse maline.

Je voulus en rire, mais j'avais une boule dans la gorge.

— Alors, pour de vrai ? Cet être va vraiment déclencher l'apocalypse ?

— Tu ne m'écoutes pas !

Elle fit la moue avant d'expliquer :

— J'ai dit qu'il était assez puissant pour déclencher l'apocalypse, pas qu'il allait le faire !

Oh, eh bien, c'était une bonne nouvelle. Pas de prophétie de destruction massive.

— Donc, cette nuit-là, pendant la séance, je l'ai invoqué. En l'appelant par son nom.

La chair de poule apparut sur mes jambes et mes bras tant j'anticipais sa révélation – c'était ça, ou alors le Mec-mort-dans-le-coffre m'avait retrouvé. Je regardai autour de moi, juste au cas où.

— Mais, comme je l'ai dit, il n'est pas ce que tu crois, poursuivit-elle. Ce n'est pas un démon.

— Pour une bonne nouvelle, c'est une bonne nouvelle.

— D'après ce que j'ai compris de la conversation, il est bien plus que ça.

Oh, ça, oui.

— Pari, c'est quoi son nom ? demandai-je, de plus en plus impatiente.

— Il n'y a pas moyen que je te le dise, répondit-elle avec un sourire taquin.

— Pari !

— Non, vraiment. (Elle reprit son sérieux.) Je ne le prononce plus à haute voix. Pas depuis ce jour-là. Plus jamais.

— Oh, d'accord. Bon, ben…

Je n'eus pas le temps de terminer ma phrase. Elle s'empara d'un morceau de papier et griffonna quelque chose dessus.

— Tiens, mais ne le lis pas à haute voix. J'ai l'impression qu'il n'aime pas qu'on l'invoque.

Je pris le papier d'une main un peu trop tremblante à mon goût et laissai échapper un hoquet de stupeur en découvrant le nom. « Rey'aziel ». Rey'az… Reyes. Le fils de Satan.

— Cela veut dire « le magnifique », expliqua Pari tandis que je relisais le nom encore et encore. Je ne sais pas ce qu'il est, poursuivit-elle sans se rendre compte de ma stupeur, mais il a foutu un beau bordel de l'autre côté, si tu vois ce que je veux dire. Le chaos. La révolution. La panique.

Oui, ça ressemblait bien à Reyes. Merde.

Chapitre 5

Qu'est-ce qui se passe si quelque chose vous fait à moitié mourir de peur deux fois ?

TEE-SHIRT

J'avais la tête qui tournait en sortant de la boutique de Pari. Sonnée, je déambulai sans but en direction de chez moi avant de me rappeler que j'avais quelque chose à faire. D'ailleurs, j'allais m'y mettre tout de suite. Il était temps de lever le rideau sur l'identité de mon ombre. La personne qui me suivait sur les ordres de l'oncle Bob était sur le point de passer une très mauvaise journée.

Je sortis mon portable et répondis comme s'il venait de sonner. Je regardai autour de moi et me mis à faire de grands gestes.

— Te rencontrer ? Maintenant ? Putain, bien sûr ! Tu es dans la ruelle sur ma droite ? Si près ? Tu es fou ? Ils vont t'attraper ! Quelqu'un doit bien se douter que tu vas essayer de prendre contact avec moi. Ils vont sûrement… Oh, d'accord.

Je raccrochai, balayai les alentours du regard puis me faufilai entre deux bâtiments, car je savais que ce passage menait à une ruelle. Pendant tout ce temps, je ne cessai de lancer des regards furtifs par-dessus mon épaule.

Puis, mettant fin à mon interprétation à mi-chemin entre *Casablanca* et *Mission : Impossible*, je courus m'accroupir derrière une benne à ordures en attendant que mon ombre fasse son apparition. Je me sentais étrangement ridicule, tassée comme ça, mais ça ne m'empêcha pas de jouer avec le nom de Reyes dans ma tête. Je le laissai prendre forme et glisser sur ma langue. Rey'aziel. Le magnifique. De ce côté-là, c'est sûr, ils avaient parfaitement raison.

Mais pourquoi faire ainsi du mal à Pari ? J'effectuai un rapide calcul. Si Pari avait quatorze ans lors de cette petite séance de spiritisme, Reyes devait en avoir huit à l'époque, neuf tout au plus. Et il l'aurait attaquée ? Peut-être que ce n'était pas lui. Peut-être qu'elle avait invoqué quelque chose d'autre par accident, une créature maléfique.

— Qu'est-ce tu fous ?

Je sursautai en entendant cette voix derrière moi et tombai en arrière. Mes paumes et mes fesses atterrirent dans une flaque d'huile déversée là illégalement. Merveilleux. Je serrai les dents et levai la tête vers un défunt membre de gang qui souriait jusqu'aux oreilles et avait plus de bagout que la société ne le tolérait.

— Ange, espèce de petit con !

Il rit tout haut tandis que j'examinai mes mains sales.

— C'était génial.

Maudits ados de treize ans.

— Je savais que j'aurais dû t'exorciser quand j'en avais l'occasion.

Ange était mort quand son meilleur ami avait décidé d'éliminer les *hijos de puta* qui avaient envahi leur territoire en les canardant depuis une voiture – une méthode d'exécution très populaire chez les gamins de notre époque. Ange avait essayé de l'en empêcher et l'avait payé de sa vie – pour mon plus grand chagrin.

— Tu ne pourrais pas exorciser un chat et encore moins un Chicano pourri jusqu'à la moelle avec de la poudre dans le sang. En plus, tu détestes faire de l'exercice.

Riant de sa propre blague, il prit ma main tendue et m'aida à me remettre accroupie. J'avais besoin de rester cachée derrière la benne à ordures, la meilleure position tactique qui soit pour une embuscade.

— Tu n'as plus de sang, lui rappelai-je judicieusement.

— Bien sûr que si, rétorqua-t-il en se regardant.

Il portait un tee-shirt blanc sale avec un jean qui lui tombait sur les hanches, des baskets usées et un large bracelet en cuir. Ses cheveux d'un noir de jais étaient coupés très court au-dessus de ses oreilles, mais il avait encore un visage de bébé et un sourire si sincère qu'il était capable de faire fondre mon cœur instantanément.

— C'est juste qu'il est du genre transparent, maintenant.

Je frottai mes mains sur le côté de la benne, en vain. Je me demandai combien de germes j'avais récoltés au passage.

— Il y a une raison à ta présence ? lui demandai-je en m'essuyant les mains sur mon pantalon cette fois.

Mais l'huile allait certainement rester collée jusqu'à ce que j'aie accès à de l'eau et à un dégraissant de qualité professionnelle.

— J'ai entendu dire qu'on avait une affaire.

Ange était un compagnon de tous les jours depuis ma première année de lycée. Par la suite, il avait accepté de devenir mon principal enquêteur quand j'avais ouvert mon agence de détective privé, trois ans plus tôt. Avoir un être éthéré comme enquêteur, c'était un peu comme tricher à l'examen d'entrée à la fac – éprouvant pour les nerfs mais étonnamment efficace. Ensemble, nous avions résolu bien des affaires.

Lui n'avait pas tant d'états d'âme avec l'huile, aussi s'assit-il devant moi, le dos contre la benne à ordures. Il posa brusquement les yeux sur ma main, occupée à épousseter ma fesse gauche pour enlever les graviers et la terre.

— Besoin d'aide ? demanda Ange en désignant mon cul de la tête.

Les gamins de treize ans sont bourrés d'hormones. Oui, même les morts.

— Non, pas besoin, et nous n'avons pas une, mais deux affaires.

Mimi était ma priorité d'un point de vue professionnel, mais Reyes l'était d'un point de vue personnel. Je ne pouvais sacrifier ni l'une ni l'autre et je me demandais quelle affaire assigner à Ange. J'optai pour Reyes, simplement parce que je n'avais pas d'autres ressources de ce côté-là. Mais Ange n'allait pas aimer ça.

— Qu'est-ce que tu sais à propos de Reyes ? lui demandai-je en espérant qu'il n'allait pas disparaître – ou sortir un 9 mm et me buter.

Il me dévisagea pendant quelques instants, remua, mal à l'aise, puis posa les coudes sur les genoux et regarda au loin – ou plutôt vers un entrepôt, vu la distance.

— Rey'aziel n'est pas notre affaire, me dit-il au bout d'un long moment.

Je laissai échapper une petite exclamation en entendant le nom céleste – ou infernal – de Reyes. Comment Ange le connaissait-il ? Surtout, depuis quand le connaissait-il ?

— Ange, sais-tu qui est Reyes ?

Il haussa les épaules.

— Je sais ce qu'il n'est pas. (Il posa sur moi un regard intense.) Il n'est pas notre affaire.

Dans un soupir, je m'assis sur le trottoir – tant pis pour l'huile – et m'adossai à la benne à côté de lui. J'avais besoin qu'Ange soit de mon côté sur ce coup-là. J'avais besoin de son aide et de ses talents particuliers.

— Si je ne le retrouve pas, il va mourir, expliquai-je en posant ma main sale sur la sienne.

Un petit rire dubitatif lui secoua le torse. À cet instant, il me sembla bien plus vieux que les treize années qu'il avait accumulées sur Terre avant de mourir.

— Si seulement c'était aussi facile !

— Ange, fis-je d'un ton de reproche, tu ne penses pas ce que tu dis !

Il me fusilla d'un regard rempli d'une telle colère et d'une telle incrédulité que je dus réprimer l'envie de m'éloigner de lui.

— Tu n'es pas sérieuse, répondit-il comme si j'avais perdu la boule.

Le pauvre, il ne savait pas que je l'avais perdue depuis longtemps.

Je savais qu'Ange n'aimait pas Reyes, mais j'ignorais qu'il lui vouait une telle haine.

— Tu peux me dire pourquoi tu parles toute seule, assise dans une flaque d'huile ?

Je levai les yeux vers Garrett Swopes, mon collègue à la peau sombre et aux yeux argentés, spécialisé dans les personnes disparues, qui en savait juste assez sur mon compte pour être dangereux. Puis je me retournai vers Ange. Mais celui-ci avait disparu. Naturellement. Quand les choses se corsent, les gros durs refusent d'en parler et persistent à se replier sur eux-mêmes pour baigner dans le jus de leurs propres insécurités.

Je me relevai tant bien que mal et compris que mon jean ne serait plus jamais le même.

— Qu'est-ce que tu fous là, Swopes ? demandai-je en m'essuyant les fesses pour la deuxième fois de la matinée.

Dans son domaine de prédilection, Garrett était l'un des meilleurs. Nous étions plutôt bons amis jusqu'à ce que l'oncle Bob, dans un moment de faiblesse induit par une bière de trop, lui explique ce que je faisais pour gagner ma vie. Non, il ne lui avait pas parlé de mon boulot de détective, ça, Garrett le savait déjà. Il lui avait confié la partie « Charley voit des gens morts ». Après ça, nos relations basées sur un léger flirt étaient carrément devenues hostiles, comme si Garrett était furieux que j'essaie de faire gober un truc pareil. Un mois après les faits, il commençait lentement mais sûrement – et à contrecœur – à croire en mon don, ayant lui-même été témoin de certaines choses. Bien sûr, je me foutais complètement de savoir s'il me croyait ou pas, surtout vu l'attitude de merde qu'il avait à mon égard depuis un mois. Mais Garrett était doué dans son boulot. Il me filait un coup de main de temps en temps. Après, le sceptique en lui pouvait aller se faire voir.

Mais, apparemment, il n'était pas prêt de bouger. La tête penchée de côté, il contemplait la zone située entre mon dos et mes cuisses, celle-là même que j'étais occupée à épousseter pour enlever la terre et les graviers.

— Je peux t'aider ?

— Non, tu ne peux pas. (Ne venais-je pas d'avoir cette conversation, déjà ?) Arrête de faire ton Ange et réponds à ma question. Non, attends.

La vérité se fit jour en moi, lentement mais sûrement. Je ramassai ma mâchoire par terre et me tournai vers lui.

— Oh, mon dieu, c'est toi qui me files.

— Quoi ?

Il recula en haussant les sourcils d'un air de déni.

— Fils de pute.

Je le dévisageai d'un air horrifié pendant une bonne minute – heureusement que je m'étais récemment entraînée à jouer les horrifiées devant un miroir. Puis je le regardai essayer de masquer la culpabilité ouvertement inscrite sur ses traits. Je lui donnai ensuite un coup de poing qui atterrit sur son épaule dans un joli bruit sourd.

— Aïe, fit-il en couvrant son épaule d'une main protectrice. Bordel, qu'est-ce que j'ai fait pour mériter ça ?

— Comme si tu ne le savais pas, répondis-je en m'éloignant.

Je n'arrivais pas à le croire. Non, vraiment, je n'en revenais pas. Enfin, si, mais quand même. L'oncle Bob avait demandé à Garrett Swopes de me prendre en filature. Garrett Swopes ! Le type qui se moquait de moi et qui raillait mon don depuis un mois, en jurant de me faire enfermer ou, tout au moins, de m'édifier un bûcher pour sorcellerie. Les sceptiques en faisaient toujours des tonnes. Et c'était cette personne-là que l'oncle Bob avait choisie pour me suivre ?

Quelle injustice ! Quelle indignation ! Quelle... Attendez un peu. Je m'immobilisai et réfléchis à toutes les possibilités qui s'offraient à moi – des possibilités splendides, merveilleuses.

Garrett me suivait, si bien que, sa réactivité laissant à désirer, il faillit me marcher dessus lorsque je m'arrêtai.

— Tu as encore arrêté les médocs, Charles ? me demanda-t-il en me contournant tout en essayant de changer de sujet.

Il s'était mis à m'appeler Charles, récemment, sûrement pour m'énerver, si bien que je ne laissais pas ce petit détail m'atteindre. Et mes médocs ne le concernaient absolument pas.

Je me retournai en lui lançant mon plus beau regard qui tue.

— Oh, non, ne crois pas ça.

— Pardon ?

Il recula. J'avançai.

— Ne crois pas t'en tirer si facilement, mon pote, répondis-je en lui enfonçant mon index dans la poitrine.

J'aurais pu rire de l'expression confuse sur son visage si je n'avais pas été aussi stupéfaite que mon oncle l'ait choisi lui, entre tous, pour lui confier ma filature. En plus, j'avais grand besoin d'un enquêteur, et lui faisait partie des meilleurs consultants payés par Albuquerque. Autrement dit, travail gratuit.

— Tu viens vraiment de m'appeler ton pote ?

— Un peu, oui, et si tu tiens à la vie, ajoutai-je en faisant un nouveau pas vers lui, tu ne m'insulteras pas pour n'avoir pas trouvé mieux en si peu de temps.

— D'accord, répondit-il en levant les mains en signe de reddition. Pas d'insultes, promis.

Je ne lui faisais pas du tout confiance. Le connaissant, il m'insulterait à la première occasion. Merde.

— Depuis combien de temps tu me files ?

— Charles, dit-il pour gagner du temps et trouver un mensonge à me servir.

— N'essaie même pas. (Je lui donnai un nouveau coup d'index, pour le rappeler à l'ordre.) Combien de temps ?

— D'abord…

Il me prit par les épaules et me ramena vers le bâtiment, car une voiture venait de s'engager dans la ruelle.

Lorsque nous fûmes hors de danger, je croisai les bras et attendis.

— Depuis le jour où Farrow a disparu du service de long séjour, avoua-t-il dans un soupir.

Je laissai échapper une exclamation indignée.

— C'était il y a une semaine ! Tu me suis depuis tout ce temps ? Je n'arrive pas à croire que l'oncle Bob ait pu me faire une chose pareille.

— Charley, dit Garrett d'un ton compatissant.

Grossière erreur. Je n'avais pas besoin de sa compassion.

— Ne commence pas. Obie n'aura pas de carte de vœux, cette année.

En le voyant écarter les mains comme si j'exagérais, j'ajoutai :

— Et tu peux rayer ton nom de la liste aussi.

— Qu'est-ce que j'ai fait ? protesta-t-il en me suivant alors que je traversai un parking en direction de la rue principale.

— Tu m'as suivie. C'est du harcèlement, Swopes, et c'est pas beau.

— Ce n'est pas du harcèlement quand on te paie pour ça.

Je m'arrêtai pour le regarder d'un air menaçant.

— Enfin, quand la police te paie pour ça, rectifia-t-il. Et ton oncle Bob ne t'a rien fait. Il s'est dit qu'il était possible que Farrow essaie d'entrer en contact avec toi. Or, pour une raison que je ne m'explique pas, il n'a pas envie qu'un type condamné pour meurtre rôde autour de sa nièce.

Je commençais à en avoir ras-le-bol du refrain « condamné pour meurtre ».

— On va faire un deal, tous les deux.

— OK, me dit-il d'une voix teintée de suspicion.

— J'ai autant besoin que toi – ou plutôt l'oncle Bob – de retrouver Reyes. Aide-moi et je t'aiderai.

— Pourquoi ? me demanda-t-il, toujours méfiant.

On aurait pu croire, à le voir, que je ne tenais jamais parole. J'essayais presque toujours, presque 100 % des fois, de remplir ma part de n'importe quel marché dans n'importe quelle situation.

Le plus dur, c'était de lui vendre mon discours : « oui, je sais, c'est un type condamné pour meurtre, une entité née du mal le plus pur, mais au fond de lui, c'est vraiment un bon gars. »

— Qu'est-ce que l'oncle Bob t'a dit à propos de Reyes ?

Garrett fronça les sourcils d'un air songeur. Ses yeux gris détonnaient vraiment sur son visage à la peau brune.

— Eh bien, pour faire court, il m'a dit que Farrow a passé les dix dernières années au pénitentiaire du Nouveau Mexique pour le meurtre brutal de son propre père, jusqu'à ce qu'il reçoive accidentellement une balle dans la tête en essayant de sauver un autre détenu. Il a passé un mois dans le coma, puis s'est réveillé comme par magie et il est sorti du service de long séjour sans que personne ne le voie.

Je digérai tout ça avant de commenter :

— OK, c'est un bon début. Mais il y a plein de choses que mon oncle ne sait pas.

— Comme quoi ? demanda Garrett avec une moue dubitative.

Super. Il redevenait Garrett le détective sceptique.

— Reyes Farrow m'a sauvé la vie à plusieurs reprises et continue à le faire.

— Vraiment ?

Impossible de louper le sarcasme dans sa voix. Ça n'allait pas être facile de lui vendre mon histoire.

— Oui, vraiment.

Derrière moi, une voiture qui voulait la place de parking sur laquelle nous nous trouvions klaxonna. Je me dirigeai de nouveau vers la rue.

— Un type reconnu coupable de meurtre te sauve régulièrement la vie ?

— Oui. (En arrivant sur le trottoir, je m'arrêtai pour accorder à Garrett toute mon attention.) Et c'est un être surnaturel.

Il eut de nouveau cette moue dubitative, mais il décida quand même de me faire plaisir.

— Un être surnaturel, genre fantôme ou genre super-héros ?

Bonne question.

— Un peu des deux, en fait.

Garrett soupira en se passant la main dans les cheveux.

— Écoute, je n'ai pas le temps de te donner tous les détails, dis-je en repartant. Peux-tu, pour une fois dans ta vie, faire quelque chose qui va à l'encontre de ce que tu es et me faire confiance sur ce coup ?

Au bout d'un long moment, il hocha la tête, à contrecœur.

— Tant mieux, parce que j'ai besoin de le retrouver au plus vite.

Je pris la direction de mon appartement. Un jean propre était un must pour un détective privé – et pour sa santé mentale.

— Attends.

— Nan. T'as qu'à me suivre.

— D'accord, dit-il en courant à petites foulées pour me rattraper. Alors, Farrow est un être surnaturel ? me demanda-t-il en revenant à ma hauteur. Tu veux dire, comme toi ? C'est un faucheur ?

Sa question me surprit. Je pensais qu'il n'avait pas cru un mot de notre dernière discussion, celle où il avait vraiment fait un effort pour ouvrir son esprit et écouter ce que j'avais à dire au lieu de se moquer de moi sans cesse.

— Ce n'est pas un faucheur. Il est plus que ça, en quelque sorte.

— Plus, à quel point ?

La méfiance était de retour dans sa voix.

— C'est un mec, Swopes, tout comme toi. Sauf qu'il a des superpouvoirs.

— Quel genre de superpouvoirs ?

Je m'immobilisai, juste le temps de lui lancer un regard noir.

— Tu veux bien arrêter avec le jeu des vingt questions ?

— Je veux savoir à qui j'ai affaire.

— Écoute, j'ai juste besoin que tu tâtes le terrain, tu sais, que tu poses des questions, pour voir si quelqu'un a entendu quelque chose, je sais pas, moi, d'étrange.

— D'accord. J'ai juste une dernière question.

— OK.

Son regard se fit plus intense.

— Je fais comment pour la tuer, cette créature ?

Eh bien, voilà qui n'était pas très gentil. Pendant tout ce temps, j'avais espéré que l'évolution avait diminué la soif de sang du mâle. Apparemment pas.

— Tu ne le tues pas, répondis-je en me remettant à marcher.

Mais je m'immobilisai brusquement lorsqu'une brume noire, épaisse et ondoyante, se transforma en homme juste devant moi.

Reyes se dressait en travers de mon chemin, et une étrange lueur de colère brillait dans ses yeux acajou.

— Qu'est-ce que tu fais, Dutch ? me demanda-t-il d'une voix douce, menaçante.

Garrett fit un pas, puis s'arrêta lui aussi. Il me jeta un coup d'œil, puis regarda dans la rue, en essayant de deviner ce que je regardais comme ça.

Je décidai pour le moment d'ignorer sa curiosité et la colère de Reyes.

— Es-tu encore vivant ?

Reyes fit un pas vers moi. La chaleur irradiait de son corps sous forme de vagues.

— Malheureusement. Qu'est-ce que tu fabriques ?

— Charles, qu'est-ce qui se passe ? demanda Garrett, alarmé.

Le soulagement m'envahit. Reyes pouvait mourir à tout instant, et j'avais eu peur qu'il soit déjà trop tard. J'essayai de respirer plus librement, mais c'était difficile, tant sa colère était palpable. J'aurais dû me douter qu'il était encore vivant. Sinon, il n'aurait pas été si furieux. Que lui importait que je trouve son corps s'il était déjà mort ? Cette seule idée me serra encore plus le cœur.

Mon visage devait trahir mon inquiétude, car Garrett se pencha vers moi.

— Charley, qu'est-ce qui se passe ?

Reyes lui jeta un coup d'œil, puis se tourna de nouveau vers moi.

— Dis à ton chien de la fermer.

Là, c'était franchement impoli. Ces garçons ne jouaient pas bien ensemble, mais alors pas du tout. Reyes était jaloux de Garrett sans aucune raison, puisqu'il n'y avait absolument rien entre nous.

— Ce n'est pas un chien, Reyes, dis-je en l'invitant pratiquement à me contredire. C'est le meilleur détective de l'État en ce qui concerne les personnes disparues, et il va m'aider à te retrouver.

Le gant que je lui jetais au visage me donna l'impression d'être une gamine de CE2, en cour de récré, qui a décidé de défier le tyran de la classe : retrouve-moi près des balançoires, à 15 heures.

Un sourire apparut lentement sur le visage de Reyes qui se tourna de nouveau vers Garrett et l'évalua d'un seul regard avant de revenir vers moi.

— Comment va sa colonne vertébrale ?

La question me coupa le souffle. Il venait de proférer une menace flagrante et il savait que je la prendrais au sérieux. Il avait sectionné plus d'une colonne vertébrale pour moi, pourquoi ne le ferait-il pas pour lui-même ? Je reculai, et il me suivit, laissant un espace de quinze centimètres entre nous. Il refusait de céder. Il savait comment m'intimider, comment opérer avec la précision d'un chirurgien expérimenté.

— Tu ne peux pas penser une chose pareille, lui dis-je en m'arrêtant puisque reculer ne servait à rien.

— S'il envisage d'essayer de me retrouver, ses dernières années sur Terre seront… empreintes de difficultés.

Sa menace était si hostile, si précise, qu'elle me déchira les entrailles. J'ignorais qu'il était capable de me faire mal à ce point-là. Je redressai les épaules et relevai crânement le menton.

— Très bien. Il ne partira pas à ta recherche, dis-je. (Une lueur de victoire s'alluma dans ses yeux.) Mais, moi, je n'arrêterai pas de te chercher.

Son air suffisant disparut aussi vite qu'il était venu. Une fois de plus, Reyes me lança un regard furieux.

J'osai faire un pas en avant, me jetant pratiquement dans ses bras. Il me laissa faire et me prit contre lui en acceptant de baisser sa garde juste un instant.

— Vas-tu me sectionner la colonne vertébrale… Rey'aziel ? demandai-je en voyant son regard s'attarder sur ma bouche.

Cette fois, ce fut lui qui reçut un choc. Il se raidit complètement, sans rien laisser transparaître sur son visage, mais je sentis le désarroi et l'agitation qui bouillonnaient en lui. Je lisais ses émotions comme il lisait les miennes. À cet instant précis, elles auraient pu faire trembler la terre sous nos pieds.

Garrett dit quelque chose, mais je me noyais dans l'appréhension qui saturait les yeux marron liquide de Reyes. On aurait dit que je l'avais trahi, d'une certaine façon, comme si je lui avais planté un couteau dans le dos. Mais ne venait-il pas de faire la même chose avec moi ? En plus, je portais rarement un couteau.

— Comment connais-tu ce nom ? me demanda-t-il d'une voix douce et dangereuse, comme s'il s'agissait plus d'une menace que d'une question.

Je rassemblai tout mon courage pour lui répondre.

— Une amie me l'a dit, expliquai-je en espérant ne pas mettre en danger la vie de Pari par inadvertance. Elle m'a dit qu'elle t'avait invoqué quand elle était jeune et que tu lui avais presque arraché la jambe.

— Charley, je fais vraiment un effort, là, mais on pourrait peut-être finir cette conversation ailleurs.

C'était Garrett. Il essayait apparemment d'intervenir, de faire comme si nous discutions tous les deux, plutôt que de laisser les passants penser que j'étais cinglée et que je parlais à un être invisible. Pendant une seconde, je me concentrai sur ce qui nous entourait et remarquai un regard étrange ici et un froncement de sourcils désapprobateur là. Mais la plupart des badauds nous ignoraient. On était sur Central, en plein milieu d'Albuquerque. Ce n'était pas comme si les autochtones n'avaient pas déjà vu ce genre de choses.

Lorsque je sentis deux mains me pousser doucement pour m'adosser au mur en briques d'un café, je me concentrai de nouveau sur l'être en face de moi.

— As-tu fait du mal à Pari ?

Reyes appuya ses mains sur le mur derrière nous et pressa son corps contre le mien. C'était tout lui, ça. Quand on le menaçait, quand on l'intimidait, il ripostait. Il bousculait l'autre. Et il choisissait toujours le point le plus faible de son adversaire. Il visait la jugulaire à chaque fois. Il utilisait mon attirance pour lui avec un talent d'artiste. C'était un coup bas, mais je ne pouvais guère l'en blâmer. Il avait été élevé comme ça. Il ne connaissait que ça.

— Ce n'était rien, comparé à ce que j'aurais pu lui faire, répondit-il d'un ton au calme trompeur.

— Tu lui as fait du mal ? répétai-je, me refusant à y croire.

— Peut-être, Dutch, répondit-il dans mon oreille comme si quelqu'un d'autre que moi pouvait l'entendre. Je n'aime pas être invoqué.

Juste au moment où il posait sa bouche sur la mienne et où les picotements de sa force de vie me faisaient sortir de mon corps pour m'envelopper dans sa chaleur, il disparut. Le froid de cette fin d'octobre me fit l'effet d'une gifle, et j'aspirai une bouffée d'air glacial qui me fit aussitôt revenir à moi.

Reyes avait fait du mal à Pari. Cela me choquait autant que de le savoir capable de menacer un homme innocent, à savoir Garrett, lequel se retrouva tout à coup devant moi. Je me rendis compte que j'étais tombée dans ses bras. Par prudence, je m'accrochai à lui tandis qu'il m'emmenait loin des badauds curieux.

— Voilà qui était intéressant.

— Tu m'étonnes, marmonnai-je en faisant de mon mieux pour comprendre Reyes Farrow.

Était-il furieux que je connaisse son nom ? Son vrai nom ? Pourquoi cela faisait-il une différence ? À moins… à moins que cela me donne une espèce d'avantage. Peut-être pouvais-je l'utiliser contre lui.

— J'en conclus qu'il n'a pas envie que je me lance à sa recherche ? dit Garrett.

— C'est un euphémisme.

On fit le tour du *Calamity*, le bar de mon père, pour rejoindre mon immeuble situé derrière. Quand on arriva au premier étage, j'étais toujours accrochée au bras de Garrett, car je ne faisais pas encore confiance à mes jambes pour me porter.

Garrett attendit que je sorte mes clés de ma poche.

— J'ai vu sa photo, me dit-il d'une voix soudain grave.

J'insérai la clé dans la serrure et tournai.

— Sa photo anthropométrique ? demandai-je en supposant que nous étions toujours sur le sujet de Reyes.

— Oui, ainsi que deux autres photos.

C'était logique, puisqu'il était censé prévenir mon oncle s'il voyait Reyes.

— Tu veux entrer ? J'ai juste besoin de me changer rapidement.

— Je comprends, tu sais, me dit-il en entrant derrière moi et en refermant la porte d'entrée.

— C'est vrai ? Eh bien, ça me fait plaisir qu'au moins une personne comprenne. (Je ne voulais vraiment pas parler de Reyes avec lui maintenant, vu que sa colonne vertébrale était intacte et tout ça.) Il y a du soda dans le frigo.

Je lançai les clés sur le bar et me dirigeai vers ma chambre.

— Salut, monsieur Wong !

— Il est séduisant, n'est-ce pas ?

Je m'arrêtai et me retournai vers Garrett.

— M. Wong ?

Je regardai mon colocataire permanent, tout grisâtre, qui se tenait dans le coin de mon salon. Il s'y trouvait déjà quand j'avais décidé de louer l'appartement et, puisqu'il était là avant, je n'avais pas eu le courage de le jeter dehors. En même temps, ce n'est pas comme si je savais comment faire. Je n'avais jamais vu son visage. Il me tournait le dos et flottait au-dessus du sol vingt-quatre heures sur vingt-quatre, le nez dans l'angle, ses orteils à quelques centimètres du plancher. On aurait dit un mélange de prisonnier de guerre chinois et d'immigrant du XVIIIe siècle.

— Qui est M. Wong ? s'enquit Garrett, car ils n'avaient jamais été présentés.

Tout cela était encore tout nouveau pour Swopes. Peut-être valait-il mieux l'amener dans mon monde en douceur, le laisser digérer les nouvelles informations à un rythme raisonnable et garder tout le tralala pour plus tard. En même temps, il avait demandé à venir dans mon monde, il avait même insisté, alors qu'il aille au diable.

— C'est le mec mort qui squatte dans le coin de mon salon. Mais je n'ai jamais vu son visage, pas de face en tout cas, alors je ne peux pas te dire s'il est beau.

— Pas lui, Farrow, rétorqua Garrett. Attends une minute, un mec mort vit dans ton appartement ?

— « Vit » est un mot peut-être un peu fort, Swopes. En plus, ce n'est pas comme s'il prenait beaucoup de place. Alors, tu parlais de Reyes ?

— Oui, Farrow.

Avec un mélange de curiosité et d'horreur, il jeta un coup d'œil dans le coin que j'avais désigné.

— Oh, bon sang, oui, il est séduisant. (Je vérifiai mon répondeur.) Mais, dis-moi, tu ne serais pas en train de faire ton coming out ?

Un gros soupir résonna contre le mur lorsque j'entrai dans ma chambre sur la pointe des pieds et en fermai la porte. C'était trop drôle.

— Je ne suis pas gay, Charley, me dit Garrett depuis l'autre pièce. J'essaie de comprendre.

— Comprendre quoi ? lui demandai-je, tout en sachant très bien où il voulait en venir.

Comment une fille comme moi pouvait se retrouver embarquée dans une histoire avec un type comme Reyes ? Si seulement Swopes connaissait toute l'histoire. Mais ce n'était pas une bonne idée de la lui raconter. Il me ferait enfermer pour être tombée amoureuse du fils de Satan.

— Écoute, je comprends l'attirance pour un mauvais garçon, mais un meurtrier, vraiment ?

Étonnamment, l'huile n'avait pas complètement traversé mon jean, si bien que je n'avais pas besoin de reprendre une douche. Puisque ma chambre était toujours en mode désastre, je fouillai dans un tas à même le sol et y trouvai un autre jean dans un état acceptable. Je l'enfilai, ainsi qu'une super paire de bottes, et me dirigeai vers la salle de bains pour me rafraîchir.

— Je crois que tu as besoin d'arroser tes plantes, me dit Garrett.

— Oh, elles sont fausses.

Il regardait les plantes qui se trouvaient le long de ma fenêtre. C'était ça, ou alors mon problème de moisissure commençait à échapper à tout contrôle.

Après un long silence, je l'entendis demander :

— Ce sont des fausses ?

— Ouais. Fallait bien que je leur donne un aspect authentique. Un peu de peinture en spray, un peu de peinture liquide, et voilà ! De fausses plantes à l'agonie.

— Pourquoi tu veux des fausses plantes à l'agonie ?

— Parce que si elles étaient florissantes et lustrées, tous ceux qui me connaissent sauraient qu'elles sont fausses.

— Ouais, mais est-ce que c'est vraiment important ?

— Ben oui !

J'entendis frapper à la porte de la salle de bains, du côté du salon. Je l'ouvris lentement.

— Oui ? demandai-je à Garrett, occupé à lire la pancarte accrochée sur ma porte.

Celle-ci indiquait « Les morts ne sont pas autorisés à franchir cette porte. » C'était ma salle de bains, après tout, mon sanctuaire. Mais la pancarte ne suffisait pas toujours. M. Habersham, le mec mort du 2B, se faisait régulièrement un plaisir de l'ignorer.

Garrett leva la main et poussa la porte. Je poussai dans l'autre sens.

— Hé, mec, qu'est-ce que tu fais ?

— Je vérifie que je ne suis pas mort.

— Pourquoi, tu te sens mort ?

— Non, mais je me suis dit que peut-être cette pancarte n'était visible que par des morts.

— Comment diable pourrais-je fabriquer une pancarte uniquement visible par des morts ?

— Hé, c'est ton monde, répondit-il en haussant les épaules.

Je sortis de la salle de bains prête à affronter de nouveau le monde en question, ou en tout cas une petite partie.

— Écoute, Reyes, c'est mon problème, d'accord ? dis-je en attrapant mes clés et en me dirigeant vers la porte.

— Pour l'instant, c'est un meurtrier évadé de prison, donc c'est aussi mon problème. Est-ce qu'il t'a menacée, tout à l'heure ?

J'avais besoin d'éloigner Garrett de tout ce qui avait un rapport avec Reyes, et vite. Pour ce que j'en savais, Reyes n'avait jamais fait de mal à un innocent – ou en tout cas ne lui avait pas causé de dommages irrémédiables. Mais ça ne valait vraiment pas le coup de mettre la colonne vertébrale de Swopes en jeu.

— J'ai besoin de ton aide sur une affaire.

— Ouais, mais, tu sais, je suis censé te surveiller.

— Notre accord tient toujours. (Je verrouillai de nouveau l'appartement, puis m'engageai dans l'escalier.) Bonjour, madame Allen, m'écriai-je en entendant une porte grincer plus loin dans le couloir.

— Encore une personne décédée ? demanda Garrett.

— Malheureusement, non, répondis-je dans un grand soupir.

— Alors, notre marché ? reprit-il au moment où on sortait de l'immeuble.

— Je le répète, il est toujours d'actualité. Tu découvres l'origine d'un mec mort qui se balade dans la voiture de Cookie, et je t'appelle à la minute où j'apprends où se cache Reyes.

Il me regarda d'un air encore plus dubitatif que d'habitude – et pourtant, dieu sait si j'étais habituée à ses doutes.

— Enfin, où se cache son corps. Ce petit con refuse de me le dire.

— Farrow ne veut pas que tu saches où est caché son corps ?

— Non. Quel petit con ! Mais il faut qu'on le retrouve avant qu'il meure.

Garrett se frotta le visage du bout des doigts.

— Je suis perdu, là.

— Tant mieux. Reste comme ça. Ta colonne vertébrale te remerciera.

Sur le chemin du bureau, je parlai à Garrett du passager clandestin de Cookie. Il nota la marque, le modèle et le numéro d'immatriculation de la voiture quand on passa devant en traversant le parking. Il allait rechercher ses propriétaires précédents pendant que j'enquêtais sur mes deux personnes disparues, Mimi et Reyes. J'avais vraiment besoin d'Ange sur ce coup-là, mais le moins que je puisse faire était de demander à Cookie d'appeler les hôpitaux pour vérifier si un homme blessé, brun, dans les trente ans, super canon, ne s'était pas présenté dans les dernières heures. Peut-être qu'on l'avait déjà retrouvé mais qu'il ne voulait pas que je l'apprenne. En revanche, j'allais devoir demander ça discrètement.

Après le départ de Garrett, je montai l'escalier derrière le bar de mon père, m'arrêtai avant d'entrer dans le bureau de Cookie pour balayer les lieux du regard, puis me faufilai à l'intérieur. Cookie leva les yeux. Aussitôt, je posai l'index sur mes lèvres pour la faire taire. Habituée au fait que les défunts fassent leur apparition bon gré mal gré, elle se figea, balaya la pièce d'un regard méfiant, puis se tourna de nouveau vers moi d'un air interrogateur.

Je laissai l'index posé sur ma bouche, marchai jusqu'à son bureau sur la pointe des pieds – je ne sais pas trop pourquoi, mais ça me semblait être la chose à faire – puis j'attrapai un crayon et un papier. Après avoir jeté un rapide coup d'œil aux alentours, je griffonnai un mot lui demandant d'appeler les hôpitaux à propos de Reyes et le lui tendis. Ce fut à ce moment-là que j'entendis quelqu'un se racler la gorge derrière moi. Je fis un bond de deux mètres et collai une frousse de tous les diables à Cookie. En me retournant, je découvris Reyes adossé au mur à côté du bureau de mon amie.

— Du verlan, vraiment ? me demanda-t-il, l'incrédulité gravée sur son beau visage.

Je repris le mot des mains de Cookie et lançai un regard noir à Reyes.

— C'est la seule langue étrangère qu'elle connaisse.

— Tu espérais m'avoir avec du verlan ?

Je regardai mon mot et fis la grimace. D'accord, ce n'était pas la meilleure idée que j'avais jamais eue.

— Et alors, quoi ? Tu vas aussi sectionner la colonne vertébrale de Cookie ?

L'intéressée laissa échapper une exclamation de stupeur. Je me pinçai l'arête du nez. Elle n'avait vraiment pas besoin d'entendre ça, surtout avec le passager clandestin mort dans son coffre.

Entre deux battements de cœur, Reyes se dématérialisa et réapparut juste devant moi, l'air furieux.

— Que faut-il que je fasse, Dutch ?

— Pour que j'arrête de te chercher ? (Je n'attendis pas de réponse.) Tu ne sais pas ce qui se passera si ton corps meurt, Reyes. Je refuse d'arrêter mes recherches.

Je sentis la frustration grandir en lui, frémir et bouillonner juste sous sa surface parfaite. Il se pencha vers moi mais, avant de pouvoir faire quoi que ce soit, il se figea, se saisit le torse et me regarda d'un air surpris.

— Quoi ? lui demandai-je.

Il serra les dents, et son corps se raidit jusqu'à prendre quasiment l'apparence du marbre, comme s'il attendait quelque chose. Puis, son apparence se modifia. De profondes lacérations apparurent sur son visage et son torse, inondant aussitôt de sang son tee-shirt déchiré. Il était trempé aussi, recouvert d'un liquide sombre que je ne parvins pas à identifier. Reyes grogna sans desserrer les dents et se plia en deux.

— Reyes ! m'écriai-je en plongeant vers lui.

Juste au moment où nos regards se croisèrent, il disparut. Comme ça, en une seconde. Je plaquai mes deux mains sur ma bouche pour retenir un hurlement. Cookie se dépêcha de faire le tour de son bureau pour s'agenouiller à côté de moi. La souffrance atroce qu'éprouvait Reyes avait clairement transparu sur ses traits. Et il ne voulait pas que je le retrouve ?

J'étais prête à retourner l'enfer lui-même pour le retrouver.

Chapitre 6

N'ayez pas peur de courir partout en public en fredonnant l'air de Mission : Impossible.

TEE-SHIRT

Je garai ma Jeep Wrangler rouge cerise, baptisée « Misery », à un demi-pâté de maisons de ma destination, puis je repassai en mode *Mission : Impossible* pour traverser, le dos courbé, le dangereux domaine coincé en plein dans les quartiers malfamés d'Albuquerque. Les gangs proliféraient autour de l'asile. Quant à ce dernier, laissé à l'abandon par le gouvernement dans les années 1950, il appartenait désormais à un gang de motards appelés les Bandits, qui avaient pignon sur rue. Dans l'ensemble, ils étaient plutôt de la vieille école, leurs couleurs primaires reflétant leur loyauté envers Dieu et la patrie.

Je balayai les lieux du regard en faisant particulièrement attention au logement principal des Bandits derrière l'asile, véritable lieu de perdition rempli de rottweilers – les Bandits les aimaient vraiment, ces bestioles. Puis j'escaladai le grillage le plus vite possible – pas très vite, donc. Depuis des années, j'entrais par effraction sur le territoire des Bandits, mais je n'avais que rarement croisé les rottweilers en patrouille. D'ordinaire le gang les gardait à l'intérieur pendant la journée. Priant pour que ma chance continue, mais gardant l'œil ouvert avec méfiance, j'escaladai le grillage en glissant et donnant des coups de griffes et je fis la grimace chaque fois que le métal s'enfonçait dans mes doigts. Les mecs donnaient l'impression que c'était vachement facile de faire ça. Moi, la seule chose que j'aimais escalader de façon assez régulière, c'étaient justement ces mêmes mecs.

Je me laissai tomber de l'autre côté et fus obligée de faire une pause, en partie pour m'apitoyer sur mon sort et en partie pour faire l'inventaire de mes doigts douloureux. Heureusement, ils étaient tous là. Perdre un doigt en escaladant un grillage, ça devait craindre un max.

Je jetai un autre rapide coup d'œil en direction de la maison, puis courus vers la fenêtre de la cave que j'utilisais pour entrer illégalement dans cet asile depuis l'époque du lycée. Les asiles abandonnés avaient toujours exercé une fascination particulière sur moi. Je les visitais régulièrement – toujours par effraction – depuis que j'avais accidentellement découvert cet endroit, un soir, quand j'avais quinze ans. J'avais fait la connaissance de Rocket Man cette nuit-là, véritable relique d'un film de science-fiction des années 1950, quand les vaisseaux spatiaux semblaient fonctionner à vapeur et que les aliens étaient aussi indésirables que les communistes. J'avais appris que Rocket était une espèce de savant dans la mesure où il connaissait le nom de toutes les personnes mortes depuis l'aube des temps : des millions et des millions de noms étaient inscrits dans son esprit resté à jamais enfantin. Et ce don tombait vraiment à pic, par moments.

Je me faufilai à plat ventre par la fenêtre, puis me laissai tomber en tournant sur moi-même avant d'atterrir sur le sol en ciment de la cave. Les doigts dans le nez.

Les fois où j'avais tenté cette même manœuvre et atterri sur les fesses avec de la poussière et des toiles d'araignée dans les cheveux ne comptaient pas, bien entendu. Je me retournai pour verrouiller la fenêtre de l'intérieur. Ma priorité, quand je rendais visite à Rocket, c'était toujours d'éviter les mâchoires des rottweilers.

— Miss Charlotte !

Pour la énième fois ce jour-là, je sursautai et m'entaillai le doigt sur la poignée de la fenêtre. Dire que la journée était loin d'être finie ! Quelqu'un avait apparemment décrété que c'était la journée du « Foutons une sacrée trouille à Charley ». Si j'avais su, j'aurais commandé un gâteau.

Je fis volte-face et me retrouvai nez à nez avec un Rocket Man tout sourires. Il me souleva dans ses bras, et j'eus droit à une étreinte douce et chaleureuse en dépit de la température glaciale de mon agresseur. Mon haleine se transforma en buée lorsque je me mis à rire.

— Miss Charlotte, répéta-t-il.

Il me reposa par terre, les yeux brillants d'une lueur de joie.

— Miss Charlotte, vous êtes revenue.

— Je t'avais dit que je reviendrais, pouffai-je.

— D'accord, mais vous devez partir, maintenant.

Il me prit par la taille et essaya de me faire passer par la fenêtre de la cave, celle-là même que je venais de fermer.

— Rocket, attends, dis-je en plantant fermement mes pieds de chaque côté du cadre de la vitre. (Je me sentais vaguement ridicule, comme ça, et tout à fait prête pour un examen pelvien. J'avais déjà été virée de plusieurs asiles, mais jamais par Rocket.) Je viens juste d'arriver, protestai-je en poussant sur mes pieds.

Mais, bordel de merde, Rocket était fort.

— Miss Charlotte doit s'en aller, répéta-t-il sans donner l'impression de fournir le moindre effort.

Je grognai sous son poids.

— Miss Charlotte ne doit pas s'en aller, Rocket, promis.

Il refusa de céder et me poussa de plus en plus près de la fenêtre, si bien que je perdis prise. Ma jambe droite glissa, et je me retrouvai plaquée contre la minuscule fenêtre.

Ce fut à ce moment-là que j'entendis un craquement, le bruit glaçant du verre qui se fendille. Merde. Si j'avais besoin de points de suture, Rocket allait me le payer. Enfin, pas littéralement, mais…

Je faisais de mon mieux pour me tortiller et m'éloigner de la vitre vieille de plusieurs décennies lorsque Rocket disparut brusquement. Aussitôt, je m'effondrai sur le sol en ciment où j'atterris principalement sur mon épaule gauche et aussi un peu sur ma tête. La douleur jaillit et se répandit tel du napalm dans mes terminaisons nerveuses. Puis, je me rendis compte que je n'arrivais plus à respirer. Je détestais quand ça se produisait.

Rocket réapparut, me souleva et me remit debout.

— Vous allez bien, Miss Charlotte ?

Maintenant, il avait l'air inquiet. De mon côté, je ne pouvais que m'éventer le visage en essayant d'amener de l'air jusqu'à mes poumons en feu. La chute m'avait coupé le souffle. Le fait que je n'allais pas en mourir ne réussissait pas à atténuer la panique qui s'emparait de moi.

Comme je ne répondais pas, Rocket me secoua, attendit un petit peu, puis me secoua de nouveau, pour être sûr. Je vis le monde devenir flou, puis net, puis flou encore, et je me demandai si le choc reçu à la tête n'avait pas déclenché un AVC.

J'avalais de toutes petites rations d'air, pas assez grosses pour remplir le néant que je devais à une suffocation imminente.

— Miss Charlotte, reprit Rocket, pourquoi avez-vous fait ça ?

— Quoi ? Moi ? fis-je, me contentant de réponses monosyllabiques.

Je passerais aux mots plus longs dans quelques instants, quand j'aurais récupéré.

— Pourquoi êtes-vous tombée ?

— Je n'en ai vraiment aucune idée.

Malheureusement, le sarcasme ne passait pas bien dans le langage de Rocket.

— De nouveaux noms. J'ai de nouveaux noms, m'annonça-t-il en m'entraînant en haut de l'escalier.

Il tapota les murs croulants comme s'ils étaient faits d'un précieux métal. C'était ça, son boulot, à Rocket : graver tous les noms des trépassés, les uns après les autres. L'asile était immense, mais je savais que mon ami finirait par couvrir tous les murs recouverts de béton et manquer de place. Vu sa vétusté, je me demandais si le bâtiment allait tomber, s'il allait redevenir poussière comme les gens que la main de Rocket avait immortalisés. Dans ce cas-là, comment réagirait-il ? Où irait-il ? Je l'aurais bien invité chez moi, mais je ne savais pas comment M. Wong réagirait face à un gamin géant avec un penchant pour les graffitis.

— Je croyais que je devais partir, commentai-je lorsque mes poumons se détendirent enfin.

Rocket s'arrêta sur la marche du haut et leva les yeux d'un air songeur.

— Non, vous n'avez plus besoin de vous en aller, maintenant. Veillez juste à ne pas enfreindre le règlement.

J'essayai de ne pas rire. Il était tellement à cheval sur le règlement, même si je ne le connaissais pas. Malgré tout, je ne pus m'empêcher de me demander à quoi rimait cette tentative de me faire passer par la fenêtre. Il n'avait jamais essayé de me virer, jusque-là.

— Rocket, il faut que je te parle, dis-je en le suivant.

Il tapota le mur sur sa droite tandis que nous traversions le bâtiment qui tombait en ruine.

— J'ai de nouveaux noms. Ils ne devraient pas être ici. Non, m'dame.

— Je sais, mon chou, et je vais m'en occuper, mais j'ai une question à te poser.

J'étais sur le point de l'attraper par sa chemise pour l'obliger à ralentir, mais il disparut de nouveau. Je dus fournir un gros effort pour ne pas me prendre la tête à deux mains en signe de frustration. Rocket donnait un tout nouveau sens aux termes troubles de l'attention et hyperactivité.

— Miss Charlotte, l'entendis-je appeler plus loin dans le même couloir. Il faut suivre, un peu.

Je me dirigeai vers sa voix en espérant que les vieux planchers croulants tiendraient bon. Je regrettais de ne pas avoir apporté une lampe torche.

— J'arrive. Reste où tu es.

— Tous ceux-là, me dit-il quand je le rejoignis. Tous ceux-là. Ils ne devraient pas être là. Ils doivent suivre le règlement, comme tout le monde.

Rocket savait que c'était mon boulot d'aider ces âmes à passer de l'autre côté. Je regardais le mur en question. Des centaines de noms originaires de dizaines de pays s'y trouvaient inscrits. Cela ne cessait jamais de me surprendre. Comment Rocket savait-il tout ça ?

Je décidai de le tester pour voir ce qui allait se déverser de lui à la mention du nom céleste – faute d'un meilleur terme – de Reyes. Mais, d'abord, j'allais l'interroger à propos de Mimi Jacobs. Il fallait que je sache si elle était encore en vie.

— D'accord, mais j'ai quelques noms pour toi, moi aussi.

Rocket se tourna vers moi. Rien sur Terre ne retenait son attention plus vite qu'un nom. Ses yeux se mirent à briller d'impatience, une lueur presque vorace.

Je me rapprochai de lui, ne voulant pas le perdre si jamais il décidait de se lancer dans une de ses quêtes à travers les salles hantées de l'asile.

— Mimi Anne Jacobs. Nom de jeune fille : Marshal.

Rocket baissa la tête et se mit à battre très vite des paupières, comme s'il était un moteur de recherche fouillant les recoins de son propre esprit pour dénicher l'info. Puis, il s'arrêta.

— Non. Ce n'est pas encore son heure.

Le soulagement m'envahit, et je m'armai de courage en vue de prononcer l'autre nom. Je savais qu'il était inutile de demander quoi que ce soit d'autre à Rocket à propos de Mimi, même si j'étais certaine qu'il en savait davantage. À présent, c'était au tour de Reyes. Par mesure de sécurité, je posai la main sur le bras de mon ami.

— Rocket, que sais-tu à propos de Rey'aziel ?

Il pinça les lèvres et resta immobile le temps d'un battement de cœur, puis deux. Ensuite, il se pencha vers moi.

— Cette créature ne devrait pas être ici, Miss Charlotte, répondit-il tout bas.

Rocket avait déjà dit ça quand je l'avais interrogé à propos de Reyes Farrow. Visiblement, il savait qu'il s'agissait d'une seule et même personne.

— Pourquoi ? lui demandai-je en lui serrant le bras pour le rassurer.

Son visage se transforma.

— Miss Charlotte, je vous l'ai dit, protesta-t-il avec un air de reproche qui ressemblait plus à une moue boudeuse. Il n'aurait jamais dû devenir un enfant nommé Reyes. Il est Rey'aziel. Il n'aurait jamais dû naître.

Celle-là aussi, je l'avais déjà entendue.

— Rocket, est-ce que son corps physique est toujours vivant ?

Il se mordilla la lèvre d'un air songeur avant de répondre.

— Le garçon Reyes est toujours là, mais il a violé le règlement, Miss Charlotte. On ne doit pas violer le règlement, affirma-t-il en agitant l'index.

Une fois encore, je respirai un peu plus librement. J'étais terrifiée à l'idée que le corps de Reyes meure avant que je puisse le retrouver. L'idée de le perdre me pétrifiait.

— Les Martiens ne peuvent pas devenir humains juste parce qu'ils veulent boire notre eau, poursuivit-il.

— Alors, Rey'aziel veut notre eau ?

J'essayais vraiment de comprendre cette métaphore, mais ce n'était pas simple. Rien chez Rocket n'était simple.

Son regard d'enfant se fixa sur le mien. Il me dévisagea un long moment avant de répondre.

— Oui, il la veut toujours, répondit-il en effleurant ma joue de ses doigts. Il la désire plus que l'air.

Je pris une toute petite inspiration. Rocket avait rarement l'air aussi lucide, aussi rationnel – et aussi poétique.

— Reyes m'a dit un jour qu'il était né pour moi, pour être avec moi. Est-ce cela qui te fait peur, Rocket ? Aurais-tu peur pour moi ?

— C'est Rey'aziel, miss Charlotte. Bien sûr que j'ai peur pour vous. J'ai peur pour tout le monde.

Oh. Ça n'était sans doute pas bon du tout. Je redressai les épaules et posai carrément la question.

— Rocket, sais-tu où se trouve son corps ?

Il secoua la tête en faisant « tsss » avec sa langue.

— Il ne peut pas violer le règlement.

— Quel règlement, Rocket ?

Peut-être que les indices se trouvaient dans le règlement que Reyes avait apparemment transgressé. C'était tiré par les cheveux, mais sans l'aide d'Ange, je n'avais rien.

— On ne doit pas jouer à cache-cache dans la maison.

— Quelle maison ? demandai-je, un peu surprise par cette réponse.

Reyes cachait son corps. Était-ce là le jeu de cache-cache auquel Rocket faisait allusion ?

Il se figea et baissa les yeux comme s'il sentait quelque chose. Sans prévenir, il plaqua sa main sur ma bouche et me poussa brutalement contre le mur. Puis, il se pencha contre moi, jeta un coup d'œil aux alentours et écarquilla les yeux d'un air effrayé.

— Chut, murmura-t-il. La créature est là.

Au même moment, je sentis sa présence. La température augmenta et la pièce se chargea en électricité statique, comme si un orage couvait entre ses murs. Une noirceur explosa derrière nous, tourbillonnant comme des nuages couleur d'obsidienne au beau milieu d'Armageddon. Quand Reyes se matérialisa, il resta drapé dans sa robe, le visage invisible dans l'ombre de sa capuche.

Oh, ouais. Il était en rogne.

Je repoussai la main de Rocket et m'avançai vers « la créature ».

— Reyes, attends…

Je n'eus pas le temps de terminer ma phrase, car j'entendis le chant du métal glissant hors du fourreau. Je retins mon souffle en comprenant qu'il allait se servir de son arme contre Rocket.

— Reyes, non ! m'écriai-je en me jetant devant Rocket.

Mais la lame s'abattait déjà. Elle fendit l'air et s'immobilisa à un doigt environ à l'intérieur de ma cage thoracique, du côté gauche. La douleur cuisante fut instantanée, mais je savais qu'il n'y aurait pas de sang. Reyes tuait avec l'adresse d'un chirurgien, mais de l'intérieur vers l'extérieur. Il n'y avait jamais de signe de trauma externe, ni la preuve d'un meurtre, juste une coupure si propre, si nette, qu'elle décontenançait même les meilleurs médecins du pays – ou les légistes, selon l'issue de la blessure.

Le temps parut se figer tandis que je contemplai la lame, ses bords tranchants et ses angles menaçants. Elle flottait, parallèle au sol, enfoncée de deux centimètres à l'intérieur de mon corps, et brillait d'une lumière aveuglante.

D'un coup sec, Reyes retira sa lame et la rangea dans sa robe tandis que je basculais maladroitement vers le mur au son des battements précipités de mon cœur. Reyes repoussa sa capuche, les sourcils haussés sous l'effet de l'inquiétude, et se pencha vers moi comme pour me rattraper. Je le repoussai et fis volte-face, mais Rocket avait disparu. Puis, je me tournai vers Reyes. Ma colère face à tant de stupidité atteignait un niveau sans précédent.

— Tu sembles vraiment très décidé à faire du mal aux gens, ces temps-ci.

Cette découverte me faisait douter de tout ce que je croyais à propos de lui. J'avais fini par croire qu'il était gentil, noble et, d'accord, dangereux, mais d'une bonne façon.

— « Ces temps-ci » ? répéta-t-il, incrédule. Pour toi, je fais du mal aux gens depuis un paquet d'années, Dutch.

Certes. Il m'avait sauvé la vie plus d'une fois. Plus d'une fois, il avait blessé des gens qui allaient me faire du mal. Mais, à chaque fois, il s'agissait d'individus coupables d'actes très graves.

— Tu ne peux pas te balader comme ça en blessant et en tuant les gens juste parce que tu en as envie. Je sais que ton père ne t'a pas enseigné…

Dans un grondement, il fit disparaître sa robe et me tourna le dos. La chaleur de sa colère faisait penser à un incendie qui faisait rage.

— Peut-on savoir à quel père tu fais allusion, exactement ? demanda-t-il d'un ton calme, blessé que je puisse mentionner l'un ou l'autre.

Il avait été un général de l'enfer. Il avait mené les armées de son père à la bataille et subi en conséquence des souffrances inimaginables. Puis il s'était échappé et il était né sur Terre – pour moi. Mais la vie qu'il avait planifiée, où lui et moi aurions dû grandir, aller à l'école et à la fac et avoir des enfants ensemble, n'était devenue que les vestiges d'un rêve lorsqu'il avait été kidnappé tout petit et vendu à un monstre appelé Earl Walker, l'homme pour le meurtre duquel on l'avait envoyé en prison. La vie qu'il avait vécue sur Terre et les abus qu'il avait subis étaient la définition même du tragique.

Je me rapprochai de lui.

— Je suis désolée. Je n'avais pas l'intention de mentionner l'un ou l'autre.

Il me regarda par-dessus l'une de ses larges épaules, ses muscles ondulant sous le poids des souvenirs.

— Tu dois arrêter tes recherches.

— Non, répondis-je dans un murmure.

Il esquissa un sourire froid, juste une seconde avant de me tourner le dos de nouveau.

— Mon corps mourra bientôt. Il ne pourra pas en supporter beaucoup plus.

Mon cœur se serra sous l'effet d'une douleur vive.

— Ils te torturent ? demandai-je d'une voix étranglée.

Reyes, occupé à examiner le travail de Rocket, leva la main et fit courir ses doigts sur un nom, ce qui fit ondoyer les lignes fluides de son tatouage.

— Sans pitié.

Mes yeux me piquèrent, et des larmes perlèrent sous mes paupières.

Aussitôt, il se retrouva devant moi.

— Non, me dit-il d'une voix sèche et menaçante. Ne me prends surtout pas en pitié.

Je reculai en titubant contre le mur. Il me suivit. J'aimais mieux ça. C'était plus facile d'être en colère contre lui quand il se comportait comme un con. Mais je ne m'attendais pas à son geste. Tout en faisant semblant de me peloter et de me séduire, il vérifiait, en réalité, la blessure qu'il venait juste de m'infliger. Sa main m'apaisait, sa caresse me guérissait.

— Pourquoi as-tu fait du mal à Pari ? demandai-je, encore stupéfaite qu'il puisse être si doux et pourtant attaquer si facilement les gens.

Il recula.

— Je n'ai jamais fait de mal à ton amie. Je ne sais même pas qui c'est.

Surprise, je battis des paupières.

— Mais, elle t'a invoqué.

— C'est elle qui te l'a dit ?

— Oui. Elle m'a dit qu'elle t'avait invoqué, Rey'aziel, au cours d'une séance de spiritisme.

Il ricana.

— Alors, ton amie croit qu'on peut m'invoquer comme on appelle un chien ?

— Non, ce n'est pas ça du tout.

— Un groupe d'ados idiotes jouant à se faire peur avec une légende urbaine ne peut pas m'invoquer. Une seule personne au monde peut le faire, expliqua-t-il en me regardant d'un air entendu.

Parlait-il de moi ? Pouvais-je l'invoquer ?

— Alors, ce n'était pas toi ?

Il se contenta de secouer la tête.

— Donc, tu ne lui as pas fait du mal ?

Il me dévisagea pendant un long moment.

— Tu sais ce qui m'interpelle ?

Je flairai un piège.

— Quoi donc ?

— Le fait que tu me croies sincèrement capable de blesser des innocents sans raison.

— Ce n'est pas le cas ? dis-je d'une voix radoucie par l'espoir.

— Oh, non, j'en suis plus que capable. Je ne savais pas que toi aussi, tu le savais, c'est tout.

D'accord, il était amer. Pigé.

— Allais-tu tuer Rocket ? Est-ce seulement possible ?

— Il est déjà mort, Dutch.

— Alors…

— J'allais juste l'envoyer se cacher loin d'ici en tremblant de peur pendant quelque temps. Il est doué pour ça.

— Donc, tu es cruel, en plus du reste, répondis-je du tac au tac.

Il glissa ses longs doigts autour de mon cou, m'entourant de sa chaleur brûlante, et releva mon menton avec ses pouces.

— J'étais un général de l'enfer. Qu'est-ce que tu crois ?

— Je crois que tu fais vraiment de gros efforts pour me montrer à quel point tu es mauvais.

— J'ai passé des siècles en enfer, me dit-il en souriant. Je suis ce que je suis. Si j'étais toi, j'enlèverais mes lunettes teintées de rose et je réfléchirais à ce que j'essaie de sauver. Laisse mon corps mourir.

— Pourquoi ne pas le tuer toi-même, dans ce cas ? demandai-je avec impatience. Pourquoi ne pas en finir ? Pourquoi les laisser te torturer ?

— Je ne peux pas, répondit-il en laissant retomber sa main.

Je me figeai, toute ouïe. Il serra les dents d'un air frustré.

— Ils gardent mon corps. Ils ne me laissent pas l'approcher.

— Les démons ? Combien sont-ils ?

— Trop nombreux, même pour toi.

— Oh, alors, ils sont deux ?

Je ne pouvais m'imaginer affrontant ne serait-ce qu'un démon.

— S'ils réussissent à me renvoyer en enfer, tu devras découvrir de quoi tu es capable, Dutch, et vite.

— Pourquoi ne pas me le dire, tout simplement ?

Il secoua la tête. Le contraire m'aurait étonnée.

— Ce serait comme dire à un oisillon qu'il sait voler avant qu'il soit prêt à quitter le nid. D'abord, il doit comprendre, à un niveau viscéral, qu'il en est capable. C'est l'instinct. Si je retourne en enfer, si on m'y envoie quand mon corps mourra, tu seras seule. Et oui, ils finiront par te retrouver.

Ouais ben, merdum.

Rocket avait disparu, et il était impossible de dire quand il reviendrait. Une fois, j'étais restée deux mois sans le voir, et l'incident de l'époque n'avait rien à voir avec Reyes. Impossible de dire combien de temps il se cacherait cette fois-ci.

Je retournai auprès de Misery, mes lèvres encore brûlantes du baiser incendiaire que Reyes m'avait donné avant de disparaître à son tour. Je montai dans la voiture et appelai des renforts, puis je vérifiai où en était Cookie.

— Je n'ai encore rien trouvé, répondit-elle en me mettant au courant de ce qu'elle avait trouvé – ou n'avait pas trouvé, justement.

— Ce n'est pas grave, continue à chercher. Après, j'irai voir Warren. Appelle-moi si tu découvres un truc intéressant.

— Pas de souci.

Taft, un officier de police qui travaillait avec mon oncle, arrêta sa voiture de patrouille derrière mon véhicule au moment où je rangeai mon téléphone. Deux gamins du quartier se mirent à glousser en pensant que j'avais des ennuis. Les gamins du coin considéraient rarement les flics comme un élément positif. Difficile d'oublier l'image d'hommes en uniforme emmenant votre mère ou votre père en plein milieu de la nuit pour querelle domestique.

Je sortis de ma voiture au moment où Taft ajustait sa casquette et se dirigeait vers moi en balayant le voisinage du regard à la recherche de signes d'une agression. Il portait un uniforme noir froissé et une coupe militaire, mais ce n'était pas lui que j'avais besoin de voir.

— Salut, Taft, dis-je en me débarrassant des politesses avant de regarder la petite fille défunte qui le talonnait, également connue sous le nom de l'Enfant démoniaque. Salut, mon chou.

— Salut, Charley, me dit-elle d'une voix douce et mignonne, comme si elle n'était pas maléfique.

Un peu comme le Diable en personne, l'Enfant démoniaque avait beaucoup de noms. Enfant démoniaque, pour commencer, ainsi que Progéniture de Satan, Bâtarde de Lucifer ou, mon préféré, Charlotte aux Fraises. C'était la petite sœur de Taft, décédée quand ils étaient encore très jeunes tous les deux. Taft avait essayé de la sauver de la noyade et avait passé une semaine à l'hôpital avec une pneumonie pour prix de ses efforts. Depuis, elle ne l'avait jamais quitté. Jusqu'à ce qu'elle me découvre – et qu'elle essaie de m'arracher les yeux sans raison.

Lors de notre première rencontre, elle était assise à l'arrière de la voiture de patrouille de Taft qui me ramenait d'une scène de crime. Quand Charlotte aux Fraises avait cru que j'en pinçais pour son frère, elle m'avait traité de salope et essayé de m'énucléer. Ça m'avait marquée.

Ses longs cheveux blonds tombant en désordre autour de son visage, elle regarda derrière elle, repéra l'asile qui tombait en ruine et croisa ses petits bras d'un air de dégoût.

— Qu'est-ce qu'on fait ici ?

— Je me demandais si tu pourrais me rendre un service.

Elle se tourna de nouveau vers moi et fronça les sourcils en réfléchissant à ma demande.

— D'accord, mais tu dois m'en rendre un aussi.

— Ah ouais ? fis-je en m'appuyant contre Misery. De quoi as-tu besoin ?

— David voit quelqu'un en ce moment.

— Oh, ronronnai-je en faisant semblant de compatir. Qui est David ?

Elle leva les yeux au ciel comme seule une fillette de neuf ans en était capable.

— Mon frère ! David Taft ! dit-elle en le désignant du pouce.

— Oh, ce David-là ! m'exclamai-je en pouffant.

— Qu'est-ce qu'elle dit ? me demanda-t-il.

Je l'ignorai. Charlotte aux Fraises aussi.

— Elle est laide, elle met trop de rouge à lèvres, et ses fringues sont trop serrées.

— Alors, c'est une pute ?

Je lançai un regard de reproche à Taft, qui écarta les mains.

— Quoi ?

— De luxe, répondit Charlotte aux Fraises, confirmant mes soupçons. (Puis elle montra son frère du doigt.) Il faut que tu lui parles, Charley. Cette pute est restée toute la nuit. Sérieux.

Je pinçai les lèvres et mis les poings sur les hanches en espérant que je ne faisais pas d'hémorragie interne à cause du poignard de Reyes. Je détestais les hémorragies internes. Quitte à saigner, je préférais en voir la preuve et savourer le côté héroïque de la chose.

— Tu peux être sûre que je vais lui en toucher deux mots.

Je lançai un regard déçu à Taft, ce qui me valut en retour un regard agacé. Après quoi, j'expliquai à la petite pourquoi j'avais besoin d'elle :

— Pendant qu'on discute, ton frère et moi, tu veux bien entrer dans ce bâtiment à la recherche d'une petite fille ?

Taft et Charlotte aux Fraises se tournèrent tous les deux vers l'asile d'un air sceptique.

— Ce bâtiment a l'air effrayant, dit-elle.

— Ce n'est pas effrayant du tout, mentis-je – comme une arracheuse de dents.

Qu'y avait-il de plus flippant qu'un asile mental à l'abandon où, d'après la légende, les docteurs réalisaient des expériences sur les patients, rien que ça ?

— Il y a un gentil monsieur du nom de Rocket qui vit là-dedans avec sa petite sœur. Elle est encore plus jeune que toi.

Je n'avais jamais vu la sœur de Rocket, mais il me disait très souvent qu'elle était là, avec lui. À l'en croire, elle était morte de pneumonie pendant la Grande Dépression. D'après ce qu'il m'avait raconté, elle devait avoir dans les cinq ans.

— Il s'appelle Rocket ? gloussa Charlotte.

— Ouais, d'ailleurs, en parlant de ça… (Je me penchai vers elle.) Pendant que tu y es, vois si tu peux découvrir le vrai nom de Rocket.

Je n'avais pas encore obtenu de vraies infos sur les origines de Rocket, même si j'avais épluché tous les registres que j'avais pu trouver sur l'asile. Apparemment, Rocket Man n'était pas son vrai nom.

— D'ac.

— Attends, dis-je une microseconde avant qu'elle disparaisse. Tu ne veux pas savoir pourquoi tu vas là-bas ?

— Pour trouver cette petite fille.

— Oui, mais j'ai besoin qu'elle me donne des réponses, si elle en a. J'ai besoin de savoir si elle sait où trouver le corps de Reyes, son corps humain. Tu t'en souviendras ?

— Évidemment, répondit-elle en croisant les bras de nouveau.

Puis, elle disparut. Je serrai les dents, un tout petit peu, parce que j'étais convaincue que Charlotte aux Fraises était l'instrument que Dieu avait trouvé pour me punir d'avoir bu une margarita de trop le jeudi soir précédent. Résultat, j'étais montée sur une table pour danser la *Macarena*, et ce n'était pas beau à voir.

Tandis que Taft, très raide, continuait à regarder le bâtiment d'un air inquiet, je m'adossai à Misery en appuyant le talon de ma botte sur le marchepied.

— Écoutez, dis-je en détournant son attention sur moi, votre sœur raconte que la fille avec qui vous sortez est une pute.

Il me regarda d'un air horrifié.

— Ce n'est pas une pute ! Enfin, si, c'est vrai, c'est une pute, et c'est pour ça que je sors avec elle, mais elle est au courant ?

Je haussai les épaules avec incrédulité.

— Mec, qu'est-ce que j'en sais moi, si votre copine sait ou pas qu'elle est une pute ?

— Non, je parlais de Becky. Elle sait que je sors avec quelqu'un ?

Je levai brusquement les mains.

— Peut-être que si je savais qui est Becky…

Il me regarda fixement d'un air scandalisé.

— Ma sœur.

— Oh, bien sûr ! m'exclamai-je en jouant les étourdies.

Qui aurait cru que l'Enfant démoniaque aurait un prénom aussi normal ? Je m'attendais à quelque chose de plus exotique, comme Serena, Destiny ou « La-diabolique-qui-vient-la-nuit-vous-glacer-le-sang ».

La radio de Taft crachota des mots qui me semblèrent complètement incohérents. Alors qu'il se dirigeait vers sa voiture pour répondre en privé, mon portable se mit à sonner. C'était Cookie.

— Ici Charley, la maison des terribles souffrances, répondis-je.

— Janelle est morte dans un accident de voiture.

— Oh, là, là, je suis désolée. Vous étiez proches, toutes les deux ?

Cookie poussa un soupir agacé.

— Janelle, Charley. Janelle York ? L'amie de lycée de Mimi qui est morte récemment ?

— Oh, oui, c'est vrai, fis-je en jouant de nouveau les étourdies. (Je faisais ça souvent, ces derniers temps.) Attends, un accident de voiture ? Mimi a dit à Warren que Janelle avait été assassinée.

— Exactement. D'après le rapport de police, elle était malade. Ils pensent qu'elle a perdu connaissance au volant et que la voiture est tombée dans un ravin sur le côté de l'I-25. Sa mort a été déclarée accidentelle.

— Dans ce cas, pourquoi Mimi a-t-elle dit qu'elle avait été assassinée ?

— Quelque chose lui a mis la puce à l'oreille, répondit Cookie.

— Peut-être que ça a un rapport avec notre concessionnaire automobile assassiné.

— C'est également ce que je me suis dit. Je crois qu'il va falloir que tu reparles à Warren très vite. Il faut qu'on sache pourquoi il s'est battu avec un type juste quelques jours avant la mort du type en question.

— Les grands esprits se rencontrent, bébé. Je suis dessus.

— C'est Cookie ?

Charlotte aux Fraises venait d'apparaître à côté de moi. Je rangeai mon portable.

— La seule et l'unique. Tu as fait vite. Tu as trouvé la sœur de Rocket ?

— Bien sûr.

Génial. Je n'avais jamais su si elle existait vraiment ou si elle n'était qu'un produit de l'imagination de Rocket. J'attendis pour plus d'informations. Genre, une éternité.

— Et ?

— Baby, elle est assez timide.

« Baby ? » Je faillis m'étrangler en entendant Charlotte aux Fraises m'appeler comme ça.

— D'accord. Et à part ça ?

Elle croisa les bras – ça semblait être son truc. Si ça n'était pas aussi mignon, ç'aurait été agaçant.

— Tu ne vas pas aimer.

— Est-ce qu'elle sait où se trouve le corps de Reyes ?

— Non. Elle est partie à sa recherche. Mais elle a dit que Rey'aziel n'aurait jamais dû naître sur Terre.

— C'est ce que j'ai entendu dire.

— Il est très puissant.

— Ouais, je m'en suis rendu compte depuis un moment déjà.

— Et si son corps humain meurt, il deviendra ce pour quoi il a été forgé dans les feux de l'enfer. Il accomplira son destin.

D'accord, ça, c'était nouveau.

— C'est-à-dire ? demandai-je d'une voix teintée d'angoisse et de méfiance.

— Il deviendra l'arme ultime, répondit Charlotte comme si elle commandait une glace. Le porteur de mort.

— Merde alors.

— L'Antéchrist.

— Putain.

— Il est plus puissant que n'importe quel démon ou n'importe quel ange ayant jamais existé. Il peut manipuler le continuum espace-temps et précipiter la destruction de la galaxie tout entière et tout ce qu'elle contient.

— D'accord, j'ai saisi, dis-je en levant la main pour l'interrompre.

J'avais l'impression de manquer d'air, tout à coup. Il avait fallu que je pose la question, hein. Et ça n'aurait pas pu être un truc simple qui n'impliquait pas la fin du monde, non, bien sûr que non. Il fallait que ça soit apocalyptique. Et donc, ça craignait un max. Je ne savais absolument pas comment combattre ça. Mais retrouver le corps de Reyes devenait brusquement impératif.

— Tu as découvert un tas de choses en cinq minutes.

— Je suppose, répondit-elle en haussant les épaules.

Je changeai de vitesse, passai en mode neutre, puis en mode déni, avant d'accorder de nouveau mon attention à Charlotte aux Fraises.

— Alors, as-tu découvert le vrai nom de Rocket ?

— Ouaip, répondit-elle en caressant du bout des doigts la manche de mon pull – c'était perturbant.

J'attendis. Genre, une éternité.

— Et ?
— Et quoi ?
— Le nom de Rocket ?
— Ben quoi ?
De grandes inspirations. De grandes inspirations apaisantes.
— Mon chou, lui dis-je calmement en inspirant à fond, c'est quoi le nom de Rocket ?
Elle me regarda comme si j'étais folle.
— Ben, Rocket, bien sûr !
Je serrai brutalement les dents. Sans ses grands yeux innocents et la moue parfaite de sa bouche semblable à un joli nœud, je l'aurais exorcisée sur place. Enfin, si j'avais su comment. Au lieu de quoi, je baissai la tête et me mis à jouer avec un fil qui dépassait de mon jean.
— Est-ce que Rocket va bien ?
Nouveau haussement d'épaules.
— Ouais, il est juste un peu effrayé.
Merde. Reyes se comportait vraiment comme un abruti, parfois. Putain d'Antéchrist. Soudain, je pensai à un truc.
— Hé, comment elle s'appelle, sa petite sœur ?
Charlotte aux Fraises ouvrit grand la bouche avant de me lancer un regard noir.
— Ça t'arrive de m'écouter ?
Allons bon, qu'est-ce que j'avais encore fait ?
— Quoi ?
— Je te l'ai déjà dit ! Elle s'appelle Baby.
— Oh, vraiment ?
Hochement de tête.
— Elle s'appelle Baby ?
La petite croisa les bras – encore – et acquiesça, lentement, sans doute pour que je pige enfin.
— Elle a peut-être un nom de famille ?

Petite maline, va.

— Ouaip. Bell.

Je soupirai. Encore un nom de plume.

— Baby Bell, hein ?

Eh bien, ça n'allait pas beaucoup m'aider dans mes investigations. Rocket Man et Baby Bell. Merveilleux. Non, attendez. Maintenant, j'avais un Rocket Man, une Baby Bell et un supposé Antéchrist. Qu'on n'aille pas dire que la vie au pays de Charley n'était pas intéressante.

— Alors, pourquoi Baby Bell ne veut-elle pas venir me voir ? demandai-je, légèrement vexée – ou pas.

— Sérieux ? (Charlotte aux Fraises me regarda comme si j'étais à moitié stupide et à moitié idiote.) Si, après ta mort, tu voulais rester sur Terre avec ton frangin pour l'éternité, tu te présenterais, toi, à la seule personne dans tout l'univers capable de t'expédier de l'autre côté ?

Elle marquait un point.

Taft termina sa conversation et revint vers nous.

— Elle est revenue ? demanda-t-il en regardant autour de nous.

Les gens faisaient toujours ça. Je ne comprenais pas trop pourquoi.

— En chair et en os, répondis-je. Métaphoriquement parlant.

— Elle m'en veut toujours ? demanda-t-il en grattant le sable du bout du pied.

Si je n'avais pas été aussi choquée à cause de l'apocalypse imminente, j'aurais ri en voyant Charlotte faire la même chose, ses petits chaussons roses passant au-dessus du sol sans rien déranger.

— Je ne lui en veux pas, dit-elle, j'aimerais juste qu'il arrête d'inviter des nanas moches à dîner. (Sans me laisser le temps de commenter, elle glissa sa petite main dans la mienne.) C'est toi qu'il devrait emmener dîner.

Dire que cette seule idée m'horrifiait aurait été un sacré euphémisme. J'eus une remontée acide et je déglutis péniblement en essayant de ne pas faire la grimace.

— Elle ne vous en veut pas vraiment, dis-je à Taft une fois que je fus remise.

Je me penchai vers lui et murmurai :

— Mais je vous en prie, pour l'amour du ciel, trouvez-vous une fille assez bien pour la présenter à votre mère. Et vite.

— D'accord, dit-il en haussant les sourcils d'un air perplexe.

— Et arrêtez de sortir avec des roulures.

Chapitre 7

J'ai arrêté de lutter contre mes démons intérieurs.
On est du même côté, maintenant.

TEE-SHIRT

Après avoir présenté mon badge, j'entrai dans le commissariat central où ils avaient amené Warren Jacobs pour l'interroger. Je repérai Obie à l'autre bout d'un océan de bureaux. Heureusement, seuls deux types en uniforme remarquèrent ma présence. La plupart des flics n'aimaient pas que j'empiète sur leur territoire. En partie parce que j'étais l'arme secrète d'Obie, ce qui lui permettait de résoudre des crimes avant eux, et en partie parce qu'ils pensaient que j'étais un monstre de foire. Dans les deux cas, ça ne m'empêchait pas particulièrement de dormir.

Les flics formaient un mélange bizarre de règlement et d'arrogance, mais j'avais appris voilà longtemps que c'était nécessaire pour survivre dans leur profession dangereuse. Les gens étaient franchement cinglés.

Obie parlait à un autre lieutenant quand j'arrivai à sa hauteur. Au dernier moment, je me rappelai que je lui en voulais de m'avoir fait suivre. Heureusement, parce que j'avais failli lui sourire.

— Obie, dis-je d'une voix si glaciale que j'en crachais presque des stalactites.

Visiblement insensible à ma froideur, il ricana, si bien que je déclarai, les sourcils froncés :

— Ta moustache aurait besoin d'être taillée.

Son sourire s'évanouit, et il se palpa la moustache d'un air inquiet. C'était méchant de ma part, mais il fallait qu'il comprenne que j'étais sérieuse à propos de cette histoire de filature. On ne surveillait pas Charley Davidson, point barre. Je n'appréciai guère le fait qu'il se fichait éperdument de mon besoin d'intimité. Et si j'avais loué un porno, hein ?

L'autre lieutenant nous salua de la tête pour prendre congé. Il s'éloigna, un sourire frémissant au coin des lèvres.

— Puis-je le voir ? demandai-je.

— Il est dans la salle d'observation numéro un, il attend son avocat.

Prenant cette réponse pour un oui, je me dirigeai vers la salle en question, avant de lancer par-dessus mon épaule :

— Au fait, il est innocent.

Juste au moment où je franchissais le seuil, mon oncle me héla :

— Tu dis ça juste parce que tu es en colère ?

Je refermai la porte derrière moi sans répondre.

— Mademoiselle Davidson ! s'exclama Warren en se levant pour me serrer la main.

Il avait encore plus mauvaise mine qu'au cours de la nuit, au resto. Il portait le même costume anthracite, la cravate desserrée, le bouton du haut défait.

— Vous tenez le coup ? demandai-je en m'asseyant en face de lui.

— Je n'ai tué personne, me dit-il, les mains tremblantes de chagrin.

Les coupables aussi étaient souvent nerveux pendant les interrogatoires, mais pour des raisons différentes. Plus souvent qu'à leur tour, ils essayaient de mettre au point une bonne histoire, qui couvrirait leurs arrières tout en tenant la route face à un jury. Warren, lui, était nerveux parce qu'on l'accusait d'avoir commis non pas un, mais deux crimes, et qu'il n'était coupable ni de l'un ni de l'autre.

— Je n'en doute pas, Warren, répondis-je en essayant malgré tout de garder un ton ferme. (Il ne m'avait pas tout dit, et je voulais savoir pourquoi.) Mais vous vous êtes disputé avec Tommy Zapata une semaine avant sa mort.

Warren se prit la tête à deux mains. Je savais que l'oncle Bob nous observait. Il avait laissé Warren dans la salle d'observation en sachant que j'allais venir le voir, mais s'il espérait des aveux, il allait être très déçu.

— Écoutez, si j'avais su qu'on allait le retrouver mort, je ne me serais jamais disputé avec lui. Pas en public, en tout cas.

Bon, au moins, il était malin.

— Racontez-moi ce qui s'est passé.

— Mais je l'ai fait ! protesta-t-il d'un ton voilé par la frustration. Je vous ai dit que j'étais convaincu que Mimi avait une liaison. Elle avait tellement changé, elle était devenue si distante, si… différente, que je l'ai suivie, un jour. Elle a déjeuné avec lui, un concessionnaire, et je me suis dit… J'ai tout de suite compris qu'elle avait une liaison.

— S'est-il passé quelque chose de particulier pour vous donner cette impression ?

— Elle était très étrange vis-à-vis de lui, presque hostile. Avant que leurs assiettes arrivent, elle s'est levée pour partir. Il a essayé de la convaincre de rester. Il lui a même pris la main, mais elle la lui a retirée comme s'il la dégoûtait. Quand elle a essayé de s'en aller, il s'est levé pour lui bloquer le passage. C'est à ce moment-là que j'ai compris que j'avais raison.

Ce souvenir parut drainer la vie hors de son corps. Ses épaules s'affaissèrent tandis qu'il y repensait.

— Pourquoi ? demandai-je en résistant à l'envie de lui prendre la main. Comment avez-vous su ?

— Elle l'a giflé. (Il enfouit son visage dans ses mains une deuxième fois et parla derrière elles.) Elle n'avait jamais giflé personne de sa vie. Ça ressemblait à une querelle d'amants.

Je finis par poser la main sur son épaule. Il me regarda alors, les yeux humides et rougis.

— Après le départ de Mimi, j'ai suivi le type jusqu'à sa concession et je suis allé lui parler. Il a refusé de me dire ce qui se passait, il m'a seulement dit de garder un œil sur Mimi parce qu'elle pourrait être en danger. (Les larmes perlèrent sous ses paupières ; il s'essuya les yeux avec le pouce et les doigts d'une main. L'autre formait un poing serré sur la table.) Je suis tellement, incroyablement stupide, mademoiselle Davidson.

— Bien sûr que non.

— Si, insista-t-il en me foudroyant d'un regard si désespéré que j'eus du mal à respirer sous son poids. J'ai cru qu'il la menaçait. Franchement, est-ce possible d'être bête à ce point-là ? Il essayait de me prévenir qu'il se passait un truc, quelque chose qui échappait à mon contrôle, et je lui ai crié dessus. Je l'ai menacé, de procès d'abord et puis de... de meurtre. Mon dieu, qu'ai-je fait ? se lamenta-t-il.

Je compris aussitôt que Warren allait avoir besoin de deux choses à la fin de cet entretien : d'un bon avocat et d'un bon thérapeute. Pauvre type. La plupart des femmes tueraient pour avoir un mari aussi dévoué.

— Que savez-vous d'autre à propos de lui ? demandai-je.

Il avait bien dû mener une espèce d'enquête sur le passé de cet homme.

— Rien. Pas grand-chose, en tout cas.

— D'accord, donnez-moi ce que vous avez.

— Vraiment, dit-il en haussant une épaule en signe de désespoir, Mimi a disparu juste après que je suis allé voir ce type. Je n'ai pas grand-chose sur lui.

— Vous avez cru qu'elle s'était enfuie avec lui ?

Il serra les poings.

— Je vous ai dit que j'étais stupide.

Je pouvais presque l'entendre grincer des dents tellement il se haïssait.

— Avez-vous découvert comment elle avait fait sa connaissance ?

— Oui, ils étaient au lycée ensemble, confia-t-il après un long soupir.

Les clochettes et les sifflets du jackpot sur une machine à sou résonnèrent dans mon esprit. Sacré lycée, dites donc !

— Warren, dis-je en l'obligeant à me regarder, vous ne saisissez pas ?

Il fronça les sourcils d'un air interrogateur.

— Deux personnes qui sont allées dans le même lycée que votre femme sont mortes à présent, et Mimi a disparu.

Il battit des paupières tandis qu'une lueur de compréhension apparaissait dans ses yeux.

— Est-ce qu'il s'est passé quelque chose pendant cette période ? demandai-je. Vous a-t-elle jamais parlé de son lycée ?

— Non, répondit-il comme s'il avait trouvé la réponse qui expliquait tout.

— Merde.

— Non, vous ne comprenez pas. Elle ne parlait jamais de son lycée à Ruiz, avant qu'elle déménage à Albuquerque. Je l'ai interrogée une ou deux fois à ce sujet et j'ai un peu insisté une fois, et elle s'est mise tellement en colère qu'elle a refusé de me parler pendant une semaine.

Je me penchai en avant, pleine d'espoir.

— Il s'est passé quelque chose là-bas, Warren. Je vous promets de le découvrir.

— Merci, me dit-il en me prenant la main.

— Mais si j'en meurs, ajoutai-je en pointant mon index sur lui, je doublerai mes tarifs.

Un minuscule sourire adoucit ses traits.

— Ça marche.

Juste au moment où nous terminions notre discussion, son avocat entra dans la pièce. Je pris congé, les laissant s'entretenir à voix basse, et marchai jusqu'à la vitre sans tain vers laquelle je me penchai avec un grand sourire.

— J'te l'avais dit, annonçai-je en désignant Warren par-dessus mon épaule. Innocent. Ça t'apprendra à me coller une filature aux fesses.

La vengeance, c'était marrant.

J'emportai une photo de Mimi au *Chocolate Coffee Café*, mais en vain. Personne ne se rappelait l'avoir vue la nuit précédente. Je flirtai encore un peu avec Brad le cuisinier, puis je fis un saut au bureau, mais Cookie était partie tôt pour dîner avec sa fille, Amber. Chaque fois que son ado de douze ans séjournait chez son père, Cookie insistait pour l'emmener dîner au moins une fois, tellement elle redoutait qu'Amber se sente mal. Brusquement, je m'étonnai de n'avoir jamais rencontré l'ex de Cookie. Je ne savais même pas à quoi il ressemblait, alors que Cookie m'en avait abondamment parlé. La plupart des trucs qu'elle m'avait racontés étaient négatifs. D'autres moins. D'autres assez merveilleux.

Mon père était au bar quand je descendis pour manger un morceau. Il lança son torchon à Donnie, son barman amérindien qui avait des pectoraux à tomber par terre et des cheveux épais, d'un noir tirant sur le bleu, pour lesquels n'importe quelle femme aurait vendu son âme. Mais lui et moi n'étions jamais d'accord sur rien.

Je regardai mon père se frayer un chemin jusqu'à ma table. C'était mon endroit préféré, niché dans un recoin sombre de la salle, d'où je pouvais observer tout le monde sans qu'on me regarde. Je n'aimais pas particulièrement qu'on me regarde, à moins qu'il s'agisse d'un type de plus d'un mètre quatre-vingt avec un corps superbe et un sourire sexy – et qui ne soit pas un tueur en série. Ça aidait toujours, ce genre de choses.

Mon père avait encore une sale tête. Son aura, d'ordinaire si vive, était pour l'heure trouble et grise. Je ne l'avais vu qu'une seule fois dans cet état-là, quand il était encore dans la police et qu'il enquêtait sur une série de meurtres d'enfants particulièrement horribles, au point qu'il avait refusé que je m'en mêle. J'avais douze ans à l'époque, ce qui veut dire que j'étais assez vieille pour savoir certaines choses, et plus encore, mais il avait refusé mon aide.

— Salut, mon chou, me dit-il en plaquant sur son visage un faux sourire.

— Salut, papa, répondis-je en faisant de même.

Il nous rapporta à tous les deux un sandwich jambon-fromage au pain complet, exactement ce dont j'avais envie.

— Miam, merci.

Avec un sourire, il me regarda mordre dans mon sandwich, puis mâcher, puis déglutir, puis faire descendre le tout avec une gorgée de thé glacé.

Je reposai mon sandwich.

— OK, ça devient flippant, là.

— Désolé, me dit-il avec un petit rire plein d'appréhension. Je me disais juste… Tu grandis si vite.

— Je quoi ?

Je toussai dans ma manche avant de poursuivre :

— J'ai fini de grandir, tu sais.

— Oui, c'est vrai.

Il était encore ailleurs. À une époque différente. Dans un endroit différent. Au bout d'un moment, il se ressaisit et prit un air grave.

— Ma chérie, y a-t-il des choses que tu aurais omis de me confier à propos de ton don ?

Comme je venais de prendre une nouvelle bouchée, je haussai les sourcils d'un air interrogateur.

— Tu sais, est-ce que tu es capable de… faire des choses ?

La semaine précédente, le mari assassin d'une ancienne cliente avait essayé de me tuer. Reyes m'avait sauvé la vie – encore, et à sa manière habituelle. Vif comme l'éclair, il avait surgi de nulle part et sectionné la colonne vertébrale du type d'un seul coup d'épée. Puisque cela s'était déjà produit par le passé – des criminels ayant la colonne vertébrale sectionnée sans trauma externe ni aucune explication médicale – je craignais que mon père ne soit en train de faire le rapprochement.

— Quelles choses ? demandai-je d'un ton innocent.

— Prenons par exemple le type qui t'a attaqué la semaine dernière.

— Mmm, répondis-je, la bouche pleine.

— Est-ce que tu… Peux-tu… Es-tu capable… ?

— Je ne lui ai fait aucun mal, papa, répondis-je après avoir dégluti. Je te l'ai dit. Il y avait un autre type. Il a jeté mon agresseur contre la cage d'ascenseur. L'impact a dû…

— D'accord, dit-il en secouant la tête. Je… je le savais. C'est juste que le type de la morgue a dit que c'était impossible.

Il leva son regard vers le mien en me sondant de ses doux yeux bruns. Je posai mon sandwich.

— Papa, tu ne crois tout de même pas que j'ai la faculté de faire du mal aux gens, pas vrai ?

— Tu es si douce, commenta-t-il tristement.

« Douce » ? Me connaissait-il vraiment ?

— C'est juste… je me demande s'il y a autre chose…

— J'ai apporté le dessert.

On leva tous les deux les yeux vers ma belle-mère, qui réquisitionna la chaise à côté de mon père et installa son cul avant de déposer avec soin un carton à dessert blanc sur la table. Visiblement, elle venait juste de faire coiffer ses courts cheveux bruns et de se faire faire une manucure. Elle sentait la laque et le vernis à ongles. Je me demandais souvent ce que mon père trouvait à cette femme. Comme tout le monde, il était aveuglé par sa façade sophistiquée. Tous ceux qui la connaissaient – ou croyaient la connaître – la traitaient de sainte pour avoir épousé un flic avec deux enfants en bas âge. Mais « sainte » n'était pas le mot qui me venait à l'esprit. Je crois que je lui foutais les jetons. En toute justice, elle me faisait le même effet. Son rouge à lèvres était toujours un peu trop rouge pour son teint pâle et son ombre à paupières un peu trop bleue – sans oublier son aura un peu trop sombre.

Ma sœur, Gemma, arriva dans son sillage et s'installa sur le seul siège disponible, à côté de moi, en m'offrant un sourire de rigueur quoique tendu. Elle avait rassemblé sa chevelure blonde en un chignon serré et elle était juste assez maquillée pour avoir l'air apprêtée tout en restant professionnelle. Elle était psy, après tout.

Nous n'avions jamais été particulièrement proches, mais notre relation n'avait fait que se dégrader depuis le lycée. Je ne savais pas pourquoi. Gemma avait trois ans de plus que moi et avait toujours saisi chaque occasion de me le rappeler en grandissant. Si Denise était, malheureusement, la seule mère que j'ai connue, ma sœur avait eu trois merveilleuses années avec notre vraie maman avant qu'elle meure en donnant naissance à votre servante. Je m'étais souvent demandé si nos difficultés venaient de là, si Gemma m'en voulait, inconsciemment, de la mort de notre mère.

Mais la place n'était restée vacante que pendant un an, jusqu'à ce que mon père épouse cette louve de Denise. Gemma s'était aussitôt prise d'affection pour elle. Moi, en revanche, je n'avais pas encore atteint le point culminant de notre lien mère-fille. En même temps, côté lien, je préférais mes séances de bondage sans belle-mère et avec une touche sexy.

Bizarrement, je me réjouis presque de cette interruption. Je ne savais pas vraiment où mon père allait avec ses questions – ou si lui-même le savait – mais il restait encore tant de choses qu'il ignorait. Qu'il n'avait pas besoin de savoir. Qu'il ne saurait jamais, si j'avais mon mot à dire. Comme le fait que je sois une faucheuse, par exemple. Malgré tout, il semblait tellement perdu, presque désespéré. On aurait pu croire que vingt ans de carrière dans la police lui avaient permis d'affûter ses techniques d'interrogatoire. Mais non, il se raccrochait aux branches, alors que celles-ci étaient déjà en train de céder sous son poids.

Je finis mon sandwich en un temps record, pris congé au grand dam de mon père et rentrai chez moi dare-dare, en notant au passage que Denise ne m'avait pas offert une part de ce cheesecake acheté à la boulangerie en bas de la rue. Je me rendis compte également, au cours du long et dangereux périple de trente secondes jusqu'à mon immeuble, que l'attitude de notre père semblait laisser Gemma aussi perplexe que moi. Elle ne cessait de lui lancer des regards curieux à la dérobade. Peut-être l'appellerais-je plus tard pour lui demander si elle avait la moindre idée de ce qui se passait. Ou peut-être me ferais-je épiler le maillot par une lutteuse allemande, ce qui serait sûrement plus amusant que de parler à ma sœur au téléphone.

— Alors ? demanda Cookie en passant la tête dans l'entrebâillement de sa porte quand j'arrivai devant la mienne.

Comment faisait-elle pour toujours savoir quand je rentrais ? J'étais la discrétion personnifiée. De la fumée. Quasiment invisible – comme un ninja, mais sans la cagoule.

— Merde, dis-je en trébuchant toute seule et en laissant tomber mon portable.

— Tu as parlé à Warren ?

— Bien sûr.

Je ramassai mon téléphone, puis fouillai mon sac à la recherche de mes clés, qui réussissaient toujours à m'échapper.

— Et ?

— Cet homme va avoir besoin de médicaments.

Cookie soupira et s'appuya contre le chambranle de sa porte.

— Le pauvre. A-t-il vraiment menacé ce concessionnaire assassiné ?

— Devant plusieurs employés, acquiesçai-je.

— Merde. Ça ne va pas du tout aider notre affaire.

— Certes, mais ça n'aura plus d'importance quand nous aurons trouvé le vrai coupable.

— Si on y arrive.

— Tu as trouvé quelque chose ?

— Est-ce que les cow-boys portent des éperons à leurs bottes ? répliqua-t-elle, ses yeux bleus étincelants dans la pénombre.

— Oooh, voilà qui semble prometteur. Tu veux venir chez moi ?

— Avec plaisir. Laisse-moi juste prendre une douche rapide.

— Moi aussi. J'ai l'impression de sentir encore l'huile illégalement versée sur le trottoir.

— N'oublie pas le café, ordonna Cookie avant de refermer sa porte.

Je saluai rapidement mon coloc, M. Wong, avant d'aller prendre ma douche. Mais, une fois de plus, je n'étais pas seule. Le Mec-mort-dans-le-coffre se pointa juste au moment où l'eau devenait chaude. J'essayai de virer son cul de là en m'appuyant contre le mur et en poussant de toutes mes forces, mais il ne bougea pas d'un pouce. Il fallait vraiment que j'apprenne à exorciser les cinglés. Après ma douche, j'enfilai un jogging et mis la cafetière en route. J'avais beau essayer, je n'arrêtais pas de repenser à ce que la sœur de Rocket avait dit à propos de Reyes. C'est vrai, quoi, le porteur de mort ! Qui parlait comme ça, sérieux ?

Juste au moment où j'appuyais sur le bouton de M. Café, une chaleur féroce m'enveloppa par-derrière. Je savourai cette sensation pendant quelques instants avant de me retourner. Reyes avait placé ses deux mains sur le comptoir, de part et d'autre de mon corps. Je m'adossai au meuble et m'autorisai le rare luxe de le contempler sans le toucher. Sa bouche pleine était certainement le détail le plus sensuel chez lui. Si appétissante, elle invitait aux baisers. Et que dire de ses yeux marron liquide, bordés de cils si épais et si noirs que les paillettes vert et or dans ses iris semblaient scintiller par contraste ? C'était l'essence même des fantasmes féminins.

Son regard farouche, déterminé, retint le mien prisonnier tandis que ses doigts s'emparaient de l'un des cordons de mon pantalon de survêtement et tiraient dessus. Puis il regarda ma bouche, comme un gosse dans un magasin de bonbons, et fit courir ses doigts le long de la taille de mon pantalon, pour le desserrer. Comme toujours, sa peau était brûlante contre la mienne, et je me demandai si c'était parce qu'il avait quitté son corps encore vivant ou si c'était parce qu'il était né dans les feux de l'enfer – littéralement.

— J'ai appris des choses sur toi, aujourd'hui.

Son doigt descendit plus bas et me fit frissonner tout entière.

— Vraiment ?

Cela n'allait nous mener nulle part. Je dus faire appel à tout mon courage pour passer sous son bras et me diriger vers mon canapé.

— Tu viens ? lui demandai-je en l'entendant soupirer.

Il me suivit des yeux tandis que je me laissai tomber sur le sofa, où je m'assis en tailleur. La chaleur de ses doigts se faisait encore sentir au niveau de mon abdomen. Même si je mourais d'envie que ces doigts atteignent le rivage interdit, leur propriétaire et moi devions parler.

Au bout d'un moment, Reyes vint à son tour dans mon salon – il n'avait que deux pas à faire – puis remarqua M. Wong dans le coin. Il l'observa en fronçant les sourcils.

— Est-ce qu'il sait qu'il est mort ?

— Aucune idée. D'après la rumeur, si ton corps physique meurt, tu deviendras l'Antéchrist.

Reyes se figea, serra les mâchoires, puis baissa la tête d'une façon qui me poussa à me demander avec quelle force j'avais enfoncé le clou. Je n'eus pas à me poser la question bien longtemps.

— C'est pour ça que j'ai été créé.

L'inquiétude me traversa, instinctive, incontrôlable. Reyes me jeta un coup d'œil.

— Tu es surprise ?

— Non. Si. Un peu, avouai-je.

— N'as-tu jamais croisé un homme qui voulait devenir sportif professionnel mais qui n'en avait pas le talent ?

Je fronçai les sourcils face à ce brusque changement de conversation.

— Euh, eh bien, j'ai connu un type qui voulait devenir joueur de base-ball professionnel. Il a essayé d'entrer dans une équipe, et tout ça.

— Il est marié, aujourd'hui ?

— Oui, répondis-je en me demandant encore une fois où il voulait en venir. Deux enfants.

— Un fils ?

— Oui, et une fille.

— Laisse-moi te demander : que fait le fils ?

Bien sûr. Il marquait un point.

— Il joue au base-ball depuis l'âge de deux ans.

Reyes acquiesça d'un air songeur.

— Le père va pousser ce gamin jusqu'à en faire le joueur professionnel que lui-même n'a jamais pu être.

— Ton père n'a jamais pu conquérir le monde, alors il t'a formé pour le faire à sa place.

— Exactement.

— Et à quel point t'a-t-il bien formé ?

— Quelles sont les chances de ce gamin de devenir un joueur professionnel ?

— Je comprends. Tu n'es pas comme lui. Mais on m'a raconté que ton corps physique est comme une ancre et que, sans lui, tu perdras ton humanité et tu deviendras exactement ce que voulait ton père.

— Comment se fait-il que tu crois tout ce qu'on te raconte à mon sujet et rien de ce que moi je peux te dire ?

— Ce n'est pas vrai, protestai-je en serrant un coussin contre ma poitrine. Tu m'as dit que tu ne savais pas ce qui se passerait si tu mourais. J'essaie simplement de le découvrir.

— Mais tout ce que tu apprends est négatif. Catastrophique, même.

Il me regarda par en dessous et chuchota :
— C'est un mensonge.
— Tu viens juste de m'avouer dans quel but tu as été créé. Ça, ce n'était pas un mensonge.
— Mon père m'a créé pour une seule raison. Cela ne fait pas de moi son pantin, et encore moins le putain d'Antéchrist. (Il me tourna le dos, sa colère augmentant rapidement et dépassant sa frustration.) Je ne veux pas me disputer avec toi, ajouta-t-il dans un gros soupir.
— Moi non plus, répliquai-je en me levant d'un bond. Je veux juste te retrouver. Je veux juste que tu ailles bien.
— Quelle partie du mot « piège » ne comprends-tu pas ? (Il se retourna pour me lancer un regard furieux.) Tant que tu ne seras pas en sécurité, je ne pourrai pas aller bien.
On frappa à la porte, si bien que nous jetâmes tous les deux un coup d'œil dans cette direction.
— C'est ton amie, me dit Reyes d'une voix teintée d'agacement.
— Cookie ? Elle ne frappe jamais.
— L'autre, alors.
— J'ai plus que deux amis, Reyes.
— J'ai entendu, dit Garrett lorsque j'ouvris la porte. (Il sortit son arme avant que j'aie le temps de cligner des yeux. Il fallait vraiment que j'apprenne à faire comme lui.) Où est-il ?
Il me bouscula pour entrer et balaya la pièce du regard.
Reyes était encore là, je sentais toujours sa présence. Mais je ne le voyais plus et, de toute façon, Garrett ne pouvait pas le voir, même si cela importait peu. Ce flingue ne lui aurait pas servi à grand-chose face au fils de Satan.
— Il n'est pas ici.
Garrett se tourna vers moi, les mâchoires serrées.
— Je croyais qu'on avait un accord.

— Calme-toi, petit scarabée, répondis-je en fermant la porte et en passant devant lui pour me rendre au point d'eau. (J'avais besoin de caféine.) Son corps physique n'est pas là. Et son corps éthéré est parti bouder.

J'entendis un grondement lointain tandis que je cherchais mon mug préféré, celui sur lequel était écrit « EDWARD PRÉFÈRE LES BRUNES ».

— Tu bois du café à cette heure ?

— C'est ça ou un doigt de Jack.

— Toute cette histoire avec Farrow, corps physique, corps éthéré… ça me fout un peu les jetons.

— Tu as des infos sur le Mec-mort-dans-le-coffre ? demandai-je juste au moment où Cookie franchit le seuil en pyjama.

— Oh ! s'exclama-t-elle, surprise qu'on ait de la compagnie. Euh, je devrais peut-être aller me changer.

— Ne sois pas ridicule, répondis-je, les sourcils froncés. C'est juste Swopes.

— D'accord, dit-elle en croisant les bras d'un air gêné pour dissimuler ses seins.

Comme si on pouvait voir quelque chose avec son pyjama en flanelle. Un petit gloussement nerveux lui échappa tandis qu'elle se dirigeait vers la cafetière.

Il était temps que ces deux-là fassent mieux connaissance. Cookie en pinçait pour Garrett depuis le jour où il était entré dans mon agence d'un pas sautillant, sur les talons de l'oncle Bob. Ils se trouvaient au beau milieu d'une enquête, et Garrett était resté dans la salle d'attente, à savoir le bureau de Cookie, pendant qu'Obie me demandait en privé si j'avais des infos sur une vieille dame assassinée dans les Heights. C'était avant que Garrett apprenne la vérité à mon sujet. Je ne sais pas de quoi ils avaient parlé, tous les deux, mais Cookie n'avait plus jamais été la même. En même temps, c'était peut-être dû au fait qu'elle était restée seule pendant dix bonnes minutes avec un grand type musclé dont la peau couleur moka faisait ressortir le gris des yeux, qui brillaient comme de l'argent au soleil.

Il souriait jusqu'aux oreilles, parfaitement conscient de l'effet qu'il lui faisait et qu'il avait sur la plupart des femmes. Puis, il s'installa sur le fauteuil club placé à la diagonale de mon canapé.

— Instit de maternelle, dit-il, apparemment en réponse à ma question sur ce qu'il avait trouvé au sujet de la voiture de Cookie.

De mon côté, j'étais occupée à mettre suffisamment de crème dans mon café pour le rendre méconnaissable.

— Swopes, fis-je en adressant un clin d'œil à mon amie, on s'en fout de ce que tu veux être quand tu seras grand. On veut juste savoir ce que tu as découvert à propos de la voiture de Cookie.

L'intéressée écarquilla les yeux.

— Ma voiture ? murmura-t-elle.

— Tu es tordante, répondit-il distraitement en observant le coin où, il le savait maintenant, M. Wong se trouvait. (Enfin, où il flottait.) La propriétaire précédente était instit de maternelle.

— Tu veux dire, la personne qui possédait la voiture avant moi ? demanda Cookie en prenant son café noir et en allant s'installer sur le sofa en face de Garrett.

Il sourit, et moi aussi, en songeant que c'était sûrement la phrase la plus longue qu'elle lui ait jamais dite.

— Ouaip. Il se trouve qu'elle a collectionné un sacré nombre de PV pour excès de vitesse.

Je m'assis à côté de Cookie en me disant que, même dans son pyjama en flanelle, elle prouvait qu'on pouvait être ronde et belle.

— Tu crois que c'est un délit de fuite ? demanda-t-elle.

— Pas s'il est mort dans ton coffre.

— Oh, ouais. (Elle secoua la tête.) Attends. (Elle prit un air choqué.) Tu crois qu'elle l'a tué ? Qu'elle a fait exprès de le mettre dans le coffre ?

— Pourquoi, elle aurait pu l'y mettre par accident ?

Cookie haussa les épaules avec un petit rire gêné. Garrett poursuivit :

— Elle a aussi un PV pour conduite en état d'ivresse. Et elle a failli en avoir un deuxième, mais il a été rejeté par un juge pour un détail technique.

— D'accord, dis-je en réfléchissant à voix haute. Donc, elle sort d'une fête et rentre chez elle quand le Mec-mort-dans-le-coffre descend d'un trottoir, sauf qu'il n'est pas encore mort, et elle le renverse. Elle panique, s'arrête pour voir comment il va et comprend qu'il est toujours en vie. Alors, elle le fourre dans son coffre… pourquoi ? Pour qu'il ne puisse pas la dénoncer ? Ça n'a pas de sens, ajoutai-je après quelques instants. Si elle avait tellement peur de se faire prendre, pourquoi s'arrêter ?

— C'est vrai, reconnut Garrett. Elle pue, ta théorie.

Je me demandais où était le Mec-mort-dans-le-coffre quand je n'étais pas sous la douche. Sans doute de retour dans le coffre de Cookie.

— Il va falloir que tu creuses un peu plus, dis-je à Garrett.

— Tu es au courant pour ses fausses plantes mourantes ? demanda-t-il à Cookie.

Elle pinça les lèvres et hocha la tête en faisant tourner son index autour de son oreille. Personne ne comprenait la vraie Charley.

— Alors, qu'as-tu découvert à propos de Mimi ? demandai-je à Cookie.

— Oh, des tas de choses ! (Elle se redressa, toute contente d'avoir la vedette.) Quand Mimi était au lycée, elle a quitté Ruiz pour emménager chez ses grands-parents, à Albuquerque.

On attendit d'autres détails.

— C'est tout ? demandai-je au bout d'un moment.

— Bien sûr que non, répondit-elle avec un grand sourire. J'attends l'annuaire des anciens élèves, on va me l'envoyer.

Ah, voilà pourquoi elle était si fière. Lors de notre dernière enquête, nous avions essayé d'obtenir l'annuaire des anciens élèves d'une école publique, mais c'était comme demander à un père séparé qui ne voit plus ses gamins et ne paie jamais la pension alimentaire de donner un rein. Au bout du compte, j'avais été obligée de recruter l'oncle Bob, sa plaque rouillée et son talent répréhensible pour la drague.

— Alors, comment t'as fait ? lui demandai-je, impatiente de connaître sa combine.

Elle se rembrunit.

— J'ai juste demandé, avoua-t-elle.

Oh. Voilà qui n'était pas très excitant.

— Mais tu l'as eu, rétorquai-je pour essayer de la réconforter.

— C'est vrai. Et maintenant, je vais me coucher.

Elle regarda Garrett d'un air embarrassé, puis me jeta un coup d'œil furtif. Je haussai les sourcils d'un air interrogateur. Elle serra les dents et écarquilla les yeux, exagérément. Je plissai le nez, toujours d'un air interrogateur. Elle soupira et fit un signe discret de la tête en direction de la porte. Oh ! Je lançai un coup d'œil à Garrett qui essayait de rester gentleman en faisant comme s'il n'avait pas remarqué notre échange. Il semblait soudain éprouver une intense fascination pour le bras de mon fauteuil.

— Je te raccompagne.

Je me levai d'un bond et traversai le couloir en compagnie de Cookie en songeant qu'elle voulait me parler de Garrett. J'espérais qu'elle ne voulait pas que je lui fasse passer un mot, parce que je n'avais pas de papier sur moi.

Elle ouvrit sa porte et se tourna vers moi.

— Alors, il est là ?

— Garrett ? fis-je, perplexe.

— Quoi ?

— Attends, de qui tu parles ?

— Du petit garçon, Charley, répliqua-t-elle, agacée.

— Oh.

J'avais complètement oublié que, pendant qu'on flânait dans les rues d'Albuquerque à 3 heures du matin – je dis « flâner » parce que, après tout, marcher en pantoufles lapin revient presque à marcher pieds nus –, j'avais laissé échapper qu'un enfant mort squattait son humble logis. Je devais absolument apprendre à la boucler. Je balayai rapidement les lieux du regard. Son appartement mélangeait le noir et les couleurs vives du Mexique dans un décor éclectique qui mêlait le style sud-ouest rustique au style ranch. Mon appartement, bien qu'identique en termes de taille et de disposition des pièces, abritait plutôt un assemblage de meubles issus de vide-greniers et les souvenirs de ma vie d'étudiante.

— Nan, je le vois pas.

— Tu peux vérifier le reste de l'appart ?

— Bien sûr.

Après une fouille de cinq minutes pendant laquelle la culpabilité me dévora les entrailles – vraiment, je n'aurais jamais dû le lui dire – on se retrouva devant sa porte d'entrée, sans le moindre enfant mort en vue.

— OK, j'ai une question pour toi, dis-je, attirant ainsi son attention. Si tu étais le fils de Satan et que tu étais mourant, où cacherais-tu ton corps ?

Elle me lança un regard compatissant.

— Puisqu'il ne veut pas que tu le retrouves, mon chou, je dirais qu'il se cache dans le dernier endroit où tu penserais à le chercher.

— Sans vouloir te vexer, ça ne m'aide pas vraiment, répondis-je, déçue.

— Je sais. Je suis nulle pour tout ce qui concerne ces trucs surnaturels. Mais je sais sacrément bien faire frire le poulet.

— Certes. Mais ça ne m'aide pas non plus.

— Est-ce que je peux l'avoir pour Noël ?

— Reyes ?

— Non, l'autre, répondit-elle dans un soupir énamouré.

— Beurk, fis-je en comprenant qu'elle parlait de Garrett.

D'accord, il était sexy et tout, mais « beurk » quand même.

— Tu dis ça juste parce que t'es jalouse de ce qu'il y a entre nous.

Je reniflai d'une manière incroyablement grossière.

— Même pas en rêve.

— Si tu le dis, ma belle, répondit-elle en levant les mains avant de refermer sa porte.

J'adorais quand elle me la jouait grande tragédienne.

En revenant dans mon appart, je vis que Garrett continuait à observer le coin où se trouvait M. Wong.

— Il ne mord pas, tu sais, le taquinai-je.

Il fronça les sourcils d'un air dubitatif, puis me regarda avec curiosité.

— Qu'est-ce que ça fait de grandir avec des morts partout ? Ce n'est pas trop flippant ?

— Je n'ai jamais rien connu d'autre, répondis-je avec un grand sourire. En plus, contrairement à la plupart des gens, je ne flippe pas facilement. Il n'y a pas grand-chose qui m'effraie.

— En même temps, tu es la Faucheuse.

Pour me taquiner, il fit mine de frissonner. Puis il me détailla lentement. Apparemment, la vue lui plaisait.

— Arrête de baver devant ce que tu ne peux pas avoir, lui dis-je en attrapant ma tasse avant de retourner dans la cuisine.

— Je ne fais que mater la devanture. Tu portes sacrément bien le jogging pour une fille qui s'appelle Charles.

Je ne pus m'empêcher de rire tandis qu'il se levait pour partir. Il ouvrit la porte, puis hésita.

— Quelque chose d'autre te tracasse ? lui demandai-je.

Il me regarda avec une lueur malicieuse au fond des yeux.

— À part le fait que je te mangerais bien toute crue ?

L'air crépita sous l'effet de la colère de Reyes. Je me demandai si Garrett l'avait fait exprès. Peut-être qu'il commençait à piger comment ça fonctionnait, le surnaturel.

— Notre société réprouve le cannibalisme, mon pote.

— Tu vas porter plainte pour harcèlement sexuel ?

— Non, mais je vais mettre une note à ta performance, répondis-je en rinçant ma tasse.

Il me fit un clin d'œil, puis s'en alla en fermant la porte derrière lui.

— Tu vas rester ici et bouder toute la nuit ? demandai-je au bout d'un moment.

Aussitôt, Reyes s'en alla. Je suppose que ça répondait à la question.

Je me laissai tomber sur le siège devant l'ordi pour faire quelques recherches avant d'aller me coucher avec Bugs Bunny. J'avais ma couette/doudou depuis l'âge de neuf ans. Ensemble, nous avions fait face à des tas de choses, y compris à Wade Forester. J'étais au lycée, lui faisait l'école de la rue, laquelle apprenait bien plus de choses à ses élèves au sujet de la procréation. Bugs n'avait plus jamais été le même après ça.

J'en revins à mon problème de démons. Si je ne pouvais pas voir ces satanées créatures – ou même si je les voyais, d'ailleurs –, comment étais-je censée les combattre ? J'avais bien noté ce que Reyes avait laissé échapper : j'avais affaire au Mal incarné. J'avais besoin d'infos, une espèce de Wikipédia des démons.

Je fis une recherche sur comment détecter les démons ; mes efforts furent récompensés par une marée de renseignements absolument inexploitables. Tout ce qui apparaissait à l'écran était à peu près aussi utile que du fil dentaire dans un accident d'avion. On voulait me faire croire que la possession par un démon était responsable de l'hyperactivité et on me proposait des jeux vidéo avec d'effrayants chefs suprêmes démoniaques. Cependant, quelques pages plus tard, je tombai sur un site qui semblait presque pertinent. Je choisis d'ignorer le fait que la propriétaire s'appelait Maîtresse Souci et pataugeai dans les légendes, le folklore et les références bibliques et historiques jusqu'à ce que j'arrive sur une page intitulée « Comment détecter les démons ». Bingo.

Maîtresse Souci était vraiment serviable. Elle avait dressé une liste d'astuces pour détecter les démons, comme leur jeter du sel dans les yeux. Premièrement, ça impliquait que je puisse les voir et, deuxièmement, ça fleurait bon les poursuites judiciaires, parce que je finirais inévitablement par aveugler un pauvre type que je croyais possédé. Elle indiquait aussi qu'il fallait regarder les plantes quand un individu douteux entrait dans une pièce. Apparemment, en présence d'un démon, les pauvres végétaux se fanaient avant même d'avoir le temps de comprendre ce qui leur arrivait. Je balayai du regard mon appart. Maudit soit mon amour des fausses plantes mourantes. Je devrais peut-être prendre un cactus.

La seule chose que Maîtresse Souci passait sous silence, c'était que, en réalité, personne n'était capable de voir les démons. Au bout du compte, elle m'était aussi utile qu'un pistolet à air comprimé dans un combat avec de vraies armes.

Juste au moment où j'allais fermer le site, un mot retint mon attention. Là, au milieu d'un banal paragraphe signalant la supposée allergie des démons à l'adoucissant, se trouvait un lien surligné qui disait « faucheuse ». Mais c'était moi ! Voilà qui était excitant. Je cliquai sur le lien. La page qui apparut alors n'affichait qu'une seule phrase en dessous d'une image indiquant « En construction ». Mais c'était une phrase remarquable.

« Si vous êtes la Faucheuse, prière de me contacter immédiatement. »

OK. Ça, c'était du jamais vu.

Chapitre 8

C'est moi ou il fait sexy là-dedans ?

TEE-SHIRT

Je me réveillai à quatre heures trente le lendemain matin, c'est-à-dire cinq minutes après une heure que je considérais comme indue. Je restais allongée dans mon lit en me demandant pourquoi diable, par saint François, je m'étais réveillée à quatre heures trente du matin. Aucun défunt ne rôdait au-dessus de moi, aucune catastrophe mondiale ne semblait imminente et personne ne m'avait jeté de fringues à la figure. Pourtant, mon instinct de faucheuse me disait que quelque chose ne tournait pas rond.

Je tendis l'oreille, au cas où le téléphone se mettrait à sonner. Si quelqu'un avait les *cojones* de m'appeler avant 7 heures, c'était bien l'oncle Bob. Mais personne ne m'appela – pas même la Nature.

Dans un soupir, je me mis sur le dos et contemplai le plafond dans le noir. En repensant à Janelle York et Tommy Zapata, j'avais le sentiment que la personne responsable de ces meurtres ne cherchait pas des informations. Au contraire, si je devais hasarder une supposition, je dirais que les infos étaient précisément ce que le tueur cherchait à faire disparaître.

Il s'était passé quelque chose au lycée de Ruiz vingt ans plus tôt, quelque chose de plus grave que de la consommation d'alcool par des mineurs. Au moins une personne voulait que cela reste un secret, à tel point qu'elle était prête à tuer pour ça.

Reyes consommait également une bonne partie de ma mémoire vive. Pouvait-il vraiment être l'Antéchrist ? Parce que, si c'était le cas, ça craignait un max. Peut-être qu'il avait raison et que tout le monde se plantait. Bon, d'accord, c'était un tout petit dur d'oublier qu'il était le fils de l'être le plus maléfique qui ait jamais existé. Mais ça ne faisait pas de lui quelqu'un de mauvais. Pas vrai ? Risquait-il vraiment de perdre son humanité si son corps physique mourait ? Personne ne l'obligeait à suivre l'exemple de son père. Mais l'idée qu'il meure maintenant, après tout ce temps, m'était insupportable.

À un moment donné, il fallut bien que je me calme pour me demander pourquoi cela m'importait tellement de retrouver son corps. La réponse était ridiculement simple. Je ne voulais pas le perdre. Je ne voulais pas perdre la moindre chance d'avoir un avenir avec lui, même si c'était mal parti, vu qu'il devait retourner en prison, et tout ça. Mais c'était la vérité dans toute sa splendeur. En bien des façons, j'étais aussi insensible et égoïste que ma belle-mère.

Waouh. La vérité faisait vraiment mal.

Malgré tout, je devais trouver de nouvelles solutions. Mes amis défunts ne m'aidaient pas vraiment. Reyes avait une sœur, en quelque sorte. Et un très bon ami, aussi. Si quelqu'un savait où Reyes cachait son corps, c'était bien l'un des deux.

Je décidai de renoncer à une nuit de sommeil décente et de me lever pour prendre un café. Cela m'aiderait à réfléchir à la prochaine étape de mon interminable quête du dieu Reyes. Peut-être aussi que j'allais écrire à Maîtresse Souci et lui demander : « Hein ? »

Étant née faucheuse, j'étais tout à fait habituée à la présence des défunts qui faisaient irruption dans ma vie à tout moment. Je m'étais faite à la brève montée d'adrénaline que provoquait leur soudaine apparition, surtout quand un type qui s'était écrasé sur du béton après une chute de quinze mètres passait me voir pour me demander des conseils matrimoniaux. Généralement, ma réaction consistait à prendre du recul, me fondre dans le décor et me laisser décider par moi-même si je devais recourir à la bagarre ou partir en hurlant. Aussi, quand je traînai mon corps à moitié endormi en quête de l'élixir de vie souvent appelé « kawa », le fait que deux types se prélassent dans mon salon ne fit pas vraiment grimper l'aiguille sur mon échelle de Richter.

Je marquai quand même un temps d'arrêt et leur jetai un coup d'œil, puis un deuxième – principalement parce qu'ils n'étaient pas morts – avant de me diriger vers la cafetière. J'avais vraiment besoin de relancer la machine avant d'affronter deux hommes que je soupçonnais d'être entrés par effraction. Un troisième type qui ressemblait à un catcheur se tenait devant la porte d'entrée pour en interdire l'accès. Si ma meilleure amie Cookie franchissait cette porte en coup de vent dans les prochaines minutes, il allait avoir un putain de mal de tête.

Pour ne pas m'aveugler – et donc ne pas donner à mes adversaires un avantage injuste –, j'allumai l'une des ampoules à faible voltage sous mon comptoir, puis j'allai à mon rendez-vous avec M. Café. Le Catcheur matait mon derrière. Sûrement parce que je portais un boxer sur lequel le mot « sexy » était écrit en travers de mes fesses. J'aurais pu enfiler un pantalon, mais c'était mon appart, après tout. S'ils tenaient tellement à entrer sans y être invités, ils allaient devoir en subir les conséquences, comme tous ceux qui pénétraient par effraction dans mon petit coin de paradis.

Sous le regard de mes hôtes, je mis du café dans le filtre, appuyai sur le bouton « ON » et attendis. Ma nouvelle cafetière était beaucoup plus rapide que l'ancienne, mais on était quand même bons pour trois minutes d'embarras. J'appuyai mes coudes sur le bar pour dévisager mes visiteurs.

L'un des hommes, dont je présumais qu'il s'agissait du plus haut gradé, était assis dans mon fauteuil club. Il avait enlevé sa veste, mettant son flingue en évidence. Il semblait avoir la cinquantaine, avec des cheveux bruns grisonnants coupés court et soigneusement peignés et des yeux bruns assortis. Lui aussi m'étudiait avec une véritable curiosité.

L'homme à côté de lui, en revanche, le dangereux du lot, ne semblait pas avoir une once de curiosité en lui. Il était à peu près de ma taille avec les cheveux noirs, la peau lisse et le teint couleur sable dus à ses origines asiatiques. Il se tenait sur la défensive, presque au garde-à-vous, les muscles tendus, prêt à attaquer si besoin. Je n'aurais su dire s'il était un collègue ou le garde du corps du premier. Contrairement à lui, il ne portait pas de holster d'épaule, ce qui signifiait qu'il n'avait pas besoin d'un flingue pour se protéger ou protéger ses collègues – un fait que je trouvais étrangement perturbant.

Le Catcheur, lui, ressemblait à un gros nounours. J'étais certaine qu'il avait besoin d'un câlin, mais lui avait un flingue, en revanche. Tous ces muscles et ce métal rien que pour ma petite personne ? Je me sentais importante. Illustre. Majestueuse. Ou, du moins, c'est ce que j'aurais ressenti si je n'avais pas eu le mot « sexy » inscrit en travers des fesses.

Par comparaison, mes visiteurs étaient très soignés de leur personne dans leur élégant complet anthracite. J'envisageai de leur conseiller de rester loin de tout ce qui portait du fard à joues, mais tout le monde n'appréciait pas forcément de recevoir des conseils de mode de la part d'une nana en tee-shirt et boxer.

Je mis juste assez de crème et de sucre dans mon café pour lui donner la couleur du caramel fondu, puis je me rendis jusqu'à mon canapé hyper moelleux, me laissai tomber en face du boss et lui lançai mon plus beau regard qui tue.

— D'accord, dis-je après avoir bu lentement une gorgée de café gratifiante, vous avez droit à une seule chance. Faites-en bon usage.

L'homme me salua de la tête avant de poser les yeux sur les lettres qui ornaient mon tee-shirt. J'espérais que celles-ci n'allaient pas lui donner une mauvaise impression de moi. « Geek » n'était pas vraiment l'image que j'avais envie de projeter. J'aurais préféré qu'il soit écrit « nana qui déchire tout ».

— Mademoiselle Davidson, me dit-il d'un ton calme et assuré, je m'appelle Frank Smith.

C'était un bon gros mensonge, mais ça n'avait pas beaucoup d'importance.

— D'accord, merci d'être venu. Revenez quand vous aurez plus de temps pour bavarder.

Je me levai pour les raccompagner. Le dangereux se tendit, et j'eus le mauvais pressentiment qu'il n'était pas seulement là pour protéger le boss. Merde, je détestais la torture. C'était franchement barbare.

— Asseyez-vous, je vous prie, mademoiselle Davidson, dit M. Smith après avoir apaisé son homme de main d'un geste.

En poussant un soupir agacé, j'obéis – mais seulement parce qu'il avait dit « je vous prie ».

— Donc, je connais votre nom et vous connaissez le mien. Peut-on en finir ?

Je bus une nouvelle gorgée, toujours lentement, tandis qu'il me dévisageait.

— Votre calme est stupéfiant. (Son visage se fit très sérieux.) Je dois reconnaître que je suis assez impressionné. La plupart des femmes…

— … auraient eu le bon sens de s'enfermer dans leur chambre et d'appeler la police. Pitié, ne prenez pas un instinct de survie atrophié pour de l'intelligence, monsieur Smith.

Le dangereux fit jouer sa mâchoire. Il ne m'aimait pas – ou alors les mots savants que j'employais l'intimidaient. Je choisis la deuxième option.

— Voici M. Chao, me dit Smith en remarquant mon intérêt pour son compagnon. Et derrière, nous avons Ulrich.

Je jetai un coup d'œil par-dessus mon épaule. Ulrich me salua de la tête. Tout bien considéré, ces gens étaient très cordiaux.

— Et vous êtes ici parce que… ?

— Je vous trouve tout à fait fascinante, répondit Smith.

— Euh, merci… Mais, vraiment, un SMS aurait suffi.

Un sourire en coin apparut lentement sur ses lèvres tandis qu'il notait chacune de mes expressions et chacun de mes gestes. J'avais la nette impression qu'il m'étudiait afin d'établir des points de comparaison et de déterminer par la suite si je mentais ou pas.

— J'ai fait pas mal de recherches sur vous, me confia-t-il. Vous avez une vie intéressante.

— J'aime à le croire.

Je décidai de me cacher derrière ma tasse afin de masquer une partie de mes réponses à ses questions. Le regard révèle beaucoup de choses, mais la bouche trahit même les meilleurs menteurs. Ainsi, il serait seulement à moitié capable de déterminer si je mentais. Ça lui apprendrait.

— La fac, une ONG et maintenant une agence de détective privé.

Je comptai sur mes doigts.

— Oui, ça résume à peu près tout.

— Et pourtant, partout où vous allez, des choses…

Il leva les yeux, cherchant les mots justes, puis revint à moi :

— … ont tendance à se produire.

Je fis exprès de me raidir et de donner une réponse évasive, afin de brouiller les pistes.

— C'est le problème avec les choses. Elles ont tendance à se produire.

Un sourire appréciateur apparut sur le visage de mon interlocuteur.

— Je n'attendais rien de moins de votre part, mademoiselle Davidson. Tout comme vous, à présent, ne devez vous attendre qu'à une franchise brutale de ma part.

— La franchise, c'est sympa. Mais la brutalité n'est pas nécessaire, ajoutai-je en jetant un coup d'œil à M. Chao.

Avec un petit rire, Smith croisa les jambes et se renfonça plus encore dans le fauteuil.

— Alors, tablons sur la franchise. Il semblerait que nous soyons vous et moi à la recherche de la même personne.

Je haussai sciemment les sourcils d'un air interrogateur.

— Mimi Jacobs, expliqua-t-il.

— Jamais entendu parler.

— Mademoiselle Davidson, me dit-il en me lançant un regard de reproche. Je croyais que nous devions être francs l'un avec l'autre.

— Non, vous êtes franc. Moi, je suis professionnelle. Je ne peux décemment pas parler de mes enquêtes. Les détectives privés ont cette étrange éthique.

— C'est vrai. Je vous en félicite. Mais puis-je ajouter que nous sommes dans le même camp ?

Je me penchai en avant pour mieux faire passer le message.

— Je ne suis que dans un seul camp, toujours : celui de mes clients.

Il acquiesça d'un air compréhensif.

— Donc, si vous saviez où elle est…

— Je ne vous le dirais pas, conclus-je à sa place.

— Je comprends. (Il désigna de la tête Dangereux-brun-de-taille-moyenne.) Mais quelle serait votre réponse si c'était M. Chao qui vous posait la question ?

Merde. Je savais qu'on allait en venir à la torture. J'essayai de ne pas serrer les dents et de ne pas laisser mes yeux s'écarquiller, même pas à cause d'un réflexe involontaire d'une fraction de millimètre, mais ça se produisit quand même. Il m'avait coincée. Il savait que j'étais inquiète. Mais j'avais également quelques tours en réserve si on en arrivait là. À tout le moins, je ne me rendrais pas sans combattre.

— M. Chao peut aller se faire foutre, répondis-je d'un ton anodin.

Le visage de M. Chao demeura parfaitement inexpressif, comme s'il était taillé dans la pierre. J'eus le sentiment qu'il se réjouirait de me torturer. Or, traitez-moi de sentimentale mais, bon sang, j'aime apporter de la joie dans le monde.

— Je vous ai bouleversée, fit remarquer Smith.

— Pas du tout. Du moins, pas encore.

Je pensai à Reyes, qui semblait surgir chaque fois que j'étais en danger. Le ferait-il cette nuit-là ? Après tout, il était furieux contre moi.

— Mais je peux vous promettre que vous le saurez, quand je serai vraiment bouleversée.

Je soutins son regard un moment avant d'ajouter :

— Est-ce que je mens ?

Ce fut au tour de Smith de me dévisager pendant un long moment avant de lever les mains en signe de reddition.

— Je vous l'ai dit, mademoiselle Davidson, j'ai fait des recherches. J'espérais que nous pourrions être amis.

— En vous introduisant par effraction chez moi ? Ce n'est pas un bon début, Frank.

Il se pinça l'arête du nez en pouffant. Je commençais vraiment à l'apprécier. Je viserais probablement l'entrejambe, pour le mettre à genoux avant que Chao me tombe dessus. Ensuite, je serais cuite mais, comme je le disais, je ne me rendrais pas sans combattre.

Après avoir repris son sérieux, il posa sur moi un regard entendu.

— Puis-je, dans ce cas, insister pour que vous renonciez à votre enquête ? Pour votre propre sécurité, bien entendu.

— Oh, vous pouvez, répondis-je en lui faisant mon plus beau sourire. Non pas que ça servira à grand-chose.

— L'organisme pour lequel je travaille ne tiendra pas compte de votre personnalité étincelante si vous vous mettez en travers de son chemin.

— Alors, je devrais peut-être leur montrer mon côté obscur.

Il continua à m'observer avec ce qui ressemblait à du regret.

— Vous êtes une créature tout à fait unique, mademoiselle Davidson. J'ai juste une dernière question. (Il se pencha à son tour avec un sourire malicieux.) Vous êtes plutôt geek ou plutôt sexy ?

J'avais vraiment besoin d'une nouvelle garde-robe.

Un bruit sourd nous fit nous tourner vers Ulrich. Lui aussi se retourna pour regarder par-dessus son épaule. La porte s'ouvrit de nouveau et heurta de plein fouet son dos solide comme un roc, produisant un autre bruit sourd. Puis un autre, et encore un autre, jusqu'à ce que Cookie finisse par s'arrêter et s'écrier :

— C'est quoi ce bordel ?

Puis nous entendîmes des grognements tandis qu'elle essayait de pousser l'obstacle qui l'empêchait d'entrer.

Ulrich interrogea Smith du regard. Ce dernier se tourna vers moi.

— C'est ma voisine.

— Ah. Cookie Kowalski, trente-quatre ans, divorcée, une fille. (C'était sa façon de me montrer qu'il avait effectivement fait ses devoirs.) Laisse-la entrer, Ulrich.

Ce dernier s'écarta, et Cookie entra comme un boulet de canon, car elle avait pris trop d'élan pour s'arrêter net. Elle manqua de peu se cogner la tête contre mon bar, mais réussit à s'immobiliser et regarda autour d'elle.

— Salut, Cook, lui dis-je gaiement.

Voyant qu'elle jetait uniquement des coups d'œil furtifs à chacun, j'expliquai :

— Voici mes nouveaux amis. On s'entend vraiment bien.

— Ils ont des flingues.

— Ouais, c'est vrai.

Je me levai et lui pris sa tasse des mains pour la remplir. Notre admiration mutuelle pour cette petite dose de paradis tous les matins nous avait aidées à nous lier d'amitié dès notre première rencontre, trois ans plus tôt. Désormais, c'était notre rituel.

— Je dois admettre, ajoutai-je en regardant Smith, que je ne suis pas convaincue que notre relation durera bien longtemps.

Cookie n'avait pas encore réussi à détacher son regard des intrus.

— Parce qu'ils ont des flingues ?

— Nous allions justement partir, annonça Smith en se levant et en enfilant sa veste d'un coup d'épaule.

— Vous devez vraiment partir ? Pour de vrai ?

Il sourit en faisant apparemment le choix d'ignorer ma voix dégoulinante de sarcasme. Il me fit un signe de tête en passant devant moi.

— Vous avez oublié de me dire pour qui vous travaillez, Frank.

— Non, je n'ai pas oublié.

Il nous offrit un salut informel avant de refermer la porte sur lui et ses acolytes.

— Il était agréable à regarder, un peu dans le style James Bond, commenta Cookie.

— Ça suffit. Je vais t'acheter une poupée gonflable masculine pour Noël.

— Ils en fabriquent, tu crois ? demanda-t-elle intriguée.

Je n'en avais aucune idée. Mais le fait d'y penser me fit glousser.

— Qu'est-ce que tu fiches ici à une heure pareille ? repris-je, légèrement scandalisée.

— Je n'arrivais pas à dormir et j'ai vu que c'était allumé chez toi.

— Bon, ben, on n'a qu'à démarrer la journée de bonne heure, alors.

On cogna doucement nos tasses de café l'une contre l'autre, en trinquant à dieu sait quoi.

Une fois de plus, nous prîmes notre douche avant l'aube – séparément, bien sûr, même si j'avais pour ma part la compagnie du Mec-mort-dans-le-coffre. Ça commençait sérieusement à m'énerver parce que c'est super dur de se raser les jambes quand on a la chair de poule. Puis, Cookie et moi, on se rendit ensemble au bureau alors que le soleil pointait à peine au-dessus de l'horizon. Des touches d'orange et de rose explosaient dans le ciel et s'entortillaient autour de nuages vaporeux, présage d'une nouvelle journée qui s'annonçait très belle, jusqu'à ce que je trébuche et renverse du café sur mon poignet.

— Maîtresse Souci ? répéta Cookie tandis que je ravalais un juron.

Elle semblait à la fois curieuse et un peu dégoûtée.

— M'en parle pas. Mais elle sait quelque chose, j'en suis sûre. Et quand je saurai ce qu'elle sait, on en saura tous un peu plus. La connaissance, c'est le pouvoir, bébé.

— Tu te comportes encore de façon bizarre.

— Désolée. On dirait que j'arrive pas à m'en empêcher. Mon cerveau est en mode panique. Ça fait deux fois de suite que je me lève avant le soleil. Il ne sait plus quoi penser, comment réagir. Je vais devoir lui parler, tout à l'heure, et peut-être l'envoyer chez un psy.

— Avec un peu de chance, nous aurons l'annuaire des anciens élèves ce matin, et je pourrai commencer mes recherches sur les camarades de classe de Mimi et voir si d'autres ont connu un destin similaire.

— Tu veux dire la mort ?

— Précisément, répondit-elle.

On utilisa l'escalier extérieur pour entrer dans le bureau. Tandis que je me dirigeais tout droit vers la cafetière pour bien affronter la journée, Cookie vérifia le fax.

— Il est là ! annonça-t-elle, tout excitée.

— L'annuaire ? Déjà ?

C'était du rapide.

Cookie alluma son ordinateur et se laissa tomber sur son siège.

— Je vais faire quelques recherches et voir ce que je trouve.

La porte de devant s'ouvrit, et une tête hésitante apparut dans l'entrebâillement.

— Êtes-vous ouverts ? demanda un homme qui, tourné de côté comme il l'était, semblait avoir une soixantaine d'années.

— Bien sûr, dis-je en l'invitant d'un geste à entrer. Que pouvons-nous faire pour vous ?

Il se redressa et entra, suivi d'une femme qui semblait avoir le même âge. Lui portait un blazer bleu foncé et me fit penser à un commentateur sportif avec ses cheveux gris parfaitement peignés. Elle portait un tailleur-pantalon kaki, à peine légèrement démodé et assorti à ses cheveux de couleur claire. Un nuage de chagrin, épais et palpable, les suivait. Ces personnes souffraient.

— Est-ce que l'une d'entre vous est Charley Davidson ? demanda l'homme.

— C'est moi.

Il agrippa ma main comme si j'étais le dernier espoir de l'humanité. Dans ce cas-là, l'humanité était sacrément dans la merde. La femme fit de même. Sa main à elle était une masse de nerfs tremblante.

— Mademoiselle Davidson, nous sommes les parents de Mimi, m'expliqua le monsieur tandis qu'une bouffée de sa coûteuse eau de Cologne me parvenait aux narines.

— Oh, fis-je, surprise. Je vous en prie, venez avec moi.

Je fis signe à Cookie de se joindre à nous, puis je conduisis le couple dans mon bureau. Toujours aussi efficace, Cook attrapa un bloc-notes.

— Vous devez être Cookie, lui dit le monsieur en lui serrant la main.

— Oui, c'est bien moi, monsieur Marshal. (Elle serra ensuite la main de la dame.) Madame Marshal. Je suis tellement désolée de ce qui vous arrive.

— Je vous en prie, appelez-moi Wanda, et voici Harold. Mimi nous a beaucoup parlé de vous.

Le sourire de Cookie vacilla, partagé entre le plaisir et l'horreur. Puis elle leur fit signe de s'asseoir. J'allais devoir lui demander des explications plus tard.

Je lui avançai une chaise, puis m'installai derrière mon bureau.

— Je suppose que vous ne savez pas où elle est ? demandai-je en ne prenant pas un très grand risque.

Je croisai le regard d'Harold, triste mais entendu. Je sentais l'impuissance qui émanait de lui, mais aussi l'espoir, un espoir que Warren, le mari de Mimi, n'avait pas. J'avais comme l'impression que ce père en savait plus que le premier ours venu.

— Je vous paierai tout ce que vous voulez, mademoiselle Davidson. J'ai entendu dire beaucoup de bien de vous.

Ça changeait. Les gens disaient rarement du bien de moi, à moins que « cinglée bonne à enfermer » ait perdu sa mauvaise réputation.

— Monsieur Marshal…

— Harold, insista-t-il.

— Harold, j'arrive à percevoir les émotions des gens, ça fait partie de mon métier, et vous ne me semblez pas seulement plein d'espoir quant à la bonne santé de Mimi, vous semblez aussi plein d'attente, comme si vous saviez quelque chose que tout le monde ignore.

Le couple échangea un regard. Je vis de la méfiance dans leurs yeux. Ils se demandaient s'ils pouvaient me faire confiance.

— Laissez-moi voir si je peux vous aider, leur proposai-je.

Harold hocha la tête avec une certaine hésitation, me donnant ainsi le feu vert.

— D'accord, dis-je. Mimi a commencé à réagir bizarrement il y a quelques semaines, mais elle a refusé de vous dire ce qui la préoccupait.

— C'est exact, répondit Wanda en serrant son sac à main sur ses genoux. J'ai essayé de l'interroger quand elle est venue nous rendre visite – chaque premier week-end du mois, elle amène les enfants pour une visite – mais…

Sa voix se brisa, si bien que la pauvre femme se tut pour se tamponner les yeux avec un mouchoir avant de me regarder de nouveau. Son mari recouvrit ses mains avec l'une des siennes.

— Mais elle vous a dit quelque chose, n'est-ce pas ? Cela vous a peut-être paru étrange sur le moment mais, quand elle a disparu, vous avez compris.

Wanda laissa échapper une petite exclamation de stupeur.

— Oui, c'est vrai, et je n'ai pas compris…

Elle s'interrompit de nouveau.

— Pouvez-vous me dire ce qu'elle a dit ?

Wanda baissa les paupières, visiblement réticente. L'envie de me faire confiance irradiait de sa personne, mais ce que Mimi lui avait dit la faisait douter de tout – et de tout le monde.

— Wanda, intervint Cookie en se penchant en avant d'un air inquiet, s'il y a une seule personne sur cette planète à qui je confierais ma vie, c'est la femme qui se trouve assise en face de vous en ce moment. Elle fera tout ce qui est humainement possible – et même plus – pour vous ramener votre fille saine et sauve.

C'était sans doute la chose la plus gentille que Cookie ait jamais dite à mon sujet. Il faudrait qu'on reparle plus tard de ce « et même plus », mais ça partait d'une bonne intention. Elle méritait vraiment une augmentation.

— Vas-y, ma chérie, dis-lui, l'encouragea Harold.

Wanda avait visiblement la gorge nouée ; elle déglutit péniblement avant de parler.

— Elle m'a dit qu'elle avait commis une terrible erreur voilà longtemps et qu'elle avait fait quelque chose d'horrible.

Je me suis disputée avec elle en lui disant que ça n'avait pas d'importance, mais elle a insisté sur le fait que toutes les erreurs se paient un jour. Œil pour œil. (Wanda leva les yeux vers moi avec tellement de désespoir que cela me brisa le cœur.) Je ne veux pas lui attirer des ennuis. Quoi qu'elle ait fait – ou pense avoir fait – c'était une erreur.

— Voilà pourquoi nous espérons qu'elle a disparu de son plein gré, ajouta Harold, qu'elle a planifié tout cela et qu'elle va bien.

— Mais elle n'aurait pas laissé Warren et les enfants sans une très bonne raison, mademoiselle Davidson. Si elle l'a fait, c'est qu'elle a dû avoir l'impression qu'elle n'avait pas le choix.

Harold opina du chef à l'unisson avec sa femme. Je me réjouis qu'ils ne soupçonnent pas Warren. Ils semblaient lui faire implicitement confiance. Mais j'avais le sentiment qu'il fallait les mettre au courant des derniers événements.

— Je suis désolée d'avoir à vous dire ça, mais la police interroge Warren en ce moment même.

Wanda pinça les lèvres tandis qu'Harold prenait la parole :

— Nous le savons, mais je vous jure qu'il n'a rien à voir là-dedans. Au contraire, Mimi essayait de le tenir en dehors de ça.

— Cookie et moi pensons que cette affaire découle peut-être d'un événement qui se serait produit au lycée.

— Au lycée ? répéta Harold, surpris.

— Mimi y avait-elle des ennemis ?

— Mimi ? railla gentiment Wanda. Mimi s'entendait bien avec tout le monde. Vous connaissez ce genre de fille, chaleureuse et tolérante.

— Trop tolérante, intervint Harold.

Il jeta un coup d'œil à sa femme avant de poursuivre :

— Nous n'avons jamais apprécié sa meilleure amie. Comment s'appelait-elle, déjà ?

— Janelle, répondit Wanda, dont le visage se durcit légèrement.

— Janelle York ? demandai-je. C'était la meilleure amie de Mimi ?

— Oui, pendant deux ans. Mais cette fille était délurée, beaucoup trop pour son bien.

Je lançai un rapide regard à Cookie pour la prévenir de ce que je m'apprêtais à faire, puis je me penchai en avant et leur annonçai :

— Janelle York est morte dans un accident de voiture la semaine dernière.

Leur expression choquée à tous les deux me confirma qu'ils l'ignoraient.

— Oh mon Dieu, souffla Wanda.

— Connaissiez-vous Tommy Zapata ?

Dans les petites villes, tout le monde semble se connaître. Ils savaient sans doute qui était notre concessionnaire assassiné.

— Bien sûr, acquiesça Harold. Son père a travaillé pour notre ville pendant des années, il s'occupait des espaces verts et de ce genre de choses, le plus souvent au cimetière.

Ça allait leur faire un autre choc mais, encore une fois, j'avais besoin qu'ils l'apprennent. Il fallait que je découvre ce qui se passait.

— Tommy Zapata a été retrouvé mort hier matin, assassiné.

Le choc laissa la place à l'incrédulité. Ils étaient réellement stupéfaits.

— Il avait un an de plus que Mimi, expliqua Harold. Ils allaient au lycée ensemble.

— Je ne comprends pas ce qui se passe, dit Wanda d'une voix empreinte de désespoir. Anthony Richardson est mort la semaine dernière, lui aussi – c'était le fils de Tony Richardson. Il s'est suicidé.

Cookie inscrivit le nom sur son bloc-notes tandis que je demandai :

— Allait-il au lycée avec Mimi, lui aussi ?

— Ils étaient dans la même classe, répondit Harold.

Quelqu'un était en train de faire le ménage derrière lui. De toute évidence, Mimi était dans sa ligne de mire. Les Marshal savaient forcément quelque chose, il avait dû se passer un événement au lycée qui était le déclencheur de tout cela.

— Monsieur et madame Marshal, quand Mimi était au lycée, elle a quitté Ruiz pour Albuquerque et s'est installée chez sa grand-mère. Pourquoi ?

Wanda se tourna vers moi en battant des paupières, les sourcils froncés tandis qu'elle réfléchissait.

— Elle s'était disputée avec Janelle. Nous nous sommes dit qu'elle voulait juste s'éloigner un peu.

— Vous a-t-elle dit qu'elles s'étaient disputées ?

— Non, répondit-elle en y repensant. Pas vraiment. Mais, du jour au lendemain, elles sont devenues ennemies et ont semblé prendre chacune une direction différente.

— Cela ne nous a pas beaucoup ému, renchérit Harold. Au contraire, puisque nous n'approuvions pas cette amitié.

— Un événement en particulier a-t-il été la cause de cette soudaine « rupture » ?

Ils se regardèrent et haussèrent les épaules d'un air impuissant en essayant de se souvenir.

— Quoi qu'il ait pu se passer, cela a plongé Mimi dans une profonde dépression, expliqua Wanda.

— Nous l'avons surprise plusieurs fois pleurant dans sa chambre, ajouta Harold d'une voix abattue tandis que de vieux souvenirs douloureux refaisaient surface. Elle a arrêté de sortir, de manger et de se laver. C'en est arrivé au point où elle prétendait être malade tous les matins et nous suppliait de ne pas l'envoyer à l'école. Elle a manqué les cours pendant presque trois semaines d'affilée à un moment donné.

L'expression de Wanda s'attrista également à ce souvenir.

— Nous l'avons emmenée voir un médecin qui nous a suggéré de prendre rendez-vous chez un psychologue. Mais avant que nous en ayons le temps, elle a demandé à s'installer à Albuquerque chez ma mère. Elle voulait aller à Saint Pius.

— Nous étions ravis qu'elle recommence à s'intéresser à ses études. Elle avait toujours eu de bonnes notes, et Saint Pius est une excellente école.

Harold semblait avoir besoin de justifier sa décision de la laisser partir. J'étais certaine qu'ils n'avaient pas fait ce choix à la légère. De son côté, Wanda tapota le genou de son mari pour le rassurer.

— Très sincèrement, mademoiselle Davidson, aussi horrible que cela puisse paraître, nous avons poussé un soupir de soulagement après son départ. Elle s'est complètement métamorphosée en arrivant ici. Ses notes se sont améliorées, et elle excellait dans les activités extrascolaires. Elle était de nouveau elle-même.

Cookie griffonnait des notes pendant que les Marshal parlaient. Je m'en réjouis, car j'avais une écriture pourrie.

— D'après ce que vous venez de me dire, il semblerait que ses soucis à Ruiz soient plus graves qu'une simple dispute avec sa meilleure amie, comme si Mimi subissait la tyrannie de ses camarades. Peut-être même était-elle menacée, ou pire, ajoutai-je à contrecœur. (Le viol me semblait une option tout à fait possible.) Ne vous a-t-elle rien dit ? Rien du tout ?

— Non, rien, répondit Wanda, alarmée par ma conclusion. Nous avons essayé de la faire parler de ce qui la préoccupait, mais elle s'y refusait. Elle devenait hostile chaque fois que nous abordions le sujet. Ça ne lui ressemblait pas du tout.

Warren avait utilisé ces mêmes mots pour décrire le comportement de Mimi avant sa disparition. « Ça ne lui ressemblait pas du tout. »

— Nous aurions dû être plus attentifs, déplora Harold d'une voix lourde de culpabilité. Nous avons juste pensé qu'il s'agissait de Janelle. Vous savez comment c'est, le lycée.

Oh que oui.

CHAPITRE 9

Sur les conseils de mon avocat, mon tee-shirt ne porte pas de message pour le moment.

TEE-SHIRT

Deux heures plus tard, Cookie et moi étions assises dans son bureau, émerveillées de ce que nous avions trouvé via l'annuaire des anciens élèves et Internet. Au cours du dernier mois, six anciens élèves du lycée de Ruiz étaient morts ou avaient disparu. Les causes de décès incluaient le meurtre, un accident de voiture, deux suicides apparents et une noyade accidentelle. Enfin, nous avions une disparition : celle de Mimi.

— D'accord, dit Cookie en étudiant sa liste. Non seulement tous ces gens sont allés au lycée de Ruiz, mais ils se suivaient tous à une ou deux années près.

— Il nous manque peut-être des personnes, puisque nous n'avons pas le nom d'épouse des filles.

— Je vais devoir vérifier, approuva Cookie.

— Étant donné que le lycée ne compte en tout et pour tout qu'une centaine d'élèves, le pourcentage de chance que des événements de ce genre soient liés au hasard est extrêmement bas. Il doit y avoir un autre lien. Je doute que notre homme ait simplement décidé de tuer tous les gamins avec qui il est allé au lycée. Si c'était un tueur en série, il y aurait un mode opératoire, des morts similaires dans une région donnée. Or, il essaie de maquiller les décès en accidents ou en suicides pour la plupart.

— Peut-être que quand Warren a menacé de tuer Tommy Zapata, le type s'est dit qu'il avait l'occasion de faire d'une pierre deux coups en se débarrassant de Tommy et de Mimi tout en faisant porter les soupçons sur Warren, dit Cookie.

— Puisque les autres morts ont été déclarées accidentelles, cela veut dire qu'un assassin est en train de tuer impunément.

— Tu sais, dit Cookie en étudiant de nouveau l'annuaire, le nom de Mimi n'est pas dessus. Cette liste doit dater d'après son départ.

— D'accord, voilà ce qu'on va faire, dis-je en réfléchissant à voix haute. Tu vas chercher dans les archives de la police de Ruiz tout événement précédant le départ de Mimi, en remontant jusqu'à un mois ou deux avant. Même si je n'en suis pas sûre, quelque chose a peut-être alerté le shérif.

— Je m'y mets tout de suite. Je vais aussi faire des recherches sur les noms d'épouses de ces filles, juste au cas où.

— Pendant que tu y es, dis-je en ne cessant de lui rajouter du travail, tu devrais peut-être rappeler le lycée pour voir si tu peux obtenir un annuaire plus ancien.

— Ouaip, ça, je l'avais déjà noté. Hé, et toi, qu'est-ce que tu vas faire ?

Reyes avait une sœur, en quelque sorte, puisqu'ils n'étaient pas du même sang. Mais il avait été kidnappé et avait grandi avec cette fille. Quand Kim avait deux ans, sa mère, une droguée, l'avait abandonnée sur le pas de la porte d'Earl Walker quelques jours à peine avant de mourir d'une infection liée au SIDA. J'espérais seulement que si la mère de Kim avait su quel genre de monstre était Earl Walker, elle n'aurait jamais laissé sa fille chez lui, qu'elle le soupçonne d'être le père ou pas. Si Walker n'avait pas sexuellement abusé d'elle comme je l'avais craint au départ, il n'avait pas vraiment fait mieux. Il l'avait utilisée pour contrôler Reyes. Il l'avait affamée pour obtenir ce qu'il voulait de Reyes. Et ce qu'il voulait de lui était terrible.

— Je vais voir la sœur de Reyes, Kim.

L'espoir se peignit sur le visage de Cookie.

— Tu penses qu'elle sait où il est ?

— Malheureusement, non, mais ça vaut le coup d'essayer.

— Vas-tu contacter Maîtresse Souci ? me demanda-t-elle avec un sourire moqueur. Parce que cette histoire de « Si vous êtes la Faucheuse, appelez-moi », c'est vraiment trop bizarre.

— M'en parle pas. Mais je n'ai pas encore pris ma décision.

— Tu veux que je m'en occupe pour toi ? Bon sang de bonsoir ! s'exclama-t-elle soudain en jetant un nouveau coup d'œil à l'annuaire.

— Quoi ?

Je bondis pour lire par-dessus son épaule.

— Mimi est allée au lycée avec Kyle Kirsch. Je viens juste de faire le rapprochement.

— Le député ? Celui-là même qui vient d'annoncer récemment son intention de se présenter au Sénat américain ?

— Oui. Son prénom est Benjamin. Il est inscrit ici sous le nom de Benjamin Kyle Kirsch. C'est à cause du « Benjamin » que je ne l'ai pas reconnu tout de suite. Il doit se faire appeler par son deuxième prénom.

Je me penchai vers elle pour lui lancer un regard lourd de sens.

— Le député qui a annoncé son intention de se présenter au Sénat il y a un mois ?

Cookie prit un air stupéfait.

— Bon sang de bonsoir, répéta-t-elle.

Pas de doute, elle savait manier les mots.

Un député. Un putain de député. Quelqu'un, et je ne citais personne, avait un sacré squelette dans son placard, genre gros comme King Kong. Un squelette qu'il ne voulait pas laisser sortir, sans doute parce qu'il n'y a rien de plus effrayant que des squelettes géants en liberté. J'étais prête à parier tout mon argent, oui, mes quarante-sept dollars et cinquante-huit cents, que Kyle Kirsch était coupable. Député. Candidat au poste de sénateur. Assassin.

En même temps, ce n'était peut-être qu'une incroyable coïncidence, une bizarre succession d'événements qui impliquait par hasard un groupe d'adolescents de Ruiz, Nouveau-Mexique, et un homme qui annonçait, toujours par hasard, sa candidature au moment où ses anciens camarades de classe commençaient à tomber comme des mouches. Ouais, c'est ça, et moi on allait me couronner Miss Finlande avant la fin de l'année.

Désormais, grâce à Kyle Kirsch, une nouvelle énigme me nouait les entrailles. Qu'avait bien pu faire ce satané politicien quand il était gamin ? À moins d'avoir pris part à un sacrifice rituel au nom d'un obscur chef suprême ou d'avoir fait du télémarketing à un moment donné de sa vie, je ne voyais vraiment pas ce qui pouvait justifier le fait qu'il assassine des gens innocents.

Il fallait le faire tomber. Violemment, de préférence.

Je me garai dans la résidence de style pueblo de Kim Millar et allai frapper à sa porte turquoise.

— Mademoiselle Davidson, dit Kim en ouvrant sa porte, les yeux écarquillés par l'inquiétude. (Elle me saisit par le poignet et m'attira à l'intérieur.) Où est-il ?

Sa chevelure auburn était attachée en une queue-de-cheval faite à la va-vite, et des cernes noirs soulignaient ses yeux vert argent, au point qu'ils semblaient plus grands et plus creusés. Lors de notre première rencontre, elle m'avait paru fragile. Cette fois, son apparence de porcelaine semblait sur le point de se briser.

Je pris sa main dans la mienne tandis qu'elle me conduisait jusqu'à un canapé beige.

— J'espérais que vous pourriez me le dire, répondis-je quand nous fûmes assises.

La lueur d'espoir à laquelle elle se raccrochait de toutes ses forces s'éteignit, et une infime fracture apparut dans son aura. Une chape grise s'installa sur elle, assombrissant son regard d'un voile brumeux.

Je ne savais pas ce que je devais lui raconter. Si ma sœur planifiait de se suicider, voudrais-je être prévenue ? Et comment ! Kim avait le droit de savoir ce que son têtu de frère manigançait.

— Il est très en colère contre moi pour l'instant, expliquai-je.

— Alors, vous l'avez vu ?

Je compris à quel point leur arrangement devait être dur pour elle. Ils avaient un accord impliquant zéro contact. Reyes ne voulait plus qu'on fasse du mal à sa sœur à cause de lui, et elle de son côté refusait d'être l'outil permettant de blesser Reyes en retour. Personne, pas même l'État, ne savait ce qu'elle était pour lui. Même s'ils n'étaient pas liés par le sang, ils étaient frère et sœur de cœur, et j'avais le sentiment que Reyes serait fou furieux s'il découvrait que j'avais parlé à Kim.

— Kim, savez-vous ce qu'il est ?

Elle fronça ses sourcils délicats.

— Non. Pas vraiment. Je sais juste qu'il est très spécial.

— Il l'est, approuvai-je en me rapprochant d'elle sur le canapé. (Je n'allais certainement pas lui dire qui, ni même ce qu'il était vraiment.) Il est très spécial et il peut sortir de son corps.

Elle déglutit péniblement.

—Je sais. J'en suis consciente depuis longtemps. Il est très fort, aussi, et très rapide.

—Exactement. Or, quand il sort de son corps, il est encore plus fort et bien plus rapide. (Elle hocha doucement la tête pour me montrer qu'elle suivait.) Pour cette raison, ajoutai-je en espérant que je n'allais pas lui briser le cœur, il a décidé de laisser mourir son corps physique.

Dans un silence stupéfait, elle battit des paupières pendant quelques secondes, le temps d'intégrer ce que je venais de dire. Lorsque ce fut fait, elle porta la main à sa bouche et me regarda d'un air incrédule.

—Il ne peut pas faire une chose pareille, dit-elle d'une voix que le chagrin rendait ténue.

Je serrai sa main, qui se trouvait encore blottie dans la mienne.

—Je suis d'accord. Il faut que je le retrouve, mais il refuse de me dire où est son corps. Il est… blessé, ajoutai-je en trichant un peu.

Elle n'avait pas besoin de savoir à quel point la situation était critique, ni le peu de temps qu'il lui restait.

—Quoi ? Comment ?

—Je n'en suis pas sûre, mentis-je. Mais il faut que je le retrouve avant qu'il soit trop tard. Avez-vous la moindre idée de l'endroit où il pourrait se cacher ?

—Non. (Sa voix se brisa, et les larmes se mirent à couler librement sur son visage.) Mais le marshal a dit qu'il avait de gros ennuis.

Mon sang se glaça. Personne, pas même l'État, ne savait que Kim était censée être la sœur de Reyes. Rien ne la reliait à lui. Aucun contact. Reyes avait insisté là-dessus. Il n'existait absolument aucune archive mentionnant son existence, du moins pas à ma connaissance.

— Et maintenant ça, poursuivit-elle sans se rendre compte de ma détresse. Pourquoi ? Pourquoi voudrait-il m'abandonner comme ça ?

Soit ce marshal était très doué, soit il avait des informations privilégiées. Je choisis la deuxième hypothèse, parce que personne n'était doué à ce point-là.

Je pris la main de Kim dans les deux miennes.

— Je vous promets de faire tout mon possible pour le retrouver.

Elle me prit dans ses bras. Je la serrai doucement contre moi, de peur de la casser.

Le trafic était dense à cette heure sur l'I-40. Je zigzaguai entre les voitures tout en me demandant comment diable un marshal avait pu découvrir l'existence de Kim. Ça me laissait vraiment sur le cul. J'avais moi-même eu bien du mal à retrouver sa trace, alors que je connaissais déjà son existence. Or, nous n'étions pas si nombreux sur Terre à savoir qu'elle était liée à Reyes.

Mon téléphone se mit à jouer la sonnerie de *Da Ya Think I'm Sexy?* Je décrochai en sachant que Cookie se trouvait au bout de la ligne.

— Ici Charley, le lieu de perdition.

— Il faut que tu passes me prendre.

— Essaierais-tu encore de vendre ton corps dans la rue ? On n'a pas déjà parlé de ça, toutes les deux ?

— Quelques semaines avant que Mimi déménage à Albuquerque, une fille de sa classe a disparu.

Je rétrogradai et conduisis Misery dans la voie de droite pour sortir.

— Que s'est-il passé ? demandai-je par-dessus les klaxons et les cris stridents. Toi, t'as besoin de voir un psy ! criai-je en retour.

— Personne ne sait. On n'a jamais retrouvé son corps.

— Intéressant.

— Oui. C'est vraiment triste. D'après un article vieux de cinq ans, ses parents vivent toujours à Ruiz. Ils habitent dans la même maison depuis vingt ans dans l'espoir que leur fille rentrera chez eux.

C'était malheureusement tout à fait courant. Quand les parents ne pouvaient pas faire leur deuil, ils avaient souvent peur de déménager, de crainte que leur enfant revienne et découvre qu'ils étaient partis.

— Il est important de pouvoir mettre un point final à son histoire, qu'elle se termine bien ou pas.

— Devine comment elle s'appelait ?

— Euh…

— Hana Insinga.

Ah. Voilà qui expliquait la partie « Hana » du message de Mimi sur le mur des toilettes du resto.

— Je suis là dans deux minutes, promis-je avant de raccrocher.

— Voici l'adresse, dit Cookie en montant dans Misery.

— Qui va répondre au téléphone ?

En vrai, je m'en foutais, mais il fallait bien que quelqu'un mène la vie dure à Cookie, merde. Autant que ce soit moi.

— J'ai transféré tous les appels vers mon portable.

Elle avait emporté une liasse de papiers, des dossiers et son ordinateur portable.

— Tant mieux. Je ne te paie pas pour faire le tour du pays comme une rock star.

— Tu me paies ? J'ai plus l'impression d'être une esclave.

— Oh, je t'en prie, tu me coûtes bien moins cher qu'une esclave. Tu paies ton propre logement et tes propres factures.

Toujours multitâche, elle me tira la langue en mettant sa ceinture. Frimeuse. Je vis une ouverture et me précipitai sur Central. Tout était dans le timing. Les dossiers s'envolèrent des genoux de Cookie. Elle les rattrapa, puis s'écria :

— Aïe, je me suis coupée avec le papier !

— Ça t'apprendra à me tirer la langue.

Elle me lança un regard furibond tout en suçant le côté de son doigt. Puis elle éloigna sa main pour mieux regarder sa blessure.

— Est-ce que l'assurance couvre les coupures dues au papier ?

— Est-ce que les poules pondent des boules de neige ?

Deux heures plus tard, nous étions à Ruiz, assises dans un charmant salon en compagnie d'une femme adorable, prénommée Hy, qui nous servit du jus de fruit dans des tasses en porcelaine. Hy paraissait à moitié asiatique, sans doute coréenne, mais son époux avait été un pilote de la marine blond aux yeux bleus. Ils s'étaient rencontrés alors qu'il était en permission à Corpus Christi, la ville natale de Hy, située dans le sud profond du Texas. Hy en avait d'ailleurs gardé l'accent nasillard. Elle était toute petite avec un visage rond et des cheveux noirs grisonnants, coupés au bol, qui lui arrivaient à la mâchoire. Son chemisier blanc et son pantalon kaki contribuaient à la rajeunir aussi, même si elle semblait aussi délicate que les tasses qu'elle nous tendit.

— Merci, dis-je quand elle me présenta une serviette.

— Vous voulez des cookies ? demanda-t-elle avec son accent texan qui contrastait fortement avec ses traits asiatiques.

— Non, merci, répondit Cookie.

— Je reviens.

Elle se précipita à la cuisine, ses tongs ne produisant aucun son sur le tapis.

— Je peux la ramener à la maison ? me demanda Cookie. Elle est adorable !

— Tu peux, mais ça s'appelle du kidnapping, et c'est réprouvé par la plupart des agences gouvernementales.

Je gloussai dans ma tasse quand Cookie me lança un regard noir. Visiblement, les coupures au doigt la rendaient grognon.

Hy revint avec une assiette de cookies dans les mains. Je souris lorsqu'elle me la présenta.

— Merci beaucoup.

— Ce sont de bons cookies, dit-elle en s'installant dans un fauteuil inclinable face à nous.

J'en posai un sur ma serviette, puis je tendis l'assiette à Cook.

— Madame Insinga, pouvez-vous nous raconter ce qui s'est passé ?

Quand nous nous étions présentées sur le pas de sa porte, nous lui avions dit que nous étions là pour l'interroger à propos de sa fille. Elle avait été assez aimable pour nous laisser entrer.

— C'était il y a si longtemps, dit-elle en se repliant sur elle-même. Je sens encore l'odeur de ses cheveux.

Je posai ma tasse.

— Avez-vous la moindre idée de ce qui a pu lui arriver ?

— Personne ne sait, répondit-elle d'une voix tremblante. Nous avons demandé à tout le monde. Le shérif a interrogé tous les gamins. Personne ne savait rien. Elle n'est jamais rentrée à la maison, comme si elle avait disparu de la surface de la Terre.

— Est-elle sortie avec des amis, cette nuit-là ?

La douleur liée à la disparition de sa fille refit surface chez Hy, se propageant autour d'elle. C'était perturbant. J'en avais les mains moites et le cœur battant.

— Elle n'était pas censée sortir. Elle s'est faufilée dehors par sa fenêtre, alors j'ignore si elle était avec quelqu'un.

Hy luttait pour reprendre le contrôle de ses émotions. Je la plaignais de tout mon cœur.

— Pouvez-vous me dire comment s'appelaient ses amies les plus proches ?

Avec un peu de chance, nous repartirions de cette maison avec quelques noms de personnes à contacter.

Mais Hy secoua la tête d'un air déçu.

— Nous n'étions là que depuis quelques semaines. Je n'avais encore rencontré aucune de ses amies, même si elle me parlait de deux filles de l'école. Je ne pourrais pas affirmer qu'elles étaient proches, car Hana souffrait d'une timidité maladive, mais elle m'a raconté qu'une fille était très gentille avec elle. Après la disparition d'Hana, cette jeune fille est partie vivre chez sa grand-mère à Albuquerque.

— Mimi Marshal, commentai-je tristement.

— Oui, acquiesça Hy. J'ai dit au shérif qu'elles étaient amies. Il m'a répondu qu'il avait interrogé tous les élèves du lycée. Personne ne savait rien.

D'un point de vue éthique, je ne pouvais mentionner le nom de Kyle Kirsch, car rien ne prouvait qu'il soit effectivement impliqué dans cette affaire. Aussi décidai-je d'aborder la question sous un angle différent.

— Madame Insinga, Hana fréquentait-elle des garçons ? Vous a-t-elle parlé d'un petit ami ?

Hy croisa les mains sur ses genoux. J'eus l'impression qu'elle ne voulait pas penser à sa fille en ces termes, mais Hana avait au moins quinze ans quand elle avait disparu, peut-être seize. Les garçons occupaient donc sans doute beaucoup ses pensées.

— Je ne sais pas. Même si elle avait eu un coup de cœur pour quelqu'un, elle ne nous en aurait jamais parlé. Son père était très strict.

— Je vous présente toutes mes condoléances, dis-je lorsqu'elle mentionna son mari.

Elle nous avait dit qu'il était mort presque deux ans plus tôt. Elle inclina la tête en signe de gratitude. Nous ramenâmes la conversation vers des sujets moins douloureux en l'interrogeant sur sa ville natale et en lui demandant ce qui, au Texas, lui manquait le plus. Puis Cookie et moi nous levâmes et retournâmes à la porte d'entrée.

— Il y a autre chose, dit Hy en nous disant au revoir, alors que Cookie se dirigeait déjà vers la Jeep. Nous avons commencé à recevoir de l'argent directement sur notre compte il y a dix ans environ.

Je m'immobilisai et me tournai vers elle l'air étonné.

— Je ne voulais pas croire que cela avait un rapport avec Hana, mais je me dois d'être honnête avec moi-même. Pourquoi quelqu'un d'autre nous donnerait-il de l'argent sans raison ?

Bonne question.

— S'agit-il d'un transfert depuis un autre compte ?

Hy secoua la tête. Non, bien sûr que non. Ça aurait été trop facile.

— C'est toujours un dépôt de nuit, ajouta-t-elle. Mille dollars en liquide le premier de chaque mois. C'est réglé comme du papier à musique.

— Vous n'avez aucune idée de qui il peut s'agir ?

— Non.

— Vous en avez parlé à la police ?

— J'ai essayé, répondit-elle en haussant les épaules, mais ils ne veulent pas gaspiller leurs effectifs en organisant une surveillance autour de nos deux banques alors qu'aucun crime n'a été commis – surtout que nous avons refusé de déposer la moindre plainte.

Je hochai la tête d'un air compréhensif. Oui, pas étonnant que les autorités aient refusé de l'aider.

— Mon mari et moi avons essayé quelques fois de voir qui déposait cet argent, mais si nous surveillions une des banques, le dépôt était fait dans l'autre, systématiquement.

— En tout cas, ça vaut vraiment la peine de se pencher là-dessus. Puis-je vous poser une dernière question ? demandai-je tandis que Cookie se retournait, à l'autre bout du trottoir, pour m'attendre.

— Bien sûr, répondit Hy.

— Vous rappelez-vous qui était le shérif à l'époque de la disparition d'Hana ? Qui était chargé de l'enquête ?

— Oh, oui. C'était le shérif Kirsch.

Mon cœur fit un bond dans ma poitrine, et une légère exclamation de stupeur franchit mes lèvres.

— Merci beaucoup de nous avoir reçues, madame Insinga, lui dis-je en espérant ne pas l'avoir alarmée par ma réaction.

Nous montâmes dans la voiture, Cookie et moi, et restâmes assises en silence tant nous étions stupéfaites. Je venais de lui dire qui avait été le shérif chargé de l'affaire.

— Laisse-moi te poser une question dis-je à Cookie qui avait les yeux dans le vide. Tu m'as dit que Warren Jacobs était riche, pas vrai ? Il programme des logiciels pour des compagnies partout dans le monde.

— Mmm, répondit distraitement Cookie sans me regarder.

— Dans ce cas, pourquoi Mimi travaille-t-elle ?

Elle se tourna vers moi d'un air incrédule.

— Alors, juste parce que son mari est riche, elle n'est pas censée bosser ? Et son indépendance, alors ? Son identité ?

Je levai la main pour la calmer.

— Cook, est-ce qu'on peut laisser le mouvement féministe en dehors de ça une seconde ? Si je pose la question, c'est qu'il y a une raison. Hy m'a dit que quelqu'un dépose de l'argent de nuit sur son compte, mille dollars le premier de chaque mois, et ce depuis dix ans. Harold et Wanda nous ont dit que Mimi leur rend visite très régulièrement. Elle amène les enfants et passe la nuit avec eux le premier de chaque mois. Cook, c'est Mimi qui fait ces dépôts en liquide.

Elle prit le temps d'y réfléchir, puis baissa la tête et acquiesça d'un air résigné.

— Mais cela voudrait dire qu'elle se sent coupable de quelque chose, pas vrai ?

— Oui. Mais les gens se sentent coupables pour des tas de raisons, Cook. Ça ne veut pas dire qu'elle a fait quelque chose de mal.

— Elle a dit à sa mère qu'elle avait commis une erreur. Charley, qu'est-ce qui s'est passé ?

— Je ne sais pas, ma chérie, mais je le découvrirai. Je te parie le testicule gauche de Garrett que cela a un rapport avec notre candidat au Sénat.

Je tournai la clé de contact. Misery s'anima en rugissant tandis que Cookie regardait par sa fenêtre.

— Tu sais ce que ça veut dire ? demanda-t-elle.

— À part le fait que Kyle Kirsch est sans doute un assassin ?

— Ça veut dire qu'on est sur le point d'accuser de meurtre un membre du Congrès des États-Unis. Un homme qui espère devenir notre prochain sénateur. Le héros de sa ville natale, un pilier de la communauté.

Cookie allait-elle changer d'avis parce que Kirsch était une grosse légume ? Les gens comme lui devaient obéir aux lois, autant que les moyens et les petits légumes.

Mais elle se tourna vers moi d'un air rêveur, son aura débordant d'une passion farouche.

— Putain, j'adore ce boulot.

Chapitre 10

J'étais athée jusqu'à ce que je me rende compte
que je suis dieu.

AUTOCOLLANT POUR VOITURE

Le temps d'arriver dans les bureaux du shérif du comté de Mora, Cookie était remontée à bloc. Elle prenait l'enquête en main, et de manière très efficace, en plus. Enfin, si on exceptait les appels interrompus, la connexion Internet bas débit et l'engueulade d'une femme de quatre-vingts ans qui prétendit être Batman lorsque Cookie se trompa de numéro. Cook commençait à s'énerver de mon imitation prolongée de la femme en question. Elle n'aurait vraiment pas dû la mettre sur haut-parleur si elle ne voulait pas en subir les conséquences.

En descendant de Misery, elle me poussa sur le côté en disant :

— Bouge de là, tu gênes mon flux.

J'essayai de ne pas rire – enfin, sans trop fournir d'efforts non plus – et lui demandai :

— Tu t'étais pas fait opérer pour ça ?

Malheureusement, l'actuel grand manitou était sorti. La réceptionniste nous informa que l'ancien shérif, le père de Kyle Kirsch, vivait désormais à Taos avec sa femme et travaillait dans le domaine de la sécurité. On ne put donc pas lui parler. Mais la secrétaire nous donna une copie de tout ce qu'ils avaient sur l'affaire Hana Insinga, au prix d'un aller-retour dans une cave sombre et humide où nous dûmes bouger quelques cartons remplis de dossiers.

La réceptionniste était elle-même trop jeune pour se souvenir de l'affaire, ce qui était bien dommage. Mais j'étais certaine qu'avec tout le cirque qu'on était en train de faire, on allait bien finir par froisser quelques ego rien qu'en posant des questions. À tout le moins, on pourrait bien attirer l'attention de Kyle, et vite. En même temps, entre les faux agents du FBI et la visite nocturne de mes nouveaux amis, nous avions peut-être déjà dévoilé notre cachette secrète et notre intention d'empêcher Kyle Kirsch de dominer le monde.

Ça m'excitait de faire suer les méchants. Bien sûr, ça m'excitait aussi de faire suer les gentils, sauf que j'utilisais pour ça des méthodes radicalement différentes.

Sur la route du retour, il fallait passer par Santa Fe, ce qui me donnait une occasion parfaite pour avoir une entrevue avec Neil Gossett, le directeur adjoint de la prison. À vrai dire, il avait appelé pendant que je conduisais et avait insisté pour que je passe le voir. Il avait demandé à sa secrétaire de nous fixer un rendez-vous, puisque, en prison, on ne pouvait rien faire sans prendre rendez-vous.

— Tu crois que Neil va te donner accès à ce genre d'infos ? demanda Cookie après avoir terminé sa conversation téléphonique avec sa fille, Amber. (Apparemment, Amber passait un bon moment chez son père, ce qui apaisait l'inquiétude de Cookie.) Je veux dire, le registre des visites n'est pas censé être confidentiel ?

— Chaque chose en son temps, répondis-je en sortant mon téléphone pour appeler l'oncle Bob.

— Oh, fit Cookie en tapotant sur son portable, ta Maîtresse Souci vient juste de répondre à mon e-mail.

— C'est vrai ? Elle parle de moi ?

— Eh bien, je lui ai demandé ce qu'elle lui voulait, à la Faucheuse, gloussa Cookie, et elle m'a répondu, je cite : « C'est entre moi et la Faucheuse. »

— Oh, elle parle de moi ! C'est sympa.

Cookie acquiesça au moment où l'oncle Bob répondait à mon appel d'une voix brusque.

— Qu'est-ce que t'as ?

— Euh, une paire de seins magnifiques ?

— Je parlais de l'affaire.

Qu'est-ce qu'il pouvait être rabat-joie !

— Tu veux la version longue ou juste un résumé ?

— La version longue, si ça ne te dérange pas.

Je déballai donc toute notre affaire pendant les dix minutes suivantes, tandis que Cookie faisait des recherches sur son ordi. Elle aboyait quelques détails de temps en temps, apparemment mécontente de ma version de *Kyle Kirsch cherche à dominer le monde : la comédie musicale.*

Après une longue pause qui me poussa à me demander si l'oncle Bob avait finalement succombé au problème de ses artères bouchées, j'entendis des halètements et une porte grincer juste avant qu'il chuchote :

— Kyle Kirsch ?

— Tu es où, là ?

— Dans les toilettes, putain. Tu ne peux pas dire des merdes comme ça à voix haute et en public. Kyle Kirsch ?

— Ouaip.

— Le Kyle Kirsch ?

Ses synapses devaient commencer à lâcher.

— Je dois me rendre à la prison, là. Préviens-moi quand tu auras mis ton logiciel à jour, qu'on puisse discuter.

— D'accord, attends, dit-il juste avant que je raccroche. Laisse-moi me renseigner sur l'affaire de la fille disparue. Ne fais rien d'impulsif.

— Moi ? protestai-je, juste un tout petit peu vexée.

— Quand il s'agit de donner un coup de pied dans une fourmilière, tu es pire qu'un gamin. Tu es comme une Lois Lane sous amphétamines.

— Ça alors ! Et sinon, tu as du nouveau pour moi ?

— Non.

— Merde.

— Tu vas rester à l'écart des ennuis ?

— Quoi ? K-shhhhhh. Je ne t'entends plus.

Je raccrochai avant qu'il puisse rajouter quoi que ce soit. Si j'étais Lois Lane, alors Reyes Farrow était bel et bien mon Superman. Il fallait juste que je le retrouve avant que les démons armés de kryptonite finissent ce qu'ils avaient commencé. Le fait que je ne l'avais pas vu de la journée ne m'avait pas échappé. Était-il mort ? Avait-il déjà disparu ? Cette seule idée me mit un poids écrasant sur la poitrine. J'inspirai profondément pour me calmer au moment où je m'arrêtai devant les grilles de la prison.

— D'après l'article dans le journal, Janelle York laisse une sœur derrière elle, mais celle-ci habite en Californie, maintenant, dit Cookie.

— Waouh, ça fait un peu loin pour y aller en voiture. Nous venons voir Neil Gossett, annonçai-je au garde.

Celui-ci, raide comme un soldat au garde-à-vous, vérifia son registre.

— Vous avez rendez-vous ?

— Absolument, répondis-je avec un sourire enjôleur. Je m'appelle Charlotte Davidson, et voici mon amie Cookie Kowalski.

Un sourire menaçait d'apparaître aux commissures de ses lèvres. Il était trop jeune pour être blasé et trop vieux pour être naïf. C'était un sacré bon âge, d'après moi.

— Je n'ai que vous sur ma liste, mademoiselle Davidson. Laissez-moi passer un coup de fil.

J'accentuai mon sourire, ce qui, d'expérience, m'ouvrait plus de portes que si j'étais armée d'un AK-47. Le garde s'obligea à rester neutre, mais ses yeux se mirent à pétiller avant qu'il tourne les talons pour rentrer dans sa guérite.

— Peut-être que la sœur de Janelle est venue ici pour les funérailles, ajouta Cookie. Je vais appeler les pompes funèbres pour essayer d'obtenir son numéro de téléphone.

Tandis qu'elle tapait sur l'ordi à la recherche des coordonnées des pompes funèbres, le garde revint vers nous, un sourire menaçant toujours de faire sauter le pli sévère de sa bouche.

— Vous pouvez y aller. Si vous suivez la route par là, ajouta-t-il en désignant la droite, ça vous amènera directement au bâtiment administratif.

— Merci.

Dix minutes plus tard, je me retrouvai de nouveau à l'intérieur de la prison d'État. Enfin, dans le bureau de Neil Gossett, pas en cellule. Cookie resta pour sa part dans le bureau de l'assistante de direction pour faire d'autres recherches et passer quelques coups de fil. Elle était tellement productive ! J'entendis Neil arriver. Il salua Cookie, puis s'arrêta pour parler à Luann, son assistante de direction, celle qui était venue nous chercher à l'entrée et qui me regardait comme si j'avais l'intention de tuer son chiot chaque fois que je venais. Elle avait un teint pâle qui ne masquait en rien sa quarantaine bien entamée et qui contrastait fortement avec ses cheveux noirs et courts et ses yeux bruns. Je m'étais toujours demandé pourquoi elle me lançait des regards furieux à chacune de mes visites. Bon, pas au point de lui poser la question, mais quand même. La seule émotion que je captais chez elle était la méfiance. En y repensant, au cours de notre première rencontre, je n'avais pas ressenti ça jusqu'à ce qu'elle apprenne que j'étais là pour Reyes. Elle semblait presque le protéger, et je me demandai brusquement pourquoi.

Neil remercia Luann avant d'entrer dans son bureau. Lui et moi étions allés au lycée ensemble, mais nos chemins s'étaient rarement croisés depuis, en grande partie parce que c'était un con, à l'époque. Heureusement, sa carrière à la prison l'avait fait mûrir. D'ailleurs, à cause d'un incident qui s'était produit à l'arrivée de Reyes entre ces murs, dix ans plus tôt, et qui impliquait la mise hors service, en quinze secondes chrono, de trois des plus dangereux membres de gang de la population carcérale, Neil était un tout petit peu au courant pour Reyes. Ce qu'il avait vu à ce moment-là lui avait laissé une forte impression. De plus, il en savait juste assez sur moi pour croire tout ce que je disais, même si ça semblait complètement fou. Ce n'était pas le cas à l'époque du lycée, où on me traitait de tous les noms, de schizophrène à Bloody Mary, ce qui était bizarre puisque j'étais rarement couverte de sang. Mais à présent, je pouvais utiliser à mon avantage cette nouvelle confiance en mes capacités et je comptais là-dessus pour faire avancer mon affaire.

Il me lança un regard entendu avant d'aller s'installer derrière son bureau. Neil était un ancien athlète au front dégarni qui conservait encore un physique en très bon état en dépit de son amour évident pour les libations.

— Est-ce que tu l'as vu ? me demanda-t-il en allant droit au but.

Donc, il allait être strictement professionnel pour l'instant, ce qui me convenait très bien. De toute façon, il était logique qu'il veuille mettre la main sur Reyes, puisqu'il était le directeur adjoint de la prison d'où celui-ci s'était échappé.

— J'allais te poser la même question.

— Comment ça, tu ne sais pas où il est ?

Neil semblait agité.

— Non, répondis-je en essayant d'avoir l'air agité, moi aussi.

Il poussa un soupir las et laissa tomber le masque du directeur adjoint. Ce qu'il dit ensuite me surprit plus que je ne voulais bien l'admettre.

— Il faut qu'on le retrouve, Charley. On ne peut pas laisser les marshals lui mettre la main dessus les premiers.

— Pourquoi dis-tu ça ? demandai-je, alarmée.

— Parce que c'est Reyes Farrow, répondit-il d'un ton sardonique. J'ai vu ce dont il est capable. Imagine ce qu'il pourrait faire avec une vraie arme entre les mains.

Il se frotta le visage, puis ajouta :

— Tu sais ça mieux que moi.

Il avait raison. J'en savais vachement plus que lui. Si Neil avait la moindre idée de ce dont Reyes était capable, il péterait un câble.

— Ils ne pourront pas l'arrêter, ajouta-t-il d'un air sinistre. En voyant ça, ils utiliseront tous les moyens nécessaires pour l'abattre.

Le fait que Reyes puisse être abattu par un groupe de marshals me scella la bouche et me serra le cœur pendant un long moment. Reyes l'avait dit lui-même. Sous sa forme humaine, il était vulnérable. On pouvait le neutraliser. Je ne savais pas jusqu'où Neil irait pour m'aider à porter secours à Reyes, mais je n'allais pas tarder à le découvrir. Si je voulais qu'il me fasse confiance, j'allais devoir me fier à lui d'abord. Cependant, la vérité, toute la vérité et rien que la vérité risquait de faire plus de mal que de bien. Neil avait été témoin de suffisamment de choses pour savoir que Reyes était un drôle d'animal. J'allais m'en servir pour le harponner tout en laissant de côté d'ennuyeux petits détails comme « Faucheuse » et « fils de Satan ».

— Je ne sais pas où il est, répondis-je.

J'étais consciente du risque que je prenais lorsque j'ajoutais :

— Mais je sais qu'on le traque et qu'il est blessé.

Cette déclaration surprit Neil au plus haut point. Son visage demeura impassible – il était visiblement un véritable expert à ce jeu-là – mais son agitation grimpa en flèche, et je compris à cet instant que j'avais trouvé un véritable allié. Il ne m'en voulait pas de savoir tant de choses sur Reyes et il n'était pas non plus pressé de se joindre à la traque pour retrouver son prisonnier. Aucun désir viscéral de chasseur ne luisait dans ses yeux à l'idée des lauriers qu'il récolterait pour avoir mis la main sur un détenu en fuite.

Non, Neil avait peur. Il semblait réellement se soucier de Reyes. Cela me surprit. Neil travaillait tous les jours avec des centaines de détenus. L'usure de compassion était sûrement très répandue dans sa profession. On aurait pu croire que la frustration suffirait à elle seule à étouffer le souci des autres. Mais non, je sentais son empathie et le lien qu'il avait avec Reyes. Peut-être s'était-il attaché à lui après l'avoir eu comme prisonnier pendant si longtemps, d'autant qu'il savait qu'il n'était pas entièrement humain, qu'il était plus que ça. Quoi qu'il en soit, j'aurais pu embrasser Neil sur la bouche s'il n'avait pas été un vrai con avec moi au lycée. Le soulagement de le savoir de notre côté me dénoua un peu le ventre.

— Comment sais-tu qu'il est blessé ? demanda-t-il.

Je sentais toutes les émotions conflictuelles qui faisaient rage en lui. L'inquiétude. L'empathie. La peur. Elles sortaient de lui et tourbillonnaient à travers moi comme une fumée suffocante.

Je battis des paupières et me concentrai sur notre discussion.

— Je vais te faire un aveu, dis-je en espérant que ce véritable saut de l'ange ne se terminerait pas par un atterrissage brutal au milieu des cactus (ça faisait mal, ces conneries). Mais je vais avoir besoin que tu restes ouvert d'esprit comme tu l'as été jusqu'à présent.

Il hésita, se demandant sans doute ce que je manigançais. Puis il hocha la tête avec méfiance.

Je me penchai en avant et adoucis ma voix dans l'espoir d'amoindrir le coup qu'il allait recevoir.

— Reyes est une entité surnaturelle.

Comme il ne réagissait pas et continuait à me regarder sans ciller, je poursuivis, parce que j'avais vraiment, vraiment, besoin de son aide, mais aussi parce que j'étais curieuse de voir jusqu'où il était prêt à aller pour découvrir la vérité.

— Bon, c'est vrai, j'ai moi-même un petit truc qui sort de l'ordinaire, mais ça n'est rien comparé à lui.

Au bout d'un long moment de réflexion, il se prit le visage à deux mains et me regarda entre ses doigts écartés.

— Je perds la boule, dit-il. (Puis, il se ravisa.) Non, oublie ce que je viens de dire. Je l'ai déjà perdue. C'est fini. Il n'y a plus d'espoir pour moi maintenant.

— Euh, OK, dis-je en remuant sur ma chaise.

Je décidai de ne pas faire de commentaire, et donc de ne proférer aucun jugement. Je n'allais pas tirer de conclusions hâtives ni lui offrir une camisole de force pour Noël.

Il appuya sur un bouton de son interphone.

— Oui, monsieur ? lui répondit aussitôt son assistante, dont j'admirai la réactivité.

— Luann, j'ai besoin que vous me fassiez interner au plus vite. Hier, si c'est possible.

— Bien sûr, monsieur. Vous désirez un programme en particulier ?

— Non, répondit-il en secouant la tête. N'importe lequel fera l'affaire. Faites au mieux.

— Je m'en occupe immédiatement, monsieur.

— C'est vraiment quelque de bien, commenta-t-il après que Luann eut mis fin à la communication.

— Visiblement. Mais tu veux te faire interner parce que… ?

Il me regarda d'un air noir comme si tout cela était ma faute.

— Bien qu'il m'en coûte de l'admettre, je te crois.

Je ravalai tant bien que mal un sourire de soulagement.

— Non, vraiment, je te crois à 200 %. Comme si tu venais de me dire que tu as un pneu crevé ou que le temps est nuageux. Comme si tout cela était tout à fait banal et ne sortait absolument pas de l'ordinaire. Comme s'il n'y avait pas de quoi se prendre la tête.

Incroyable comme il avait changé depuis le lycée – et je ne parlais pas que de la brioche et du front dégarni.

— Et c'est une mauvaise chose ?

— Bien sûr ! Je travaille dans une prison, pour l'amour du ciel. Des choses comme ça ne devraient pas se produire dans mon monde. Pourtant, au plus profond de moi, je sais que Reyes est une entité surnaturelle. À ce stade, je doute plus de la météo que de toi.

— Tout le monde doute de la météo, et tu es dans mon monde, désormais, répliquai-je avec un sourire malicieux.

Mon monde est super cool. Mais j'avais une bonne raison de te confier tout ça.

Il daigna me regarder de nouveau et haussa les sourcils d'un air interrogateur.

— J'ai besoin de ton aide. Il faut que je sache qui rendait visite à Reyes en prison.

— Et tu as besoin de cette information parce que… ?

— Parce qu'il faut que je retrouve son corps.

— Il est mort ? s'exclama Neil, alarmé.

Il se leva d'un bond et fit le tour du bureau pour me rejoindre.

— Non, Neil, calme-toi, dis-je en levant les mains en signe de reddition. Il n'est pas mort. Enfin, je ne crois pas qu'il le soit. Mais il mourra bientôt. Il faut que je retrouve son corps. Je te l'ai dit, il est blessé – grièvement.

— Tu penses que quelqu'un le cache ? Quelqu'un qui est venu lui rendre visite ?

— Exactement.

Il se retourna et appuya de nouveau sur l'interphone.

— Luann, pouvez-vous m'apporter le nom de toutes les personnes qui ont rendu visite à Reyes Farrow cette année ? J'ai aussi besoin de savoir qui il a fait mettre sur sa liste de visiteurs, qu'ils aient été ou non approuvés par l'État.

— Voulez-vous ces renseignements avant ou après que je vous ai fait interner, monsieur ?

Neil pinça les lèvres d'un air songeur, puis prit sa décision.

— Avant, sans aucun doute.

— Je vous les apporte immédiatement.

— J'adore la façon dont elle utilise le mot « immédiatement », commentai-je en me jurant de parler de ce concept à Cookie. Donc, il faut que les visiteurs soient approuvés par l'État ?

— Oui, répondit Neil en allant se rasseoir derrière son bureau. Le détenu doit présenter le nom de toute personne dont il souhaite recevoir les visites. Puis, cette personne doit remplir une fiche qui est soumise à l'administration pour approbation. Mais revenons à cette histoire d'entité surnaturelle, dit-il, un éclat mystérieux dans les yeux.

— D'accord.

— Tu es médium ? C'est grâce à ça que tu sais que Farrow est blessé ?

On en revenait toujours au mot en M.

— Non, pas spécialement. Pas de la façon dont tu penses. Je ne peux pas prédire l'avenir ou te parler du passé. Sérieux, j'ai déjà du mal à me souvenir de la semaine dernière, ajoutai-je en voyant son air dubitatif. Le passé est flou, comme du brouillard, mais encore pire.

— D'accord, alors qu'est-ce que tu entends par « petit truc qui sort de l'ordinaire » ?

J'envisageai une fois de plus de lui dire la vérité, mais je me ravisai aussitôt. Je ne voulais pas perdre sa confiance, mais je ne voulais pas lui mentir non plus. Ce type travaillait avec des criminels endurcis depuis plus d'une décennie. Il s'y connaissait en menteurs.

J'étudiais le motif moucheté de son tapis en essayant de trouver une réponse. Je détestais cette incertitude entre ce que je pouvais dévoiler et ce qu'il valait mieux garder pour moi. Le problème, quand j'avouais la vérité aux gens, c'est que leur vie s'en trouvait à jamais changée, tout comme la vision qu'ils avaient du monde. Puisque la plupart des gens n'en croyaient pas un mot, je me retrouvais rarement dans une position aussi précaire. Mais Neil avait vu certaines choses. Il savait que Reyes était plus puissant que n'importe quel autre homme. Il savait que je voyais des choses invisibles pour le reste de l'humanité. Mais il y avait une limite à ce que l'esprit humain pouvait accepter comme réel. Si je franchissais cette limite, je perdrais la coopération et l'amitié de Neil. Bon, je m'en foutais un peu, de son amitié, mais quand même.

— Neil, je ne veux pas te mentir.

— Et je ne veux pas que tu me mentes, donc ça règle la question et ça te facilite les choses, non ?

— Si je te dis la vérité…, soupirai-je, disons simplement que ça risque de perturber ton sommeil – pour toujours.

Plongé dans ses pensées, il se mit à tapoter son bureau avec un stylo.

— Soyons francs, Charley, je ne dors pas très bien depuis ta dernière visite.

Merde. Je le savais. J'avais déjà bousillé son monde.

— Je pourrais me tromper, mais je suis certain que je dormirais mieux si je connaissais toute l'histoire. Ce sont tous ces fragments qui me font chier. Plus rien n'est sûr. Plus rien ne correspond à rien. J'ai l'impression que les fondations de tout ce en quoi j'ai toujours cru sont en train de s'écrouler sous mes pieds et que je perds de vue ce qui est réel et ce qui ne l'est pas.

— Neil, si je t'en dis plus, ça ne t'aidera pas à retrouver le sens du réel, bien au contraire.

— Peut-on se mettre d'accord sur le fait qu'on n'est pas d'accord ?

— Non.

— Donc, on n'est pas d'accord là-dessus.

— Non.

— Donc on est sur la même longueur d'ondes ?

— Non.

— Alors, laisse-moi reformuler les choses. (Il se pencha en avant avec un sourire parfaitement diabolique.) Si tu veux jeter un coup d'œil au registre des visites, je veux tout savoir.

Il me faisait le coup du chantage ?

— Je ne crois pas pouvoir faire ça pour toi, répondis-je à regret.

— Ah ouais ? Eh bien peut-être que je ne t'ai pas tout raconté, moi non plus.

Stupéfaite, je haussai les sourcils.

— Comment ça ?

— Tu croyais vraiment que ça se limitait à cette petite histoire que je t'ai racontée à propos de Reyes ?

Lors de ma première visite, Neil m'avait raconté une histoire incroyable. Il venait juste de commencer à la prison lorsqu'il avait vu Reyes, alors âgé de vingt ans seulement, neutraliser trois des hommes les plus dangereux de l'État sans verser une goutte de sueur. Tout s'était terminé avant que Neil puisse appeler des renforts. C'était à ce moment-là qu'il avait compris que Reyes était différent.

— Tu croyais que je n'avais rien d'autre à raconter ? demanda-t-il. (Je m'attendais presque à le voir éclater d'un rire diabolique.) Des histoires comme celles-là, j'en ai des dizaines. J'ai vu des choses… des choses impossibles à expliquer. (Il secoua la tête en repensant à ce qui devait être une pléthore de phénomènes inexplicables. J'essayai de ne pas baver.) En toute honnêteté, Charley, j'ai besoin d'une explication. Mets ça sur le compte du scientifique qui est en moi, ajouta-t-il avec un haussement d'épaules.

— Tu étais nul en sciences.

— J'ai fini par m'y intéresser.

Il n'allait pas lâcher l'affaire. Je lisais la détermination dans ses yeux, celle-là même qui avait permis à notre équipe de foot, au lycée, d'aller en finale du championnat régional trois années de suite. Merde.

— Je te propose un deal, dis-je en passant en mode « négociatrice ». Tu me montres la tienne et je te montre la mienne.

— Je passe le premier, c'est ce que tu essaies de dire ?

Je répondis par un sourire.

— Fais chier. Je dois toujours passer le premier et, la moitié du temps, les filles, vous vous défilez et vous mettez les voiles avant de me montrer la vôtre.

Il avait de toute évidence trop d'expérience en la matière.

— Tu ne me fais pas confiance ? dis-je en faisant vraiment de gros efforts pour avoir l'air horrifié.

Il pinça les lèvres.

— Même pas un tout petit peu.

Je désignai notre environnement avec les paumes en l'air.

— Mec, on est dans une prison. Si je ne respecte pas ma part du marché, tu n'auras qu'à me mettre en isolement jusqu'à ce que je crache le morceau.

— Tu peux me mettre ça par écrit ?

Je voulais en savoir plus, j'en avais besoin autant que j'avais besoin de respirer. Mon appétit d'en apprendre plus sur Reyes était insatiable.

— Je peux même sceller mon serment avec du sang.

Il poussa un long soupir songeur, puis répondit :

— Je crois que le sang ne sera pas nécessaire. Je vais te donner un petit aperçu. (Il mâchonna sa lèvre inférieure avant d'en choisir un.) D'accord, il y a eu cet épisode, quand j'étais encore surveillant, où on a appris qu'il y aurait une bagarre. Apparemment, c'était du lourd, entre South Side et les Aryens. La tension était si épaisse qu'au troisième jour, on savait qu'il se passerait un truc. Les hommes se sont rassemblés dans la cour en se mesurant du regard et se sont rapprochés de plus en plus jusqu'à ce que les meneurs de chaque gang se retrouvent nez à nez. Farrow a débarqué pile au milieu de tout ça, ça nous a surpris.

— Pourquoi ? demandai-je, certaine d'avoir les yeux écarquillés par l'étonnement.

— Parce qu'il n'avait aucune affiliation. C'est rare mais, de temps en temps, un détenu tente sa chance tout seul. C'est ce qu'il a fait, et ça lui a parfaitement réussi, d'ailleurs.

— Donc, il s'est retrouvé au milieu de cette bagarre ?

Même si je savais que Reyes en était sorti vivant, cela n'empêcha pas mon cœur de manquer quelques battements.

— En plein milieu, oui. On n'arrivait pas à le croire. Et puis, les hommes ont commencé à tomber. Farrow passait entre les rangs, et les détenus s'effondraient les uns après les autres, évanouis.

Il se tut, perdu dans ses pensées.

— Que s'est-il passé ensuite ? demandai-je d'une voix impressionnée.

— Quand Farrow est arrivé au niveau des meneurs, il leur a parlé. À ce moment-là, la plupart des autres détenus étaient déjà en train de reculer, certains étonnés, d'autres effrayés. Les meneurs ont regardé autour d'eux et se sont rendu compte de ce qui se passait. Puis celui de South Side a levé les mains et il a reculé. Mais l'Aryen s'est énervé. Il a dû avoir le sentiment que Farrow trahissait sa race ou un truc dans le genre.

— Ils sont tellement susceptibles, ces gars-là.

Neil acquiesça.

— L'Aryen s'est mis à gueuler à quelques centimètres du visage de Farrow. Puis, avant que quiconque comprenne ce qui se passait, il s'est effondré.

Je me levai d'un bond et appuyai mes mains sur le bureau de Neil.

— Qu'a fait Reyes ?

Neil leva les yeux vers moi.

— Au début, on ne le savait pas, mais il les a touchés, Charley. Les vidéos de surveillance le montrent en train de parcourir la foule et de mettre la main sur l'épaule de ces types. Ils sont tombés comme des mouches.

Je restai bouche bée sans doute plus longtemps que nécessaire.

— Les gardiens se sont précipités, ont trouvé leurs armes, ont fouillé tous les autres et ont verrouillé les lieux. (Neil secoua la tête.) On ne saura jamais combien de vies ont été sauvées ce jour-là, y compris la mienne.

Cela me surprit.

— La tienne ?

Il contempla ses mains pendant un moment avant de répondre.

— Je ne suis pas aussi courageux que je le prétends, Charley. Les Aryens avaient juré de s'en prendre à moi. J'avais énervé l'un d'entre eux en le mettant en isolement après qu'il avait jeté un plateau sur un autre détenu. (Le regard de Neil se durcit.) Je ne serais jamais sorti de là vivant, je le sais. Et j'étais mort de trouille.

— Il n'y a pas de quoi avoir honte, Neil. (Je le réprimandai d'un regard, puis répétai l'évidence.) Donc, il t'a sauvé la vie, à toi aussi.

— Et j'aimerais vraiment lui rendre la pareille.

— Laisse-moi te poser une question, dis-je, car une forte suspicion ne cessait de me titiller. (Le meilleur ami de Reyes au lycée s'était retrouvé par la suite son compagnon de cellule.) Amador Sanchez, son compagnon de cellule, n'était-il pas affilié avec South Side, par hasard ?

— Maintenant que j'y repense, je crois bien que si.

Intéressant. Je me demandais si Reyes serait quand même intervenu si ça n'avait pas été le cas.

— Je crois que Farrow aurait quand même mis un terme à la bagarre, dit Neil comme s'il lisait dans mon esprit.

— Pourquoi tu dis ça ?

— Quand nous avons pris la cour d'assaut, je me suis dirigé droit sur lui. Je voulais m'assurer que personne ne l'attaquerait, en partie parce que je ne voulais pas qu'il soit blessé et aussi parce que je savais déjà un petit peu de quoi il était capable. Je ne voulais pas non plus qu'un de mes collègues soit blessé. Je lui ai donc ordonné de s'allonger par terre et je me suis agenouillé à côté de lui pendant que l'équipe d'intervention balançait du gaz lacrymo dans la cour. Je portais un masque à gaz mais je me suis penché sur lui… Il fallait que je sache.

— Que tu saches quoi ?

— Je lui ai demandé pourquoi il avait mis un terme à cette bagarre.

— Quelle a été sa réponse ?

— Au début, il a nié en disant qu'il ne savait pas de quoi je parlais. Puis il a refusé d'ajouter quoi que ce soit, mais c'était peut-être à cause du gaz lacrymo.

— Et ensuite ?

— Pendant que nous raccompagnions les détenus à l'intérieur pour les confiner dans leur cellule, il s'est penché vers moi alors qu'il attendait son tour d'être fouillé et il m'a dit qu'il avait vu assez de guerres pour un millier de vies.

Sachant parfaitement de quoi parlait Reyes, je déglutis péniblement. Neil me dévisagea avec curiosité.

— Qu'a-t-il voulu dire ? Il n'a de toute évidence jamais participé à une vraie guerre, alors je me suis dit que tu serais peut-être capable de me donner une explication. (Il croisa les doigts.) Je crois que c'est ton tour.

D'accord, il fallait que je sois honnête avec lui, mais je ne pouvais pas tout lui dire, ce ne serait pas juste envers Reyes. Je ne lui dirai que le strict nécessaire.

—Je ne sais pas trop comment formuler ça, dis-je d'un air hésitant, mais Reyes a bel et bien connu la guerre, il en a même connu des tonnes. (Je dévisageai Neil pour mieux évaluer sa réaction.) Il a été le général d'une armée pendant des siècles, mais ce n'était pas une armée de ce monde.

—C'est un alien ? s'exclama Neil en criant presque.

—Non, répondis-je en essayant de ne pas rire. Pas du tout. Je ne peux pas tout te dire… Il est juste une entité surnaturelle.

—Ça suffit, annonça-t-il en se levant. Tu vas en isolement.

Il me prit le bras et me souleva de ma chaise, quoique avec précaution.

—Quoi ? Mais je te balance des infos !

—Celle-là, tu me l'as déjà balancée. Il m'en faut des nouvelles, des plus intéressantes. Tu caches quelque chose.

—Pas du tout, je…

—Sais-tu à combien de personnes j'ai raconté cette histoire ?

Il se baissa et poursuivit dans un chuchotement rauque, comme s'il avait peur que quelqu'un nous entende :

—Sais-tu à quel point ça semble fou ?

Nous nous dirigions vers la porte.

—Attends, tu ne peux tout de même pas me mettre en isolement !

—Tu crois ça ?

—Neil !

—Luann, annonça-t-il en ouvrant la porte, allez chercher les menottes.

Assise dans le bureau de Luann, Cookie leva les yeux de son ordinateur portable, fronça les sourcils d'un air vaguement intéressé puis retourna à ses recherches.

—D'accord, je me rends.

Je joignis le geste à la parole en levant les mains. Neil desserra son étreinte, et je retirai mon bras d'un geste brusque avant d'ajouter, entre mes dents serrées :

— Mais ne viens pas te plaindre quand tu commenceras à faire pipi au lit la nuit.

Neil sourit gentiment à Luann, puis referma la porte.

— Je te laisse une chance, une seule. Si tu ne tiens pas parole, tu ne reverras plus jamais la lumière du jour.

— D'accord, dis-je en lui donnant un coup d'index dans la poitrine, tu veux la jouer comme ça, c'est ton problème. Reyes Farrow est le fils de Satan.

Au moment où je prononçai cette phrase, au moment où ces mots franchirent mes lèvres, j'entrai en état de choc. Mes mains volèrent vers ma bouche, et je restai très longtemps les yeux dans le vide.

Reyes allait me tuer pour avoir divulgué un secret comme celui-là. Il allait me découper en petits morceaux avec son épée étincelante, je le savais. Non, attendez. Je pouvais réparer ça. Je laissai mon regard horrifié se poser sur Neil. Il semblait hésiter sur la question de l'isolement.

Je laissai tomber mes mains et me mis à rire. Enfin, j'essayai. Malheureusement, on aurait plutôt dit une grenouille en train de se noyer. J'étais secouée, complètement décontenancée.

— Je plaisante, dis-je d'une voix tendue tant j'étais certaine de mourir bientôt. (Je lui donnai une bourrade.) Tu sais ce que c'est quand tu fais face à l'isolement, tu dis le premier truc qui te passe par la tête.

Alors que je lui tournai le dos pour aller m'asseoir et m'ébahir de ma propre stupidité sans qu'il me voie, Neil répondit :

— Tu ne plaisantes pas.

— Pfff, fis-je en me tournant vers lui. Bien sûr que je plaisantais. Franchement ! Le fils de Satan ? Pfff. (Je m'assis en gloussant.) Alors, où en étions-nous ?

— Comment est-ce possible ? demanda Neil en retournant vers sa table de travail d'un air hébété. Dis-le-moi.

Merde. Je m'étais complètement vendue en me débattant comme une carpe sur la terre ferme. Je me relevai pour me pencher par-dessus le bureau.

— Neil, sérieusement, tu ne peux le dire à personne.

Le désespoir dans ma voix le ramena vers moi. Il battit des paupières et fronça les sourcils d'un air interrogateur.

— S'il y a jamais eu une chose dans ta vie que tu n'as jamais pu dire à quiconque, Neil, c'est bien celle-là. Je ne sais pas ce que ferait Reyes s'il apprenait que tu es au courant. Enfin, je ne pense pas qu'il te ferait du mal, ajoutai-je en me mettant à faire les cent pas. Je ne pense vraiment pas, mais on ne peut pas en être sûrs. Son comportement est plutôt… erratique, ces derniers temps.

— Comment est-ce possible ? demanda-t-il de nouveau.

— Eh bien, il a subi un sacré stress. Et des tortures.

— Le fils de Satan ?

— Tu m'écoutes, oui ? (Bordel, j'avais merdé, et pas qu'un peu.) Tu ne dois en parler à personne !

J'avais déjà fait l'erreur de le dire à Cookie avant même de réfléchir aux conséquences. Et maintenant ? Pourquoi ne pas faire passer une annonce dans le *New York Times* pendant que j'y étais ? Ou mettre un panneau d'affichage sur l'I-40 ? Ou me le faire tatouer sur les fesses ?

— Charley, dit Neil en reprenant ses esprits avant moi. Je comprends. Je ne le dirai à personne. Je sais de quoi il est capable, tu te rappelles ? Je ne vais pas risquer sa colère. Je te le promets.

Je me laissai tomber sur ma chaise en poussant un énorme soupir de soulagement.

— Mais comment est-ce possible ? demanda-t-il pour la troisième fois.

Je haussai les épaules d'un air impuissant.

— Même moi, je n'ai pas tous les détails, Neil. Je suis désolée de t'en avoir parlé. Ce n'est pas aussi terrible que ça en a l'air, je t'assure.

— Terrible ? répéta-t-il d'un air étonné. En quoi c'est terrible ?

— Hum… (Je réfléchis quelques instants.) C'est une question piège ?

— Je sais que Reyes est quelqu'un de bien, Charley. Ce n'est pas parce que son père est, disons, super maléfique… Tu sais ce qu'est le vrai Mal ?

Je haussai les sourcils.

— Quand les Américains en parlent, ils le décrivent comme quelque chose de méchant, cruel et brutal. Mais ce n'est pas ça, le Mal. C'est simplement l'image qu'on en a.

— Tu essaies de me dire quoi, là ?

— Le Mal est simplement l'absence du Bien, l'absence de Dieu.

Je n'avais jamais vu les choses sous cet angle.

— Donc, tu sais que Reyes n'est pas diabolique ? Que c'est quelqu'un de bien ?

— Évidemment, répondit-il comme si j'étais une idiote. Mais, sérieux, c'est vrai ? Il est vraiment son fils ?

— Oui, répondis-je, pleine de regrets. Oui, vraiment.

— C'est le truc le plus cool que j'ai jamais entendu.

— Cool ?

— Oui, cool, répondit Neil avec un sourire jusqu'aux oreilles.

— Je ne comprends pas. En quoi c'est cool ?

Il se laissa aller contre le dossier de son fauteuil et joignit les mains devant lui.

— Depuis que je t'ai revue la semaine dernière... Non, attends. Depuis le moment où Reyes est arrivé dans ma vie, il y a dix ans, je n'ai cessé de remettre plein de choses en question. Je me suis demandé s'il existait vraiment des forces supérieures, si le paradis existait, si Dieu existait. Tout cela vient en partie, je le reconnais, du fait que je suis témoin jour après jour des atrocités dont l'homme est capable. Mais, en même temps, je savais que cet autre monde existait, j'en avais un tout petit aperçu, de cette autre réalité, sans savoir de quoi il s'agissait, d'où ça venait. Mais maintenant... (Il fixa sur moi un regard appréciateur.) En un mot, tu m'as rendu ma foi en Dieu, Charley. C'est vrai, penses-y. S'il y a un fils de Satan, alors tu peux être sûre qu'il y a un fils de Dieu.

Je secouai la tête.

— Tu as absolument raison. Je suis juste un peu surprise de te voir prendre la chose aussi bien.

— Penses-y. Jésus m'aime.

Je me penchai en avant en gloussant de soulagement et chuchotai :

— Peut-être, mais moi je suis sa préférée.

Il se mit à rire, puis s'interrompit. Ensuite, il me dévisagea. Genre, pendant vraiment très longtemps.

— Quoi ? protestai-je quand ça commença à devenir vraiment embarrassant.

— Si Farrow est le fils de Satan, tu es quoi, toi ?

— Non, non, fis-je en remuant l'index. Tu m'as donné une réponse, je t'en ai donné une autre. C'est ton tour.

Il continuait à me dévisager avec beaucoup de curiosité lorsque Luann frappa à la porte.

— Entrez.

Elle s'exécuta et lui tendit quelques papiers.

— C'est tout ? s'étonna Neil en mettant ses lunettes.

Luann lui avait apporté le registre des visiteurs qu'il avait demandé.

— Oui, monsieur. Il refuse de voir toutes les autres.

— Merci, Luann.

Après son départ, Neil expliqua :

— Farrow n'a qu'une seule personne sur sa liste de visiteurs approuvés par l'État. Pas d'avocat. Pas de représentant légal. Juste un seul type.

— Laisse-moi deviner : Amador Sanchez.

— C'est exact. Ils ont été compagnons de cellule pendant quatre ans.

— Ils étaient amis au lycée, aussi.

— Vraiment ? fit Neil, surpris. Comment diable ont-ils atterri dans la même cellule ? Et comment ont-ils pu rester ensemble pendant quatre ans ?

Oui, comment Reyes avait-il réussi ce tour de force ? Il ne cessait de m'intriguer de plus en plus.

— Que voulait dire Luann par « il refuse de voir toutes les autres » ?

— Oh, les femmes, tu sais. (Il balaya la question d'un geste de la main tout en étudiant le registre.) D'accord, Amador Sanchez lui a rendu visite une semaine avant qu'il se fasse tirer dessus. Il venait régulièrement, apparemment.

— Quelles femmes ? demandai-je tandis que Neil passait les pages en revue.

— Les femmes, répondit-il sans lever les yeux. Il n'autorise aucune d'entre elles à lui rendre visite, alors nous n'avons probablement pas de traces écrites. Mais Dieu sait qu'elles essaient, au moins une ou deux par mois. (Il jeta un coup d'œil au plafond d'un air songeur.) Maintenant que j'y pense, elles doivent normalement remplir une demande pour essayer de le voir quand même. On a peut-être gardé des copies, il faudra que je vérifie.

Il se concentra de nouveau sur son registre.

— Oui, tu as dit ça. Quelles femmes ? répétai-je en essayant de contenir la jalousie brûlante qui m'envahissait.

Au bout d'un long moment, si long que je commençais à envisager différentes manières de le tuer – j'en étais à dix-sept – il me regarda par-dessus le rebord de ses lunettes.

— Toutes ces femmes des sites Web, répondit-il d'un ton qui réussit à faire passer l'idée qu'il me trouvait tout à coup profondément idiote.

Je commençai à pencher pour la solution d'une mort lente – et très douloureuse. Peut-être la numéro quatre. Ou la treize.

— Quels sites Web ?

Il posa les papiers sur son bureau et me contempla d'un air incrédule, ce qui était juste impoli.

— Tu n'es pas censée être détective ?

— Eh bien, si, mais…

— Et depuis combien de temps enquêtes-tu sur Farrow ?

— Hé, j'ai découvert sa véritable identité il y a une semaine seulement ! Moins si tu te fies au calendrier de Saturne.

— D'abord, rappelle-moi de ne jamais t'embaucher.

Je changeai d'avis. Ce serait la numéro douze, en fin de compte. J'en étais presque désolée pour lui.

— Deuxièmement, fais-toi une faveur et tape son nom dans Google.

— Pour quoi faire ?

Il rit doucement en secouant la tête.

— Parce que tu vas avoir droit à une sacrée surprise.

Je m'avançai sur le bord de ma chaise.

— Pourquoi ? De quoi tu parles ? Des femmes lui écrivent ? (J'avais entendu parler de ces femmes qui écrivaient aux prisonniers.) Il a des correspondantes ? demandai-je sans employer l'un des milliers d'adjectifs que j'utilisais pour décrire les personnes en question.

Neil se pinça l'arête du nez en essayant de ravaler un sourire.

— Charley, Reyes Farrow a des fan-clubs.

Chapitre 11

On peut en apprendre beaucoup
rien qu'en observant.

Yogi Berra

— Tu n'as jamais recherché son nom dans Google ?

— Ben, toi non plus, rétorqua Cookie quand je lui posai la question à propos de Reyes. (Nous étions en voiture et retournions vers Santa Fe.) J'ai juste parcouru les banques de données officielles pour trouver les rapports sur son arrestation et sa condamnation. Je suis aussi allée sur le site du *News Journal* pour y récupérer les articles concernant son procès.

— Mais tu n'as jamais tapé son nom dans Google ?

— Toi non plus, répéta Cookie, chagrinée, en tapant rapidement sur le clavier de son portable.

— Des fan-clubs ! m'exclamai-je horrifiée et pas qu'un peu. Il a des fan-clubs et des montagnes de courrier !

Un violent accès de jalousie me déchira la poitrine et m'y ouvrit un grand trou. Métaphoriquement parlant. Des centaines de femmes, voire des milliers, en savaient plus que moi sur Reyes Alexander Farrow.

— Pourquoi quelqu'un voudrait-il créer un fan-club pour un détenu ? demanda Cookie.

J'avais posé la même question à Neil.

— Apparemment, il y a des femmes qui développent une véritable obsession pour les prisonniers. Elles parcourent les articles de journaux et les documents légaux jusqu'à ce qu'elles trouvent un prisonnier attirant, et elles se font un devoir, soit de prouver l'innocence de cet homme, puisque tous les condamnés clament qu'ils n'ont rien fait, soit de l'admirer de loin. Neil m'a dit que c'est presque comme une compétition pour certaines femmes.

— C'est tellement tordu.

— Je suis d'accord, mais réfléchis-y. Ces types n'ont pas tellement le choix. Peut-être que ces femmes font ça parce qu'elles sont quasiment sûres d'être acceptées par le prisonnier. C'est vrai, qui va rejeter une nana qui t'envoie des lettres d'amour ou qui vient te rendre visite en prison ? Qu'est-ce qu'elles ont à perdre ?

Cookie me lança un regard inquiet.

— Tu as l'air de prendre tout ça drôlement bien.

— Pas vraiment, répondis-je en secouant la tête. Je crois que je suis en état de choc. Bordel, tu imagines ? Elles racontent des bobards !

Cookie aussi semblait en état de choc. Elle surfait sur un site sur son portable pendant que je conduisais vers la maison d'une certaine Elaine Oake.

— Et elles ont des photos, renchérit Cookie, les yeux écarquillés et légèrement énamourés.

— Et elles racontent des bobards. Attends, répète ? Elles ont des photos ?

Je décidai, dans l'intérêt de la sécurité des transports, de me ranger sur la bande d'arrêt d'urgence. Je mis les warnings, puis me penchai pour regarder l'écran de Cookie. Sainte mère de la tarte à la crème de banane. Elles avaient des photos.

Une heure plus tard, nous étions sur le pas de la porte d'une femme que je ne pouvais que surnommer « la Harceleuse ». C'est vrai, quoi, sérieux ! Payer des gardes et d'autres détenus pour obtenir des informations sur Reyes ? Et lui voler des objets ? D'accord, j'aurais fait pareil, mais moi j'avais une bonne raison.

Une femme grande et mince ouvrit la porte. Ses cheveux blonds étaient si soigneusement décoiffés que je doutai qu'un seul d'entre eux ne soit pas exactement à la place voulue.

— Bonjour. Mademoiselle Oake ?

— Oui, répondit-elle avec une très légère pointe d'agacement.

— Nous sommes ici pour vous interroger à propos de Reyes Farrow.

— Je ne reçois qu'à certaines heures. (Elle désigna une affiche au-dessus de sa sonnette.) Pouvez-vous revenir à ce moment-là ?

Je sortis ma licence de détective privé de ma poche arrière.

— À vrai dire, nous sommes sur une enquête. Nous aimerions vraiment vous parler maintenant, si vous avez une minute.

— Oh. Eh bien… d'accord.

Elle nous fit entrer dans son humble demeure, si on peut qualifier ainsi une maison de plusieurs millions de dollars abritant tout un tas de pièces.

— Je recevais tellement de visites que j'ai dû instaurer des horaires spécifiques, sinon je n'avais plus une minute à moi. (Elle nous conduisit dans un petit salon.) Voulez-vous qu'on nous apporte du thé ?

Elle était sérieuse ? C'était ce que faisaient les gens riches ? Ils demandaient qu'on leur apporte du thé ?

— Non, merci. Je viens juste de boire presque un litre de nirvana sur glace et sans sucre.

La femme passa sa main sous son nez, comme si mon attitude grossière était… eh bien, grossière.

— Alors, dit-elle en se remettant de mon impudence, qu'est-ce que ce coquin a encore fait ?

— Ce « coquin » ? répéta Cookie.

— Reyes.

La jalousie me crispa tous les muscles quand je l'entendis mentionner le nom de Reyes avec tant de nonchalance. Cela ne me ressemblait pas du tout. J'avais rarement des crampes de ce genre et pourtant j'estimais que c'était chacune pour soi. Que la meilleure séductrice gagne. J'avais toujours cru que je n'avais pas une once de jalousie en moi. Apparemment, en ce qui concernait Reyes, j'en avais des tonnes.

Je ravalai mon émotion, les dents et les poings serrés.

— Avez-vous été en contact avec lui au cours du mois qui vient de s'écouler ?

Elle rit. Apparemment, les paysannes l'amusaient.

— Vous ne connaissez pas bien Rey, n'est-ce pas ?

« Rey » ? Cette conversation pouvait-elle vraiment empirer ? me demandai-je, les paupières prises d'un tressautement nerveux.

— Non, pas vraiment, répondis-je, les dents toujours serrées, si bien que c'était difficile.

Quand Elaine se leva et se dirigea vers une porte, Cookie me serra la main, sans doute pour me rappeler qu'il y aurait un témoin si je décidais d'assassiner cette femme et d'enterrer son corps sans vie sous ses azalées. Je ne savais même pas que les azalées poussaient au Nouveau-Mexique.

— Dans ce cas, vous devriez peut-être me suivre.

Elle ouvrit une porte à double battant qui donnait sur un lieu qu'on ne pouvait qualifier autrement que de musée Reyes Farrow.

Je me levai avec une exclamation de stupeur lorsqu'une immense fresque murale représentant Reyes m'apparut. Son regard farouche me titilla comme une caresse et me laissa les genoux en compote et le souffle court.

— Je me disais que vous apprécieriez, commenta notre hôtesse tandis que j'avançais sans plus rien voir d'autre.

J'entrai en flottant au paradis de Reyes, et le reste du monde s'évanouit. Des vitrines éclairées et des photos encadrées s'alignaient le long des murs de la vaste salle.

— Je suis la première, annonça Elaine Oake avec fierté. C'est moi qui l'ai découvert avant même sa condamnation. Tous les autres sites Web ont suivi dans mon sillage. Ils ne savent rien de lui, excepté ce que je veux bien leur dire.

Ou ce que les gardiens de la prison voulaient bien lui dire à elle. Neil m'avait expliqué que, en dix ans, ils avaient renvoyé quatre surveillants pour avoir vendu des informations et des photos de Reyes à cette femme. À en juger par sa maison, j'étais prête à parier qu'Elaine aurait pu se permettre d'en acheter encore beaucoup plus. La plupart des photos encadrées étaient les mêmes que celles qui figuraient sur le site Web, des instantanés que les gardiens avaient pris quand Reyes ne regardait pas. Je me demandais combien elle les avait payés pour qu'ils mettent leur travail en danger – et leur vie aussi, connaissant Reyes.

Il y avait même deux ou trois photos où on le voyait sous la douche. Le grain de l'image avait beau être mauvais, le modèle n'en restait pas moins canon. Je me penchai pour étudier la courbe ferme de ses fesses et les lignes fluides de ses muscles.

— Oui, celles-là sont mes préférées, à moi aussi.

Je sursautai au son de la voix d'Elaine et je me remis à déambuler en calculant mes chances de réussir à entrer par effraction plus tard pour voler ces photos. Dans les vitrines se trouvaient différents objets censés avoir appartenu à Reyes, depuis ses uniformes de prisonnier jusqu'à un peigne et une vieille montre, en passant par quelques livres et deux cartes postales qu'il avait apparemment reçues. Je regardai de plus près. L'expéditeur n'avait mis son adresse sur aucune des cartes. Continuant à longer la vitrine, je remarquai plusieurs pages écrites à la main et disposées sur un rayonnage. L'écriture, nette et fluide, était censée être celle de Reyes.

— Il a une magnifique écriture, commenta Elaine d'un ton un peu suffisant. (Elle semblait savourer le fait de m'avoir réduite au silence.) Nous cherchons encore à résoudre le mystère du mot Dutch.

Je me figeai. Venait-elle juste de dire « Dutch » ? Au bout d'un long moment, je me ressaisis, me redressai et lui lançai mon regard le plus nonchalant. Fort heureusement, Cookie se tenait derrière elle, sur le côté, si bien que cette maudite bonne femme ne pouvait voir la stupeur sur le visage de mon amie.

— « Dutch » ? répétai-je d'un air interrogateur.

— Oui. (Elle me rejoignit d'un pas nonchalant et montra les pages.) Regardez bien ce qui est écrit.

Je me penchai pour lire. « Dutch ». Encore et encore. À chaque ligne, il n'y avait qu'un seul mot écrit maintes et maintes fois. « Dutch ». Ce qui ressemblait à une lettre n'était donc que mon surnom répété un millier de fois. La dernière page, en revanche, était un peu différente. C'était un véritable dessin fait à partir d'un mot écrit mille fois – vous devinez lequel. Mes battements de cœur se bousculèrent les uns les autres comme s'ils se disputaient pour franchir une ligne d'arrivée imaginaire.

— Savez-vous de quand datent ces pages ? lui demandai-je après avoir pris quelques inspirations pour me calmer.

— Oh, plusieurs années. Quand Reyes a compris qu'un garde les volait pour moi, il a arrêté de les écrire.

Une photographie se trouvait à l'autre bout de la vitrine. C'était sans doute la plus frappante du lot, un portrait en noir et blanc de Reyes, assis sur son lit dans sa cellule, un bras en travers de son genou replié. La tête adossée au mur, il avait les yeux clos et une expression incroyablement triste.

Mon cœur se serra. Je comprenais pourquoi il ne voulait pas retourner en prison, mais je ne pouvais tout de même pas le laisser mourir, surtout après ce qu'avaient dit Baby et Pari.

Cet endroit, ce musée, c'en était trop pour moi. Dire que je pensais que Reyes était tout à moi, mon petit secret, mon trésor que je chérirais jusqu'à ce que la mort nous sépare ! Pendant ce temps-là, des hordes de femmes se languissaient de lui. Je ne pouvais pas les blâmer, mais ça faisait mal quand même. Cookie demeurait absolument immobile en se demandant sans doute ce que j'allais faire.

— Donc, vous ne savez pas qui est Dutch ? demandai-je pour essayer d'obtenir plus d'infos.

— L'un des gardiens a essayé de le découvrir pour moi. Je lui ai offert une sacrée somme, mais entre-temps Reyes a découvert mon existence, et le gardien a été renvoyé. Reyes est très intelligent. Il a deux diplômes, vous savez. Il les a obtenus en prison.

— Vraiment ? C'est stupéfiant, répondis-je en faisant semblant de ne pas le savoir.

Si elle apprenait que j'en savais plus sur Reyes que je ne voulais bien le dire, elle se transformerait certainement en pit-bull pour m'arracher mes infos, ou alors elle m'offrirait beaucoup d'argent, et je n'étais pas certaine de pouvoir refuser – surtout maintenant que Reyes faisait de son mieux pour me taper sur les nerfs.

— Vous ne pourriez pas me donner le nom de votre informateur actuel, par hasard ?

— Oh, non. C'est tout à fait confidentiel. De plus, on m'a déjà mis en demeure de cesser mes activités. Je ne peux courir le risque de faire renvoyer cette personne ou d'être moi-même arrêtée.

Ne savait-elle donc pas en quoi consistait le métier de détective privé ?

— Pourquoi m'avez-vous demandé si je connaissais bien Reyes ?

Elle gloussa, sans se douter un seul instant qu'au fond de moi, je voulais sa mort.

— Reyes ne reçoit personne. Jamais. Pourtant, des dizaines de femmes ont essayé, faites-moi confiance. Il reçoit plus de lettres que le président. Mais il n'en lit jamais une seule. (Voilà une nouvelle qui me réjouissait.) Vraiment, tout ça est sur le site. J'essaie de prévenir les nouvelles qu'il refusera de les voir ou de lire leurs lettres. Mais chaque fan pense qu'elle est celle pour laquelle il aura le coup de foudre. Elles se sentent obligées de tenter le coup, je suppose. Je ne peux certainement pas leur en vouloir. Mais, de toutes les femmes qui ont essayé de le rencontrer, je suis la seule qu'il a jamais vue.

Je sentis le mensonge jusqu'au plus profond de moi. Elle n'avait jamais vu Reyes en chair et en os. Cela aussi, je m'en réjouis.

— Alors, comment avez-vous découvert l'existence de Reyes ? finit-elle par demander comme si elle avait des soupçons quant aux raisons de ma présence.

— Oh, son nom est apparu au cours d'une enquête.

— Vraiment ? De quoi s'agit-il ?

Je détachai mes yeux de Reyes pour regarder Elaine.

— Je ne peux malheureusement pas vous le dire, mais j'ai besoin de vous poser quelques questions.

— Ah bon ?

— Oui. Par exemple, savez-vous où il se trouve en ce moment ?

Elle m'offrit un sourire patient.

— Bien sûr. Il se trouve dans un hôpital de Santa Fe, au service de long séjour.

— Oh, fis-je. (Cookie coula un regard en coin dans ma direction pour m'encourager à remettre cette bonne femme à sa place – juste un tout petit peu.) En fait, l'équipe médicale devait couper le respirateur la semaine dernière.

Cette fois, elle se figea. Je l'avais surprise, et il lui fallut un moment pour s'en remettre.

— Je suis désolée, mais ce n'est pas ce que m'a rapporté ma source, dit-elle en battant sans cesse de ses faux cils.

— Eh bien, je crois que vous allez devoir trouver une nouvelle source, alors. L'État avait décrété sa mort, mademoiselle Oake. Au lieu de quoi, il s'est réveillé et il a filé de l'hôpital.

— Il s'est échappé ? répéta-t-elle d'une voix suraiguë.

C'était bien plus amusant que je l'aurais cru. En revanche, sa surprise était sincère. Elle ignorait totalement où Reyes avait planqué son corps. J'étais partagée entre l'envie de m'en réjouir et la tristesse. Nous n'étions pas plus près de le retrouver qu'avant de sonner à la porte d'Elaine Oake. Je me retournai pour regarder de nouveau ses écrits tandis qu'Elaine allait s'asseoir. Apparemment, ses jambes ne pouvaient plus la porter.

Le dessin qui était fait à partir des lettres de mon surnom représentait un bâtiment. Je me rapprochai et laissai échapper une exclamation.

— Oh, c'est un vieux bâtiment, fit Elaine derrière moi. On ne sait pas où il est, on suppose qu'il se trouve quelque part en Europe.

Discrètement, je fis signe à Cookie de me rejoindre. Elle se rapprocha en haussant les sourcils et en jetant un regard prudent par-dessus son épaule. Lorsqu'elle arriva à côté de moi, elle étudia le dessin et laissa échapper une exclamation à son tour.

— Je parie que vous avez raison. On dirait effectivement un style européen.

Sauf que ce bâtiment se trouvait à Albuquerque, et que Cookie et moi y habitions.

Mon regard revint se poser sur les cartes postales.

— Puis-je voir d'où viennent ces cartes ? demandai-je.

Elaine était occupée à s'éventer. Elle se força à se lever et fit le tour de la vitrine pour l'ouvrir.

— Vous pensez qu'il va venir s'en prendre à moi ? demanda-t-elle en me tendant les cartes.

— Pourquoi ferait-il une chose pareille ? demandai-je, peu intéressée.

Les deux cartes venaient du Mexique. Elles comportaient l'adresse de Reyes à la prison, mais pas celle de l'expéditeur, et aucun message, ce qui était bien plus intéressant que le soudain accès de panique d'Elaine.

— Il… Il sait qui je suis, expliqua-t-elle. Il sait que j'ai payé pour obtenir des informations sur lui. Et s'il s'en prenait à moi ?

— Puis-je les garder ?

— Non ! répondit-elle aussitôt en m'arrachant les cartes des mains.

D'accord. Elle était drôlement possessive.

— Écoutez, voici ma carte, dis-je en la lui tendant. S'il s'en prend à vous, appelez-moi. Il faut vraiment que je le ramène à la prison.

— Attendez, non, ce n'est pas ce que je voulais dire. (Elle nous suivit en faisant claquer ses talons sur le carrelage espagnol.) Et s'il venait me tuer ?

Je m'arrêtai pour la dévisager d'un air méfiant.

— Pour quelle raison voudrait-il vous tuer, mademoiselle Oake ?

— Quoi ? Oh, pour rien, sans raison.

Elle mentait encore. Je me demandai ce qu'elle avait bien pu faire d'autre, à part payer des gens pour espionner Reyes pendant des années.

— Dans ce cas, je ne vois vraiment pas où est le problème.

Elle se précipita et passa devant nous pour nous bloquer le passage.

— C'est juste que je… tout le monde…

— Vraiment, mademoiselle Oake, j'ai une enquête à mener.

— Tenez, dit-elle en me tendant les cartes postales. Je vous les donne. Je les ai scannées, de toute façon. J'ai juste besoin que vous m'appeliez à la minute où on le retrouvera.

Je jetai un coup d'œil à Cookie en jouant à merveille le rôle de la personne réticente.

— Je ne sais pas. Ce genre d'information est tout à fait confidentiel, comme vous le savez.

— Pas si ma vie est en danger, couina-t-elle. Je vous engagerai.

Mes premières conclusions étaient erronées. Voilà qui devenait vraiment intéressant.

— J'ai déjà un client, je ne peux donc pas en prendre une autre concernant la même affaire, il y aurait conflit d'intérêt. Mais pourquoi pensez-vous que votre vie est en danger ? Avez-vous peur de Reyes Farrow ?

— Non, répondit-elle avec un sourire nerveux. C'est juste que, eh bien, nous sommes mariés.

Cookie laissa échapper son sac à main et tenta de le rattraper dans sa chute. Au passage, elle renversa un vase. Lorsqu'elle se précipita pour rattraper le vase, elle glissa sur le carrelage et renversa une table entière. Un joli morceau de verre soufflé à la main vola dans ma direction. En le rattrapant, je ne pus m'empêcher de penser : *Sérieux ? Encore ?* J'allais vraiment devoir lui apprendre à contrôler ses muscles.

— « Mariés » ? répétai-je après que la table s'est écrasée par terre.

Cookie la redressa et remit le vase rond dessus d'un air penaud.

— Il va falloir vous montrer complètement honnête avec moi, mademoiselle Oake. Il se trouve que je sais que Reyes n'est pas marié.

Elaine dévisagea Cookie un long moment avant de répondre.

— C'était une querelle idiote, expliqua-t-elle en se tournant de nouveau vers moi. Enfin, disons que j'ai laissé croire aux gens que nous étions mariés. La responsable d'un des autres sites a dit que Reyes et elle s'échangeaient des lettres, mais je savais que c'était un mensonge. Puis une autre a dit qu'ils se fréquentaient – vous imaginez ? Alors, j'ai surenchéri, si je puis dire. Les gens croient que nous nous sommes mariés il y a six mois.

Je levai les yeux au ciel de façon théâtrale.

— Pourquoi croiraient-ils une chose pareille ?

— Parce que je… eh bien, j'ai en quelque sorte créé un faux certificat de mariage. Tout est sur le site Web. Enfin, sauf le fait que c'est un faux.

Puisque je disposais à présent d'un outil pour marchander – à savoir, son désir de rester en vie – je me tournai de nouveau vers les vitrines d'exposition.

— Et qu'offririez-vous exactement en échange de mes services ?

— John Hostettler, dis-je au téléphone tandis que Cookie et moi roulions vers Santa Fe pour aller manger un morceau.

Neil Gossett était à l'autre bout de la ligne.

— C'est l'un de mes surveillants.

— Et l'un des informateurs d'Elaine Oake.

— Sans déconner ?

— Sans déconner. (Neil allait bien sûr avoir besoin d'une preuve mais ça, ce n'était pas mon problème.) Au fait, j'ai oublié de te parler d'un autre truc bizarre.

— À part toi ?

— Très drôle. J'ai croisé Owen Vaughn l'autre jour. Il est policier municipal, maintenant. Qu'est-ce que j'ai bien pu lui faire, d'après toi ?

— Tu parles de la fois où il a essayé de t'écraser avec le 4 × 4 de son père ? soupira-t-il.

— Oui.

— J'ai toujours eu envie de te poser la même question. Il ne nous l'a jamais dit. Il est juste devenu très bizarre.

— Tu veux dire, bizarre comme toi ?

— Très drôle.

Cookie et moi, on dîna au *Cowgirl Café* avant de quitter Santa Fe. On mangea en silence en étudiant les papiers et les photos qu'on avait obtenus chez Elaine – en particulier celles où le grain n'était pas bon. On était toutes les deux trop stupéfaites pour parler. Le trajet du retour se déroula de la même façon.

— Je vais parcourir les dossiers sur l'affaire Hana Insinga, me dit Cookie lorsque je me garai sur le parking de l'immeuble.

— D'accord. Je vais faire un saut au bureau pour vérifier mes messages et, je ne sais pas, faire quelque chose de productif.

— D'accord.

Nous étions toutes les deux dans un autre monde, inquiètes pour Mimi et pour Reyes.

En traversant le parking vers le bar de mon père, je compris que je faisais une petite déprime. Non, je n'avais pas mes règles, c'était entièrement la faute de Reyes. Apparemment, notre relation provoquait chez moi des sautes d'humeurs. Impossible d'oublier que je ne l'avais pas vu de la journée. Pas une seule fois. Or, ses blessures, d'après le peu que j'avais vu, étaient fatales, même pour un être surnaturel.

Était-il mort pendant la nuit, tandis que je dormais bien au chaud dans mon lit douillet ? D'accord, j'avais mal dormi, mais quand même. Moi, personne ne m'avait torturé. À moins qu'il soit mort ce matin-là pendant que je prenais un café avec les Bee Gees, ou pendant que je prenais un thé et des biscuits avec la Harceleuse.

Honnêtement, combien de temps pourrait-il tenir ? Il guérissait plus vite que la plupart des humains, mais je ne l'imaginais pas survivre même quelques heures avec ces blessures, et encore moins plusieurs jours.

Je coupai par le bar pour me rendre à mon bureau. Ne voyant pas mon père, j'envisageai de partir à sa recherche, mais deux types se tournèrent vers moi à la seconde où je posai le pied à l'intérieur, leur chope givrée à la main.

Aussi me jetai-je dans la cage d'escalier avant qu'ils puissent me draguer. *Désolée, les mecs, aucune chance. Vous êtes morts.* Je vérifiai mes messages et mes e-mails avant de taper le nom qui m'avait valu tant de nuits sans sommeil, tant de rêves enfiévrés et de fantasmes illicites. Je cliquai sur « recherche » et, environ trois secondes plus tard, une liste de sites Web apparut, sur lesquels le nom Reyes Farrow resplendissait.

J'avais besoin de vérifier ce que toutes ces femmes disaient exactement. Savaient-elles de quoi il était capable ? Connaissaient-elles son passé ? Avaient-elles découvert comment il imaginait le rendez-vous parfait ?

Je ne vis pas les heures s'écouler.

Au bout du compte, je parvins à deux conclusions. Premièrement, ces femmes ignoraient toutes qui, ou ce que, Reyes était vraiment. Et, deuxièmement, il y avait des nanas sacrément esseulées de par le monde. Si la jalousie me dévorait au départ, je finis par n'être plus qu'incrédule et même un peu compatissante. Après tout, je ne pouvais pas les blâmer. Reyes était extrêmement charismatique, le regard hypnotique sur chacune des photos, un véritable bourreau des cœurs. Pas étonnant que des milliers de femmes le désirent et le veulent en dépit de son casier criminel.

En revanche, une toute petite bribe d'information me laissa pratiquement sans voix. Heureusement que M. Wong ne parlait pas beaucoup – enfin, qu'il ne parlait jamais. Ma stupeur était telle que j'en perdis la faculté de discuter. Sous un onglet sur le site d'Elaine Oake intitulé « rumeurs non confirmées », se trouvait une section qui expliquait beaucoup de choses.

C'est une rumeur non confirmée et, très honnêtement, ici, à « Reyes Farrow Sans Limites », nous sommes sceptiques quant au fait que notre cher Rey aurait une petite sœur. Des recherches approfondies dans les registres de l'État et du comté semblent indiquer que ce n'est pas le cas, mais nous savons tous à quel point notre homme peut être cachottier. Comme toujours avec Reyes Farrow, tout est possible.

On aurait cru un article de tabloïd. C'était sûrement comme ça que les marshals avaient découvert l'existence de Kim, la sœur de Reyes. Mais où diable Elaine avait-elle eu cette information ?

J'étais à vrai dire un peu surprise qu'aucune des histoires que m'avait racontées Neil ne se soit retrouvée sur l'un de ces sites. J'étais certaine qu'Elaine aurait payé une petite fortune pour quelque chose d'aussi croustillant. Peut-être que Neil avait dissimulé les faits autant que possible. Il faudrait que je lui pose la question.

Avant que j'aie le temps de dire ouf, la pendule sonna 3 heures du matin. Façon de parler, bien sûr. Je n'étais pas restée éveillée aussi tard depuis le marathon *La Quatrième Dimension* quelques semaines plus tôt. Je frémis en songeant au nombre de tasses de café dans lesquelles j'avais noyé mon chagrin au cours des dernières heures. Voilà qui expliquait les tremblements incontrôlés dont j'étais victime.

En priant pour que le sommeil ne me fuie pas complètement, je décidai de descendre voir si mon père était encore au bar avant d'aller me coucher. Généralement, il rentrait chez lui entre minuit et deux heures, mais ça ne coûtait rien de vérifier. Dans tous les cas, j'irais faire un tour à la cuisine. Manger un morceau sur le pouce m'aiderait peut-être à dormir.

C'était peut-être dû à ma cinquième tasse de café, ou à la sixième, mais j'eus la forte impression que quelque chose clochait au *Calamity* quand j'arrivai au rez-de-chaussée. Les lieux étaient plongés dans le noir, comme il se devait, mais une lumière filtrait sous la porte du bureau de mon père. Un peu nauséeuse, je contournai les tables et les tabourets de bar. Peut-être allais-je me contenter d'avaler un peu de soupe en rentrant à la maison.

J'ouvris la porte. La lumière était allumée dans le bureau, mais mon père ne s'y trouvait pas. Aussi banal que cela puisse paraître, cela provoqua une poussée d'adrénaline directement dans mon cœur. Car à présent, je sentais un relent de peur en provenance de la cuisine. Je percevais aussi de la désorientation et de la terreur, mais la peur surmontait tout le reste. Je me penchai derrière le bar et attrapai un couteau avant de me diriger vers la cuisine. Plus je m'en rapprochais, plus la peur devenait omniprésente. À la chaleur qui entourait cette émotion, à la texture et à l'odeur du sirop pour la toux miel-citron, je compris qu'il s'agissait de mon père. Il le faisait exprès, comme s'il me criait de rester à l'écart. Mais il ne savait pas que je percevais les émotions des gens, n'est-ce pas ?

Je n'avais d'autre choix que de me glisser aussi doucement que possible entre les portes battantes qui menaient à la cuisine plongée dans le noir. À l'intérieur, je me faufilai dans un coin pour laisser le temps à mes yeux de s'habituer à l'obscurité. Pourquoi ne portais-je pas des lunettes de vision nocturne vingt-quatre heures sur vingt-quatre ? Je ne le saurais jamais.

Je n'eus pas le temps d'ajuster ma vision, car les lumières s'allumèrent et je me retrouvai aussi aveugle qu'à mon entrée dans la pièce. Je levai la main pour me protéger de la lumière éclatante et plissai les yeux pour réussir à voir à travers toute cette blancheur crue. Au même moment, un bras dodu apparut, armé d'un couteau bien plus long que le mien. Il s'abattit si vite dans ma direction que je n'eus qu'un seul réflexe : calculer les probabilités. Si mes calculs étaient corrects, en prenant en compte le poids de l'agresseur, la longueur et le tranchant étincelant de la lame qui se dirigeait vers moi, ça allait faire mal.

Chapitre 12

La vie, c'est comme une boîte de chocolats.
Ouais, mais si je trouve un cornichon à l'intérieur ?

AUTOCOLLANT POUR VOITURE

À l'instant même où j'étais censée mourir à cause d'une lame acérée comme un rasoir qui se précipitait vers mon cœur, une poussée d'adrénaline me parcourut les veines, et le monde sembla ralentir autour de moi. Je regardai le couteau qui se rapprochait petit à petit. Je regardai les traits épais et furieux du type. Oh, ouais, il voulait ma mort. Ça craignait, parce que je ne le connaissais même pas. Puis je jetai un coup d'œil sur le côté. Mon père était assis, bâillonné et attaché, sur le sol de la cuisine. Mon adrénaline grimpa de nouveau en flèche quand je vis le sang qui ruisselait sur le côté de son visage. Il avait les yeux écarquillés par la peur, mais pas pour lui – pour moi.

Le couteau n'était plus très loin de sa cible. Je posai de nouveau les yeux dessus au moment où la pointe pénétra la peau qui recouvrait mon cœur. Sans me laisser le temps de changer d'avis, je plongeai, et le monde se remit à bouger normalement. L'homme, entraîné par son élan, bascula en direction du mur derrière moi. Au passage, je levai mon propre couteau. Lui était lourd, moi je frappais fort. Du coup, je lui ouvris la gorge.

Il trébucha sur quelques cartons et se cogna tête la première dans le mur, s'assommant et lâchant son arme. D'un coup de pied, j'envoyai celle-ci sous les plans de travail en inox et me précipitai vers mon père, tout en gardant un œil méfiant sur le type qui avait voulu m'assassiner. Ce dernier agrippa sa gorge en émettant des gargouillis. Le sang jaillit entre ses doigts.

Je n'étais pas fière de moi, mais c'était lui qui avait commencé.

J'entendis alors des sirènes. Mon père avait peut-être réussi à déclencher l'alarme silencieuse avant que son agresseur l'immobilise. J'essayai d'enlever le bâillon, mais le type était un accro du chatterton, et il en avait mis plusieurs couches. Je compris que mon taux d'adrénaline avait atteint des sommets et était en train de chuter lorsque le monde s'obscurcit autour de moi et que je perdis l'équilibre. Je tombai contre le placard derrière moi. J'aspirai une grande goulée d'air et je m'accroupis de nouveau, en repartant à la recherche de l'extrémité du Scotch, qui était apparemment aussi difficile à trouver que l'extrémité d'un arc-en-ciel. Les tremblements incontrôlés de mes doigts ne m'aidaient pas beaucoup.

J'entendis deux agents en uniforme entrer en trombe par la porte de derrière.

— Nous sommes là ! criai-je en regardant mon agresseur.

Il était pris de soubresauts comme un poisson sur la terre ferme. Il se tortillait pour sortir de sous les cartons tout en plaquant sa main sur sa jugulaire sectionnée.

Les flics entrèrent prudemment dans la cuisine, avant que l'un d'eux se précipite à côté de moi pour m'aider. L'autre appela des renforts et une ambulance.

— Cet homme a essayé de me tuer, expliquai-je, scandalisée.

Je ne connaissais pas cet agent. Vu son âge, c'était probablement un petit nouveau. Il jeta un coup d'œil par-dessus son épaule tandis qu'il défaisait le chatterton qui entourait la tête de mon père.

— Je crois que vous avez gagné, me dit-il avec un clin d'œil.

Pendant un instant, la fierté m'envahit.

— Ouais, c'est vrai. (Je posai de nouveau les yeux sur l'homme poisson.) Ça t'apprendra à me sauter dessus avec une lame toute pointue !

Le deuxième flic venait de lui passer les menottes et faisait pression sur son cou avec un torchon. J'espérais malgré tout qu'il n'allait pas se vider de son sang. Je n'avais jamais été la cause directe de la mort de quelqu'un.

Le petit nouveau réussit à enlever tout le chatterton.

— Je suis tellement désolé, ma chérie, me dit mon père d'une voix rauque.

Je le serrai dans mes bras tandis que le flic continuait à le libérer. L'agresseur avait effectivement abusé du chatterton, si bien que mon père en était presque intégralement recouvert. Nous tremblions tous les deux, les larmes aux yeux.

— Tu es blessé ? lui demandai-je juste au moment où l'oncle Bob entrait comme un ouragan dans la cuisine, les ambulanciers sur les talons.

— Leland, dit-il en s'agenouillant. (Il lança un long regard glacial à l'homme poisson, puis se tourna de nouveau vers nous.) On n'a pas reçu le signal.

— Quel signal ? demandai-je, soudain méfiante.

Mon père baissa les yeux tandis qu'Obie expliquait :

— Ça fait deux semaines maintenant que Caruso menace ton père, ce qui est une violation directe de sa liberté conditionnelle. Nous avions mis des hommes pour le surveiller, mais nous étions également convenus d'un signal au cas où il se pointerait ici.

— Disons qu'il m'a surpris, répliqua mon père d'une voix sarcastique.

— Oh, moi aussi, renchéris-je, confirmant cette déclaration. Il m'a totalement surprise, moi aussi.

— Je savais que tu t'en sortirais, répliqua-t-il tandis que le petit nouveau lui libérait les bras. Comment as-tu fait ça ? ajouta-t-il d'un air à la fois impressionné et méfiant.

Je jetai un coup d'œil embarrassé à Obie.

— Fait quoi ?

— La façon dont tu as bougé, répondit-il d'une voix détachée, c'était… inhumain.

— D'accord, trouvez-lui quelque chose à boire, voulez-vous ? dit l'oncle Bob au petit nouveau.

— Absolument, lieutenant.

Le petit nouveau me regarda en fronçant les sourcils avant de s'éloigner. Génial. La moitié de la police d'Albuquerque me prenait déjà pour un monstre, j'imagine qu'il était temps de recruter l'autre moitié.

— Leland, protesta Obie en aidant son frère à s'asseoir sur une chaise, tu ne peux pas dire des conneries comme ça devant témoin.

— Tu ne l'as pas vue, toi, répliqua mon père.

Tout à coup, j'eus l'impression d'être de nouveau le vilain petit canard. Je croyais avoir surmonté ce syndrome des années plus tôt, mais apparemment, ce n'était pas le cas.

— La façon dont elle a bougé, c'était comme…

— Comme un détective privé bien entraîné, compléta Obie.

Mon père battit des paupières et essaya de se concentrer sur autre chose. Mais son regard ne cessait de revenir sur moi, et il y avait un million de questions dans ses pupilles.

Les ambulanciers sortaient déjà l'homme poisson avec des mouvements précis et rapides – il ne devait pas lui rester beaucoup de sang. Une deuxième équipe nous entoura, mon père et moi. Quand un ambulancier commença à palper la zone autour de Danger et de Will Robinson, je découvris que j'avais une longue estafilade à la poitrine, due à mon plongeon au moment où un couteau s'enfonçait en moi. La prochaine fois, je délogerai le couteau avant de plonger.

— Vous allez avoir besoin de points de suture, m'annonça l'ambulancier.

Heureusement, Cookie franchit le barrage policier à peu près à ce moment-là et me conduisit elle-même à l'hôpital.

Que voulait dire papa par « Je savais que tu t'en sortirais » ? Son air apeuré pendant l'attaque ne m'aurait jamais porté à croire une chose pareille. Mais c'était la façon dont il avait dit ça, comme s'il avait évalué les probabilités bien avant que l'événement se produise. Et cette expression sur son visage… Il ne m'avait encore jamais regardé comme ça. C'était très proche de la façon dont ma belle-mère me regardait chaque fois qu'on se voyait, ce qui me perturbait beaucoup.

Ce n'était malheureusement pas la seule chose qui me dérangeait. Pour la première fois de ma vie, Reyes n'était pas intervenu pour me sauver. Cela signifiait qu'il était vraiment en rogne… ou qu'il était mort.

Après une longue attente, je me retrouvai assise aux urgences et rapiécée avec de la Super Glue, même si le médecin appelait ça du SurgiSeal. L'entaille semblait déjà se refermer, ce qui avait profondément surpris plus d'un docteur et plusieurs infirmières. Je n'avais donc pas eu besoin de points de suture – juste de Super Glue.

— Je sens la colle, me lamentai-je auprès de Cookie qui attendait à côté de moi.

La maudite paperasse prenait bien plus de temps que les deux minutes qu'il avait fallu à l'équipe médicale pour me recoller.

— Je n'arrive tout simplement pas à le croire, dit-elle, troublée que mon père ne m'ait pas parlé du type en liberté conditionnelle qui menaçait de le tuer. Il aurait au moins pu te prévenir pour te protéger, au lieu de te cacher qu'un cinglé avait l'intention de le tuer, lui et toute sa famille.

L'oncle Bob nous rejoignit.

— Comment tu te sens ?

— Oh, ne commencez pas, vous, déclara Cookie, la bouche barrée d'un pli désapprobateur. Vous êtes aussi responsable que lui, ajouta-t-elle en désignant mon père qui dormait à l'autre bout des urgences, un pansement autour de la tête.

Il devait rester là toute la nuit en observation. C'était probablement une bonne chose, car Cookie était déchaînée.

Ma belle-mère leva les yeux au ciel quand Cookie commença à s'en prendre à l'oncle Bob. Le pauvre. Il n'avait aucune chance de s'en sortir.

— Vous, surtout, auriez dû la prévenir.

Cookie appuya son index sur le torse de mon oncle pour mieux souligner ses propos. Je compris qu'Obie allait péter un câble et je regardai autour de moi à la recherche du tube de Super Glue – juste au cas où.

Au lieu de quoi, il se contenta de baisser la tête d'un air de regret.

— On n'a juste pas pensé…

— C'est bien ce que je disais ! s'exclama-t-elle avant de partir en quête de café.

— Dites, vous pourriez baisser d'un ton ? se plaignit mon voisin de lit. J'ai une balle de 9 mm dans la tête, et ça me fait un mal de chien !

Je n'en doutais pas. Je n'avais jamais eu de 9 mm dans le ciboulot, mais ça faisait sûrement mal. Je me tournais de nouveau vers l'oncle Bob.

— C'est pour ça que tu as demandé à Garrett de me suivre ?

Il pinça les lèvres.

— C'était la raison principale.

— L'autre étant la possibilité que Reyes Farrow vienne à se montrer.

— Oui, c'était la raison numéro deux.

Je me levai, écœurée à cet instant précis par la gent masculine.

— Tu pouvais donc le dire à Swopes, mais pas à moi ?

— Charley, on ne savait même pas si le type passerait à l'acte ou si c'était juste une grande gueule. Il reprochait à ton père la mort de sa fille. Elle a été tuée quand Caruso a planté sa voiture pendant une course-poursuite avec la police. C'était ton père qui le poursuivait. Quand il est sorti de prison, Caruso a commencé à appeler ton père en disant qu'il allait tuer toute sa famille, alors on vous a tous mis sous surveillance. Ton père ne voulait pas t'inquiéter.

Il aurait aussi bien pu dire « Ton père ne voulait pas encombrer ta jolie petite tête avec ces sornettes ». C'était le truc le plus misogyne qui soit jamais sorti de la bouche d'Obie.

Je me tenais nez à nez avec lui, furieuse que tous les hommes un tant soit peu proches de moi m'aient menti pendant les deux dernières semaines. Je me levai sur la pointe des pieds pour chuchoter :

— Dans ce cas, allez tous vous faire foutre.

Paperasserie ou pas, je partis à la recherche de Cookie, qui se trouvait être mon chauffeur pour rentrer à la maison.

Au moment où je passais devant les ascenseurs, l'un d'eux s'ouvrit, et ma sœur en sortit.

— Tu vas donc t'en tirer ? soupira-t-elle.

— Comme toujours.

— Comment va papa ?

— Le docteur dit qu'il s'en remettra. Il a une commotion cérébrale et quelques côtes fêlées, mais rien de cassé. Par contre, il ne se réveillera pas avant un bon moment.

— D'accord. Je reviendrai demain matin.

Elle tourna les talons et remonta le couloir légèrement devant moi, comme si elle ne voulait pas être vue en ma compagnie. Si elle voulait jouer à ça, j'allais lui donner une bonne raison d'avoir honte.

En poussant une exclamation, je portai les mains à ma poitrine et m'effondrai contre le mur en haletant. Mais essayer de simuler l'hyperventilation sans se mettre effectivement dans cet état n'était pas aussi facile qu'on aurait pu croire.

Gemma se retourna et me lança un regard furieux.

— Qu'est-ce que tu fais ? me demanda-t-elle entre ses dents serrées.

— Ça me revient, maintenant, dis-je en portant la main à mon front comme si je souffrais terriblement. Quand on m'a enlevé les amygdales, j'ai essayé de m'enfuir de l'hôpital. Le liquide qui s'échappait de ma perf les a conduits tout droit jusqu'à moi, et ils m'ont capturée de nouveau.

Inquiète à l'idée que quelqu'un puisse nous voir, Gemma balaya les lieux du regard avant de m'accorder de nouveau son attention.

— On ne t'a jamais enlevé les amygdales. Tu n'as même jamais passé la nuit dans un hôpital.

— Oh. (Je me redressai. C'était gênant.) Attends un peu, si, j'ai passé une nuit à l'hôpital quand tante Selena est morte. Je suis restée avec elle et je lui ai tenu la main toute la nuit.

Elle leva les yeux au ciel.

— Tante Selena est missionnaire au Guatemala.

— Sérieux ? Mais alors, qui était cette vieille dame ?

Gemma poussa un bruyant et long soupir, puis repartit en direction de la sortie.

— Sûrement ta vraie mère, me lança-t-elle par-dessus son épaule, parce qu'il est impossible que nous soyons du même sang, toi et moi.

Je la suivis en trottinant avec le sourire.

— Tu dis ça pour me réconforter.

Chapitre 13

Pas la peine de chercher les ennuis.
Ils savent où tu habites.

TEE-SHIRT

Le lendemain matin, je dormis jusqu'à 9 heures, ce qui était compréhensible, puisque je m'étais couchée bien après 5 heures. Mon état mental penchait toujours vers le cotonneux quand je partis en quête de la cafetière.

— Bonjour, monsieur Wong, dis-je d'une voix rocailleuse qui semblait autant manquer de sommeil que moi.

En tendant la main pour attraper la cafetière, je remarquai une note déposée sur M. Café. Il était si romantique. Je pris le temps de déplier la note une première fois.

« Comment appelle-t-on un détective privé qui ne renonce pas ? »

Hum. Plusieurs réponses me vinrent à l'esprit. Agressif. Digne de confiance. Inflexible. Bizarrement, je doutais que ce soit la réponse choisie. Je finis de déplier la note.

« Mort. »

Merde. J'aurais dû m'en tenir aux hypothèses monosyllabiques. Le vocabulaire n'est pas le point fort des criminels.

Tout cela était très intéressant, mais j'avais du boulot – tant de vies à détruire et si peu de temps pour le faire – et de nouvelles serrures à acheter. Puisque j'avais approximativement trois minutes à tuer après avoir mis la cafetière en route, je décidai d'aller faire pipi. Mais en passant devant ma porte d'entrée, j'entendis quelqu'un frapper. Je m'arrêtai, regardai autour de moi et attendis. Au bout d'un moment, d'autres coups résonnèrent dans mon appartement.

J'avançai jusqu'à la porte sur la pointe des pieds en me jurant que si mon mystérieux intrus était déjà là pour me tuer, j'allais vraiment m'énerver. Je jetai un coup d'œil par le judas. Deux femmes se tenaient dans le couloir, une Bible à la main. Pitié. C'était le déguisement le plus nul qui soit. Il s'agissait probablement d'assassins experts dans leur domaine, venus me coller deux balles dans la tête avant midi.

Mais il n'y avait qu'un seul moyen de le savoir. Je mis la chaîne de sécurité en place et entrouvris ma porte. La plus âgée des deux femmes me sourit et entama aussitôt son discours.

— Bonjour, madame. Avez-vous remarqué les nombreux problèmes de santé qui empoisonnent notre monde en ce moment ?

— Euh…

— Que les maladies se sont répandues aux quatre coins de la terre verte de Dieu ?

— Eh bien…

— Nous sommes ici pour vous dire qu'il n'en sera pas toujours ainsi.

Elle ouvrit sa Bible et la feuilleta, me donnant ainsi l'occasion d'en placer une.

— Alors, vous n'êtes pas venues pour me tuer ?

Elle fronça ses sourcils fins, puis jeta un coup d'œil à son amie avant de répondre :

— Excusez-moi ? Je ne suis pas sûre de comprendre.

— Vous savez, me tuer, m'assassiner, coller un flingue contre ma tempe et…

— Je pense que vous nous confondez avec…

— Attendez, ne partez pas ! (Je refermai la porte pour enlever la chaîne. Quand je rouvris le battant, ces dames reculèrent d'un pas, prudemment.) Vous n'êtes donc pas des assassins ?

Toutes deux secouèrent la tête.

— Vous êtes des témoins de Jéhovah ?

Elles acquiescèrent.

C'était peut-être une bonne chose. Peut-être savaient-elles quelque chose que moi, j'ignorais.

— Parfait. Permettez-moi de vous poser une question, dis-je tandis que la plus jeune, planquée derrière son amie, observait mon accoutrement, composé d'un tee-shirt Blue Öyster Cult qui conseillait aux gens de ne pas avoir peur de la Faucheuse et d'un boxer en tissu écossais. En tant que témoins de Jéhovah, de quoi avez-vous été témoins, exactement ?

— Ma foi, si vous voulez regarder pas vous-même… (La plus vieille feuilleta de nouveau sa Bible.) En tant que témoins, il est de notre obligation de nous tenir à l'écart des fauteurs de trouble, d'expulser les personnes maléfiques qui sont parmi nous et de…

— D'accord, d'accord, c'est super, l'interrompis-je avec un geste de la main. Mais, ce que j'ai vraiment besoin de savoir, c'est si vous êtes capables de voir des démons ?

Elles échangèrent un regard. Cette fois, ce fut la plus jeune qui prit la parole, en redressant les épaules avec assurance.

— Eh bien, les démons sont simplement des anges déchus qui se sont rangés du côté de Satan, qui gouverne le monde en cette Fin des Temps. Il est de notre responsabilité de demeurer chastes et fidèles…

— Mais en avez-vous déjà vu un ? insistai-je en l'interrompant de nouveau – à ce tarif-là, elles risquaient de ne jamais m'inviter à un office.

— Est-ce que nous avons déjà vu un démon ? répéta la plus âgée d'un air hésitant.

— Oui, vous savez, en personne ?

Elles secouèrent la tête.

— Pas physiquement, non. Mais si vous jetez un coup d'œil à ce passage…

Bon sang, elle y tenait, à cette Bible. Je l'avais lue et je pouvais comprendre son attrait, mais je n'avais pas le temps pour ça. Les trois minutes étaient sans doute déjà écoulées.

— Ne le prenez pas mal, mais ça ne m'est d'aucun secours – et je vous dis ça de la manière la plus respectueuse qui soit.

Je refermai la porte, un peu attristée par la confusion que j'avais vue sur leur visage. J'avais cru que peut-être elles avaient déjà croisé un ou deux démons pendant leurs balades en ville. Si j'étais seule dans cette histoire, si Reyes était vraiment parti, j'allais avoir besoin d'un moyen de détecter les démons. Mais Reyes n'était pas vraiment parti, n'est-ce pas ? C'était impossible.

En me dirigeant vers les toilettes, je songeai que le vieux proverbe disait vrai : il n'y a pas pire aveugle que celui qui ne veut pas voir.

Une heure plus tard, après avoir traîné mon corps épuisé jusqu'au bureau, je m'arrêtai pour contempler la tenue de Cookie. Elle portait un pull violet avec un foulard rouge autour du cou. J'essayai de ne pas m'inquiéter.

Elle leva les yeux de son ordinateur.

— Bon, j'ai réussi à joindre la sœur de Janelle York. Elle était sur la route du retour, mais elle a eu l'amabilité de répondre à quelques-unes de mes questions.

Cool.

— Et ? demandai-je en me versant une nouvelle tasse de café – parce que jamais deux sans trois.

— Elle m'a dit que Janelle a sombré dans la drogue après le départ de Mimi pour Albuquerque. Ses parents ont cru que c'était à cause de leur dispute, mais quand j'ai parlé d'Hana Insinga, la sœur m'a répondu qu'elle a essayé d'en discuter avec Janelle lorsque Hana a disparu. Janelle, Mimi et Hana étaient dans la même classe. Mais Janelle s'est mise en colère et lui a ordonné de ne plus jamais prononcer le nom d'Hana.

— Waouh, c'est une réponse drôlement agressive à une question aussi innocente.

— C'est ce que je me suis dit. Sinon, tu te rappelles du cousin Harry qui demandait toujours de l'argent à Warren ?

— Ouais ?

— C'est une fausse piste. Il est à Vegas depuis plus d'un mois, il travaille pour un casino de jeux.

— Parce qu'il en existe sans jeux ?

— J'ai également parlé à la femme de notre concessionnaire assassiné, poursuivit Cookie sans relever.

— Tu n'as pas perdu de temps.

— Elle m'a raconté la même histoire que Warren. Son mari a commencé à se replier sur lui-même et à déprimer. Elle m'a dit qu'il s'inquiétait sans cesse et qu'il lui avait dit une chose très étrange.

Je haussai les sourcils d'un air interrogateur.

— Il lui a dit que, parfois, nos péchés sont trop grands pour être absous.

— Putain, mais qu'est-ce qu'ils ont fait ? me demandai-je en réfléchissant à voix haute.

Cookie secoua la tête.

— Oh, elle a pensé la même chose que Warren, elle a cru que son mari avait une liaison. Elle a vu de grosses sommes d'argent disparaître de leur compte épargne. Je lui ai affirmé qu'il n'avait pas de liaison.

Je lui lançai un regard taquin.

— Ce n'est pas parce qu'il n'avait pas de liaison avec Mimi qu'il n'en avait pas du tout.

— Je sais, mais cette femme était dans un tel état ! Pas besoin de la faire souffrir d'avantage. Je suis persuadée qu'il n'avait pas de liaison. En parlant d'épave, comment vas-tu ? me demanda-t-elle d'un air soucieux.

— Qui parle d'épave ? protestai-je, faussement vexée. Je vais bien, le soleil brille, la Super Glue tient. Qu'est-ce que je pourrais demander de plus ?

— Dominer le monde ?

— Certes. Tu as parlé à Amber aujourd'hui ?

Elle poussa un gros soupir.

— Il semblerait que ma fille va camper avec son père ce week-end.

— C'est cool. C'est amusant, le camping, dis-je en veillant à garder un ton léger.

Je savais que ce projet l'ennuyait, mais je préférais ne pas relever. Quand Amber séjournait chez son père, Cookie tombait dans une espèce de déprime. Celle-ci aurait dû s'envoler dès le vendredi suivant. Mais, à présent, Cookie allait devoir attendre tout le week-end pour pouvoir retrouver le sourire. J'étais désolée pour elle.

— Je suppose, répondit Cookie sans se mouiller. Tu as l'air fatigué.

Je ramassai quelques dossiers sur son bureau.

— Toi aussi.

— Ouais, mais toi, tu as failli être assassinée la nuit dernière.

— « Failli » est le mot le plus important de ta phrase. Je vais faire quelques recherches et ensuite j'irai sans doute parler aux parents de Kyle Kirsch à Taos. Peux-tu les appeler et t'assurer qu'ils seront chez eux ?

— Bien sûr. (Elle commença à feuilleter une liasse de papiers.) Il a survécu, reprit-elle au moment où je tournai les talons pour entrer dans mon bureau. Ton agresseur. Après avoir reçu cinq poches de sang. (Je me figeai, ravalai l'émotion qui menaçait de faire surface et poursuivis ma route vers mon bureau.) Oh, et je t'accompagne à Taos.

J'étais sûre qu'elle voudrait m'accompagner. Juste avant de fermer la porte, je me penchai pour demander :

— Tu ne m'aurais pas laissé un mot, par hasard ? Sur M. Café ?

Elle fronça les sourcils.

— Non, quel genre de mot ?

— Oh, rien.

Je n'imaginais pas Cookie menaçant ma vie, mais je devais encore vérifier si elle n'était pas une veuve noire. Elle trimballait un mec mort dans son coffre, après tout, et on ne pouvait jamais être sûr de rien, de nos jours.

Je m'assis derrière mon bureau. Mes pensées étaient nuageuses avec la possibilité de quelques gouttes de pluie. Il avait survécu. C'était une bonne chose, j'imagine, mais il allait continuer à représenter une menace. Je regrettai presque que Reyes ne se soit pas montré pour lui régler son compte ou tout au moins l'estropier afin qu'il ne puisse plus jamais faire de mal à personne. Une question vieille comme le monde jaillit dans mon esprit en dépit de son inutilité. Pourquoi des monstres comme Caruso survivaient-ils alors que de bonnes gens mouraient tous les jours ?

On frappa doucement à ma porte, ce qui me tira de ma réflexion. Cookie passa la tête dans mon bureau.

— Tu as un visiteur, dit-elle comme si elle était agacée.

— Homme ou femme ?

— Homme. C'est…

— Est-ce qu'il ressemble à un témoin de Jéhovah ?

Elle battit des paupières, surprise.

— Euh, non. Pourquoi, on a un problème avec les témoins de Jéhovah, maintenant ?

— Oh non, pas du tout. J'ai fermé ma porte au nez de deux d'entre eux ce matin. Je me suis dit qu'ils risquaient d'envoyer leurs potes à ma poursuite.

Elle secoua la tête.

— C'est ton oncle Bob.

— C'est encore pire. Dis-lui que je suis sortie.

— Et il ne va pas se demander à qui je parle depuis tout à l'heure ?

— En plus, intervint l'oncle Bob en passant à côté de Cookie, j'ai entendu ta voix. (Il me lança un regard de reproche.) Tu devrais avoir honte de demander à Cookie de mentir pour toi. Qu'as-tu fait à ces témoins de Jéhovah ?

— Rien. Ce sont eux qui ont commencé.

Il s'assit en face de moi.

— J'ai besoin de ta déposition à propos de la nuit dernière.

— Pas de souci, je l'ai déjà rédigée.

— Oh. (Il parut de meilleure humeur en prenant le papier que je lui tendais. Mais il se rembrunit à sa lecture.) « J'ai entendu du bruit. Un méchant m'est tombé dessus avec un couteau. J'ai esquivé et je l'ai coupé à la gorge. Fin de l'histoire. » (Il poussa un gros soupir.) Il va falloir retravailler ça.

— Mais je ne suis qu'une fille, rétorquai-je avec amertume. Ce n'est pas comme si j'avais résolu des dizaines d'enquêtes pour toi et pour mon père. Ce n'est pas comme si je devais encombrer ma jolie petite tête avec des détails aussi inutiles. Pas vrai ? Il ne faudrait surtout pas que j'apprenne quoi que ce soit !

Il fit jouer sa mâchoire pendant un long moment en calculant sans doute la probabilité de sortir indemne de mon bureau.

— Et si on remettait ça à plus tard ? proposa-t-il en glissant ma déclaration dans un dossier.

— En voilà une bonne idée !

Juste au moment où l'oncle Bob se levait, l'interphone se mit à sonner.

— Oui.

— On a un autre visiteur, annonça Cookie. C'est Garrett. Je ne sais pas s'il est témoin de Jéhovah.

Oh, l'autre traître. Parfait.

— Je t'en prie, fais-le entrer.

Lorsqu'ils se croisèrent, Obie dut prévenir Garrett discrètement, car ce dernier haussa les sourcils avec curiosité. Puis il partit se chercher une tasse de kawa et se plia dans la chaise en face de moi. Je tapotai sur mon bureau en attendant l'occasion de lui voler dans les plumes.

Garrett, de son côté, but une longue gorgée, puis demanda :

— Qu'est-ce que j'ai fait ?

— Tu étais au courant, pour le type qui menaçait mon père ?

Il s'agita sur sa chaise, tellement pris en faute que ça n'était même pas drôle.

— Ils t'en ont parlé ?

— Oh, mais non, Swopes, pas du tout. Ils ont préféré attendre que cet enfoiré assomme mon père et le prépare pour un vol spatial avec du chatterton avant d'essayer de me tuer avec un couteau de boucher.

Garrett se leva d'un bond et jura lorsqu'il renversa du café sur lui. Apparemment, personne n'avait pensé à l'appeler.

— Quoi ? fit-il en essuyant son jean. Quand ? Qu'est-ce qui s'est passé ?

— Je peux t'imprimer ma déposition, si tu veux.

Il s'assit de nouveau en me regardant avec méfiance.

— Bien sûr.

J'imprimai ma déclaration, contente de ne pas avoir fait tout ce boulot pour rien. Il prit la feuille de papier et mit si longtemps à lire mes quatre phrases que je me demandai s'il n'était pas dyslexique. Puis, il me regarda de nouveau.

— Waouh, ça fait beaucoup à digérer.

— Ouais, ça m'a fait le même effet, répondis-je d'une voix dégoulinante de sarcasme.

— Tu lui as tranché la gorge ?

Je me penchai vers lui et répondis d'une voix menaçante :

— C'est ce que j'ai tendance à faire quand on me fout en rogne.

Lui aussi fit jouer ses mâchoires pendant un moment.

— Et si je revenais plus tard ?

— En voilà une bonne idée !

Au moment de sortir de mon bureau, il s'arrêta et se retourna vers moi.

— Il faut qu'on interroge la précédente propriétaire de la Taurus de Cookie. Elle sera chez elle en fin d'après-midi. Tu m'accompagnes.

Je desserrai les dents le temps de répondre :

— Ouais.

— Je vais laisser l'adresse à Cookie. Là, tout de suite, j'ai un coup de fil à passer.

En me donnant une minute pour me calmer, je me rendis compte que la colère avait envahi Garrett juste avant son départ. C'était le genre de colère explosive qu'il valait mieux éviter. J'allais devoir attendre pour découvrir qui lui avait gâché la journée.

— M. Kirsch nous attend cet après-midi, m'annonça Cookie depuis son bureau, vu que la porte entre nos deux pièces était ouverte. Sa femme n'est pas en ville, mais il a dit qu'il serait ravi de nous parler de l'affaire Hana Insinga.

Je me levai et marchai jusqu'au seuil de mon bureau.

— Il faut presque trois heures pour s'y rendre. On devrait sans doute partir maintenant.

— Il m'a demandé d'apporter le dossier de l'affaire.

— Bien sûr.

On prit nos affaires et on se mit en route vers l'un des plus beaux endroits de la Terre : Taos, Nouveau-Mexique.

— J'ai donné l'adresse e-mail de Maîtresse Souci à Garrett en lui faisant un petit topo, expliqua Cookie lorsque nous sautâmes dans Misery. Il va lui écrire et essayer de lui faire dire pourquoi elle demande à la Faucheuse de la contacter. Mais, pour l'instant, je peux te raconter des blagues salaces pour te changer les idées.

Je tournai la clé de contact avec un sourire.

— Je vais bien, je suis juste énervée.

— Tu as toutes les raisons de l'être. Je suis énervée et pourtant ce n'est pas moi qui me suis fait attaquer, ni entailler avec un couteau de boucher. Stevie Ray Vaughan ?

On regarda toutes les deux la stéréo tandis qu'un sourire apparaissait lentement sur notre visage.

— Ça devrait être un bon voyage, annonçai-je en montant le son.

Tout voyage commençant par une chanson de Stevie Ray était forcément bon.

La plupart des détectives privés se seraient contentés d'appeler l'ancien shérif du comté de Mora au téléphone plutôt que de faire trois heures de route, mais j'en apprenais plus sur une personne quand je l'avais en face de moi. À la fin de l'entrevue, je saurais sans l'ombre d'un doute si M. Kirsch pensait son fils impliqué dans quelque chose d'illicite. Je n'aurais sans doute pas les détails, mais je serais capable d'affirmer s'il avait ou non pris part à une opération de camouflage.

Cookie travailla durant tout le trajet, rassemblant des informations et passant des appels.

— Vous avez travaillé sept ans pour M. Zapata ? dit-elle dans son téléphone. (M. Zapata était notre concessionnaire assassiné, et elle parlait à l'un de ses employés.) Mm-hm. D'accord, merci beaucoup. (Elle raccrocha et me lança un regard las.) Quand je mourrai, j'espère que, pour moi aussi, les gens ne retiendront que les bonnes choses.

— Encore un témoignage en vue de la sanctification de Zapata ?

— Ouais. Même histoire, autre jour.

— Je ne sais pas ce qu'ils ont fait au lycée, dis-je en tournant à droite dans le quartier de M. Kirsch, mais personne n'en parle, absolument personne. On sait au moins une chose sur ce groupe de gamins.

— Quoi donc ? demanda Cookie en prenant des notes sur son portable.

— Ils étaient vraiment très doués pour garder un secret. (Je m'arrêtai dans l'allée de la maison des Kirsch.) Où est sa femme, déjà ?

Cookie rangea son portable et leva les yeux.

— Waouh, jolie baraque. (La plupart des maisons de Taos étaient jolies. C'était un endroit huppé.) Dans le Nord, en visite chez sa mère.

— Tu sais quoi ? dis-je en descendant de ma Jeep. Quand cette affaire sera terminée, je propose de la rejoindre. Le nord est une bonne direction.

— On devrait aller dans l'État de Washington.

— Bonne idée.

— Ou à New York, reprit Cookie en changeant d'avis. J'adore New York.

Je hochai la tête.

— J'aime New York uniquement en tant qu'amie, mais je suis partante.

Le père du député Kyle Kirsch donnait l'impression d'avoir été une force de la nature quand il était plus jeune. Grand et maigre, il possédait des muscles encore solides malgré son âge. Il avait des cheveux blonds grisonnants et des yeux perçants d'un bleu céruléen. Retraité ou pas, il demeurait un agent de la force publique jusqu'au bout des ongles. Son attitude, ses manières et toutes ses habitudes inconscientes indiquaient une longue carrière passée à arrêter des criminels avec succès. Il me rappelait mon père, ce qui provoqua en moi une vague de tristesse. J'étais tellement en colère contre lui et en même temps si inquiète. Je décidai, pour le bien de toutes les personnes concernées, de me focaliser sur l'inquiétude. Nous allions avoir une longue discussion, lui et moi. Mais, pour l'instant, il fallait que je sache si M. Kirsch était impliqué dans la disparition d'Hana Insinga.

— Je me souviens de l'affaire comme si c'était hier, nous expliqua M. Kirsch en parcourant le dossier des yeux comme un faucon scrute un repas potentiel. (À mon avis, peu de choses échappaient à son attention.) Toute la ville s'est unie pour la retrouver. Nous avons envoyé des groupes de recherche dans la montagne. Nous avons distribué des affichettes et des bulletins d'information dans toutes les villes à deux cents kilomètres à la ronde. (Il referma le dossier et posa sur moi ses yeux étonnants.) Cette affaire, mesdames, fait partie de celles qui hantent tout bon policier.

Cookie et moi échangeâmes un regard. Elle était assise à côté de moi sur un canapé en cuir, son stylo et son carnet à la main. La maison des Kirsch était décorée dans les tons blanc et noir des vaches Holstein et les teintes fauves subtiles des paysages du Nouveau-Mexique. Le décor était un charmant mélange de country et de sud-ouest américain.

Je sentais la douleur qui pesait sur le cœur de M. Kirsch, même après tout ce temps.

— Le rapport indique que vous avez personnellement interrogé absolument tous les élèves du lycée. Est-ce qu'il en est ressorti quelque chose ? Quelque chose que vous n'auriez pas jugé assez important pour le mettre dans votre rapport ?

Les lèvres serrées au point qu'elles ne formaient plus qu'une mince ligne, il déplia sa silhouette imposante et se rendit jusqu'à une fenêtre donnant sur un petit bassin.

— Beaucoup de choses en sont ressorties, avoua-t-il. Mais j'ai eu beau essayer, je n'ai jamais réussi à comprendre ce que cela signifiait.

— D'après les témoins, dis-je en prenant le dossier et en l'ouvrant sur mes genoux, Hana est peut-être allée à une fête ce soir-là, ou pas. Elle en est peut-être partie seule et de bonne heure, ou pas. Et elle a peut-être rejoint à pied une station-service sur la route en bas de chez elle, ou pas. Il y a tant de témoignages contradictoires qu'il est difficile d'assembler les pièces du puzzle.

— Je sais, répondit-il en se tournant vers moi. Pendant deux ans, j'ai essayé de les assembler, mais plus le temps passait et plus les histoires de chacun devenaient vagues. C'était exaspérant.

Ces situations-là l'étaient toujours. Je décidai de me jeter à l'eau. À ce stade, mon instinct me disait que l'ancien shérif ne couvrait personne, mais je devais en avoir le cœur net.

— Dans votre rapport, vous dites que vous avez interrogé votre fils et qu'il était à cette fête, mais il fait partie des élèves qui prétendent n'avoir jamais vu Hana sur place.

M. Kirsch revint s'asseoir en face de moi en poussant un gros soupir.

— C'est en partie ma faute, je crois. Sa mère et moi étions en vacances ce week-end-là, et nous l'avons pratiquement menacé de mort s'il quittait la maison. Au début, il a affirmé ne pas être allé à cette fête, par peur d'avoir des ennuis. Mais plusieurs gamins m'ont raconté qu'il y était, alors il a finalement avoué. Cependant, c'est tout ce que j'ai pu tirer de lui. Comme plusieurs de ses camarades, il m'envoyait des signaux contradictoires et faisait preuve d'un maniérisme étrange que je ne suis pas arrivé à interpréter.

M. Kirsch disait la vérité. Il n'était pas plus impliqué que moi dans la disparition d'Hana.

— Parfois, les enfants mentent pour masquer d'autres choses qu'ils croient susceptibles de leur valoir des ennuis et qui n'ont rien à voir avec l'affaire en cours. J'ai rencontré plusieurs fois ce cas de figure au cours de mes enquêtes.

— Moi aussi, acquiesça-t-il. Mais les adultes font la même chose, ajouta-t-il en souriant.

— Effectivement. (On se leva pour partir.) Au fait, félicitations pour la candidature de votre fils au Sénat.

Des rayons de fierté iridescents émanèrent de lui. De la chaleur m'enveloppa, et mon cœur sombra juste un tout petit peu. Si j'avais raison, son fils était un assassin. M. Kirsch ne prendrait pas ça bien. Qui le pourrait ?

— Merci, mademoiselle Davidson. Il tient un meeting à Albuquerque demain.

— Vraiment ? fis-je, surprise. Je l'ignorais. Je ne me tiens pas toujours au courant de ces choses-là, même si je devrais.

— Moi si, intervint Cookie en redressant légèrement le menton. (J'essayai de ne pas en rire.) Il va donner un discours sur le campus universitaire.

— Tout à fait, confirma M. Kirsch. Malheureusement, je ne peux pas m'y rendre, mais il a un autre meeting de prévu à Santa Fe dans deux jours. J'espère pouvoir y assister.

Je l'espérais aussi, car cela risquait d'être sa dernière chance de voir son fils briller en public.

On mangea un morceau à Taos avant de reprendre la route d'Albuquerque. À l'issue des trois heures de trajet, on se rendit directement à l'adresse indiquée par Garrett. Il était déjà là et attendait un peu plus loin dans la rue dans son pick-up noir. Il en sortit au moment où je me garais derrière lui.

— Comment s'est passé ton coup de fil ? demandai-je en faisant allusion à l'appel qu'il avait brusquement voulu passer en quittant mon bureau ce matin-là.

J'étais curieuse de savoir qui il avait appelé et pourquoi.

— Super. J'ai maintenant un employé en moins.

— Pourquoi ? demandai-je, un peu surprise.

Il m'adressa un sourire malicieux.

— Tu m'as fait promettre de ne pas te suivre. Tu ne m'as jamais dit que je ne devais pas te faire suivre par quelqu'un d'autre.

Je laissai échapper une exclamation.

— Espèce de salopard !

— De rien, répondit-il en faisant le tour de ma Jeep pour aider Cookie à descendre.

Il est vrai qu'il n'était pas des plus faciles de monter ou descendre d'un véhicule comme Misery.

— Merci, lui dit Cookie, étonnée.

— Je t'en prie. (Il nous conduisit vers une petite maison blanche en adobe dont le jardin avait grand besoin d'un coup de débroussailleuse.) Je te fais surveiller par mon équipe vingt-quatre heures sur vingt-quatre, sept jours sur sept. Ou, du moins, je le croyais, ajouta-t-il en baissant les yeux vers moi qui marchais à côté de lui. Apparemment, celui d'hier soir a éprouvé le besoin d'aller se chercher un casse-croûte tardif sans attendre la relève. Vers 3 heures du matin ?

Je hochai la tête, les dents serrées à cause de la colère.

— Ta vie était en danger, au cas où tu n'aurais pas eu le message.

Il sortit un papier de sa poche arrière.

— J'ai reçu le message cinq sur cinq quand on m'a poignardé en pleine poitrine.

Je jetai un coup d'œil sur le côté. Cookie me soutenait de tout cœur et le prouva en hochant vigoureusement la tête.

Garrett leva les yeux au ciel, ce qui n'était pas très professionnel de sa part.

— Tu n'as pas été poignardée, c'est juste une coupure. Sinon, j'ai eu des nouvelles de ta Maîtresse Souci – d'ailleurs, puisqu'on en parle, sérieux ? « Maîtresse Souci » ?

— Qu'est-ce qu'elle a répondu ? demanda Cookie, enchantée – c'était drôle.

— Eh bien, je lui ai dit que j'étais la Faucheuse, comme tu me l'as conseillé, expliqua Garrett en continuant à s'adresser à Cookie, et elle m'a répondu que si j'étais la Faucheuse, elle, elle était le fils de Satan.

Je trébuchai sur une fissure dans le trottoir. Garrett me rattrapa tandis que je regardai derrière moi en direction d'une Cookie aux yeux écarquillés de stupeur.

— J'ai essayé de lui renvoyer un autre e-mail, ajouta-t-il en me regardant tout à coup avec méfiance, mais elle n'a plus voulu entendre parler de moi.

— Peut-on lui en vouloir ? demandai-je avec une nonchalance feinte.

Bordel, mais qui était cette bonne femme ?

— Cette femme s'appelle Carrie Li-è-dell, dit-il en ayant du mal avec la prononciation.

— Maîtresse Souci ?

Comment diable le savait-il ?

— Non, répondit Garrett en fronçant les sourcils. Cette femme-là. (Il désigna la maison.) C'est une institutrice de maternelle.

Oh, oui, c'était vrai. J'inspirai un bon coup, puis jetai un coup d'œil au papier de Garrett et lus le nom Carrie Liedell.

— Ça se prononce Li-dell, dis-je en riant.

— Vraiment ? Comment tu le sais ?

Je m'immobilisai et désignai le papier.

— Tu vois ça ? Le « i-e » ? C'est un « e » muet.

Il me regarda en fronçant encore plus les sourcils.

— Putain, mais c'est quoi ce charabia ?

Je me remis en marche vers la maison et coulai un regard amusé en direction de Cook. Au même moment, je me rendis compte à quel point le claquement de mes bottes sur le béton était ultra cool.

— Ça veut dire que tu n'as jamais appris à lire correctement.

Cookie déguisa un gloussement en toux tandis que Garrett me rejoignait devant la porte. Il attendit pendant que je frappais. Juste au moment où la poignée tournait, il répliqua à voix basse :

— Et qu'est-ce que tu fais du mot « bien », alors ?

Il marquait un point.

— Ou de « miette » ?

Une femme d'une trentaine d'années, dont les cheveux bruns coupés court, en un carré sévère, soulignaient encore plus sa mâchoire déjà carrée, entrouvrit la porte.

— Ou, je sais pas, moi, « ciel » ?

Là, il essayait juste de se la jouer.

— Oui ? demanda-t-elle d'un ton méfiant.

Elle pensait sûrement qu'on voulait lui vendre un truc. Un aspirateur. Un abonnement à un magazine. De la religion au mètre. Avant que je puisse répondre, Garrett se pencha pour chuchoter à mon oreille :

— Ou le mot « hier ». Eh oui, Charles, je peux faire ça toute la journée.

J'étais tout à fait prête à le battre à mort avec une paire de couverts à salade.

— Bonjour, mademoiselle Liedell ? (Je lui montrai ma carte de détective privé, principalement parce que ça me donnait l'air cool.) Je m'appelle Charlotte Davidson, et voici mes collègues, Cookie Kowalski et Garrett Swopes. On enquête sur un délit de fuite qui a eu lieu il y a trois ans.

Sans savoir ce qui était vraiment arrivé au Mec-mort-dans-le-coffre, je prenais un énorme risque. Si elle avait quelque chose à voir avec son décès, un certain nombre de choses avait pu se produire. Mais puisqu'il était certainement mort dans son coffre, le délit de fuite était le plus probable. J'imagine qu'elle était rentrée tard une nuit et qu'elle ne l'avait tout simplement pas vu. Redoutant d'avoir des ennuis, elle aurait réussi à l'attirer dans son coffre ? C'était mince, mais je n'avais rien d'autre.

Mon coup de bluff paya aussitôt. Je sentis son taux d'adrénaline grimper en flèche et je perçus le puissant aiguillon de la peur. La culpabilité s'abattit sur elle comme un nuage noir, même si son visage ne laissa transparaître qu'un infime soupçon de détresse. Elle écarquilla très légèrement les yeux et pinça les lèvres de façon presque imperceptible. Elle s'était entraînée en vue de ce moment, ce qui faisait d'elle une meurtrière.

Je décidai de pousser encore plus pour l'empêcher de se ressaisir.

— Pourriez-vous nous expliquer ce qui s'est passé, mademoiselle Liedell ? demandai-je d'un ton dur, accusateur.

Gênée, elle referma le col de son chemisier, d'une main. Mais peut-être était-ce dû aussi à la présence glaciale d'un sans-abri mort derrière elle. Une lueur s'alluma dans les yeux verts du type lorsqu'il la regarda. Il venait de la reconnaître. Aucun défunt n'avait encore jamais frappé un vivant devant moi – je ne savais même pas s'ils en étaient capables – mais j'espérais vraiment ne pas avoir à le tacler. Il était baraqué. En plus, comme j'étais la seule à le voir, ça aurait l'air bizarre.

— Je… je ne sais pas du tout de quoi vous parlez.

Remarquant le tremblement révélateur dans sa voix, j'expliquai :

— Vous avez renversé un sans-abri, vous l'avez enfermé dans le coffre de votre Taurus blanche année 2000 et vous avez attendu qu'il meure. Est-ce que ça résume bien les faits ?

Du coin de l'œil, je vis Garrett serrer les dents. En toute franchise, je ne sais pas s'il se faisait du souci à cause de la façon dont je menais l'interrogatoire ou s'il était furieux de ce qu'elle avait fait.

— C'était sur Coal Avenue, annonça le Mec-mort-dans-le-coffre d'une voix grave, claire et vive. (Cela me surprit au début, mais même les fous ont leurs moments de lucidité. Il se tourna vers moi et me cloua sur place de son regard féroce.) Sur un parking. Tu peux le croire, ça ?

— Vous l'avez renversé sur un parking ? m'exclamai-je d'une voix que la surprise rendait aiguë.

Garrett s'agita à côté de moi, se demandant sans doute où j'allais avec mes questions. Moi aussi, je me le demandais.

Cette fois, quand elle écarquilla les yeux, elle avait sur le visage un air indéniablement coupable.

— Je… je n'ai jamais renversé personne.

— Elle était bourrée, me dit le type, le visage creusé par les souvenirs. Oui, elle était ivre morte, et elle m'a dit de m'asseoir à l'arrière de sa voiture, que j'allais m'en sortir.

— Vous lui avez dit de s'asseoir à l'arrière de votre voiture, dis-je en lui lançant un regard aussi accusateur que méprisant. Vous aviez bu.

Mlle Liedell regarda autour d'elle comme pour s'assurer qu'il ne s'agissait pas d'une émission de caméra cachée.

— Je devais avoir une commotion cérébrale. Je n'arrivais pas à me concentrer. J'étais en train de lui parler et puis, d'une seconde à l'autre, je me suis retrouvé en train de mourir dans son coffre. Elle m'a frappé une deuxième fois, mais avec une brique cette fois.

— Qu'est-ce que tu as bien pu lui dire ? demandai-je directement au type sans me soucier de sauvegarder les apparences.

Son regard amer revint se poser sur moi.

— Je lui ai dit que j'étais flic et qu'elle était en état d'arrestation.

— Putain de merde ! m'exclamai-je en pétant un plomb. Tu es sérieux ? Tu étais flic ? Sous couverture ?

Il acquiesça, mais Liedell de son côté hoqueta de stupeur et se couvrit la bouche avec les deux mains.

— Non, je ne savais pas qu'il était flic. Je croyais que c'était un SDF complètement cinglé. Il… il était sale. J'ai cru qu'il mentait pour m'extorquer de l'argent. Vous savez comment ils sont. (Elle paniquait. Dans des circonstances normales, ça aurait pu être drôle.) Vous n'êtes pas flics, nous lança-t-elle. Vous ne pouvez rien contre moi.

Juste à ce moment-là, l'oncle Bob arrêta son 4 × 4 dans un crissement de pneus en face de la maison. Il était suivi de deux voitures de patrouille, tous gyrophares allumés. Ce timing, bien qu'impeccable, me déconcerta.

— Certes, répondis-je, incapable de masquer mon étonnement, mais lui, il peut.

Je désignai Obie, surnommé le Vengeur. Il se dirigeait vers nous comme un homme qui a une mission. Ou des hémorroïdes. Ou les deux.

— Carrie Liedell ? aboya-t-il.

Elle hocha distraitement la tête, sans doute occupée à voir toute sa vie défiler devant ses yeux.

— Vous êtes en état d'arrestation pour le meurtre de l'agent Zeke Brandt. Avez-vous quoi que ce soit dans vos poches ? demanda-t-il juste avant de la faire pivoter pour la fouiller.

Un policier en uniforme lui lut ses droits tandis que Liedell se mettait à brailler.

— Je ne savais pas qu'il était flic, dit-elle entre deux sanglots. Je croyais qu'il mentait.

Tandis que l'agent en uniforme l'amenait à la voiture de patrouille, Obie se tourna vers moi, visiblement secoué.

— L'agent Brandt a disparu depuis trois ans. Personne ne savait ce qui lui était arrivé. Il enquêtait sur des trafiquants de drogue qui se servaient de sans-abri comme revendeurs.

— Mais toi, comment as-tu su ? demandai-je, toujours aussi stupéfaite.

— Swopes m'a parlé de l'enquête que tu lui as confiée alors qu'il était censé te surveiller.

— Il n'y a donc plus rien de sacré ? dis-je en lançant un regard noir à Garrett.

Celui-ci haussa les épaules.

— Je suppose que tu as réglé ton petit problème ? demanda Obie.

— J'ai un employé en moins, mais je m'en sortirai, répondit Garrett en faisant allusion à la personne qui était censée me surveiller lorsque je m'étais fait agresser.

— Attendez une minute ! protestai-je en levant les mains pour réclamer un temps mort. Comment as-tu su que Carrie Liedell avait tué ton agent ?

L'oncle Bob se rapprocha, ne voulant pas que quelqu'un d'autre l'entende.

— Quand Swopes m'a parlé de ton sans-abri dans le coffre de la Taurus blanche de Cookie, je me suis rappelé qu'au cours de l'enquête sur la disparition de Brandt, on avait récupéré des vidéos de surveillance dans un vidéoclub du coin. On y avait vu ce qui ressemblait à un délit de fuite. Mais le grain de l'image était pourri et ça s'était produit légèrement hors champ, alors on ne pouvait pas déterminer exactement ce qui s'était passé. On a ressorti la vidéo, on s'est dit que c'était sûrement notre agent qui venait juste de nous appeler ce soir-là depuis ce même vidéoclub, et on a fait agrandir l'image pour lire la plaque d'immatriculation de cette femme.

Obie donna une ferme poignée de main à Garrett.

— Bon boulot. Vous aussi, ajouta-t-il en serrant cette fois la main de Cookie. Désolé pour la voiture, on ne la gardera pas longtemps.

Elle se contenta de le regarder, toujours en mode « muette de stupeur ». Obie se tourna alors vers moi.

— On est de nouveau amis ?

— Non, même si tu étais le dernier héros flic affligé d'hémorroïdes sur Terre.

— Je n'ai pas d'hémorroïdes, gloussa-t-il. (Puis cet abruti se pencha pour m'embrasser sur la joue quand même.) Ce type comptait beaucoup pour moi, ma chérie, me chuchota-t-il à l'oreille. Alors, merci.

L'oncle Bob retourna à son 4 × 4 tandis que Cookie restait scotchée sur place, la bouche grande ouverte.

— C'est bien vrai, tout ça ? Parce que je ne m'attendais pas du tout à ça. Moi qui croyais que les instits de maternelle étaient gentilles !

— Si on reste assez longtemps dans cette branche, Cook, je crois qu'on découvrira que chaque profession a ses mauvais élèves. (Je souris et lui donnai un coup de coude.) Tu saisis ? Instits, élèves ?

Elle me tapota l'épaule sans même daigner me regarder et repartit vers Misery.

— Je t'en dois une, tu sais, lui lançai-je. (Je me tournai ensuite vers le Mec-mort-dans-le-coffre, enfin, l'agent Brandt.) Alors, comme ça, t'es pas cinglé ?

Un sourire aussi malicieux qu'un péché du dimanche apparut sur son visage, qui devint beau, tout à coup. D'accord, il avait toujours les cheveux poisseux et toute cette saleté, mais ses yeux étaient à tomber.

— Et dans la douche ? demandai-je, presque effrayée.

Son sourire s'élargit. J'étais partagée entre la rage et l'admiration. Jamais encore un mec mort ne m'avait dupée à ce point-là.

— Tu peux passer à travers moi, lui dis-je, gentille malgré tout.

— Je peux ? (C'était un sarcasme. Il le savait déjà. Il fit un pas vers moi.) Je peux t'embrasser d'abord ?

— Non.

En riant doucement, il me prit par la taille, m'attira contre lui et baissa la tête vers moi. J'inhalai doucement au moment où ses lèvres touchèrent les miennes. Puis, il s'évapora.

Quand les gens passaient à travers moi, je percevais leur chaleur, j'avais accès à leurs plus chers souvenirs et je sentais leur aura. Quand il eut disparu, je soulevai le col de mon pull pour sentir encore son odeur, un mélange de barbe à papa et de bois de santal. J'inspirai profondément en espérant ne jamais l'oublier. Quand il avait douze ans, il avait risqué sa vie pour sauver un garçon de son quartier attaqué par un chien. Il y avait gagné vingt-sept points de suture. Le fait que ni lui ni le garçon n'étaient morts ce soir-là relevait quasiment du miracle. Mais c'était ce qu'il avait toujours eu envie de faire : aider les gens. Sauver le monde. Puis, une instit de maternelle ivre, nommée Carrie Liedell, nous avait privés de l'un des gentils.

Après ça, il s'était perdu. Pendant trois ans, il avait oublié qui il était, ce qu'il avait voulu devenir. Jusqu'à ce que Cookie ouvre ce coffre et que ma lumière l'aveugle, il était resté plongé dans la confusion et dans le noir. D'une manière ou d'une autre, d'après ses souvenirs, ma lumière l'avait ramené. Peut-être que le métier de faucheuse impliquait plus que ce que les mythes m'avaient porté à croire. Cookie avait vraiment mérité une margarita.

— Tu embrasses souvent les morts ? demanda Garrett.

J'avais oublié qu'il était encore là.

— Je ne l'ai pas embrassé, répondis-je, sur la défensive. Il est passé dans l'au-delà à travers moi.

— Ouais, c'est ça. (Il me donna un coup d'épaule en passant devant moi.) Rappelle-moi de passer à travers toi quand je mourrai.

Chapitre 14

Certaines filles portent des vêtements Prada.
D'autres portent un Glock 17 semi-automatique,
à faible recul, avec un indicateur de chambre chargé
et une crosse antidérapante.

TEE-SHIRT

Pendant un court moment béni, j'avais presque oublié que Reyes était peut-être déjà mort et que je pourrais bien ne plus jamais le revoir. À la seconde où je remontai dans Misery pour rentrer à la maison, le poids du chagrin s'abattit de nouveau sur moi. Je me concentrai sur ma respiration et dépassai toutes les voitures possibles, juste parce que j'en avais envie. Il était plus de 18 heures quand on arriva au bureau. Je ne pris même pas la peine d'aller voir mon père. Les médecins l'avaient laissé sortir de l'hôpital, et il était à la maison, ce qui impliquait un pénible trajet en voiture jusque dans les Heights. Or, l'effet positif des quatre heures de sommeil agité que j'avais eues cette nuit-là s'était dissipé vers midi. Je décidai donc de remettre ma visite au lendemain, après une bonne nuit de sommeil.

Cookie avait décidé de bosser encore un peu et vérifiait des messages au moment où je m'apprêtais à quitter le bureau. Obie nous en avait laissé un pour nous dire où se trouvait la voiture de Cookie et exiger ma déposition.

Pourtant, ne lui en avais-je pas déjà donné une ? Cet homme n'en avait jamais assez.

— Tu vas réussir à arriver jusqu'à chez toi ? me demanda Cookie d'un air dubitatif.

— Pourquoi, on dirait que je vais m'écrouler ?

— Tu veux que je sois franche ?

— Je vais rentrer saine et sauve, promis-je en souriant.

— D'accord. Au fait, on n'a pas reparlé de cette Maîtresse Souci.

— Sans déconner, dis-je en secouant la tête avec étonnement. Comment diable a-t-elle pu nous faire le coup du fils de Satan ?

— Si seulement je le savais ! Je viens juste de te créer une fausse adresse e-mail et je lui ai écrit. Il faudra que tu vérifies le compte de temps en temps. (Elle me tendit un bout de papier avec le nom d'utilisateur et le mot de passe. Je vis son visage se radoucir.) Il va bien, Charley. J'en suis sûre.

Le simple fait de penser à Reyes me coupa le souffle. Je décidai de changer de sujet avant de devenir toute bleue par manque d'oxygène. Le bleu n'était pas la couleur qui m'allait le mieux.

— Maîtresse Souci est cinglée. Et je crois que Mimi se planque.

Cookie acquiesça en souriant.

— Je le crois aussi – pour l'une comme pour l'autre. Mimi savait ce qui se passait et c'est pour ça qu'elle s'est faite discrète.

— On va la retrouver, affirmai-je en hochant la tête pour renforcer ma promesse.

Sur ce, je rentrai chez moi avaler un bol de céréales froides et prendre une douche. Chaude, la douche, à présent que le Mec-mort-dans-le-coffre était passé de l'autre côté. Le chacal.

Je me souvenais à peine avoir atterri sur mon lit quand je fus réveillée par une texture familière glissant sur ma peau. Une espèce de chaleur, d'électricité. Mes cils papillonnèrent, puis j'ouvris les yeux et aperçus un certain Reyes Alexander Farrow, assis à même le sol sous ma fenêtre. Il m'observait.

Il s'agissait de son corps éthéré, si bien qu'en dépit de la pénombre qui masquait les autres objets de la pièce, chacune des lignes fluides de son être était visible, toutes aussi tentantes les unes que les autres, attirant mon regard comme les vagues hypnotiques de l'océan. Je les suivis, volant au-dessus des plaines et plongeant dans les vallées en contrebas.

Je me mis sur le côté pour lui faire face et m'enfouis plus encore dans les replis de ma couette.

— Est-ce que tu es mort? lui demandai-je d'une voix groggy qui n'était que l'ombre d'elle-même.

— Quelle importance? répliqua-t-il en éludant la question.

Il était assis comme sur la photo en noir et blanc que possédait Elaine Oake, la Harceleuse: une jambe repliée, un bras posé par-dessus, la tête appuyée contre le mur. L'intensité de son regard me retenait prisonnière. J'avais du mal à respirer sous son poids. Je ne voulais rien tant que le rejoindre et explorer chaque centimètre de son corps ferme. Mais je n'osai pas.

Comme s'il était conscient du moment précis où je décidai de ne pas aller à lui, Reyes sourit et inclina la tête.

— Petite Faucheuse, me dit-il d'une voix comme du caramel, onctueuse, sucrée et si séduisante que j'en avais littéralement l'eau à la bouche. Autrefois, je t'observais pendant des heures.

Je luttai contre la joie que cette idée provoqua en moi. Je l'imaginai en train de m'observer. De me contempler.

De m'étudier. Mais je suis sûre qu'il sentit mon émotion quand même. Il devait savoir à quel point je devenais malléable le concernant, c'était obligé.

— Je te regardais courir dans le parc pour aller aux balançoires, j'aimais la façon dont tes cheveux brillants se répandaient sur tes épaules et tombaient en boucles emmêlées dans ton dos. J'aimais aussi quand tu mangeais une glace à l'eau et que tes lèvres devenaient toutes rouges. Et ton sourire. (Un gros soupir lui échappa.) Mon dieu, ton sourire était aveuglant.

Puisqu'il n'avait que trois ans de plus que moi, cette déclaration n'était pas aussi perverse qu'on aurait pu le croire. Je sentais, au timbre grave de sa voix, qu'il essayait de m'appeler à lui. Il usait de son charme magnétique pour m'attirer et me séduire comme un incube. Toutes les parties de mon corps frissonnèrent en réponse et se mirent à trembler d'un besoin si viscéral, si dévorant, que j'en eus le souffle coupé.

— Et quand tu étais au lycée, poursuivit-il comme s'il revivait un rêve, j'aimais la façon dont tu portais tes livres. La cambrure de ton dos. Ta peau sans le moindre défaut. J'avais envie de toi comme un animal a envie de sang.

Chaque mot, chaque battement de cœur qui m'atteignait affaiblissait de plus en plus ma résolution. Je savais que j'allais finir par céder si je le laissais continuer. Lui résister plus longtemps était au-dessus de mes forces. Je n'étais pas un surhomme. Enfin, une surfemme.

— Alors, c'est quoi cette histoire de soufre ? demandai-je en espérant éteindre l'incendie.

Je voulais lui rappeler d'où il venait et lui faire mal, juste un tout petit peu, parce que lui me faisait mal, en refusant de me faire confiance, en se fichant éperdument de mes souhaits et de mes inquiétudes. En cela, il agissait exactement comme tous les autres hommes de ma vie, dernièrement.

Un sourire calculateur apparut lentement sur son visage.

— Si jamais tu embêtes de nouveau ma sœur, je te coupe en deux.

Je suppose que mon plan avait fonctionné. Je l'avais blessé. Il s'était vengé. Je pouvais vivre avec.

— Puisque tu refuses de me dire où tu es, puisque tu refuses de me faire confiance et de me laisser t'aider, pourquoi venir ici ? Pourquoi prendre cette peine ?

Un grondement sourd retentit dans la chambre. Puis je sentis Reyes s'en aller. Son essence s'échappa de la pièce, laissant place à un silence glacial qui s'attarda dans son sillage. Une seconde à peine avant de disparaître complètement, Reyes m'effleura et me chuchota à l'oreille :

— Parce que tu es la raison pour laquelle je respire.

Dans un soupir, je me terrai encore plus sous ma couette et restai allongée un long moment à repenser… à tout. Ses paroles. Sa voix. Sa beauté époustouflante. J'étais la raison pour laquelle il respirait ? Il était la raison pour laquelle mon cœur battait.

Je me redressai en sursaut avec une exclamation de stupeur. Ses battements de cœur ! J'avais perçu ses battements de cœur, qui venaient à moi dans un grondement, forts et réguliers alors même qu'il me parlait. Il était vivant !

Je sautai à bas du lit et titubai légèrement quand un drap frappé de l'angoisse de la séparation m'attaqua le pied. Puis je sautillai jusqu'à la salle de bains pour m'asseoir sur le trône en porcelaine et faire pipi. J'avais encore une chance de découvrir où il était. J'espérais que le meilleur ami de Reyes, Amador Sanchez, n'aurait rien contre une fille un peu folle, détective privée de métier, lui rendant visite au beau milieu de la nuit. Je devais peut-être prendre mon flingue, au cas où.

J'enfilai quelques vêtements, m'attachai les cheveux en queue-de-cheval et accessoirisai le tout avec un Glock.

Puis, je courus au bureau et pris tout ce que Cookie avait sur le meilleur ami de Reyes, à la fois au lycée et en prison. M. Amador Sanchez. C'était touchant de voir qu'ils étaient restés proches et qu'ils avaient pu passer tant de temps ensemble au fil des ans, pensai-je avec jalousie.

Il y avait très peu de circulation, vu qu'il était 3 heures du matin, si bien que je roulais vite. J'atterris à destination un peu plus de quinze minutes plus tard, légèrement surprise de me rendre dans un quartier comme les Heights.

Élève moyen puis médiocre au lycée, Amador Sanchez avait été arrêté deux fois pour de petits délits avant d'être condamné à quatre ans de prison pour agression à main armée ayant entraîné de graves blessures. Le fait qu'il s'en soit pris à un policier n'avait pas aidé non plus. Ce n'était jamais une bonne décision. Pourtant, il habitait dans l'un des quartiers les plus huppés de la ville. Je pris note de lui demander qui était son agent immobilier. M. Wong et moi n'avions rien contre déménager dans un endroit plus sympa.

La maison devant laquelle je me garai n'était pas exactement ce à quoi je m'attendais, en dépit de l'adresse. Je m'étais imaginé une baraque à loyer modéré, ou même un centre d'hébergement et de réinsertion sociale. Cette splendide demeure de style espagnol, à deux étages, avec des murs en adobe, un toit de tuiles et une porte d'entrée ornée d'un vitrail, ne correspondait pas à l'idée que je me faisais du logement d'un ex-taulard tombé pour agression.

J'avais presque mauvaise conscience en courant dans l'air glacial appuyer sur la sonnette. Peut-être n'était-ce pas la maison d'Amador ? Peut-être vivait-il dans la maison du concierge ou dans une dépendance sur l'arrière ? Mais, d'après les notes de Cookie, il habitait là avec sa femme et leurs deux enfants. Je ne pouvais m'empêcher d'espérer qu'il s'agisse du bon endroit. Un ancien détenu qui avait surmonté tous les clichés pour se forger une carrière couronnée de succès – et légale, avec un peu de chance – ça me ferait vraiment plaisir.

Je resserrai ma veste autour de moi et sonnai de nouveau pour faire savoir aux occupants que je n'allais pas renoncer. Une lumière s'alluma sur le perron, et une silhouette floue regarda par le vitrail. J'entendis finalement tourner le verrou, et la porte s'ouvrit prudemment.

— Oui ?

Un trentenaire Latino se tenait sur le seuil. Il se frottait un œil et me dévisageait de l'autre. J'exhibai ma licence de détective en prenant un air déterminé.

— Reyes Farrow. Où est-il ?

Il laissa retomber sa main et me regarda comme si j'étais à moitié folle et à moitié échappée d'un asile mental.

— Je ne connais aucun Reyes Farrow.

Je croisai les bras.

— Oh, vraiment. C'est comme ça que vous voulez la jouer ? Vous ai-je précisé que mon oncle est lieutenant de l'APD et qu'il peut être là d'ici vingt minutes ?

Il se mit aussitôt sur la défensive.

— Vous n'avez qu'à appeler votre putain de tante pendant que vous y êtes. J'ai rien fait de mal.

Il était très susceptible.

— Amador, s'exclama une femme d'un ton plein de reproches. Arrête de dire des grossièretés, ajouta-t-elle en arrivant derrière lui.

Il haussa les épaules d'un air penaud et s'écarta, lui laissant sa place sur le seuil.

— En quoi pouvons-nous vous aider ?

Je montrai de nouveau ma carte.

— Je suis désolée de me présenter si tôt.

— Elle ne s'est pas excusée avec moi, tout à l'heure, confia Amador à sa femme.

Je lui lançai un regard noir. Rapporteur.

—Je suis ici à propos de Reyes Farrow. J'espère que votre mari connaît l'endroit où il se trouve actuellement.

—Reyes ? (Elle ferma le col de sa robe de chambre, son joli visage creusé par l'inquiétude.) Ils ne l'ont pas retrouvé ?

—Non, m'dame.

—Je vous en prie, entrez. Il gèle dehors.

—Alors, toi, tu l'invites à entrer, comme ça ? protesta Amador. Et si c'est une tueuse en série ? Ou une harceleuse ? Il y a des tas de nanas qui me harcèlent, vous savez.

La femme me fit un petit sourire d'excuse.

—C'est faux. Il dit ça juste pour me rendre jalouse.

Je ne pus m'empêcher de sourire en la suivant jusqu'à un magnifique salon jonché de jouets de toutes les couleurs.

—Veuillez excuser le désordre, dit-elle en commençant à ramasser les objets. Nous n'attendions pas de visite.

—Oh, je vous en prie, ne vous donnez pas cette peine.

Je me sentais déjà suffisamment mal comme ça.

—Bien sûr qu'on n'attendait pas de visite, il est trois heures et demie du matin, putain ! s'exclama Amador. Faut pas déconner !

Dans un soupir, elle s'assit à côté de son mari. Je dus admettre qu'ils étaient aussi époustouflants que leur maison. Ils formaient un couple d'une beauté absolue.

—Vous savez sans doute qui est Amador, dit-elle. Moi, je m'appelle Bianca.

—Oh, excusez-moi. (J'aurais tout de même pu me présenter.) Je m'appelle Charlotte Davidson. J'ai besoin de retrouver Reyes au plus vite. Je… Je…

Je m'interrompis sur un balbutiement en les voyant me dévisager bouche bée. Bianca fut la première à se ressaisir.

—Je suis désolée, vous disiez ? demanda-t-elle en donnant un coup de coude à son mari.

D'accord.

— Euh, c'est juste que…

Amador continuait à me regarder avec de grands yeux ronds. Bianca tendit la main et lui ferma la bouche.

— On nous a vraiment élevés mieux que ça, s'excusa-t-elle avec un petit gloussement nerveux.

— Oh, non, ce n'est rien. Est-ce que c'est à cause de mes cheveux ?

Je lissai ma chevelure d'un air embarrassé.

— Non, non, c'est juste que nous sommes un peu surpris de vous voir.

— Euh, pourquoi, on s'est déjà rencontrés ?

— Non, répondit Amador.

Ils se regardèrent et secouèrent la tête avant de se tourner vers moi en continuant à secouer la tête.

Mouais, mouais, mouais.

— Bon, je vais aller droit au but, alors. (Je poignardai Amador d'un nouveau regard menaçant.) Où est Reyes Farrow ?

J'étais sérieuse, bon sang. Mais quand la seule émotion qui s'empara de lui fut le plaisir, je dois reconnaître que je fus déstabilisée.

— Je ne sais pas où il est, je le jure.

Tous deux recommencèrent à secouer la tête à l'unisson. Ça devenait ridicule.

— Ça suffit, dis-je en levant les mains. Qu'est-ce qui se passe ?

Même Bianca pouffait maintenant, à tel point que je mis les poings sur les hanches.

— Est-ce que j'ai loupé un épisode ? C'est vrai, les amis, vous semblez vraiment… je ne sais pas moi, contents. Dois-je vous rappeler que l'heure est bien trop matinale pour ça ?

— Oh, nous ne sommes pas contents, protesta Bianca gaiement.

Tout à coup, je compris et j'eus l'impression de recevoir un coup de poing dans le ventre. Ils savaient qui j'étais.

— Bon sang, est-ce que Reyes vous a parlé de moi ?

Ils firent signe que non, mais de façon bien trop véhémente. Ils mentaient.

Incapable de croire que Reyes ait pu faire une chose pareille, je me levai et me mis à faire les cent pas dans leur séjour, en trébuchant deux fois sur un Transformer. J'apprends vite, mais il faut m'expliquer longtemps.

— Je n'arrive pas à le croire, dis-je entre mes dents serrées. (Je m'en pris à eux.) Vous a-t-il dit ce que lui, il est ? Hein ? Hein ? Non, bien sûr que non.

Cette crapule n'aurait pas été dire à son meilleur ami qu'il était le satané fils de Satan. Oh, bien sûr que non !

Au bout d'un moment, je me rendis compte qu'ils riaient. Je m'immobilisai et les regardai fixement pendant un moment avant de retourner m'asseoir.

— D'accord, je ne veux pas vous vexer, mais… quoi, qu'est-ce qu'il y a ?

Le sourire qui s'empara du visage d'Amador était tout simplement charmant.

— C'est juste que, on n'a jamais… (Il regarda sa femme.) On ne savait pas si vous étiez réelle.

— Comment ça ?

— Vous êtes Dutch, répondit Bianca.

Mon cœur bondit au son de mon surnom. Reyes était la seule personne à m'avoir jamais appelé comme ça.

— Vous êtes la fille de ses rêves.

— Celle faite de lumière, renchérit Amador.

La fille de ses rêves ? Ils ne savaient donc pas que j'étais la Faucheuse ? Sans doute pas. Je doutais qu'ils auraient été aussi contents de me voir s'ils avaient eu cette précieuse information.

— Attendez, dis-je en me rapprochant légèrement d'eux, quels rêves ? Il rêve de moi ?

Voilà qui devenait intéressant.

Bianca se couvrit la bouche en riant tandis qu'Amador répondait :

— Il n'a jamais parlé que de vous. Même au lycée, quand toutes les filles le voulaient plus que l'air qu'elles respiraient, il ne parlait que de vous.

— Mais il disait qu'il ne vous avait jamais vue dans la vraie vie, alors on ne savait pas si vous existiez vraiment.

— C'est vrai, quoi, reprit Amador, une belle fille faite de lumière ? D'ailleurs, entre parenthèses, je ne la vois pas vraiment, la lumière. Je veux dire, vous êtes blanche et tout.

Bianca lui donna une bourrade sur l'épaule, puis se tourna de nouveau vers moi.

— Plus Amador et moi en apprenions sur vous, plus nous en sommes venus à nous dire que vous étiez sûrement réelle.

— Alors, il disait que j'étais belle ? demandai-je en me focalisant sur ce seul mot.

— Tout le temps, répondit Bianca avec un grand sourire.

Waouh. C'était sûrement la chose la plus cool que j'avais entendue de la journée. Bien sûr, il était encore tôt, mais j'étais là pour une raison précise. Je revins à l'urgence du moment en poussant un gros soupir et en clignant des yeux.

— J'ai vraiment, vraiment besoin de savoir où il est. Je suis désolée d'avoir à vous le dire, mais si je ne le retrouve pas très vite, il mourra.

Cette déclaration marqua l'arrêt brutal des festivités.

— Comment ça ? s'exclama Amador.

— D'accord, écoutez, que savez-vous exactement à propos de Reyes ?

Il fallait que je sache ce que je pouvais ou ne pouvais pas leur dire. Bianca se mordilla la lèvre inférieure avant de répondre.

— Nous savons qu'il peut quitter son corps et aller autre part. Il a un don incroyable.

— Il faisait ça en prison, renchérit Amador. Il avait appris à mieux le contrôler, alors qu'avant c'était le don qui le contrôlait lui.

J'ignorais qu'à une époque les choses se passaient ainsi. Intéressant. Leurs informations et leur ouverture d'esprit vis-à-vis du pouvoir de Reyes allaient me permettre de leur expliquer ce qui se passait.

— Reyes a décidé qu'il n'a plus besoin de son corps physique.

Bianca haussa ses jolis sourcils d'un air inquiet.

— Je ne comprends pas.

J'avançai tout au bord de mon siège.

— Vous savez qu'il est capable de sortir de son corps ?

Tous deux acquiescèrent.

— Eh bien, il veut rester hors de son corps tout le temps. Il veut s'en débarrasser. Il pense que ça le ralentit et que ça le rend vulnérable.

Bianca se couvrit la bouche d'une main délicate.

— Pourquoi pense-t-il une chose pareille ? s'emporta Amador.

— En partie parce que c'est un crétin.

Je laissai de côté l'autre partie. Je ne voyais aucune raison de leur dire toute la vérité. Le fait d'apprendre que les démons existaient vraiment risquait de leur gâcher la journée.

— Il n'a pas beaucoup de temps. Avez-vous la moindre idée de l'endroit où il pourrait être ? demandai-je en regardant Amador d'un air suppliant.

Il baissa la tête d'un air de regret.

—Non, je n'ai pas du tout de nouvelles. Quand il s'est réveillé et qu'il est sorti de l'hôpital, je me suis dit qu'il allait venir ici.

Bianca entrelaça ses doigts avec ceux de son mari.

—Les flics ont eu la même idée, poursuivit-il. Ils se sont mis en planque devant la maison, et j'ai compris qu'il ne prendrait pas le risque de nous mettre en danger en venant ici.

Il ne mentait pas, et moi, je n'avais toujours rien, à part envie de pleurer. Et de donner des coups de pied en hurlant un petit peu. Quand tout serait terminé, j'allais tuer Ange. Mon seul enquêteur, et la seule personne à qui je pouvais confier le soin de parcourir les rues de manière éthérée, qui ne s'était pas montré depuis des jours. J'envisageais sérieusement de le virer.

—Vous ne voyez vraiment pas où il pourrait être, Amador?

Il ferma les yeux pour réfléchir.

—Il est malin, commenta-t-il sans rouvrir les yeux.

—Je sais.

—Non, vraiment. C'est un putain de génie comme je n'en ai jamais vu. (Il rouvrit les yeux pour me regarder.) Comment croyez-vous qu'on ait eu cette maison?

Cette question piqua mon intérêt au vif.

—Quand on était en prison, il suivait le cours de la bourse et il passait les infos à Bianca par mon intermédiaire, en lui disant sur quoi elle devait investir, quand elle devait vendre et quand racheter autre chose.

—Il a pris mes mille dollars, renchérit Bianca, et il a fait de nous des millionnaires. J'ai pu retourner à l'école, et Amador a créé sa propre entreprise à sa sortie de prison.

—Il est tout pour nous, renchérit Amador, et pas seulement à cause de ça. (Il désigna leur environnement.) Vous n'avez pas idée du nombre de fois où il m'a sauvé la vie, même avant qu'on se retrouve dans la même cellule. Il a toujours été là pour moi.

J'avais brusquement du mal à imaginer Amador agressant qui que ce soit. Il avait l'air foncièrement gentil, et j'étais prête à parier qu'il s'était attiré des ennuis en protégeant l'un des siens.

— Et il est malin, répéta-t-il en replongeant brusquement dans ses pensées. Il ne va pas simplement se cacher de n'importe qui, non, il va se cacher de vous, quelque part où il ne s'attend pas à ce que vous le cherchiez.

— Charlotte, voudriez-vous un café ? demanda Bianca d'une voix triste.

Amador acquiesça d'un air approbateur.

— Nous nous serions levés dans une heure, de toute façon.

— Dans ce cas-là…

C'était comme agiter une carotte devant le museau d'un âne. On s'assit dans leur cuisine et on parla de Reyes pendant l'heure qui suivit : comment il était au lycée, quels étaient ses rêves et ses espoirs. Incroyable mais vrai, tous se focalisaient sur moi. En revanche, Amador ne savait pas grand-chose à propos d'Earl Walker, l'homme qui avait élevé Reyes et qui avait abusé de lui sans la moindre pitié, parce que Reyes refusait d'en parler. Il insista cependant sur le fait que Reyes n'avait tué personne, y compris Earl. Je voulais y croire.

Notre conversation finit par dériver vers les sites de fan. Je leur racontai ma rencontre avec Elaine Oake. Bianca se mit à rire en jetant d'étranges coups d'œil à Amador.

— Explique-lui, finit par dire ce dernier en souriant.

— Je n'avais aucun argent à investir en Bourse au départ, vous comprenez ? dit Bianca. Alors, il m'a dit d'appeler cette femme qui essayait de le rencontrer et qui offrait de l'argent aux gardiens pour obtenir des informations sur lui. C'est ce que j'ai fait. Je lui ai dit que mon mari était le compagnon de cellule de Reyes et que je pouvais lui procurer tout ce qu'elle voulait. Elle a acheté la moindre info que j'avais – littéralement. Nous avons même fini par tomber à court de choses à lui dire. (Elle se mit à rire.) C'est comme ça que j'ai obtenu les mille premiers dollars que j'ai investis.

— Vous lui avez vendu des infos ?

Je ne pus m'empêcher d'en rire avec elle.

— Oui, mais principalement des détails insignifiants, rien que Reyes ne puisse regretter par la suite. De temps en temps, il me disait de lui donner un élément important de son passé pour ne pas perdre son intérêt. Malgré tout, il y avait certaines choses qu'il n'avait pas l'intention de dévoiler et que les gardiens ont ébruitées. Nous ne savons pas d'où ils tenaient certaines de leurs infos.

Ah, je crois que j'en connaissais une.

— Est-ce que l'une d'elles concernait la sœur de Reyes ?

Bianca fit la grimace.

— Oui. On ignore comment les gardiens ont appris son existence.

— Reyes ne parlait jamais d'elle, confirma Amador.

J'étais convaincue que c'était grâce à l'un de ces sites que les marshals avaient appris l'existence de Kim. Mais Amador avait raison. Reyes était terriblement malin. Non pas que je ne le sache pas déjà, mais… Attendez une minute ! Je dévisageai Amador avec méfiance.

— Et les photos de Reyes sous la douche, alors ?

— Comment croyez-vous qu'on ait obtenu l'acompte pour cette maison ?

J'en restai bouche bée.

— Reyes est au courant ?

Amador éclata de rire.

— C'était son idée. Il savait qu'elle paierait très cher pour ces photos-là, et il voulait qu'on ait cette maison.

Je n'en revenais pas. Il avait fait tout ça pour ses amis. Et pourtant, il voulait me faire croire qu'il était capable de blesser des innocents ? J'en doutais plus que jamais. Mais s'il mourait ? Perdrait-il vraiment son humanité ? Était-ce seulement possible ?

J'avais espéré trouver au cours de notre conversation ne serait-ce qu'un indice quant à l'endroit où il se cachait, un détail que les Sanchez ne pensaient peut-être même pas connaître, mais rien ne me sauta aux yeux. Je leur donnai une de mes cartes de visite et me levai pour prendre congé. Amador courut prendre sa douche tandis que Bianca me raccompagnait à la porte.

— Alors, qu'est-ce qu'il vous racontait sur moi ? lui demandai-je. (Elle secoua la tête en gloussant.) Non, vraiment. Est-ce qu'il vous a parlé de mes fesses ?

J'entrai dans mon immeuble, la tête remplie d'images de Reyes et le cœur plein d'espoir. Je ne savais pas vraiment pourquoi. Peut-être que le simple fait de le savoir toujours en vie suffisait à me mettre de bonne humeur. Je ne m'en étais jamais rendu compte mais, en y repensant, j'avais toujours entendu battre son cœur, surtout dans la zone intermédiaire entre le sommeil et le réveil, quand des rêves à moitié lucides glissaient à la surface de ma conscience. Généralement, les battements de son cœur me berçaient et m'aidaient à me rendormir plus profondément.

Au moment où j'enfonçai ma clé dans la serrure, j'entendis Mme Allen au bout du couloir.

— Charley ? demanda-t-elle d'une voix faible.

Seigneur des Anneaux, quoi encore ? La seule fois où Mme Allen m'avait adressé la parole, c'était parce que son caniche PP s'était enfui, et qu'elle avait eu besoin d'un vrai détective privé pour le retrouver. Prince Phillip était une menace pour la société, si vous voulez mon avis. Je soupçonnais fortement la personne qui avait inventé le concept des caniches en général d'avoir vendu son âme au diable. Parce que, sérieux ? Des caniches ?

Je me tournai dans sa direction. À défaut d'autre chose, je devrais obtenir dans l'histoire une assiette de cookies maison, puisque Mme Allen considérait que des cookies maison étaient un paiement adéquat pour les heures que j'avais passées à traquer « la plus grande menace de toute l'Amérique ». Ce qui me convenait.

— Bonjour, madame Allen, dis-je en me dirigeant vers elle.

Tout de suite après, j'entendis un étrange bruit sourd. Puis un éclair de douleur explosa à l'intérieur de ma tête tandis que le sol se précipitait à la rencontre de mon visage. La seule chose qui me traversa l'esprit avant que les ténèbres m'engloutissent fut : *C'est pas vrai !*

Chapitre 15

Mais qu'allait-elle faire dans cette galère ?

AUTOCOLLANT POUR VOITURE

Une secousse projeta ma tête – celle-là même qui venait de recevoir un coup d'objet contondant – contre le panneau latéral de l'intérieur d'un coffre. Cela me réveilla en sursaut. Mais je commençai rapidement à perdre du terrain, retombant dans les limbes à chaque battement de cœur. Des ténèbres riches et chaudes menaçaient de me submerger et m'obligeaient à les repousser à coups de griffes et de dents pour rester lucide.

Je me concentrai sur la douleur vive et lancinante à l'intérieur de mon crâne, sur mes mains et mes pieds liés, le ronronnement d'un moteur et le frottement des pneus sur le bitume en dessous de moi. Si c'était le moyen qu'avait trouvé Cookie pour enfin me fourrer dans le coffre d'une voiture, elle allait avoir droit, pour Noël, à une année entière de séances d'épilation du maillot.

— Euh, genre, tu fais quoi, là ?

Je me forçai à ouvrir les yeux et découvris le visage d'une petite frappe de treize ans prénommée Ange. Alléluia. Il allait sûrement pouvoir me sortir de là. Il était penché au-dessus de moi à travers le siège arrière. Sur l'instant, j'aurais volontiers tué un mammouth laineux pour être libérée de mon enveloppe physique, moi aussi.

— Je meurs, croassai-je à cause de ma gorge desséchée. Va chercher de l'aide.

— Non, tu ne meurs pas. En plus, tu trouves que je ressemble à Lassie ?

Son sourire moqueur vacilla l'espace d'une seconde, ce qui me permit d'entrevoir l'inquiétude sur son visage. OK, la situation était grave.

— Qui c'est ? demandai-je en fermant les yeux pour me protéger des couches de douleur superposées qui m'élançaient à l'unisson sous le crâne.

— Deux blancs, répondit-il d'une voix angoissée.

— Ils ressemblent à quoi ?

— À des blancs, répondit-il avec l'équivalent vocal d'un haussement d'épaule. Vous, les blancs, vous vous ressemblez tous.

J'essayai de lâcher un gros soupir, mais je n'avais pas assez d'air dans mes poumons comprimés.

— Tu es à peu près aussi utile qu'une cuillère dans un combat au couteau.

Je palpai mon holster d'épaule pour vérifier la présence de mon flingue, mais il était vide. Évidemment. Mon emprise vacillante sur la réalité se desserrait peu à peu.

— Va chercher Reyes, dis-je en perdant connaissance bien plus que je n'en reprenais.

— Je ne le trouve pas, répondit Ange dont la voix ressemblait à un écho dans une grotte. Je ne sais pas comment faire.

— Alors, espérons que lui saura me retrouver.

J'eus l'impression que quelques minutes s'étaient écoulées lorsque le coffre s'ouvrit, me réveillant pour la deuxième fois. Un flot de lumière emplit l'espace étriqué. J'éprouvai soudain une étrange sympathie pour les vampires tandis que je plissais les yeux pour me protéger de l'éclat aveuglant.

— Elle est réveillée, dit une voix masculine qui semblait surprise.

— Sans déconner, Sherlock, répondis-je.

Une vive douleur à la base du crâne vint récompenser mes efforts.

Ç'aurait été le bon moment pour avoir peur, mais je n'éprouvais rien. Aucune poussée d'adrénaline, aucun effroi parcourant mes veines, aucune suée induite par la panique ni crise d'angoisse me nouant l'estomac. Soit ils m'avaient filé quelque chose sous la forme d'une drogue illégale, soit je m'étais transformée en zombie. Puisque je n'avais aucune envie de leur dévorer le cerveau, je misais plutôt sur les narcotiques.

— Vous m'avez frappée, dis-je tandis qu'ils me traînaient hors du coffre en direction de ce qui ressemblait à un motel abandonné.

Avec une grossièreté absolue, aucun des deux ne me répondit. Je me rendis compte que je ne parlais pas très clairement. Marcher avec les pieds attachés s'avérait quasiment impossible, aussi. Heureusement, j'avais une escorte armée. Cela me donnait l'impression d'être étrangement importante. J'avais totalement besoin de mes propres gardes du corps. La mise en place d'un programme de sécurité maximale me permettrait d'éviter de futurs kidnappings et de booster mon estime de moi. Or, un moi estimé est un moi content.

— Que dois-je faire ? demanda Ange en sautant autour de nous comme un criquet dans une poêle à frire.

Il était déjà assez difficile à voir comme ça. On aurait dit que je n'arrivais à me concentrer sur rien au-delà de l'épaisseur de ma langue.

— Va chercher Obie, dis-je en mangeant la moitié des mots.

— Tu crois pas que j'y ai déjà pensé ? J'ai essayé de le prévenir pendant que tu jouais les Belle au Bois dormant. Là, il panique complètement et il doit être en train d'essayer de te joindre. Il croit qu'il est hanté par votre grand-tante Lillian.

Mon escorte me souleva pour me faire franchir le seuil d'une chambre simple qui tombait en ruine. Il y avait un fauteuil à l'autre bout de la pièce, à côté d'une commode sur laquelle se trouvait un assortiment d'instruments de torture un peu flous : des aiguilles, des couteaux et des objets en métal à l'aspect perturbant, tous conçus dans un seul but. Au moins, mes deux lascars avaient bien travaillé en faisant des recherches et en préparant le matériel. Je n'étais pas juste une fille enlevée au hasard qu'ils allaient torturer et enterrer dans le désert. J'avais été spécialement choisie pour être torturée et enterrée dans le désert. Mon amour-propre augmentait déjà d'un cran.

— Alors, pourquoi Obie se croit hanté par tante Lil ? demandai-je tandis qu'ils me laissaient tomber sur le fauteuil avant de m'attacher dessus.

— Mais à qui elle parle ? demanda l'un des deux lascars.

L'autre grommela une réponse inintelligible. Il n'était pas difficile de deviner lequel était Starsky et lequel Hutch, même s'il s'agissait clairement de la version gangster. Je compris pourquoi je n'arrivais pas à me souvenir de leur visage. Ils portaient un passe-montagne qui n'allait pas très bien avec leur costume.

Je découvris bientôt qu'être attachée dans un fauteuil était bien moins confortable qu'on aurait pu le penser. Les cordes m'entaillaient les poignets et les avant-bras et écrasaient comme pas possible ces pauvres Danger et Will Robinson. Ils ne seraient plus jamais les mêmes.

— Ben, j'ai essayé le coup du sucre, répondit Ange en continuant à sauter autour de nous pour essayer de voir ce que faisaient les lascars. Tu sais, comme tu me l'avais dit, mais son chat n'arrêtait pas de le lécher, si bien qu'à la fin, ça ressemblait plus à « Lil aime le cul » qu'à « Charley a besoin d'aide ».

— Obie a un chat ?

J'aperçus du coin de l'œil un mouvement si rapide que j'eus à peine le temps de comprendre ce qui se passait. Je me retrouvai la tête en direction du lavabo rouillé sur ma droite. Ensuite, seulement, une vive douleur me traversa la mâchoire. Je commençai à comprendre que ça allait craindre un max. Grrr, je détestais la torture.

— Vous m'avez encore frappée, dis-je en devenant étrangement agacée.

— Tu crois ? me répondit Vilain Hutch.

Petit malin, va.

— Une partie de mon cerveau me fait mal. J'exige de savoir comment cette partie s'appelle et à quoi elle sert.

Vilain Hutch hésita.

— Ma belle, je sais pas comment elle s'appelle, cette partie de ton cerveau. Et toi, tu le sais ? demanda-t-il en se tournant vers son meilleur pote.

— Tu rigoles ou quoi ? protesta Vilain Starsky, même si sa question n'avait rien de sincère.

Je faisais de mon mieux pour identifier les hommes que je soupçonnais fortement de kidnapping, mais je n'arrivais pas à me concentrer. Je ne savais pas ce qu'ils m'avaient filé, mais c'était super. Il faudrait que je pense à leur demander la recette.

Leurs voix ressemblaient à un enregistrement qu'on aurait fait défiler trop lentement, et je n'arrivais pas à me focaliser sur leurs yeux pour en déterminer la couleur. D'ailleurs, je n'arrivais pas à me concentrer sur quoi que ce soit qui m'aurait fait pencher la tête dans une autre direction qu'en bas. Ils avaient de jolies chaussures.

— Nous commençons à perdre patience et à manquer de temps, mademoiselle Davidson, reprit Vilain Starsky. (Sa voix n'était pas particulièrement grave, et il avait de petites mains. Vraiment pas mon genre.) Je vous laisse une chance, une seule.

Une seule, c'était mieux que pas du tout. J'allais devoir me surpasser. Tenter de décrocher l'or du premier coup. Il ne fallait pas que la chance du débutant m'abandonne sur ce coup-là.

— Où est Mimi Jacobs ?

Merde. Bon, ben quand tout le reste vous lâche, il y a encore le mensonge.

— En Floride.

— C'est où, ça, Floyd ? demanda Vilain Hutch à son partenaire.

— Floride, répétai-je. (Purée. J'essayai encore une fois.) Flo-rrri...

Ma tête partit de nouveau vers la droite, et la souffrance m'envahit, parcourant ma mâchoire et descendant le long de ma colonne vertébrale sous forme de vagues incandescentes. Malgré tout, j'avais l'impression que les tapes affectueuses du Vilain Starsky m'auraient fait bien plus mal si je n'avais pas été droguée jusqu'aux yeux. À présent, j'allais devoir repartir de zéro pour reprendre mes marques. Je poussai un soupir agacé.

Vilain Starsky s'agenouilla devant moi et me souleva le menton afin que je puisse le regarder. Ça m'aida vraiment. Je réussissais presque à distinguer la couleur de ses yeux, bleu cristallin. J'aurais parié jusqu'à mon dernier centime que l'autre avait les yeux bleu cristallin aussi. Ah, je savais bien que ce n'était pas normal qu'ils me foutent les jetons. Ils faisaient chier, ces satanés faux agents du FBI.

— Ça va faire beaucoup plus mal à toi qu'à moi, reprit Vilain Starsky, alias l'agent spécial Powers.

Je souris.

— Pas si le type debout derrière cette fenêtre a son mot à dire.

Mes deux kidnappeurs se retournèrent brusquement. Avant qu'ils aient le temps de faire quoi que ce soit, Garrett Swopes colla deux balles au Vilain Hutch en dégainant si vite que je ne le vis presque pas bouger. Bien sûr, j'avais du mal à appréhender les choses, mais quand même. Vilain Starsky dégaina à son tour et riposta, forçant Swopes à se plaquer contre le mur extérieur. Tout cela faisait vraiment beaucoup de bruit. J'essayai d'aider Swopes en donnant un coup de boule au Vilain Starsky, mais je réussis uniquement à baisser la tête et à obtenir de nouveau une vue imprenable sur ses chaussures.

— Woohoo ! s'exclama Ange en criant et en faisant des bonds partout, tout excité.

Je ne pouvais jamais l'emmener nulle part.

Il y eut encore quelques coups de feu, puis quelqu'un défonça la porte d'un coup de pied. Il avait de jolies chaussures, lui aussi. Brillantes. Tout à coup, Garrett commença à me détacher. Lui portait des bottines poussiéreuses et un jean. Quant à Vilain Hutch, il était peut-être mort à mes pieds, ou pas. Enfin, il avait l'air mort avec ses yeux grands ouverts et aveugles. Mais je ne voulais surtout pas tirer de conclusions hâtives.

— Il est sorti par-derrière, dit Garrett au type avec de jolies chaussures.

Qui eut cru qu'il avait de si bonnes relations ?

Je réussis à relever la tête juste assez longtemps pour identifier le Dangereux Ninja des Bee Gees. Il n'avait pas beaucoup changé depuis que sa clique et lui s'étaient introduits dans mon appartement l'autre matin.

—Monsieur Chao ? m'exclamai-je, réellement surprise. Comment vous m'avez retrouvée, les mecs ?

—M. Chao et moi avons échangé nos numéros de téléphone quand je l'ai surpris en train de te filer, répondit Garrett en se débattant avec les cordes.

Il renonça et sortit un couteau sacrément tranchant.

—Tu veux dire, quand tu me filais aussi ?

—Ouais. Ça fait des jours qu'il te suit.

—Monsieur Chao, dis-je d'un ton de reproche, j'ai quand même un joli cul, pas vrai ?

—Devrait-on se lancer à sa poursuite ? demanda M. Chao avec une pointe d'accent cantonais.

Garrett me libéra, et je tombai dans ses bras comme une poupée de chiffons.

—Où diable sont passés mes os ? demandai-je.

Je n'arrivais pas à me tenir debout.

—Vous pouvez, vous et votre pote, répondit Garrett à l'adresse de Chao.

En même temps, ma question était purement rhétorique. Je levai les yeux et aperçus Frank Smith, le patron de M. Chao. Son costume anthracite était impeccable. Il souriait, comme s'il vivait pour des moments comme ceux-là.

—Je veux juste ramener Charley en lieu sûr, poursuivit Garrett.

—Vous portez votre boxer « Sexy » ? me demanda Smith, visiblement amusé.

—Comment m'avez-vous retrouvée ?

Smith désigna son acolyte de la tête.

— M. Chao a vu deux hommes charger quelque chose de lourd dans leur coffre dans la ruelle derrière votre immeuble.

— « Lourd » ? répétai-je, brusquement vexée.

— Il m'a appelé, reprit Garrett en essayant de m'aider à rester debout. Il m'a demandé de vérifier chez toi pendant qu'il suivait le véhicule, juste au cas où. Bien évidemment, tu n'étais pas là.

— Lorsqu'on a compris qu'ils vous avaient kidnappée, M. Chao m'a appelé également, et nous nous sommes tous retrouvés derrière cette colline là-bas.

Smith désigna un point derrière la fenêtre brisée. Je ne vis qu'une lumière vive.

— Les flics sont en chemin, ajouta Garrett.

— Charley ! s'exclama Ange d'une voix étonnée, juste une seconde avant que des balles se mettent à pleuvoir sur nous.

Garrett me poussa à terre derrière un matelas plutôt dégoûtant et un sommier à ressort. Les deux autres plongèrent également. Le bruit semblait bizarre. Des coups de feu tirés par une arme automatique résonnèrent et sifflèrent autour de nous. Les unes après les autres, les balles transpercèrent le Placoplatre et le mobilier tout pourri et cabossèrent l'antique lavabo. Puis, les tirs cessèrent, sans doute parce que le tireur changeait de chargeur. M. Chao grogna de douleur. Il avait été touché, mais je ne savais pas si c'était grave.

— Il faut l'aider, dis-je à Garrett en essayant de me lever.

— Charley, bon sang. (Il m'entraîna de nouveau derrière le lit rouillé et cassé.) Il faut d'abord qu'on trouve un plan.

— On pourrait, je sais pas, prendre M. Chao et foutre le camp.

La poussée d'adrénaline devait m'avoir délié la langue. Je n'avais tout à coup plus aucun mal à donner mon avis.

Garrett ne m'écoutait même pas. Oh, vraiment ? On recommençait avec ces conneries ?

— Si on se contente d'attendre, les flics vont arriver d'une minute à l'autre.

— En attrapant M. Chao et en sortant par la fenêtre de derrière, on pourrait attendre les flics dehors.

Une nouvelle série de coups de feu retentit autour de nous.

— Fils de pute, marmonna Garrett tandis que les balles ricochaient dans toutes les directions. Putain, mais qui est-ce qui nous tire dessus comme ça ?

— Ah ouais, j'ai oublié de te dire qu'il m'avait donné son nom. C'est « Foutons-le-camp-d'ici ».

— Tiens, prends ça, dit-il en glissant la main derrière son dos.

— C'est une carte pour foutre le camp d'ici ?

Il déposa un petit pistolet dans la paume de ma main gauche.

— Tu sais, mec, je suis droitière.

— Charley, dit-il d'une voix pleine d'exaspération.

— C'est juste pour dire.

— Tu restes ici, ordonna-t-il.

Il se redressa à genoux, apparemment dans l'intention de jouer les héros.

La première balle qui pénétra dans le corps de Garrett me plongea en état de choc. Le monde ralentit au moment où le bruit du métal rentrant dans la chair parvenait à mes oreilles. Garrett me regarda fixement, d'un air totalement incrédule. Quand une deuxième balle le fit se tordre, il baissa les yeux vers son flanc pour essayer de voir le point d'entrée. Lorsqu'il se prit une troisième balle, je compris ce que j'avais à faire.

Après qu'une nouvelle série de munitions a défilé sur le mur derrière nous, les tirs cessèrent puis repartirent en arrière, dans ma direction, dans un classique mouvement de balayage.

Je me mis donc debout, verrouillai mes genoux et attendis.

Garrett s'effondra contre le mur, les mâchoires serrées par la souffrance, tandis que chaque nouvelle balle arrachait des morceaux de Placoplatre des murs décrépis, ricochait sur le lavabo en métal et trouait le mobilier délabré comme si c'était du papier. La pièce ressemblait désormais à la victime impuissante d'une bataille d'oreillers du vendredi soir.

Où était le fils de Satan quand on avait besoin de lui ? Peut-être qu'il m'en voulait encore. Peut-être qu'il ne viendrait pas cette fois. Après tout, il ne s'était pas montré quand le mec en conditionnelle avait tenté de m'arracher le cœur, ce qui était une première. Mais j'étais prête à courir le risque, pour Garrett.

De deux choses l'une : soit j'allais mourir, soit Reyes allait venir. Il me sauverait. Encore. Et tout ça, tout ce bruit et ce chaos, prendrait fin. Je sentais la déflagration de chaque coup de feu onduler sur ma peau. La chaleur de ces petits objets se déplaçant plus vite que le son faisait vibrer mes terminaisons nerveuses.

Je fermai les yeux et chuchotai doucement, incapable d'entendre ma voix au milieu des tirs.

— Rey'aziel, viens à moi.

La détonation d'un coup de feu me fit l'effet d'un coup de tonnerre à côté de moi. Puis un autre. Ils se rapprochaient. La prochaine allait m'atteindre au cou, et probablement me transpercer la jugulaire.

J'ouvris les yeux, me préparai à l'impact et regardai avec étonnement le monde ralentir encore plus. Les débris restaient suspendus dans les airs comme des serpentins figés dans le temps tandis qu'une rangée de balles traversait lentement l'atmosphère dans ma direction. J'étudiai la plus proche, celle sur laquelle était inscrit mon nom. La friction due à sa très grande vélocité chauffait le métal à blanc. Puis le monde se remit à tourner normalement lorsqu'une puissante force me projeta à terre, me coupant le souffle. Pan ! Les balles que j'avais observées s'enfoncèrent dans le mur au-dessus de ma tête.

Puis tout s'assombrit, à commencer par ma vision périphérique, qui se referma autour de moi jusqu'à ce que je sombre dans un beau néant noir.

J'eus l'impression que quelques secondes seulement s'étaient écoulées lorsque j'ouvris les yeux et que je me retrouvai flottant en direction d'un plafond croulant que je ne reconnus pas. Je regardai en direction de mon corps et vis une mare de sang se répandre autour de ma tête. Puis je levai les yeux vers la silhouette noire qui me soulevait vers les cieux. Je serrai les dents et les poings.

Putain de Mort. J'allais sérieusement lui botter le cul.

Je m'arrachai à son étreinte et retombai sur Terre. Reyes se retrouva aussitôt devant moi, sa robe noire ondulant autour de lui. Mais j'avais déjà pris mon élan et le cognai à la mâchoire.

— Putain, mais pourquoi tu as fait ça ? me demanda-t-il en baissant son capuchon pour dévoiler son visage parfait.

— Oh, fis-je en haussant les épaules d'un air penaud. Je croyais que tu étais la Mort.

Un sourire apparut sur son visage, faisant ressortir ses charmantes fossettes et faisant naître un frisson le long de ma colonne vertébrale.

— Non, ça, c'est toi, répliqua-t-il en haussant les sourcils d'un air taquin.

— C'est vrai, je suis la Mort. Je le savais. (Je regardai mon corps étendu sur le sol de manière peu attrayante.) Alors, je suis morte ?

— Loin de là. (Il se rapprocha de moi, me prit le menton et me tourna la tête d'un côté puis de l'autre pour examiner les dégâts causés par Vilain Starsky.) Tu aurais dû m'invoquer plus tôt.

— Je ne savais même pas que j'en étais capable. J'ai juste pris le risque.

Il fronça les sourcils.

— D'habitude, tu n'en as pas besoin. Je perçois tes émotions avant même qu'elles fassent surface.

— Ils m'ont droguée. J'étais vraiment heureuse.

— Oh. La prochaine fois, invoque-moi plus tôt.

Je baissai la tête d'un air hésitant.

— Quoi ? demanda-t-il.

— L'autre nuit, je me suis fait agresser par un type avec un couteau. Si je me souviens bien, mes émotions étaient très fortes à ce moment-là. Tu n'es pas venu.

— C'est vraiment ce que tu penses ?

Je clignai des yeux, surprise.

— Tu étais là ?

— Bien sûr que j'étais là, mais tu t'en sortais très bien toute seule.

Je ne pus m'empêcher de renifler.

— Visiblement, c'est une autre Charley que tu as vu se faire agresser, parce que j'ai bien failli mourir, monsieur.

— Mais tu t'en es sortie toute seule. D'ailleurs, je te l'avais bien dit.

— Dit quoi ?

— Que tu as plus de capacités que tu le penses. (Il combla la distance entre nous avec un sourire des plus sensuels.) Oui, bien plus.

— Garrett ! m'écriai-je.

L'instant d'après, je m'éveillai à côté de lui. De retour dans mon corps, je me redressai péniblement et cherchai

Reyes des yeux. Avais-je rêvé tout ça ? Ce serait bien mon genre, franchement. Mais les coups de feu avaient cessé.

— Que s'est-il passé ? demandai-je à Smith.

— Le tireur est mort, répondit-il en aidant M. Chao. Et les flics sont presque là, alors on s'en va.

— Attendez, c'est vous qui l'avez tué ?

Il remit debout un M. Chao gémissant et passa son bras autour de la taille de son collègue.

— Non, pas moi.

— Attendez, Garrett est blessé, protestai-je tandis qu'il portait son collègue hors de la pièce.

Un 4 × 4 s'arrêta devant l'entrée, avec le Catcheur, alias Ulrich le troisième homme, au volant.

— Les flics sont presque là. Faites pression sur la blessure.

— Merci, répondis-je à son dos.

En me retournant vers Garrett, je me rendis compte que le sang qui se déployait en arc de cercle autour de ma tête tout à l'heure n'était pas le mien mais le sien. Je cherchai la pire de ses blessures et, ma foi, je fis pression dessus.

Chapitre 16

La société nationale du sarcasme :
comme si on avait besoin de votre soutien.

AUTOCOLLANT POUR VOITURE

Il était tard quand je me faufilai dans la chambre d'hôpital de Garrett. Il était encore endormi, aussi décidai-je de me servir sur son plateau-repas. J'avais été admise pour une commotion et lui pour trois blessures par balle. Il avait donc gagné – cette fois-ci.

— Qu'est-ce que tu fais ? demanda-t-il d'une voix rocailleuse à cause de la fatigue et des médocs.

— Je mange ta glace, répondis-je à travers une énorme cuillerée de délice vanillé.

— Pourquoi tu manges ma glace ?

Vraiment, il posait des questions stupides.

— Parce que j'ai déjà mangé la mienne, tiens !

Il rit, puis se recroquevilla sous l'effet de la souffrance. Il avait passé une éternité en salle d'opération, puis en salle de réveil. Ensuite, ils l'avaient mis dans une chambre parce que, malgré la quantité de sang perdue, sa vie n'était plus en danger.

— Tu es là pour me voir en caleçon ? me demanda-t-il.

— Tu n'en portes pas, lui rappelai-je. Tu portes une tunique de fille avec ventilateur de fesses intégré.

Je portais la même chose, mais Cookie m'avait apporté un jogging en plus.

À contrecœur, mon docteur avait accepté de me laisser sortir, après avoir fait promettre à Obie et à Cookie de ne pas me laisser m'endormir pendant douze heures. Il remplissait la paperasse. Il était tard, mais je n'avais vraiment aucune raison de rester à l'hôpital quand mon ordinateur se trouvait de toute évidence dans mon appartement, où je pouvais très bien rester éveillée aussi – et passer le temps en matant des photos de Reyes sur le Net.

Je reposai le pot de glace et me faufilai dans le lit avec Garrett.

— Tu n'es pas du genre à piquer les couvertures, pas vrai ?

Je sentais Reyes à proximité. Il se tendit quand je grimpai dans le lit. Il était jaloux ? De Swopes ? Ridicule. J'étais là pour un ami. Point barre. Pour le consoler et le réconforter.

— C'est très inconfortable, gémit Garrett.

— Ne sois pas ridicule. Ma présence à elle seule est un grand réconfort.

— Pas spécialement.

Je passai un bras au-dessus de sa tête et attirai celle-ci sur mon épaule.

— Aïe.

— Oh, je t'en prie, fis-je en levant les yeux au ciel.

— Je me suis pris une balle dans l'épaule sur laquelle tu t'appuies.

— Tu es sous morphine, répliquai-je en lui tapotant la tête sans douceur, alors arrête de faire ta chochotte.

— Le bon sens, c'est vraiment pas ton truc, hein ?

Je lâchai sa tête dans un gros soupir et m'éloignai de lui.

— C'est mieux, comme ça ?

— Ça le serait si je pouvais tripoter Danger et Will Robinson.

Sans me soucier de la colère qui crépita dans la pièce comme de l'électricité statique, je couvris mes nibards d'un bras protecteur.

— Certainement pas, répondis-je en donnant une petite tape sur la main dans laquelle passait l'aiguille de la perf.

Garrett gloussa de nouveau, puis se tint les côtes en grimaçant de douleur. Il mit un moment à s'en remettre.

— Est-ce que tu as donné un nom à d'autres parties de ton corps, en plus de tes seins et de tes ovaires ?

La semaine précédente, je lui avais présenté Danger, Will Robinson, Téléportation et, enfin et surtout, mon ovaire droit, Scotty.

— Il se trouve que mes orteils ont été récemment baptisés au cours d'une étrange partie de jeu de la bouteille et à cause d'une margarita de trop.

— Tu me les présentes ?

Je me redressai et enlevai mes chaussettes avec mes pieds, faisant légèrement bouger le lit au passage, assez pour arracher de doux gémissements de douleur à Garrett.

— Tu es vraiment une mauviette, lui reprochai-je en me rallongeant à côté de lui et en soulevant les pieds. OK, donc, en partant de la gauche, on a Simplet, Prof, Grincheux, Joyeux, Timide, Atchoum, Dormeur, la reine Elizabeth III, Bootylicious le saint patron des beaux culs, et Pinkie Floyd.

— Pinkie Floyd ? répéta-t-il au bout d'un instant de réflexion.

— Oui, comme le groupe, mais pas tout à fait.

— D'accord. Tu as baptisé tes doigts, aussi ?

Je le regardai d'un air incrédule. J'étais super douée à ce jeu-là.

— C'est la chose la plus ridicule que j'ai jamais entendue !

— Quoi ? se récria-t-il d'un air tout vexé.

— Pourquoi diable irais-je donner un nom à mes doigts ?

Il me lança un regard voilé par les médocs.

— C'est ton univers, répondit-il avec difficulté.

Je compris que la dernière dose de morphine commençait à faire effet. Je me penchai vers lui et l'embrassai sur la joue juste au moment où ses yeux se fermaient. Je m'attendais à une autre explosion de colère de la part de Reyes, mais je me rendis compte qu'il était parti. Son absence laissait un vide dans la région de mon torse.

Après une journée d'hôpital, d'uniformes et de questions, on me laissa sortir contre avis médical. L'état de Garrett était stable, et on m'avait de nouveau recollée à la Super Glue. Cela ne m'empêchait pas d'avoir un mal de tête lancinant qui me rappelait constamment ce que ça faisait de se faire assommer.

Quand les flics étaient arrivés au motel abandonné, ils avaient trouvé le cadavre du tireur. Il s'était apparemment brisé la nuque en tombant du coffre de sa voiture pendant qu'il nous canardait. D'accord. Ça m'allait très bien. J'avais expliqué aux agents que Garrett, inquiet à l'idée que j'avais pu être kidnappée, avait suivi les deux types jusqu'au motel. Quand il avait compris que c'était bel et bien un enlèvement, il avait appelé la police avant d'intervenir, tous flingues dehors, tuant au passage un des kidnappeurs : Vilain Hutch.

Mais le tireur à l'extérieur n'avait pas les yeux d'un bleu cristallin. Il ne s'agissait donc pas de Vilain Starsky, l'un de mes faux agents du FBI. Celui que Garrett avait abattu prétendait s'appeler l'agent Foster, mais il s'avéra être en réalité un petit criminel du Minnesota. Où était donc passé mon autre faux agent du FBI ? L'agent spécial Powers. Il avait dû s'enfuir. Quant au tireur, c'était un petit nouveau. Je ne l'avais jamais vu.

Je n'avais pas de nouvelles de mon « Sexy » fan, M. Smith. J'espérais que M. Chao allait bien. Je ne pouvais pas demander à l'oncle Bob de vérifier les hôpitaux pour retrouver sa trace. Sinon, il faudrait lui avouer qu'il y avait sur place des personnes dont je ne lui avais pas parlé. Hé, s'ils ne voulaient pas être identifiés, qui étais-je pour cafter ?

Lorsque Cookie et Obie me ramenèrent chez moi, je m'arrêtai chez ma voisine, Mme Allen, et frappai à sa porte. Il était tard, mais elle rôdait dans son appart à toute heure de la nuit, et il fallait que je m'assure qu'ils ne l'avaient pas blessée quand ils m'avaient kidnappée. Elle entrouvrit sa porte.

— Madame Allen, vous allez bien ?

Elle hocha la tête. Elle semblait profondément effrayée et pleine de remords. On m'avait dit qu'elle avait appelé la police après le départ des kidnappeurs, mais elle n'avait pas pu leur décrire les hommes ni la voiture. Malgré tout, elle avait essayé de me sauver.

— D'accord, si vous avez besoin de quoi que ce soit, n'hésitez pas à demander, lui dis-je.

— Vous allez bien ? demanda-t-elle d'une voix tremblante à cause de son âge et de l'inquiétude.

— Oui, je vais bien. Comment va PP ?

— Il était si inquiet, répondit-elle en jetant un coup d'œil par-dessus son épaule.

Je lui fis mon sourire le plus rassurant possible.

— Dites-lui que je vais très bien. Un grand merci pour avoir appelé la police, madame Allen.

— Ils vous ont retrouvée ?

— Oui, ils m'ont retrouvée.

Tandis que l'oncle Bob et Cookie me ramenaient à mon appartement, je me promis de ne plus jamais dire du mal de cette femme ou de son caniche.

— D'accord, on dirait qu'on va tous avoir besoin d'une sacrée quantité de café.

— Oh, non, pas toi, dis-je en voyant Cookie se diriger vers la cafetière. Va te reposer. Je te promets de ne pas m'endormir, mais je refuse que tu restes debout une minute de plus à cause de moi.

Il était presque minuit, et cette semaine était la plus chaotique de toute ma vie, en excluant la fois où j'avais enquêté sur la disparition d'un touriste pendant Mardi Gras.

Oncle Bob et Cookie se regardèrent d'un air dubitatif.

— Et si je prenais le premier quart ? lui proposa-t-il. Allez vous reposer, je vous réveillerai dans quelques heures.

Cookie pinça les lèvres, puis se dirigea malgré tout vers la cafetière.

— D'accord, mais je vais préparer du café, ça aidera. Et vous devez promettre de me réveiller dans deux heures.

Il lui sourit. Genre, vraiment. Genre, le sourire de séducteur. Beurk. J'avais une commotion cérébrale, bordel. J'étais déjà assez nauséeuse comme ça.

Cookie lui rendit son sourire. Calgon !

— C'est quoi, ça ? demanda-t-elle brusquement d'une voix cinglante.

— Quoi ?

— Ce message. D'où vient-il ?

Oh, c'était le message de menace que j'avais trouvé en me levant ce matin-là.

— Je t'en ai parlé, lui rappelai-je en affichant la plus pure innocence.

Les dents serrées, Cookie se dirigea vers moi, le billet à la main.

— Tu m'as dit qu'on t'avait laissé un message, mais tu n'as jamais précisé qu'il s'agissait d'une menace de mort.

— Quoi ?

L'oncle Bob bondit du canapé sur lequel il venait juste de s'asseoir et prit le mot des mains de Cookie. Après l'avoir lu, il me lança un regard lourd de reproche.

— Charley, je jure que si tu n'étais pas ma nièce, je t'arrêterais pour entrave à la justice.

— Quoi ? m'écriai-je en postillonnant un peu pour faire bonne mesure. Et sur quoi t'appuierais-tu ?

— C'est une preuve. Tu aurais dû m'en parler à la minute où tu as reçu ce message.

— Ah, fis-je. (Je les tenais.) Je ne sais pas quand ce message est arrivé là. Il était sur ma cafetière quand je me suis réveillée.

— Quelqu'un est entré par effraction ? se récria Obie, éberlué.

— Ben, c'est pas comme si je l'avais invité à entrer.

Mon oncle se tourna vers Cookie.

— Qu'est-ce qu'on va faire d'elle ?

Ma meilleure amie me dévisageait toujours d'un œil noir.

— J'envisage de la coucher sur mes genoux pour lui donner une fessée.

Le visage de l'oncle Bob s'illumina. Cookie n'apprendrait-elle donc jamais à tenir sa langue ?

— Je peux regarder ? demanda-t-il sous cape.

Comme si je n'étais pas plantée juste à côté d'eux !

Cookie repartit vers la cafetière en gloussant. Oh, pour l'amour du chocolat Godiva ! C'était tout simplement surréaliste.

L'oncle Bob frappa à la porte de ma salle de bains.

— Charley, ma chérie ?

— Oui, Obie, mon cher ?

— Tu es réveillée ?

C'était amusant, comme question.

— Non, répondis-je en rinçant le savon dans mon dos.

Un soupir agacé me parvint à travers la porte.

— On me demande au poste. Il semblerait qu'on ait quelque chose sur l'affaire Kyle Kirsch. (Il chuchota le nom du candidat au Sénat, et je faillis en rire.) J'ai deux agents postés en bas de chez toi. Je vais en faire monter un.

— Oncle Bob, je te promets de rester éveillée. J'ai des recherches à faire.

En l'occurrence, cela concernait un certain Reyes Alexander Farrow et sa séance photo sexy où il jouait les mauvais garçons. Moi aussi, j'aurais payé une fortune pour obtenir ces photos de son cul.

— Tout ira bien, l'assurai-je.

Il finit par céder, au bout d'un long moment de réflexion.

— D'accord. Je reviens vite. Mais je vais leur dire où je vais, alors n'hésite pas à aller les voir si tu as besoin de quoi que ce soit. Et ne t'endors pas.

Je me mis à ronfler. Bruyamment.

— Tu es hilarante, me dit-il, même si cette admiration me paraissait très peu sincère.

Je me lavai les cheveux avec d'infinies précautions en espérant que la Super Glue tiendrait. Ça faisait vachement mal, une commotion cérébrale. Qui l'aurait cru ? Je fus obligée de m'asseoir dans ma douche pour me raser les jambes. Sinon, le monde n'arrêtait pas de pencher sur la droite, juste assez pour me faire perdre l'équilibre. J'eus un mal de chien à me relever.

Juste au moment où j'étais sur le point de couper l'eau, je sentis sa présence. Une chaleur féroce dériva vers moi, et l'air se chargea d'électricité. L'odeur terreuse de mon visiteur, comme un orage à minuit, se mit à flotter autour de moi et m'encercla. J'inspirai à pleins poumons. Je sentais son cœur battre. Je sentais ses battements vibrer à travers la pièce et tout contre ma poitrine. C'était un son splendide. J'attendais avec impatience le jour où j'aurais de nouveau l'occasion de le voir en personne. Reyes en chair et en os. Le seul et l'unique.

Il ne fit pas un bruit, pas un geste dans ma direction. Je commençai à me demander s'il n'avait pas un autre genre de superpouvoir.

— Arriverais-tu à me voir à travers ce rideau de douche ? lui demandai-je en ne plaisantant qu'à moitié.

J'entendis le sifflement du métal juste une seconde avant qu'il ne tranche le rideau en plastique. Celui-ci tomba doucement à terre.

— Maintenant, oui, répondit Reyes, un sourire au coin de ses lèvres pleines.

Mon cœur tressaillit à ce spectacle. De son côté, Reyes remit sa lame dans son fourreau sous les plis de sa robe, laquelle disparut, dévoilant son corps ferme. Il portait le même tee-shirt, mais aucun filet de sang ne ruisselait sur son torse. Cependant, je savais que si sa concentration faiblissait, si son corps humain se réveillait, il me donnerait de nouveau à voir l'image de l'homme en lambeaux qu'il était devenu physiquement. Mon ventre se noua à cette pensée que je chassai de mon esprit. Une nouvelle chance s'offrait à moi, une nouvelle occasion de le convaincre de me dire où il se trouvait. Une tentative de corruption sous quelque forme que ce soit – ou du chantage pur et simple – ne me faisait pas peur.

Je coupai l'eau et attrapai une serviette. Reyes me la prit des mains, me laissant nue et dégoulinante. Ce dont je me servis au mieux.

— C'est ça que tu veux ? lui dis-je en ouvrant les bras.

J'exposai entièrement mon corps à sa vue, en espérant que la Super Glue ne le dérangerait pas – cette merde était difficile à enlever.

L'air affamé, il s'avança et me prit dans ses bras. Puis il s'immobilisa, hésitant, et me regarda longuement dans les yeux, comme s'il s'interrogeait. Il fit courir ses doigts le long de ma mâchoire et passa son pouce sur mes lèvres. Ses yeux avaient la couleur du café au soleil. Des paillettes vertes et dorées y scintillaient comme de l'or. Puis ses épais cils noirs me dissimulèrent ses pupilles, et il pressa sa bouche contre la mienne en un baiser brûlant. Sa langue écarta mes lèvres et plongea à l'intérieur de ma bouche. Il avait le goût de l'obscurité et du danger.

Une main baladeuse plongea et se referma sur mes fesses, tandis que ses lèvres quittaient les miennes à la recherche de mon pouls. Le plaisir me fit frissonner, et je dus faire appel à toute la force que je possédais pour chuchoter à son oreille :

— Tu pourras m'avoir, tout entière, dès que tu m'auras dit où tu es.

Il se figea et attendit un long moment, le temps de reprendre le contrôle de sa respiration. Puis il recula et me regarda en plissant les yeux.

— Et seulement après ?

— Oui.

La pièce se refroidit de manière significative en une poignée de secondes. Je l'avais mis en colère. En un clin d'œil, nous fûmes de nouveau dans une impasse. Je redoutai le retour de bâton. Les nuances de notre relation étaient tellement définies, tellement immuables.

— Tu te servirais de ton corps pour obtenir ce que tu veux ?

— Sans hésiter.

Cela le blessait. Je sentais cette blessure résonner en lui. Il se rapprocha de nouveau, abaissa son visage à quelques centimètres du mien et murmura tout bas, tout bas :

— Pute.

— Tu peux t'en aller, maintenant, répondis-je, incapable de dissimuler à quel point cette épithète me blessait.

Il disparut, laissant derrière lui un vide rempli d'amertume. Puis, tout à coup, je pensai à autre chose. La pute ou, euh, la prostituée. La star de cinéma. Mais où avais-je donc la tête ?

— Cookie, lève-toi, dépêche-toi.

Je la secouai assez violemment pour faire claquer ses dents, puis me dirigeai tout droit vers sa penderie.

Elle s'assit en sursaut et brandit les poings comme un personnage de dessin animé. Je me serais pliée en deux de rire si je n'avais pas eu aussi mal à la tête.

Malgré tout, je pouffai.

— Tu as une sacrée tête au réveil, ma vielle.

Elle lissa sa chevelure d'un air gêné et me regarda en plissant les yeux.

— Qu'est-ce qui se passe ?

— J'ai une idée !

— Une idée ? répéta-t-elle en me contemplant d'un air furieux pendant une bonne minute, jusqu'à ce qu'elle se prenne un jogging dans la tête.

Je n'avais pas pu m'en empêcher. Au mépris de la douleur, je me pliai en deux de rire, principalement parce que la revanche est un plat qui se mange froid – ou au moins tiède.

— Va falloir que tu apprennes à viser, me dit-elle en écartant le jogging et en fronçant les sourcils d'un air endormi.

— Je sais parfaitement viser, figure-toi.

J'avais l'impression que ma tête était au bord d'un désastre nucléaire. Cela ne nous empêcha pas, Cookie et moi, de sortir par-derrière et de faire le tour pour rejoindre Misery, afin d'éviter les flics qui montaient la garde. Ce n'était pas bien, et j'avais mauvaise conscience, mais si je me pointais avec une escorte policière, je doutais de parvenir à un résultat. Quand on s'arrêta devant le *Chocolate Coffee Café*, Cookie me lança un regard plein d'espoir.

— On a loupé quelque chose ? Tu penses pouvoir trouver de nouvelles preuves ?

— Pas exactement. (Je me tournai vers elle avant de sortir de la voiture.) J'ai une idée. Par contre, ça va sembler bizarre pour Norma, Brad et tous ceux qui pourraient être dans le resto, alors j'ai besoin de ton aide.

— Tant que ça n'implique pas du pole dancing.

En entrant, on balaya les lieux du regard. Norma était bel et bien de service, mais on ne voyait pas qui était aux fourneaux. De plus, il y avait deux clients assis au plus mauvais endroit. Mais je m'occuperais de ça plus tard.

J'indiquai le comptoir d'un signe de tête. Ma star de ciné y était accoudée, les jambes croisées au niveau des chevilles. Son borsalino et son imper beige semblaient sortir tout droit des années quarante, et le petit côté Humphrey Bogart était indéniable. Cette vision me laissait le souffle un peu court, car Cookie et moi adorions regarder les films d'Humphrey.

Je m'assis sur le tabouret à côté de lui. Norma vint aussitôt nous voir.

— Bonsoir, les filles. Vous avez trouvé la personne que vous cherchiez ?

Cookie s'assit près de moi, mais du mauvais côté. J'attrapai sa veste sous le comptoir et l'obligeai à changer de place.

— Non, répondis-je tristement. On cherche encore.

Norma fit claquer sa langue d'un air désolé et nous remplit deux tasses de café sans même nous poser de question. En fait, j'étais un peu inquiète à l'idée de boire du café avec mon mal de tête lancinant. Mais, malgré tout, dire non à du café, c'était comme dire non à la paix dans le monde. Toutes les personnes concernées auraient tout à gagner d'un oui retentissant. Dès que quelqu'un trouverait le moyen de se shooter avec ma boisson préférée, je me porterais volontaire pour essayer.

Cookie s'assit, puis me lança un regard nerveux par-dessous ses cils.

— Tu te souviens de tes répliques ? lui demandai-je.

Elle haussa les sourcils, mais entra dans mon jeu et acquiesça. Je souris.

— Tant mieux. On doit les connaître par cœur pour la répétition costumée de demain soir.

— Oh, c'est vrai, fit-elle avec un gloussement nerveux. La répétition costumée.

— Vous jouez dans une pièce de théâtre, toutes les deux ? demanda Norma en nous passant le menu.

— Oui, au Stage House. Rien de spécial.

— Merveilleux, commenta Norma en recommençant à nettoyer le comptoir. J'ai fait un peu de théâtre au lycée. Faites-moi signe quand vous aurez choisi.

— Merci, dis-je avant de me tourner vers Cookie.

Bogart était entre nous. Il me lança un regard en coin.

— Salut, lui dis-je en espérant avoir l'air inoffensive.

Il se tourna vers moi, un pli sinistre lui barrant la bouche.

— De tous les cafés de toutes les villes du monde, c'est dans le mien qu'elle entre.

Mon cœur loupa un battement. Ce type ressemblait tellement à Bogart. Ça me tuait que Cookie ne puisse pas le voir.

— Vous êtes là pour collecter mon âme ? me demanda-t-il.

Je m'étonnai un peu qu'il soit au courant pour mon boulot.

— Si ça ne vous dérange pas, répondis-je. (Je sortis la photo de Mimi Jacobs et la lui montrai.) Avez-vous vu cette femme ?

Il se tourna de nouveau pour regarder à travers la fenêtre par laquelle Brad faisait passer les plats.

— Je ne regarde pas beaucoup autour de moi.

— Vous m'avez regardée, moi, rétorquai-je en souriant.

— Difficile de ne pas vous voir.

Certes.

— Pourquoi refusez-vous de passer de l'autre côté ?

— Est-ce que j'ai le choix ? demanda-t-il en haussant les épaules.

— Bien sûr. Je suis la Faucheuse, mais je ne peux pas vous forcer à traverser.

Il me regarda d'un air surpris.

— Mon chou, vous êtes la seule qui puisse m'y forcer.

Je n'allais pas argumenter avec lui.

— Eh bien, je n'en ferai rien. Si vous refusez de traverser, je ne vous y obligerai pas.

Je regardai derrière lui, en direction de Cookie. Elle me dévisageait en acquiesçant, comme si elle évaluait ma performance. Je reniflai avec mépris, et elle jeta un coup d'œil à la ronde d'un air gêné.

— Tu te fous de moi ? me demanda-t-elle entre ses dents serrées parce qu'elle faisait semblant de ne pas parler.

— Non, promis-je.

— Salut, bébé !

Je souris à Brad qui venait de passer la tête par la fenêtre qui servait à passer les plats.

— Tu es revenue me voir !

— Évidemment, répondis-je. Et je meurs de faim, beau mec.

Il sourit d'un air sûr de lui.

— Tu viens juste de dire les mots magiques, bébé.

Il repartit dans sa cuisine pour commencer à préparer dieu sait quoi. Mais j'étais certaine que son plat ne serait pas loin d'être une œuvre d'art culinaire.

— Parfois, expliquai-je à Bogart, nos souvenirs sont cachés, enfouis dans notre mémoire. Et, quand les gens passent de l'autre côté, je peux voir ces souvenirs. J'espérais que peut-être vous auriez vu Mimi et remarqué quelque chose que tout le monde a raté. Si vous passez à travers moi, je pourrai scanner vos souvenirs et y chercher Mimi. Mais je ne vous obligerai pas à traverser.

Je ne pris pas la peine de préciser que je n'en étais pas capable, de toute façon.

— On ne peut pas vraiment dire qu'il y a du monde qui m'attend de l'autre côté, rétorqua-t-il en secouant la tête.

— N'importe quoi. Tout le monde a quelqu'un qui l'attend. Je vous le promets, vous n'en avez peut-être pas conscience, mais il y a quelqu'un.

— Oh, je sais qu'il y en a. Mais je préfère quand même rester, répondit-il dans un gros soupir.

Mon cœur se brisa un peu pour lui. Il y avait bien des gens qui l'attendaient, il le savait, mais il ne s'estimait pas digne de traverser. Il avait fait quelque chose autrefois qui avait provoqué une fracture, sans doute avec sa famille.

J'espérais pouvoir le convaincre. Il ne se rendait pas compte de ce qu'il perdait en restant ainsi coincé sur Terre. Mais il avait ses raisons. Je n'allais pas lui forcer la main.

— Dès que vous serez prêt, venez me voir, dis-je en posant la main sur son bras.

Il la prit et la porta à ses lèvres froides. Puis, après avoir déposé un doux baiser sur mes jointures, il disparut.

Je lançai un coup d'œil abattu à Cookie.

— Il ne m'a pas écoutée.

— Tu peux voir leurs souvenirs ? demanda-t-elle, impressionnée.

Comment pouvait-elle encore être impressionnée par ce que je faisais, à ce stade ? Ça me dépassait.

— Oui, mais je n'ai jamais essayé d'y chercher un événement en particulier. Je pense en être capable, malgré tout. Je dois essayer. Et il me reste une personne à qui parler.

Je lui fis signe de prendre sa tasse et de me suivre dans la partie restaurant. Une dizaine de tables occupait le centre de la grande salle, où des banquettes s'alignaient le long des murs. L'éclairage était tamisé, et un jeune couple se trouvait assis près de l'une des grandes vitres qui donnaient sur le carrefour. Dans le fond était assise la femme qui ressemblait à une prostituée et une junkie. Vu l'aspect de sa peau, elle avait abusé de la méthamphétamine.

Je regardai la chaise, puis Cookie.

— Tu vas avoir froid, lui dis-je d'une voix pleine de regret.

Mais notre comportement nous valait déjà des regards curieux de la part de Norma. J'avais vraiment besoin que Cookie s'assoie en face de moi pendant que je parlais à cette femme.

Mon amie fit un pas prudent en avant, comme si elle marchait sur des œufs, puis elle s'assit en se recroquevillant sur elle-même. La défunte était toujours visible à travers elle, comme si elle ne se rendait pas compte qu'on venait d'envahir son espace personnel.

— C'est tellement perturbant, me dit Cookie.

— Je sais. Je suis désolée.

— Ne le sois pas, répliqua-t-elle aussitôt. Pour Mimi, je ferais ça toute la journée. Alors agite les doigts, fais ton tour de magie et retrouve mon amie.

Je souris en m'asseyant en face d'elle.

— Ça marche.

Les bras posés sur la table, la défunte regardait par la fenêtre. Elle n'arrêtait pas de se frotter les poignets, et je me rendis compte qu'elle les avait entaillés. Mais les blessures avaient eu le temps de cicatriser, si bien qu'elle n'était pas morte ainsi. Je ne savais pas ce qui l'avait tuée, mais elle semblait avoir eu une vie extrêmement difficile.

— Chérie, dis-je en lui touchant le bras.

Elle immobilisa ses mains au beau milieu de son geste répétitif digne d'un TOC et posa sur moi un regard vide.

— Je m'appelle Charlotte. Je suis là pour t'aider.

— Tu es belle, me dit-elle en levant la main vers mon visage. (Je souris lorsqu'elle passa ses doigts sur mes joues et ma bouche.) Comme un million d'étoiles.

— Si tu veux passer à travers moi pour rejoindre l'autre côté, tu peux.

Elle retira sa main dans un sursaut et secoua la tête.

— Je ne peux pas. Je vais aller en enfer.

Je pris ses mains dans les miennes.

— Non, tu n'iras pas. Si tu devais aller en enfer, ma chérie, tu y serais déjà. Je n'y ai aucune autorité, et l'enfer a généralement tendance à s'occuper des siens.

Sa bouche se mit à trembler, et des larmes perlèrent au bord de ses paupières.

— Je ne vais… je ne vais pas aller en enfer ? Mais… Je me disais juste que puisque je ne suis pas allée au paradis…

— Comment tu t'appelles ?

— Lori.

— Lori, je dois reconnaître que même moi je ne comprends pas toujours pourquoi certaines personnes ne passent pas de l'autre côté. Souvent, c'est parce que le défunt a été victime d'un crime violent. Peux-tu me dire comment tu es morte ?

Cookie serra ses bras autour de son corps pour combattre le froid qui la gagnait.

— Je ne m'en souviens pas, répondit Lori en se penchant en avant et en refermant ses doigts sur les miens. Me connaissant, j'ai sûrement fait une overdose. (Elle me lança un regard plein de honte.) Je n'ai pas été une bonne personne, Charlotte.

— Je suis sûre que tu as fait de ton mieux. De toute évidence, quelqu'un en est persuadé, sinon, comme je te le disais, tu serais partie dans l'autre direction. Mais tu es là. Tu es juste perdue, peut-être. (Je sortis la photo de Mimi et la lui montrai.) As-tu vu cette femme ?

Elle plissa les yeux et secoua la tête.

— Sa tête me dit quelque chose. Mais je ne suis pas sûre. Je ne fais pas toujours attention aux gens. Ils sont si loin.

— Quand tu traverseras, si tu décides de le faire, pourrais-je regarder dans tes souvenirs pour voir si j'y retrouve cette femme ?

Elle battit des paupières.

— Bien sûr. C'est possible ?

— Je n'en ai aucune idée, pouffai-je.

Elle sourit.

— Alors, qu'est-ce qu'il faut que je fasse ?

Je me levai.

— Tu avances et tu passes à travers moi. Le reste, apparemment, se fait tout seul.

Lori prit une longue inspiration, puis se leva. L'air autour de nous dansait d'excitation. J'étais contente pour elle.

Elle semblait tellement perdue avant que je discute avec elle. Peut-être était-ce là ce dont Rocket me parlait toujours. Peut-être qu'un grand nombre de défunts qui restent sur Terre sont perdus et ont besoin que je les trouve, et non l'inverse. Mais je ne savais pas comment faire, à moins de faire continuellement le tour de la planète.

Il fallait que je me concentre pour pouvoir chercher dans ses souvenirs. Juste au moment où je prenais une grande inspiration, Lori avança d'un pas. Je l'entendis chuchoter :

— Oh, mon dieu.

Sa vie défila devant moi à toute vitesse. Quand elle était petite, sa mère l'avait vendue à un voisin pour l'après-midi, afin de se payer sa dose. Au lycée, un groupe de filles lui avait tiré les cheveux dans les vestiaires. Cependant, la douleur passa rapidement à l'arrière-plan quand je la vis remporter un concours avec un de ses poèmes. Il avait été publié dans un journal local avec sa photo ; elle n'avait jamais été aussi fière. Elle était sortie de la drogue et avait passé un semestre à l'université. Mais elle avait rapidement perdu pied, et le lourd fardeau de la défaite avait vite repris racine. Elle était retournée à la vie qu'elle connaissait, dans la rue, en vendant son corps pour chaque nouvelle dose, et elle était morte d'overdose dans la chambre sale d'un motel.

Je dus écarter les souvenirs les plus marquants afin de fouiller sa mémoire avant qu'elle disparaisse complètement. Je trouvai la première fois où elle était entrée dans le resto. Elle s'y était assise pour ne plus jamais se relever, restant enfermée à l'intérieur d'elle-même pendant des années. J'avançai tout doucement, dévisageant client après client, mais ils étaient trop nombreux, alors je forçai l'image de Mimi à apparaître au premier plan, et je vis une femme franchir la porte en titubant, la peur gravée sur le visage, les yeux écarquillés, à la recherche de quelqu'un.

Elle s'était assise pour attendre mais, tandis que les voitures s'arrêtaient, les unes après les autres, ses nerfs avaient pris le dessus, et elle avait attrapé un marqueur neuf à côté de la caisse avant de se précipiter dans les toilettes. Une minute plus tard, une autre femme était entrée dans les toilettes, et Mimi était sortie du resto d'un pas pressé. Les ténèbres de la nuit s'étaient refermées sur elle.

La bouche grande ouverte parce que je manquais d'air, je rouvris les yeux et m'étreignis la poitrine comme si j'émergeais d'une piscine. Je remplis mes poumons et me réinstallai sur la chaise en battant des paupières, surprise. J'avais réussi. J'avais fouillé les souvenirs de Lori. Il me fallut un moment pour digérer tout ce que j'avais vu. Je ravalai la tristesse qui menaçait de me submerger. Lori avait eu une vie tout sauf facile. Mais elle se trouvait vraiment dans un endroit meilleur, même si ça semblait tellement cliché.

Et je l'avais trouvée. J'avais trouvé Mimi.

Je me tournai vers Cookie avec un petit sourire en coin.

—Laisse-moi te poser une question, demandai-je d'une voix essoufflée.

—Vas-y.

—Si tu étais l'épouse d'un très riche homme d'affaires avec une énorme maison et de magnifiques enfants que tu aimes plus que tout, quel est le dernier endroit où on viendrait te chercher ?

L'espoir apparut sur les traits de mon amie.

—Ça a marché ?

—Oui.

Je jetai un coup d'œil par-dessus mon épaule et pointai en direction de l'autre côté de la rue.

—Ce foyer pour sans-abri ? demanda-t-elle d'une voix incrédule.

Je la regardai en haussant les épaules.

— C'est parfait. Je n'arrive pas à croire que je n'y ai pas pensé plus tôt. Elle était sous notre nez pendant tout ce temps.

— Mais… Oh, mon dieu, qu'est-ce qu'on fait, maintenant ?

Elle tapota la table avec ses paumes, incapable de contenir son enthousiasme.

— On va dire bonjour.

Chapitre 17

Vous savez, ces mauvaises choses
qui arrivent aux gens bien ? C'est moi.

TEE-SHIRT

Au passage, je déposai un billet de vingt sur le comptoir.

— Brad, tu peux emballer notre commande ? C'est à emporter.

Il passa la tête par sa fenêtre en levant les paumes d'un air interrogateur.

— On revient tout de suite.

On traversa la rue en courant jusqu'à un bâtiment en briques avec des barreaux aux fenêtres et une grande porte en métal. Il commençait à bruiner.

— Je ne crois pas que le foyer soit ouvert, déclara Cookie en haletant derrière moi.

Je tambourinai à la porte, attendis quelques instants, puis recommençai. Au bout d'un long moment, un Hulk aux yeux pleins de sommeil nous ouvrit.

Je décidai de sourire, principalement parce que je n'avais pas envie de le foutre en rogne.

— Salut. (J'exhibai ma licence.) Je m'appelle Charlotte Davidson, et elle, c'est Cookie Kowalski. Je participe en ma qualité de détective privée à une enquête de la police d'Albuquerque. (Ce n'était qu'un demi-mensonge.) On peut vous parler ?

— Non.

Hulk était grognon quand on le réveillait au milieu de la nuit. La série n'avait jamais montré cet aspect de son caractère. J'allais devoir écrire aux producteurs.

De toute évidence, ma licence de détective ne l'impressionnait guère. J'exhibai donc un billet de vingt à la place.

— Je veux juste vous poser quelques questions. Je suis à la recherche d'une femme disparue.

Il attrapa le billet de vingt puis attendit ma séance de questions-réponses.

— Oh. (Je sortis la photo de Mimi de mon sac.) Vous avez vu cette femme ?

Il examina la photo pendant, genre, une éternité. Dans un gros soupir, je lui tendis un autre billet de vingt. Si ça continuait, j'allais devoir trouver un distributeur au plus vite, sinon on était foutues.

— Peut-être. (Il me prit le billet et regarda de plus près.) Oh, ouais. C'est Molly.

— Molly ? répétai-je.

Le choix était plutôt logique, vu qu'elle s'appelait Mimi. Il avait dû être plus facile pour elle de s'habituer à répondre à ce nom, pas comme Guenièvre ou Hildegarde.

— Ouais, sûr et certain. Mais tout le monde dort, là.

— Écoutez, si une bombe nucléaire était sur le point d'exploser au-dessus de nos têtes d'une seconde à l'autre, on ne pourrait pas attendre demain pour aller se faire voir, pas vrai ?

Il pouffa. Qui a dit que Hulk n'avait pas le sens de l'humour ?

— Vous êtes marrante.

— Ouais, eh ben, considérez-moi comme une ogive nucléaire armée. Je ne peux vraiment pas attendre jusqu'à demain matin.

— Alors, vous voulez la voir maintenant ?

Bon sang ce qu'il était lent.

— Vous avez entendu parler de la vitesse de la lumière, mon pote ?

Il fronça les sourcils en se demandant si je me foutais de lui. Je me penchai en avant.

— Après, vous et moi, on pourrait peut-être aller prendre un café au resto d'en face ?

— Vous êtes pas mon genre.

Aïe. Ça arrivait. Qu'est-ce qu'une fille était censée faire dans ces cas-là ?

— D'accord, vous voulez bien nous laisser entrer ?

— Moi, je suis plus branché couleur verte.

— Dites donc, mon pote, vous êtes en train de me plumer, là, protestai-je en sortant mon dernier billet de vingt.

Il me le prit des mains et ouvrit la porte.

— Vous allez devoir inscrire vos noms dans le registre, et j'ai besoin d'une photocopie de votre licence. Ensuite, je vous conduirais auprès de Molly.

Cinq minutes plus tard, Cookie secouait gentiment une femme endormie, blottie dans une couverture grise sur l'un des nombreux lits de camp répartis dans une immense salle qui ressemblait à un gymnase.

— Mimi ? murmura-t-elle.

Pour aider son amie à comprendre que nous venions en paix, Cookie avait emprunté la lampe torche de Hulk et la tenait sous son visage. Je n'avais pas le cœur de lui dire qu'elle ressemblait au Fantôme des Noëls passés.

— Mimi, ma chérie ?

Mimi remua, entrouvrit ses paupières lourdes de sommeil, puis laissa échapper le hurlement le plus retentissant et le plus glaçant que j'ai jamais entendu de ma vie – tout au moins provenant d'un être humain. Les sans-abri autour de nous eurent des réactions variées. Certains sursautèrent violemment tandis que d'autres continuaient à ronfler.

— Mimi, c'est moi ! protesta Cookie en dirigeant la lumière sur son visage.

Cela ne servit qu'à lui donner l'air du Fantôme du Noël présent, puisque la lumière faisait disparaître les fines rides de la trentaine et donnait à sa peau une teinte douce et irradiée.

Les jambes de Mimi avaient jailli ; je devais admettre qu'en termes d'instinct de survie, ça n'avait pas beaucoup de sens. Puis elle recula sur le lit de camp et tomba par terre.

Derrière moi, un homme me tapota la jambe.

— Bordel, mais qu'est-ce qui se passe, ici ?

— C'est un exorcisme. Inutile de vous inquiéter, monsieur.

Il se retourna en grognant et se rendormit. La tête de Mimi apparut au-dessus du lit de camp.

— Cookie ? demanda-t-elle d'une voix beaucoup plus raisonnable.

— Oui. (Cookie s'empressa de faire le tour du lit pour aider son amie à remonter dessus.) Nous sommes venues t'aider.

— Oh, mon dieu, je suis tellement désolée, j'ai cru…

— Tu saignes, lui dit Cookie en sortant une serviette en papier de son sac.

Mimi toucha sa lèvre supérieure, puis tapota son nez ensanglanté avec la serviette.

— Ça arrive quand je vois ma vie défiler devant mes yeux. (Elle hésita et regarda droit devant elle pendant un moment.) Il se peut que j'aie mouillé mon pantalon, mais je peux me tromper.

— Viens, ma chérie.

Cookie l'aida à se lever, et je me précipitai de l'autre côté pour l'aider. Pour la modique somme d'un autre billet de vingt – en provenance du portefeuille de Cookie, cette fois – nous réquisitionnâmes un des bureaux du foyer afin de parler avec Mimi.

— Tu as de sacrés poumons, ma grande, lui dis-je en dévalisant un petit frigo pour lui trouver de l'eau.

Je lui tendis la bouteille lorsque son nez cessa de saigner.

— Je suis désolée, dit-elle en agitant la main devant son visage. J'étais désorientée. Je ne savais pas qui vous étiez.

— Oui, enfin Casper le fantôme de la lampe torche ne t'a pas beaucoup aidé sur ce coup-là.

Cookie se renfrogna.

— Mimi, voici Charley.

— Oh, bon sang.

Elle essaya de se lever, mais elle ne tenait pas sur ses jambes et retomba aussitôt assise. Je lui donnai une poignée de main.

— Je t'en prie, pas la peine de te lever. Je ne suis pas si spéciale que ça.

— D'après ce qu'on m'a raconté, répondit-elle en gardant ma main dans la sienne, si, tu l'es. Comment m'avez-vous retrouvée ?

— C'est ce que fait Charley, répondit Cookie avec un grand sourire. Tu vas bien ?

Après ces présentations, nous eûmes droit à un récit haut en couleurs pour nous expliquer comment Mimi avait fini dans un foyer pour sans-abri. Cela impliquait un chauffeur de taxi ivre et un petit incendie heureusement vite contenu.

Nous passâmes ensuite à la partie la plus importante de l'histoire, la raison pour laquelle elle se trouvait dans ce foyer.

— Je me suis dit que personne ne penserait à venir m'y chercher. J'ai cru qu'on ne me retrouverait pas.

— Mimi, Warren et tes parents sont malades d'inquiétude, la réprimanda Cookie.

— Je peux vivre avec, acquiesça-t-elle. Mieux vaut être malade d'inquiétude, mais toujours en vie.

Elle marquait un point. Il était tard, et ma tête semblait prête à exploser. Je décidai de lui faire part de nos soupçons et de l'interroger ensuite.

— Arrête-moi si tu la connais.

Mimi fronça les sourcils d'un air intrigué.

— Une nuit, au lycée, il y a eu une fête. Une fille du nom d'Hana Insinga est sortie en douce de chez elle pour se rendre à cette fête. Le lendemain, ses parents ont déclaré sa disparition.

Mimi baissa les yeux en entendant le nom d'Hana.

— Certaines personnes se rappellent l'avoir vue à la fête, d'autres non. Certains ont dit qu'elle était peut-être repartie avec quelqu'un, d'autres ont dit que non, absolument pas, elle était repartie seule.

La respiration de Mimi se modifia légèrement. Je devais tenir quelque chose.

— Maintenant, vingt ans plus tard, tous ceux qui ont vu Mimi quitter la fête en compagnie d'un garçon sont en train de mourir les uns après les autres. Est-ce que cette histoire te paraît familière ?

Mimi baissa la tête comme si elle était incapable de soutenir notre regard. Cookie posa une main réconfortante sur son épaule.

— Tu y es presque, répondit Mimi, mais Hana n'a pas quitté la fête avec un seul garçon. Elle est partie avec plusieurs d'entre nous.

— Comment ça ? demanda Cookie en retirant sa main.

Moi, je luttais contre le chagrin qui dévorait Mimi tout à coup et qui m'oppressait.

— Je crois que Mimi essaie de nous dire que plusieurs gamins ont sorti son corps de la maison cette nuit-là. Elle était déjà morte, et ils sont allés l'enterrer tous ensemble. C'est bien ça ?

C'était la seule explication logique.

Mimi essuya une larme avec la serviette trempée de sang.

— Oui. Sept. Nous étions sept.

Cookie essaya d'étouffer une exclamation de stupeur derrière sa main. Je m'agenouillai pour me mettre au même niveau que Mimi.

— Quelqu'un a tué Hana pendant cette fête. Et tu en as été témoin, peut-être ? Ont-ils menacé de te faire la même chose ?

— Je t'en prie, arrête, dit-elle en sanglotant ouvertement, à présent.

— Ils t'ont maltraitée à l'école ? Ils t'ont poussée dans les couloirs ? Ils ont fait tomber tes livres ? Juste pour te rappeler, juste pour te garder sous contrôle.

— Je ne peux pas... Je...

Je décidai de commencer par Tommy Zapata, afin de laisser Kyle Kirsch pour mon grand final.

— Est-ce que cela a un rapport avec le concessionnaire avec qui tu as déjeuné ? Tommy Zapata ?

Elle me regarda en hoquetant de stupeur.

— Comment le sais-tu ?

— Tommy a été retrouvé assassiné il y a trois jours. (Elle porta les mains à sa bouche pour retenir un cri.) Ils vont accuser ton mari de meurtre si on ne prouve pas très vite son innocence.

— Non ! (Elle se leva d'un bond et se dirigea vers la porte.) Non, il n'a rien fait. Ils ne comprennent pas.

Je me levai aussi et lui attrapai le bras.

— Mimi, arrête. On peut t'aider, mais il faut que je sache ce qui s'est passé.

— Mais…

— Tu dois t'asseoir et tout me raconter, afin que je puisse vous sortir de là, ton mari et toi. Que s'est-il passé, cette nuit-là ?

Elle hésita, puis retourna s'asseoir en poussant un soupir tremblant.

— Nous étions à la fête. Quelqu'un m'a aidée à monter dans une salle de bains à l'étage parce que je ne me sentais pas bien.

Ce quelqu'un était sans doute son amie, Janelle York.

— Nous étions chez Tommy Zapata. Ses parents étaient sortis. (Elle me regarda d'un air désespéré.) On voulait juste s'amuser, tu sais, faire un peu les fous en écoutant de la musique. Mais je me suis retrouvée dans la salle de bains adjacente à la chambre des parents de Tommy. Je suppose qu'on y est restés un moment, juste pour bavarder. Puis on a entendu des voix, alors on a éteint la lumière et on a entrouvert la porte pour jeter un coup d'œil. On s'est dit que des camarades s'embrassaient sur le lit des parents de Tommy et qu'on allait leur faire peur. Une plaisanterie, quoi.

Cookie trouva un mouchoir propre et le tendit à Mimi, qui prit le temps de se moucher.

— Mais c'étaient trois des garçons. Des joueurs de l'équipe de foot. Ils avaient allongé Hana sur le lit et ils s'envoyaient en l'air avec elle, expliqua-t-elle en sanglotant dans le mouchoir.

— Est-ce que Tommy faisait partie des trois ?

— Non, il embrassait une fille dans un coin.

Donc, Zapata était bel et bien présent, et il était mort désormais.

Mimi prit le temps de se ressaisir avant de poursuivre.

— Je ne crois pas que c'était un rapport consenti. Hana était tellement ivre. Elle a vomi sur l'un des garçons, qui s'est relevé d'un bond en commençant à crier. Il lui a fait peur. Elle s'est levée en titubant et a essayé de sortir de la chambre. C'est à ce moment-là que c'est arrivé. Je ne sais pas si le garçon l'a poussée ou quoi. Je n'ai pas bien vu. Mais elle est tombée contre l'angle de la commode des Zapata et s'est ouvert le crâne. Tommy a essayé de stopper l'hémorragie, mais elle est morte en quelques secondes.

Je trouvais intéressant le fait qu'elle ne mentionnait pas le nom de Kyle. Avait-elle peur de lui à ce point-là ?

— C'était un accident, poursuivit-elle en nous regardant d'un air suppliant. On aurait pu l'expliquer, mais les garçons ont paniqué. Pendant une demi-heure environ, ils ont tourné dans la chambre comme des lions en cage, en jurant et en essayant de trouver une solution. Le père de Tommy travaillait au cimetière, alors l'un d'eux a eu une idée. Ils ont décidé de l'envelopper dans des serviettes, et c'est à ce moment-là qu'ils nous ont trouvés dans la salle de bains. Les garçons ont paniqué encore plus.

— Ils vous ont fait du mal ? demanda Cookie d'un air presque aussi désespéré que Mimi.

— Non, pas vraiment, répondit-elle. Ils ont enveloppé Hana dans des serviettes et nettoyé le sang. Ensuite, quand tout le monde a eu quitté la fête, ils ont porté son corps jusqu'au pick-up de Tommy. Ils ont balancé deux pelles à l'arrière et nous ont obligés à venir avec eux.

— Bien sûr ! m'exclamai-je en ayant une révélation. Les numéros que tu as écrits sur le mur des toilettes à côté du nom d'Hana. Je savais bien qu'ils me disaient quelque chose. Ce sont les coordonnées d'une parcelle. Ils l'ont enterrée dans une tombe fraîche.

— Pas tout à fait. Ils l'ont enterrée en dessous.

En me voyant hausser les sourcils d'un air interrogateur, elle expliqua :

— Les pompes funèbres avaient déjà creusé un trou en vue d'un enterrement qui devait avoir lieu le lendemain. Les garçons ont juste creusé un peu plus profond. (Sa voix se brisa à ce souvenir.) On n'a fait que regarder. On n'a même pas essayé de les arrêter. S'il y a jamais eu un moment où il fallait intervenir...

Cookie prit les mains de son amie dans les siennes.

— Ce n'était pas ta faute, Mimi.

— Mais ils ont dit que ça l'était, protesta-t-elle. Ils ont dit qu'on les avait aidés, qu'on était complices et que si on disait quoi que ce soit, ils nous tueraient. Mon dieu, on avait tellement peur.

Cette même peur qui l'avait rongée pendant vingt ans rejaillit pour s'emparer d'elle à nouveau. Cette émotion s'abattit sur moi sous forme de vagues suffocantes. Je luttai pour la repousser et remplis d'air mes poumons tandis que Mimi poursuivait son récit.

— Nous étions convaincus qu'ils allaient nous tuer, nous aussi. Mais non. Ils ont mis le corps d'Hana dans la terre et l'ont recouvert. Le lendemain, on a enterré M. Romero juste au-dessus d'elle. Personne n'en a jamais rien su.

Le fait qu'Hana ait été la victime d'une espèce d'accident et non d'un meurtre planifié était à mon avis la seule raison pour laquelle Mimi et Janelle avaient survécu. Si ces garçons avaient été de vrais tueurs sans remords, je n'aurais sans doute jamais rencontré Mimi.

— Je tremblais tellement que j'avais du mal à respirer, expliqua-t-elle en tremblant tout aussi fort à présent. Tu as raison au sujet des maltraitances, ajouta-t-elle en me regardant. Ils ont pris de plus en plus d'assurance, et la situation est devenue insupportable. J'ai cessé d'aller à l'école et j'ai fini par supplier mes parents de me laisser déménager chez ma grand-mère. Je ne pouvais plus vivre là-bas. Je ne pouvais plus regarder M. et Mme Insinga en face, en sachant ce qu'ils devaient endurer.

— Ont-ils fait subir le même traitement à Janelle ? demandai-je.

Elle me regarda d'un air perplexe.

— Janelle ?

— Janelle York.

Son expression passa de la tristesse au dégoût.

— Elle est devenue leur caniche. Elle faisait partie de leur groupe, de cette histoire.

— Je ne comprends pas, dis-je en me levant. Vous vous cachiez toutes les deux...

Elle fronça les sourcils.

— Je n'étais pas avec Janelle dans cette salle de bains, protesta-t-elle, presque horrifiée que je puisse penser une chose pareille. Elle était dans la chambre avec eux et embrassait Tommy dans un coin. Elle aurait fait n'importe quoi pour lui. Quand il a paniqué à l'idée que ses parents découvrent ce qui s'était passé, c'est elle qui a eu l'idée d'enterrer Hana sous cette tombe.

J'écartai les mains.

— Mais alors, qui se cachait avec toi ? Et qui couchait avec Hana ?

Elle déglutit péniblement. Je voyais bien qu'elle ne voulait pas nous le dire.

— C'était Jeff. Jeff Hargrove était… sur elle.

— Attends, ce Jeff Hargrove couchait avec Hana au moment du drame ?

— Ouais, je crois, à ce moment-là. Je pense qu'ils… étaient passés chacun leur tour.

— Et qui étaient les autres ?

Elle y repensa en haussant les épaules.

— En plus de Jeff, il y avait Nick Velasquez et Anthony Richardson.

Bordel, mais… ?

— Mimi, qui était dans la salle de bains avec toi ?

— C'est confidentiel, pas vrai ? me demanda-t-elle en baissant la tête.

Je m'agenouillai de nouveau pour la regarder droit dans les yeux.

— Je ne peux pas te promettre que ça ne sortira pas de cette pièce, Mimi, mais il faut que je sache.

— C'était Kyle Kirsch, répondit-elle à contrecœur, avec un gros soupir.

Sa réponse me coupa le souffle.

— Tu veux dire que Kyle n'a rien à voir avec la mort d'Hana ?

Elle parut surprise.

— Absolument. Ils ont maltraité Kyle presque autant que moi, sauf que lui était le fils du shérif, alors ils n'ont pas osé aller aussi loin avec lui. (Elle m'agrippa le bras, enfonçant ses ongles dans ma manche.) On voit que tu ne connais pas Jeff Hargrove. Il est fou. Shérif ou pas, il nous aurait tués tous les deux.

Je m'installai à genoux.

— D'accord, et après ? demandai-je en réfléchissant à voix haute. (Mon regard incrédule se posa sur Cookie.) Quoi, Kyle ne veut pas que tout cela remonte à la surface, alors il a décidé d'éliminer tout le monde ?

— Quoi ? hurla presque Mimi, en enfonçant ses ongles de plus belle, dans ma chair cette fois. Kyle ne ferait jamais une chose pareille. Il ne ferait jamais de mal à personne.

— Mimi, dis-je d'une voix compatissante, les cadavres ont commencé à s'accumuler deux secondes après que Kyle Kirsch ait annoncé son intention de se présenter au Sénat. C'est un peu dur à expliquer.

— Je sais bien, mais personne ne sait qui est le responsable. Même Kyle. Il est mort de trouille. Il a engagé toutes sortes de gardes du corps, ajouta Mimi en jetant un coup d'œil à Cookie. (Elle se tut un moment, plongée dans ses pensées, puis secoua la tête.) Ça doit être un coup de Jeff Hargrove. Il a toujours été cinglé.

Cookie se pencha en avant.

— Mimi, Jeff Hargrove s'est noyé dans sa piscine il y a deux semaines.

Le choc de cette nouvelle se refléta à l'état pur sur son visage. Elle était aussi perplexe que nous. Moi, j'étais carrément paumée.

— Et Nick Velasquez s'est apparemment suicidé il y a trois semaines.

— Je le savais. Anthony Richardson aussi, mais j'ignorais pour Jeff.

— Chérie, ils sont tous morts, tous ceux qui étaient dans cette pièce, sauf toi et Kyle. Il n'y a pas d'autre explication.

— Non, dit-elle en secouant la tête, en plein déni, ce n'est tout simplement pas possible. Vous comprendriez, si vous connaissiez Kyle.

— Vous étiez ensemble, à l'époque ? lui demandai-je.

L'amour n'était pas seulement aveugle, il conduisait tout droit à Crétinville parfois. Mais Mimi me lança un autre de ses regards incrédules. Elle était vachement douée pour ça.

— Non, on n'était pas… Tu ne comprends pas.

Elle se tut et se mordilla la lèvre, puis avoua dans un soupir :

— Personne ne le sait, vraiment personne, mais Kyle est gay. Nous avons parlé de garçons dans cette salle de bains.

Oh, pour l'amour du ciel. De mieux en mieux !

— D'accord, laisse-moi réfléchir, dis-je en me massant le front. Raconte-moi pourquoi tu es sortie déjeuner avec Tommy Zapata l'autre jour ?

Elle fronça les sourcils.

— Il a demandé à me voir. J'avais un peu peur de refuser. Il m'a dit qu'on le faisait chanter et qu'il ne pouvait plus vivre avec ce qu'il avait fait.

Étonnant comme le chantage avait tendance à convaincre les gens qu'ils ne pouvaient plus vivre avec leur passé sur la conscience.

— Il m'a dit qu'il avait vu Kyle et qu'il lui avait dit qu'il allait tout confesser, afin d'endosser sa part de responsabilité dans la mort d'Hana. Il m'a demandé si je voulais bien confirmer ses dires. Il allait raconter aux autorités comment ses copains et lui nous avaient menacés, Kyle et moi, et comment ils nous avaient obligés à les accompagner au cimetière.

Tout ça n'avait pas de sens, encore une fois.

— La famille de Kyle a de l'argent, et tu es mariée à un homme riche. Pourtant, personne ne vous faisait chanter ? m'étonnai-je.

— Non, mais on pense savoir qui était le maître chanteur.

— Vraiment ?

— Tommy pensait que c'était Jeff Hargrove.

— Attends, le type le plus susceptible d'aller en tôle pour viol et pour meurtre ? Ce Jeff Hargrove là ?

— Oui. Tommy pensait qu'il avait des ennuis financiers et qu'il s'en était pris à lui à cause de la concession. Tommy avait raison, d'ailleurs. J'ai vérifié les comptes de Jeff et…

Putain, elle était douée.

— … et il a fait des versements le jour même où Tommy a payé. Trois fois.

Waouh. Pourtant, Tommy et Jeff étaient morts tous les deux.

— Plus tard, Kyle m'a appelée, poursuivit-elle. Il m'a raconté que Tommy lui avait présenté des excuses parce qu'il allait certainement ruiner sa carrière politique.

— C'est une sacrée raison pour tuer quelqu'un, Mimi, avança Cookie.

— Non, Kyle s'en fichait. Il allait tout avouer comme Tommy. Il comptait faire une conférence de presse aujourd'hui avec Tommy à ses côtés et révéler ce qui s'était passé.

Couillu de sa part.

— Peut-être qu'il a changé d'avis.

Mimi soupira en signe de frustration.

— Vous ne connaissez pas Kyle, les filles. Ce que vous insinuez va tellement à l'encontre de son caractère que c'en est surréaliste. De toute façon, il avait déjà l'impression de vivre un mensonge en cachant son homosexualité.

Je me passai la main sur le visage. J'avais mal à la tête, et pas seulement à cause de la commotion cérébrale. Moi qui croyais avoir tout compris. Voilà où ça menait de réfléchir.

— D'accord, dis-je d'un ton frustré, après ton départ pour Albuquerque, qu'a fait Kyle ? Est-ce qu'ils ont arrêté de le tourmenter ?

Elle haussa les épaules, la bouche pincée.

— Kyle est un bon acteur. Il a fini par convaincre Jeff qu'il était de leur côté. Ensuite, à la fin de l'année, il a fait comme moi, il est parti passer l'été chez sa grand-mère.

— Après ton déjeuner avec Tommy Zapata, est-ce que quelqu'un t'a menacé ? C'est pour ça que tu as pris la fuite ?

— Peu après, je me suis rendu compte que tout le monde mourait. Je savais que ma famille était en danger. Tant que j'étais une cible et que je restais dans les parages, ils ne seraient pas en sécurité. Alors, un jour, je suis montée dans un taxi et je suis partie. Sans cet incendie, je serais à Spokane à l'heure qu'il est.

— Tu as réussi à rester en vie, la félicita Cookie. Maintenant, il faut qu'on t'emmène en lieu sûr.

Ouais, le temps que je pige ce qui se passait, bordel.

Les lumières s'éteignirent tout d'un coup, et un silence sinistre s'abattit sur nous. Je fis taire mes camarades, puis m'accroupis et jetai un coup d'œil dans le couloir. Une lumière d'urgence à l'autre bout me révéla un corps imposant, sans doute celui de Hulk, étendu par terre.

— Fils de pute, murmurai-je, incapable d'y croire. Ils nous ont suivies ?

Il fallait vraiment que je fasse plus attention aux personnes qui me collaient au cul. Ça devenait vraiment ridicule.

— Qui ? demanda Mimi dans un murmure aigu qui porta à l'autre bout du couloir.

Cookie la fit taire en posant un doigt sur sa bouche. Je pris l'une des mains de Mimi, Cookie prit l'autre, et on sortit du bureau en courant, en direction d'une issue de secours que j'avais repéré en entrant. On contourna des cartons et des sacs le plus silencieusement possible jusqu'à atteindre la porte en question. Il y avait un système de déverrouillage d'urgence, mais ça risquait de déclencher une alarme, aussi hésitai-je à l'ouvrir. En même temps, une alarme était peut-être exactement ce dont nous avions besoin.

Je conduisis tout mon petit monde dans un coin sombre près de la porte, et on s'y blottit le temps que je décide si je voulais ou non attirer l'attention.

— Salut, patronne, dit Ange en apparaissant à côté de moi.

Je sursautai, faisant peur à Cookie et à Mimi. Puis je lançai un regard noir à mon enquêteur.

— Encore ? Sérieux ? chuchotai-je.

— Qu'est-ce que tu fais ?

— Je fuis les méchants. Qu'est-ce que je fais d'autre en ce moment ?

— À qui elle parle ? s'enquit Mimi.

— Euh…

Cookie paniqua un moment, avant de répondre :

— Elle répète une pièce de théâtre.

— Maintenant ?

— Bon, alors, tu veux que je te laisse gérer ça ? demanda Ange dans un gloussement rauque.

Je levai les yeux au ciel et me tournai vers Cookie.

— D'accord, chuchotai-je. Prépare ton téléphone. Vous deux, vous allez franchir cette porte en courant et vous ne vous arrêterez pour rien au monde. Je vais la refermer et essayer de la barricader de l'extérieur.

— Avec quoi ? demanda Cookie d'une voix étouffée mais apeurée.

— Cook, t'ai-je jamais laissé tomber ? lui demandai-je en prenant ses mains dans l'une des miennes.

— Je ne m'inquiète pas pour ça. J'ai peur que tu te laisses tomber, toi. Ces gens sont des tueurs de sang-froid, Charley.

— Je crois que je vais vomir, annonça Mimi.

Toutes les deux tremblaient si fort que j'avais de gros doutes quant au fait qu'elles puissent atteindre un lieu sûr sans récolter au moins deux fractures à cause d'une chute.

— Cook, tu dois sortir Mimi d'ici. Elle compte sur nous. Tu peux y arriver.

Elle prit une grande inspiration.

— D'accord. OK. Je peux le faire. Mais dépêche-toi. Tu vises bien mieux que moi.

Elle sortit un .380 de son sac.

— Oh, bon sang, soufflai-je.

Je n'avais pas encore récupéré mon Glock au motel abandonné. Cookie était la meilleure. Mais, à en juger par le poids du flingue…

— Tu as des balles pour aller avec ?

— Oh ! (Elle fouilla dans son sac et en sortit un chargeur plein, qu'elle me tendit en souriant.) Dépêche-toi, dit-elle tandis que je mettais le chargeur en place et enclenchais une balle.

Le cliquetis résonna bruyamment, et je me raidis. Apparemment, la pluie avait un peu étouffé le son, mais quiconque se trouvant à un jet de pierre de nous devait l'avoir entendu et savoir que j'étais armée.

— Sais-tu combien ils sont ? demandai-je à Ange.

— Un seul, le méchant du motel.

— Vilain Starsky ?

— Si tu le dis, répondit-il avec un haussement d'épaules.

— Fais chier, marmonnai-je en scrutant les alentours. Qu'il aille se faire foutre.

— Elle est vraiment douée, commenta Mimi. Très théâtrale.

— Oooh, merci, dis-je en me tournant vers elle avec un sourire.

Cette fois, ce fut Cookie qui leva les yeux au ciel. Elle poussa un soupir exaspéré, puis prit Mimi par la main et courut en direction de la porte, dans laquelle elle donna un coup d'épaule très violent. Sa deuxième tentative fut bien plus productive. Comme prévu, l'ouverture de la porte déclencha une alarme stridente qui me fit penser au hurlement de Mimi. Au moment où je suivais mes camarades hors du foyer, deux choses se produisirent en même temps : Cookie dégringola l'escalier à l'extérieur, et un couteau vraiment, vraiment très acéré m'entailla le dos.

Chapitre 18

Si, au début, vous vous plantez,
peut-être que l'échec, c'est votre truc.

TEE-SHIRT

Bizarrement, les gens semblaient vouloir me découper comme une citrouille cette semaine-là, sans doute parce que Halloween se rapprochait à grands pas. En règle générale, les couteaux, ça faisait mal. Je tombai en avant, heurtant Mimi, qui venait déjà de se cogner dans Cookie. Je priai très fort pour ne tirer sur personne.

Pour la défense de Cookie, il faut reconnaître qu'il pleuvait des cordes. Tandis qu'on dévalait toutes en tas au bas de l'escalier, Ange poussa de toutes ses forces sur la porte, la claquant au visage de Vilain Starsky – bénie soit son âme de sale petite frappe ! Le battant heurta le tueur dans un bruit sourd, et le couteau tomba sur les marches.

— Waouh, Ange, c'était génial ! m'exclamai-je en cognant Cookie dans le genou avec ma tête commotionnée – ça lui apprendrait.

— Courez ! répliqua Ange, agacé.

Il était vachement irritable, tout d'un coup.

Mon cœur se mit à battre à tout rompre tandis qu'on se relevait péniblement pour courir vers le fond de la ruelle, là où il faisait très noir. Si le type avait un flingue, comme je le soupçonnais, il serait capable de nous voir très distinctement si on courait vers la rue. Les lumières étaient trop vives pour nous offrir la moindre protection. Tel que je voyais les choses, il fallait contourner le bâtiment et se précipiter vers le resto. J'espérais que Norma avait la clé pour verrouiller les portes. En plus, avec un peu de chance, l'alarme allait rameuter la cavalerie.

Cookie jetait des regards éperdus autour de nous en courant. Cette femme était capable d'aller sacrément vite quand il fallait se bouger. Mais on n'avait pas fait dix mètres que j'entendis la porte se rouvrir et s'écraser contre le mur en briques du bâtiment. Mimi hurla, ce qui était vraiment très utile, au cas où quelqu'un n'aurait pas entendu l'alarme tonitruante.

— Courez ! leur dis-je en me retournant et en levant mon arme.

Viser était bien plus difficile que je m'y attendais à cause de la pluie qui ruisselait sur mon visage. Je tirai une fois, et le type replongea à l'intérieur du bâtiment. Cela donna le temps à Mimi et à Cookie de mettre les voiles. Je les rejoignis rapidement.

— Qu'est-ce que je fais ? demanda Ange en recommençant à jouer les criquets dans une poêle à frire.

— Ce que tu peux, mon cœur !

Je courus vérifier le passage entre le foyer et une fabrique de bonbons voisine. Il y avait quelques caisses et cartons, mais apparemment on pouvait passer, et les obstacles nous fourniraient une protection décente au besoin.

Malheureusement, le besoin se fit sentir trop tôt. Un coup de feu retentit, et Mimi se jeta au sol en couinant et en se protégeant la tête. Je visai et tirai de nouveau, mais pas avant qu'il ait tiré deux balles supplémentaires.

Pour la première fois de ma vie, je me retrouvais dans une fusillade, une vraie de vraie, contre un méchant. Visiblement, on était nuls tous les deux. En visant sa tête, je touchai la lumière au-dessus de lui. Je ne savais pas ce que lui visait de son côté, à moins qu'il s'en prenne aux fenêtres de la fabrique dans une quelconque manœuvre stratégique. Cookie et Mimi n'étaient pas loin d'une benne à ordures et coururent s'abriter derrière. Vilain Starsky se précipitait vers nous quand Ange lui fit un croche-pied. Son flingue s'écrasa par terre et glissa sur le sol mouillé.

— Prends le flingue ! criai-je à Ange en détalant dans la ruelle pour rejoindre Cookie.

Il me lança un regard noir et leva les bras au ciel.

— Ça ne fonctionne pas comme ça.

Oh, purée. Il y avait un règlement contre ça ?

— Est-ce que l'une de vous est blessée ? demandai-je, hors d'haleine, en prenant position derrière la benne.

— Je ne crois pas, répondit Mimi. À ton avis, il va falloir combien de temps aux flics pour arriver ?

— Plus de temps que nous en avons, répondis-je franchement.

Ange avait éloigné le flingue d'un coup de pied, mais le tueur ne mit que quelques instants à le récupérer avant de repartir dans notre direction.

À présent, nous étions coincées derrière une benne à ordures avec nulle part où nous enfuir. Je passai tant bien que mal à côté de mes camarades pour voir s'il y avait une ouverture dans la clôture qui nous bordait. Pas de chance. Celle-ci devait mesurer au moins trois mètres de haut et puisqu'elle était en parpaing, je doutais de pouvoir me précipiter à travers, à moins de prendre vraiment, vraiment beaucoup d'élan. On pouvait peut-être l'escalader, à condition de grimper sur la benne, mais cela voudrait dire nous exposer aux tirs de Vilain Starsky. Or, il lui restait sûrement beaucoup plus de balles que moi.

— Je suis désolée, Mimi.

Elle se cachait dans ce foyer pour une putain de bonne raison, et nous avions conduit le méchant tout droit jusqu'à elle. Bien joué, Charlotte.

— Non, je t'en prie, ne t'excuse pas. (Elle se mit à pleurer et fut prise de tremblements incontrôlés, ce qui me serra le cœur.) Rien de tout cela n'est ta faute, c'est la mienne et uniquement la mienne.

Je balayai rapidement le périmètre du regard. Vilain Starsky était presque sur nous, l'arme levée, prêt à tirer. J'arriverais peut-être à lui tirer dessus s'il se rapprochait encore et s'immobilisait parfaitement.

— Si seulement j'avais fait ce qu'il fallait il y a vingt ans.

— Mimi, protesta Cookie en passant un bras autour de son amie.

Sans me laisser le temps de changer d'avis, je brandis le .380 et sortis de derrière la benne. Jamais je ne m'étais sentie aussi nue, à part peut-être cette fois-là, au Mexique. Saloperie de tequila.

— Allez, tire-moi dessus ! criai-je sous la pluie battante.

Je n'avais pas d'autre choix que d'invoquer Reyes. Je détestais l'embêter, vu qu'il se faisait torturer et tout ça, mais…

Un vilain sourire apparut sur le visage de mon adversaire. Je comprenais pourquoi on l'appelait Vilain Starsky par ici.

— Rey'aziel…

Sans plus réfléchir, Vilain Starsky appuya sur la détente.

Eh, attends ! J'avais pas fini !

Mais le monde ralentit, et la balle s'immobilisa devant moi.

— On n'a pas déjà parlé de tes problèmes de timing ?

Je jetai un coup d'œil sur ma droite et aperçus Reyes. Sa robe ondulait autour de lui et formait des vagues splendides, comme s'il était un océan à lui tout seul. Puis je contemplai de nouveau la rage gravée sur les traits de Vilain Starsky, les gouttes de pluie suspendues dans les airs, la balle qui fendait l'atmosphère dans ma direction et qui venait de transpercer joyeusement une goutte. Je pouvais presque voir l'air comprimé qui poussait le projectile en avant. Celui-ci flottait à quelques centimètres de mon cœur. Si le temps reprenait son cours, s'il avançait d'une microseconde dans le futur, cette balle atteindrait sa cible.

— Comment est-ce possible ? demandai-je à Reyes.

Du coin de l'œil, je le vis hausser les épaules.

— C'est ce qui arrive quand quelqu'un se fait tirer dessus à bout portant, répondit-il d'une voix grave et apaisante en dépit de la situation délicate dans laquelle je me trouvais.

— Non, ça. Tout s'arrête. Ou, tout au moins, ralentit énormément.

— C'est le monde dans lequel nous vivons, Dutch. (Il me regarda entre les plis de son capuchon, la tête penchée avec curiosité.) Alors ? Tu veux que je m'occupe de lui pour toi ?

Je le voulais. Vraiment. Mais il restait toujours ce problème non résolu entre nous, qui me tracassait comme une maille échappée d'un pull. J'avais envie de tirer dessus, mais je savais que je risquais de tout défaire. Malgré tout, pour une raison qu'il fallait cataloguer parmi les chihuahuas et les armes de destruction massive, je fus incapable de m'en empêcher.

— Vas-tu me dire où tu es ?

— Tu veux vraiment parler de ça maintenant ?

— Oui.

— Alors non.

— Dans ce cas, je peux me débrouiller toute seule.

Au moment où je le dis, où les mots s'échappèrent de ma bouche, je compris que les rumeurs concernant mon manque de stabilité mentale étaient peut-être fondées, finalement. Si j'avais invoqué Reyes, n'était-ce pas précisément parce que j'avais besoin de lui ?

— Tu en es sûre ?

— Putain, ouais.

En poussant ce grondement qui me faisait toujours frissonner, il se détourna de moi avec colère.

— Tu es la fille la plus têtue…

— Moi ? m'écriai-je, incrédule. Je suis têtue, moi ?

Oh, ouais. Enfermez-moi et jetez la clé.

— Comme une mule, répondit Reyes en revenant brusquement devant moi.

— Parce que je refuse que tu te suicides ? C'est ça qui fait de moi une fille têtue ?

Il se pencha vers moi, son visage à quelques centimètres du mien, même si je ne pouvais pas vraiment le voir.

— Putain, ouais.

Hé, c'était ma réplique ! Je serrai les dents.

— Je n'ai pas besoin de ton aide.

— Très bien. Mais tu pourrais avoir envie de… (Du bout du doigt, il me poussa sur la gauche afin de m'écarter de la trajectoire de la balle.) La prochaine fois, plonge.

La sensation que j'éprouvais chaque fois que le monde repartait à vitesse normale était semblable à une collision avec un train de marchandises qui roulait vite. L'impact me coupa le souffle et le bruit résonna contre ma poitrine et jusque dans mes os tandis que la balle poursuivait sa trajectoire et passait à côté de moi sans me toucher. Je titubai sur le côté et eus juste le temps de regarder Vilain Starsky battre des paupières, surpris, avant de me remettre en joue.

Si j'avais fait attention, si le rugissement du tonnerre et de la pluie n'avait pas été si assourdissant, j'aurais peut-être entendu la voiture remontant la ruelle à toute vitesse, et

Vilain Starsky aussi. En l'état, nous fûmes tous les deux un peu surpris lorsqu'un 4 × 4 noir arriva soudain sur nous. Le chauffeur écrasa la pédale de frein et décrivit un arc de cercle qui emporta Vilain Starsky telle une tornade et le projeta contre le mur de la fabrique tout en me laissant indemne.

Je restai plantée là pendant un long moment, en clignant des yeux à cause de la pluie qui m'inondait le visage. Le 4 × 4 s'arrêta dans un crissement de pneus, et Ulrich, des Bee Gees, descendit d'un bond du siège arrière. Il se rendit auprès de Vilain Starsky tandis que la vitre s'abaissait du côté passager. M. Smith me sourit une fois de plus.

— Je vous jure, Sexy, vous avez plus d'ennuis que ma grand-tante May et pourtant elle, elle est sénile.

Je vis Ulrich vérifier le pouls de Vilain Starsky, puis lui en coller une, pour faire bonne mesure, je suppose. Ange tomba à genoux de soulagement, puis s'effondra les bras en croix dans un hommage théâtral à *Mort d'un commis voyageur*.

— Comment nous avez-vous retrouvées ? demandai-je à Smith.

— Ça fait un bon moment qu'on recherche ce type. Vous étiez la personne la plus logique à suivre.

— Vous êtes flics ? hasardai-je.

— Loin de là.

Alors, que faisaient-ils là, bordel ? J'entendis des sirènes au loin et compris qu'ils allaient bientôt repartir. Je me tournai vers M. Chao, alias le cascadeur fou.

— Vous êtes sûr que c'est raisonnable de conduire avec vos blessures ?

Ulrich flanqua une nouvelle beigne à Starsky.

— Là, il fait exprès de jouer les abrutis, commenta Smith.

— Je me tire, dit Ange en s'asseyant.

Il me fit le salut militaire avant de disparaître. J'appréciai le geste. Cela pourrait devenir la procédure standard au bureau.

— Charley, tu vas bien ? me demanda Cookie depuis les ombres.

Je doutai qu'elle me fasse le salut militaire.

— Extra. Reste où tu es.

Je ne savais toujours pas qui étaient ces hommes. Peut-être qu'ils voulaient la mort de Mimi au moins autant que Vilain Starsky.

M. Chao descendit lui aussi de la voiture et en fit le tour. Je le devançai et bloquai l'ouverture entre la benne et la clôture en parpaing. S'il voulait Mimi Jacobs, il allait devoir me passer sur le corps – ce qui devrait lui prendre cinq septièmes de secondes, à vue de nez.

Il se pencha sur le côté pour regarder par-dessus mon épaule. Satisfait, il se tourna vers moi. Ses cheveux dégoulinaient déjà de pluie. Quand il leva la main vers mon visage, je frémis, mais seulement parce que je crus qu'il allait me briser la nuque ou un truc dans ce goût-là. Ce genre de choses avait tendance à m'arriver. Au lieu de quoi, il fit courir ses doigts sur mes sourcils, écartant ma frange mouillée de mes yeux. Puis, il inclina le buste et retourna s'asseoir derrière le volant.

— Elle est vivante, annonça-t-il à Smith.

Je compris qu'il parlait de Mimi.

— J'imagine que vous n'allez pas me dire pour qui vous travaillez ? lui demandai-je.

— Vous pourriez dire qu'on travaille pour le big boss, répondit Smith.

— Dieu ?

Il ravala un sourire.

— Descendez d'un étage, comme dans « commandant en chef ».

— Dans ce cas, ça a un rapport avec cette histoire de siège au Sénat.

— En effet.

— Putain, ils plaisantent pas. Attendez, alors Kyle Kirsch est dans le coup, après tout !

Il plissa les yeux et haussa les épaules.

— Regardez plus au nord.

— Oh, allez, c'est tout ce que vous me donnez ?

— On vient juste de vous sauver la vie, me rappela-t-il.

Je reniflai avec mépris.

— Je vous en prie, je contrôlais parfaitement la situation.

Smith secoua la tête en pouffant.

— Je dois reconnaître qu'il s'agit de la mission la plus intéressante qu'on m'ait jamais confiée. (Il posa sur moi un regard rempli de regrets.) Vous allez me manquer, vous et votre boxer. (Son regard glissa derrière moi vers les ombres.) Conduisez cette femme chez les flics. Elle a une sacrée histoire à raconter.

Après un dernier coup de poing, Ulrich me salua de la tête en passant devant moi et grimpa sur le siège arrière. J'avais le sentiment que je ne les reverrais jamais. Tandis que le 4 × 4 s'éloignait, Cookie et Mimi m'attrapèrent par-derrière, et je me retrouvai bientôt enveloppée dans l'étreinte de groupe la plus suffocante que j'ai jamais connue.

Des lumières rouges et bleues ondoyaient sur les bâtiments, car une pléthore de voitures de police et d'ambulances bouclait la ruelle. Deux ambulanciers firent monter Vilain Starsky, menottes aux poignets, à l'arrière de leur véhicule, tandis qu'un de leurs collègues s'occupait de Hulk, victime d'une commotion cérébrale. Il gémissait beaucoup, mais je savais ce qu'il ressentait. Je m'écartai pour laisser les ambulanciers s'occuper de Starsky juste au moment où deux agents en costume froissé venaient à ma rencontre. Décidément, il semblait y avoir beaucoup de costumes froissés en ville, ces derniers temps. Ça devait être les soldes chez Dillard's.

— Mademoiselle Davidson ? demanda l'un d'eux.

J'acquiesçai. À présent que l'agitation était retombée, mon dos commençait à me faire mal. Vilain Starsky avait bousillé une très jolie veste et laissé une espèce de fissure le long de ma colonne vertébrale. Je me tortillai pour essayer de soulager cette sensation inconfortable.

— Je suis l'agent Foster, du FBI, m'annonça le type en exhibant son badge. Et voici l'agent spécial Powers.

— Ouais, c'est ça, reniflai-je. Je l'ai déjà entendue, celle-là.

L'agent Foster demeura impassible.

— C'est ce qu'on nous a dit. Voilà pourquoi on aimerait vous parler avant d'interroger cet homme.

Je regardai Vilain Starsky dans l'ambulance.

— Ça craint, hein, quand les vrais représentants de l'ordre se pointent ?

— Je ne peux pas te laisser seule deux minutes, déclara l'oncle Bob en venant vers moi.

— Je crois que je suis bonne pour aller au poste, confiai-je aux agents.

— On vous retrouvera là-bas.

— Tu es blessée ? Comment va ta tête ? me demanda l'oncle Bob.

C'était vraiment une mauviette.

— Mieux que la tienne. Tu as envisagé les électrochocs ?

Il poussa un long soupir.

— Tu m'en veux toujours.

— Nan, tu crois ?

Il apparut que Vilain Starsky et Vilain Hutch étaient apparentés – c'étaient des cousins ou un truc comme ça.

Quelle surprise ! Tous deux venaient du Minnesota et avaient eu des démêlés avec la justice toute leur vie. Mais ils n'avaient encore jamais donné dans le meurtre, du moins, pas à notre connaissance.

À notre arrivée, le commissariat bourdonnait d'activité, entre les affaires anciennes et les nouvelles qui se présentaient. L'aube se frayait un chemin incendiaire sur l'horizon lorsque Cookie alla s'asseoir dans une salle d'interrogatoire pour soutenir Mimi qui faisait sa déposition. Toutes deux étaient enveloppées dans une couverture et s'étaient vues offrir un chocolat chaud. Tout bien considéré, elles avaient l'air vachement bien installées. Les parents de Mimi l'avaient rejointe et se trouvaient également dans la salle. Son père n'arrivait pas à la lâcher et la gardait dans ses bras, si bien qu'il était difficile pour elle de boire son chocolat – mais je doutais que cela lui pose un problème. On n'est jamais trop vieille pour se blottir dans les bras de son père. D'après ce que je pouvais voir, ils étaient en train de déballer leur linge sale, y compris les sous-vêtements.

L'oncle Bob s'appliquait à faire abandonner les charges contre Warren. Il avait également appelé Kyle Kirsch, qui devait arriver d'un instant à l'autre.

— Je ne pense pas qu'on les payait assez, commenta Obie en me rejoignant, une liasse de papiers dans les mains.

J'étais occupée à verser de la crème dans mon café tout en essayant de garder ma couverture autour de mes épaules, principalement pour qu'on ne voie pas l'estafilade dans mon dos. Je ne pensais pas pouvoir supporter une nouvelle tournée de Super Glue.

— Le compte en banque des cousins Cox montre un dépôt de cinquante mille dollars chacun, expliqua mon oncle.

— Euh, qui sont les cousins Cox, déjà ?

Il soupira. C'était drôle.

— Les types qui t'ont kidnappée ? L'un d'eux vient juste d'essayer de te tuer dans une ruelle plongée dans le noir, tu te souviens ? Art et William Cox ? Ça te dit quelque chose ?

— Évidemment. J'avais juste envie de t'entendre répéter le nom Cox. Vu comme ils étaient déterminés, on avait dû leur promettre beaucoup plus une fois le boulot terminé, ajoutai-je en prenant une gorgée de café.

— Sûrement. Mais on n'arrive pas à tracer l'origine des dépôts. Et le tireur mort du motel était un copain qu'ils s'étaient fait en tôle. On est toujours en train d'éplucher ses comptes.

Je vis Kyle Kirsch entrer d'un pas pressé dans le commissariat, deux gardes du corps sur les talons. Je le reconnus d'après ses affiches électorales. Il s'arrêta à l'entrée pour poser une question au policier présent à l'accueil. De son côté, Mimi sortit en trombe de la salle d'interrogatoire et courut se jeter dans ses bras.

— Tu vas bien ? lui demanda-t-elle.

— Moi ? se récria-t-il, stupéfait. C'est à toi qu'il faut demander ça ! Qu'est-ce qui s'est passé ? ajouta-t-il en la serrant dans ses bras.

— Un type s'en est pris à moi, et Cookie et sa patronne, Charley, m'ont sauvé la vie.

Je fis la grimace. C'était gentil de sa part de passer sous silence le fait que nous étions la raison pour laquelle elle avait bien failli se faire tuer.

L'oncle Bob rejoignit Kirsch et lui tendit la main.

— Monsieur le député.

— Vous êtes le lieutenant Davidson ? s'enquit le politicien en lui serrant la main.

— Oui, monsieur. Merci d'être venu. Est-ce que je peux vous apporter quelque chose à boire avant de commencer ?

Kyle avait accepté de déposer lui aussi, en insistant sur le fait qu'il n'avait rien à cacher. Il serra de nouveau Mimi contre lui avec un sourire triste.

— Je suppose que c'est fini, lui dit-il.

— Il fallait bien que ça arrive.

— Et comment !

Je me demandais si on allait les arrêter pour ne pas avoir tout raconté plus tôt. J'espérais que non. Eux aussi étaient des victimes dans cette histoire.

— Voici Charley Davidson, dit Mimi en me voyant rôder autour d'eux.

Kyle me serra la main.

— Je vous dois tout.

— Warren !

Mimi courut se réfugier dans les bras de son mari qui venait d'entrer en titubant dans le commissariat, visiblement toujours aussi perturbé.

Je parlai à Kyle tout bas.

— Je déteste avoir à vous dire ça mais, pendant un bon moment, j'ai cru que vous étiez le responsable de tous ces meurtres.

Il sourit tristement, d'un air compréhensif.

— Je ne vous en veux pas, mais je vous jure que je n'ai rien à voir avec tout ça, ajouta-t-il à l'adresse de l'oncle Bob. Je ne suis pas tout à fait innocent, mais je ne suis pas coupable de meurtre. (Il sortit son téléphone portable.) Je sais que nous avons un interrogatoire à mener, mais ça vous dérangerait si j'appelais ma mère avant ? Je n'ai pas réussi à joindre mon père. Je crois qu'il est parti pêcher, et il n'emporte jamais son portable. Je voulais juste leur dire où je suis et ce qui se passe avant qu'ils l'apprennent à la télé.

— Pas du tout, répondit Obie.

— Merci. Ma mère est en visite chez ma grand-mère dans le Minnesota, ajouta-t-il par-dessus son épaule en s'éloignant.

L'oncle Bob et moi nous figeâmes tous les deux. Puis j'avançai et posai la main sur l'épaule de Kyle, éloignant le téléphone de son oreille. Il fronça les sourcils.

— Quelque chose ne va pas ?

— Kyle… Monsieur le député…

— Je vous en prie, appelez-moi Kyle, mademoiselle Davidson.

— Les suspects des meurtres sont des tueurs à gage du Minnesota. Avez-vous raconté à votre mère ou à votre grand-mère ce qui se passait ? Ce qui est arrivé à Ruiz ? Ou même le fait que Tommy Zapata voulait se dénoncer et avouer son crime ?

Kyle battit des paupières, réfléchit, puis se détourna de moi, l'étonnement peint sur le visage.

— Kyle, tous ceux qui se trouvaient dans cette pièce avec Hana Insinga sont morts, excepté vous et Mimi. Or, croyez-moi, Mimi n'aurait pas vécu une heure de plus si ces hommes étaient parvenus à leur fin. (Je posai une main compatissante sur son épaule.) Ça ne laisse plus que vous.

Il se couvrit les yeux avec la main et prit une grande inspiration.

— Votre mère ne vous aurait pas récemment emprunté cent mille dollars, par hasard ? insistai-je.

— Non, dit-il en se retournant avec un air résigné. Ma mère vient d'une famille fortunée. Elle n'avait pas besoin de m'emprunter de l'argent.

Cela expliquait la maison chicos de Taos qu'elle habitait avec un shérif à la retraite.

— Pensez-vous qu'elle soit capable de… ?

— Ma mère en est tout à fait capable, croyez-moi, répondit-il d'une voix brusquement teintée d'amertume, froide et implacable. Il y a vingt ans, je lui ai raconté tout ce qui s'est passé cette nuit-là. Elle m'a fait promettre de ne rien dire à mon père. Elle m'a dit que je serais arrêté et que les gens raconteraient que j'étais autant à blâmer que les autres. Dès que l'école a été finie, cet été-là, elle m'a envoyé chez ma grand-mère.

— Elle a donc toujours su ? dit l'oncle Bob.

— Oui, acquiesça Kyle. Quand je lui ai dit que j'allais trouver la presse avec Tommy Zapata, elle est entrée dans une colère noire. Pour elle, rien n'importait plus que le Sénat – et, au bout du compte, la présidence. (Il éclata d'un rire dur et acide.) Ça n'aurait jamais marché, de toute façon. Ils auraient découvert mon passé, mon style de vie. Les gens comme moi ne deviennent pas président, mais elle a insisté pour que je tente ma chance, en commençant par viser le Sénat. (Il posa sur moi un regard très dur.) Cette femme est cinglée.

— On devrait peut-être prendre votre déposition, maintenant, suggéra l'oncle Bob.

Il le conduisit dans une autre salle d'interrogatoire. Je ne les accompagnai pas. Ma tête douloureuse jouait toujours une symphonie, mais on était passé de la Cinquième de Beethoven à *Summertime* de Gershwin. Je me sentais mieux sur un point, cependant. Ma belle-mère avait beau être cinglée, elle n'avait jamais tué personne – pas que je sache, en tout cas.

Je pris deux Ibuprofènes et m'assis sur une des chaises dans la salle d'attente. Mes paupières se faisaient un peu trop lourdes à mon goût, mais je voulais attendre Cookie et voir ce que l'oncle Bob allait faire. J'étais pratiquement certaine qu'on venait juste de boucler l'enquête. Malgré tout, mes paupières n'en avaient rien à faire. Le monde se brouilla, bascula, tournoya un peu, fit la *Macarena* et se retourna complètement. Puis, mon père entra dans le commissariat.

Je supposai qu'il avait appris ce qui s'était passé et qu'il venait voir comment j'allais.

—Salut, papa.

J'arrachai mon corps de la chaise et donnai à mon père une accolade ensommeillée. Je ne l'avais pas revu depuis la nuit de l'agression, ce qui faisait de moi une très vilaine fille.

—Qu'est-ce que tu fais là ? me demanda-t-il en me serrant bien fort.

—Euh, qu'est-ce que toi, tu fais là ?

—Je n'ai toujours pas fait ma déposition sur l'agression.

—Oh.

Évidemment.

—Pourquoi es-tu drapée dans une couverture ? Qu'est-ce qui se passe ?

—Papa, je vais bien. C'est juste les trucs habituels, tu sais, des trucs de détective privé, tout ça…

—Charley, il faut vraiment que tu changes de métier, me dit-il, exaspéré.

—Qu'est-ce que tu fais là ? demanda Denise. Je croyais qu'elle ne venait pas, ajouta-t-elle en interrogeant mon père du regard.

Il serra les dents. Ça craint quand la vieille folle crache le morceau. Gemma leva une main cordiale en guise de salut, puis bâilla. Elle semblait aussi épuisée que moi.

—Et pourquoi est-ce que je ne venais pas ? demandai-je à mon père, qui secoua la tête.

—On va juste passer certaines choses en revue. Je ne pensais pas que tu voudrais être là, répondit-il en se prenant les pieds dans le tapis. (Voilà qui était intéressant.) Plus tard, tu devras déposer en donnant ton propre point de vue. Je ne voulais pas te faire perdre ton temps ni influencer ton témoignage.

— Eh bien, je suppose qu'on a de la chance, répliquai-je avec un énorme sourire. Je suis déjà là, j'adorerais me joindre à la fête.

Mon père serra les mâchoires tandis que l'oncle Bob nous rejoignait.

— Le député est en train de tout écrire, m'expliqua Obie. Je crois qu'il en a pour un moment. On peut aller écouter les bandes maintenant.

— Quelles bandes ? m'enquis-je, toute innocence et vertu.

— Celles de Caruso. Leland a enregistré ses appels. Par contre, frangin, je ne suis pas sûr que Denise et Gemma ont envie d'entendre ça.

— Bien sûr que si, rétorqua Denise en passant devant eux pour se rendre dans la salle de conférence.

Mon père avait tellement l'air abattu que c'en était gênant.

— C'est génial, dis-je en suivant ma belle-mère d'un pas sautillant, on va faire d'une pierre vingt-sept coups. Qui aurait cru qu'une visite au poste serait si productive ?

— Elle est toujours un peu fâchée, expliqua Obie à mon père.

Apparemment, il s'agissait d'un événement communautaire. Nous, à savoir la famille et deux lieutenants, nous assîmes autour de la table de conférence tandis que des flics de toutes les tailles et de toutes les formes, principalement mignons, voire très mignons, s'alignaient le long des murs. Même Taft se pointa. C'était intéressant mais, sur ma vie, je n'arrivais pas à comprendre pourquoi ces bandes audio fascinaient tout le monde à ce point-là, surtout Denise et Gemma.

— Qui devrais-je tuer en premier, Davidson ? demanda le type sur l'enregistrement : Mark Caruso.

Dans l'ensemble, il avait une bonne projection vocale et une prononciation correcte. Il avait juste besoin d'infléchir son accent pour mieux refléter son humeur.

— Quelle mort te mettra à genoux ? (C'était une superbe ouverture. Il avait vraiment réfléchi à son petit discours.) Quelle mort t'enverra au fond d'un trou si sombre et si obscur que tu ne seras plus jamais capable d'en sortir ?

J'avais l'impression que sa question était plutôt du genre rhétorique. Chacune son tour, toutes les personnes présentes dans la pièce lancèrent des regards furtifs en direction de mon père, pour voir quelles émotions refoulées Caruso parvenait à éveiller en lui. La situation expliquait parfaitement le succès de la télé-réalité. L'appétit humain pour la tragédie, pour la différence subtile entre la douleur et l'angoisse, et l'envie de voir chaque émotion tordre les traits d'un visage d'ordinaire souriant étaient irrésistibles. Ce n'était pas leur faute. Nous avons tous en nous un certain degré de morbidité, cela fait partie de notre composition biologique, de notre ADN.

— Ta femme, Denise ? proposa Caruso comme s'il demandait la permission.

Ma belle-mère laissa échapper un hoquet étouffé et plaqua sa main sur sa bouche en entendant son prénom. Naturellement, les larmes lui montèrent aux yeux. Mais j'avais un talent incroyable pour détecter les émotions des gens, et je voyais bien qu'elle prenait son pied grâce aux regards pleins de compassion qu'on lui lançait. Surtout, je perçus le soulagement qui l'envahit lorsqu'elle jeta un coup d'œil dans ma direction, parce que Caruso s'en était pris à moi et pas à elle. J'imagine que je ne pouvais pas lui en vouloir de cette réaction, mais j'aurais préféré ne pas la voir prendre son pied à mes dépens.

Caruso attendait une réaction.

— Non, reprit-il d'un ton résigné. Non, tu as besoin de perdre une fille, comme moi. Gemma, alors ? La plus jolie ?

Gemma n'avait pratiquement pas bougé depuis le début de l'enregistrement, mais elle se figea carrément. Son visage pâlit, et elle retint son souffle pendant ce qui me parut être une bonne minute avant de regarder mon père. Denise glissa son bras sous celui de son mari et s'appuya contre lui pour le soutenir à sa manière superficielle, mais il ne parut pas s'en rendre compte, pas plus qu'il ne rendît son regard à Gemma. Il était replié sur lui-même, et il n'y avait plus qu'une coquille vide à sa place. Bizarrement, il suait comme un bœuf. Pourquoi maintenant ? Tout était dit, tout était fini. Le type était derrière les barreaux.

Une fois encore, sur la bande, il ne répondit pas à Caruso.

Tout le monde attendait, sachant ce qui allait se passer, qui venait ensuite.

— Et pourquoi pas ta cadette, un vrai chat sauvage, celle-là ! demanda Caruso d'une voix rocailleuse. (Visiblement, il savourait sa revanche.) Comment elle s'appelle, déjà ? Ah, oui… Charlotte.

Il prononça lentement mon nom, comme s'il se délectait de chaque syllabe qui roulait sur sa langue. Je sentis tous les regards converger sur moi, mais je baissai les yeux pour ne pas les voir. Bizarrement, je sentis particulièrement celui de l'oncle Bob. J'avais toujours été sa préférée, et c'était une faiblesse dont je ne manquais pas de profiter chaque fois que c'était possible.

Mais, à ce moment-là, mon père parla sur la bande, sa voix claire comme de l'eau de roche, chaque intonation tendue, chaque syllabe forcée. Il n'avait rien dit quand Caruso avait mentionné Denise ou Gemma, mais, en entendant mon nom, il avait craqué.

— Je vous en prie, dit-il d'une voix rauque à cause de l'émotion qu'il s'efforçait de contenir, pas Charley. Pitié, pas elle.

Mon cœur s'arrêta de battre. L'air dans la salle s'épaissit jusqu'à ce que j'aie l'impression que j'allais étouffer. La vérité implicite contenue dans ces paroles me submergea par vagues, provoquant un tel choc en moi que je restai complètement stupéfaite pendant une bonne minute avant de relever les yeux. Cette fois, les regards compatissants étaient tous dirigés vers mon père. Ils voyaient un homme au supplice. Moi, je voyais un flic, un lieutenant avec vingt ans d'expérience, qui avait pris une décision.

Mon père baissa la tête et coula un regard furtif et rempli de chagrin dans ma direction. Dire que j'étais prise au dépourvu par sa supplique était l'euphémisme du siècle. Le murmure d'émotion qu'il s'efforçait de contrôler bec et ongles n'était pas dû à la douleur de la peur, mais à celle de la culpabilité. Il accrocha mon regard, et des excuses muettes tombèrent de chacun de ses cils. L'agitation qui s'empara de moi me poussa à me lever de ma chaise, comme quand un gamin se fait tyranniser à l'école.

Je me levai en titubant, en oubliant la couverture et le reste de l'enregistrement, et scrutai les visages autour de moi. Denise semblait horrifiée que son mari ait supplié pour la vie de sa fille quand il n'avait pas supplié pour la sienne. Elle avait un sens de la réalité trop superficiel pour comprendre la vérité. Ce devait être agréable de voir le monde de façon aussi unidimensionnelle.

Mais l'oncle Bob savait, lui. Bouche bée, il contemplait mon père comme si ce dernier avait perdu l'esprit. Et Gemma avait compris aussi. Gemma. La seule personne sur Terre dont je ne voulais surtout pas la sympathie.

Heureusement, les larmes qui auraient pu jaillir à l'idée que mon père avait pratiquement peint une cible sur mon front restèrent coincées derrière un mur de stupéfaction. J'avais toujours les poumons paralysés, comme si on m'avait coupé le souffle. Ils commençaient à me brûler, et je dus me forcer à respirer tandis que je restais là, à dévisager mon père d'un air totalement incrédule.

Leland Davidson, qui pendant vingt ans avait fait partie de la police d'Albuquerque, était bien trop intelligent pour faire un truc aussi incroyablement stupide. Mon oncle Bob le savait. Je voyais le choc et la colère derrière ses yeux bruns. Il était aussi sonné que moi.

L'expression sur le visage de mon père était condamnable. Celle de ma belle-mère, qui ne pigeait absolument rien et dont le regard ne cessait d'aller et venir de son mari à moi, était presque comique. Mais il y avait trois autres personnes dans la pièce qui avaient compris. Ça ne m'étonnait pas de la part de l'oncle Bob, mais je n'en revenais pas que même Taft ait pigé. Il posait sur moi un regard surpris, presque contrit.

En revanche, l'incrédulité peinte sur le visage de Gemma était plus que je n'en pouvais supporter. Elle dévisageait durement notre père en affichant aussi sa stupéfaction. Son diplôme en psychologie s'avérait payant. Elle savait que notre père l'avait choisie à mes dépens, comme il avait également choisi ma belle-mère plutôt que moi.

Mes pieds me permirent de reculer jusqu'à ce que je sente une poignée me rentrer dans la hanche. Je tendis la main derrière moi et ouvris la porte juste au moment où mon père se levait.

— Charley, attends, me dit-il alors que je sortais précipitamment.

Le couloir débouchait sur une mer de bureaux où l'on entendait les sonneries de téléphone et le cliquetis des touches de clavier. Je passai entre eux en courant. J'entendis mon père derrière moi :

— Charley, s'il te plaît, arrête-toi !

Et le laisser voir dans quel état pitoyable j'étais ? Pas question.

Mais il était plus rapide que je ne l'aurais cru. Il attrapa mon bras dans sa longue main effilée et m'obligea à me retourner pour lui faire face. Ce fut à ce moment-là que je me rendis compte que mes larmes avaient réussi à se libérer. Il était tout flou. Je fermai la bouche et m'essuyai le visage du dos de ma main libre.

— Charley…

— Pas maintenant.

Je m'arrachai à sa poigne et repartis vers la sortie.

— Charley, me rappela-t-il.

Il me rattrapa juste au moment où je franchissais la porte du commissariat. Il me ramena à l'intérieur. Je libérai de nouveau mon bras d'un geste sec. Il m'empoigna encore une fois, je me libérai, et ainsi de suite jusqu'à ce que je le gifle si fort que le son retentit dans tout le commissariat. Le silence s'abattit brusquement sur la pièce, et tous les regards convergèrent vers nous.

Il toucha la joue que je venais de frapper.

— Je le mérite, mais laisse-moi t'expliquer.

Debout dans le hall, j'éprouvais un sentiment de trahison et d'humiliation si cuisant que cela m'empêchait d'écouter ce qu'il avait à dire. Je me renfermai complètement. Ses mots rebondissaient sur moi comme si j'avais un champ de force invisible autour de moi. Je lui lançai mon plus beau regard furieux, puis tournai les talons et essayai de fuir à nouveau, surtout que je voyais Gemma et Denise arriver. Je me sentais physiquement malade à l'idée d'affronter leur indifférence. Je déglutis péniblement pour empêcher la bile de remonter plus haut que ma gorge.

Cette fois, mon père ne m'empoigna pas. Il appuya juste un bras contre le mur pour me bloquer le passage, puis il se pencha vers moi et chuchota à mon oreille.

— Si je dois te menotter et te ramener hurlante et donnant des coups de pied dans cette salle, je le ferai.

Je le regardai d'un air furieux tandis que Denise se hâtait de nous rejoindre.

— Est-ce qu'elle vient vraiment de te frapper ? demanda-t-elle, horrifiée.

Jamais je n'avais eu autant envie de lui flanquer une bonne beigne, à elle aussi. Où était Ulrich quand on avait besoin de lui ?

— Tu ne vas pas la laisser s'en tirer comme ça, n'est-ce pas ? demanda-t-elle à mon père. (*Mon* père. Elle balaya le commissariat du regard, gênée que les autres officiers aient assisté à cet éclat.) Leland…

— Ferme-la, répondit-il d'une voix si calme, si menaçante que Denise en resta sans voix – pour une fois.

Elle se couvrit la gorge d'une main, un geste qui trahissait son embarras. La loi obligeait tout officier de police qui m'avait vu frapper mon père à m'arrêter. Personne ne bougea.

Mon père me dépassait d'une bonne tête. Il était mince, mais solide comme un roc. Sans l'ombre d'un doute, je le savais capable, s'il le voulait vraiment, de me ramener de force dans cette salle. Mais cela reviendrait à attraper un chat par la queue. Il aurait une sacrée bagarre sur les mains, qu'il ne serait pas prêt d'oublier.

— Très bien, dis-je d'une voix aussi douce que la sienne, passe-moi les menottes, parce que je refuse de retourner dans cette pièce. Je refuse que tout le monde se sente désolé pour moi parce que mon père a envoyé un cinglé tuer sa fille.

Il soupira, et ses épaules s'affaissèrent.

— Ce n'est pas ce que j'ai fait.

— Oh, vraiment ? rétorqua durement Gemma en s'interposant. Papa, c'est exactement ce que tu as fait.

— Non, je veux dire…

— Elle est tellement spéciale. Elle est unique, insista Gemma, dont les paroles me coupèrent le souffle. Elle est tellement plus que ce que même toi tu crois. Et tu as envoyé cet assassin vers elle ?

— Gemma, de quoi parles-tu ? protesta Denise. (Je sentais le sentiment de trahison qui émanait d'elle par vagues.) Il a supplié cet homme de ne pas faire de mal à Charley.

Gemma semblait avoir du mal à garder patience. Elle ferma ses beaux yeux bleus pendant un long moment, avant de se tourner vers Denise.

— Maman, tu ne l'as donc pas entendu ?

— Si, j'ai entendu chaque mot, répondit Denise d'une voix brusquement teintée d'amertume.

— Maman, ouvre les yeux, demanda Gemma en posant les mains sur les épaules de Denise.

Elle dit cela d'une voix douce, parce qu'elle ne voulait pas vexer la vieille bique. Moi, je n'avais pas tant de scrupules.

— Impossible, lançai-je.

De colère, Denise serra les mâchoires.

— Tu vois ? demanda-t-elle à mon père en me montrant du doigt au cas où il n'aurait pas pigé.

Je n'en revenais toujours pas de la réaction de Gemma. Très franchement, j'aurais cru qu'elle s'en ficherait complètement.

L'oncle Bob, qui était resté en retrait jusque-là, intervint à son tour.

— On peut peut-être terminer cette conversation dans mon bureau.

— Je m'en vais, annonçai-je, tellement épuisée que j'avais peur de vomir.

Je repartis en direction de la porte.

— Je savais qu'il échouerait, dit tranquillement mon père dans mon dos.

Je m'arrêtai et me retournai. J'attendis.

— Je savais qu'il finirait comme les autres.

Quels autres ? Pour combien d'autres était-il au courant ? Il se rapprocha de moi en me lançant un regard suppliant.

— Penses-y, ma chérie. S'il s'en était pris à Denise ou à Gemma avant qu'on lui mette la main dessus, elles seraient mortes à l'heure qu'il est.

Il avait raison. Mais ça faisait quand même toujours aussi mal. Une souffrance terrible, comme je n'en avais encore jamais connu, creusa un trou dans ma poitrine et bloqua mes voies respiratoires jusqu'à ce que je me retrouve haletante. Puis, ça recommença. Les maudites grandes eaux. Putain, était-il possible d'être aussi pitoyable ?

Mon père me caressa le visage.

— Je savais que tu t'en sortirais. Tu t'en sors toujours, ma jolie petite fille. Tu as, je ne sais pas, un pouvoir ou un don. Il y a une force qui te suit. Tu es la chose la plus stupéfiante que j'ai jamais vue.

— Mais, papa, se récria Gemma d'un air de reproche, tu aurais dû la prévenir. Tu aurais dû la préparer.

Gemma pleurait aussi, à présent. Je n'arrivais pas à le croire. J'étais entrée dans la Quatrième Dimension. Fini pour moi les marathons de science-fiction. Gemma me rejoignit et me serra dans ses bras – genre, très fort. Et que je sois pendue si je ne lui rendis pas son étreinte.

L'amertume et la frustration accumulées pendant ces années où j'avais été la cinglée, la bizarre, le vilain petit canard, refirent surface, et je ne pus, malgré tous mes efforts, étouffer les sanglots qui me secouaient le corps. Notre père se joignit à nous en chuchotant des excuses pendant que nous nous serrions dans les bras tous les trois.

Je jetai un coup d'œil à Denise. Elle était plantée à côté de nous, perplexe et embarrassée. J'eus presque pitié d'elle. Sauf que non. En revanche, je fis signe à l'oncle Bob de nous rejoindre. Il nous regardait avec un sourire rêveur, mais quand il me vit lui faire signe, il fronça les sourcils et secoua la tête. Je le poignardai avec mon regard qui tue, comme un laser, et lui fis signe de nouveau. Il poussa un long soupir, puis vint nous entourer tous les trois de ses bras.

On devait former un sacré tableau, au beau milieu d'un commissariat de l'APD, en pleurant et en se serrant dans les bras comme des célébrités en désintox.

— Je n'arrive plus à respirer, protesta Gemma.

On se mit à pouffer comme quand on était au lycée.

Chapitre 19

C'est pas parce que je m'en fous
que je ne comprends pas.

TEE-SHIRT

— Ne le prends pas mal, mais tu as été une vraie garce avec moi pendant des années, dis-je à Gemma.

Nous étions assises à une table dans le bar de notre père. Sammy nous préparait des *huevos rancheros*, et papa s'occupait de nos boissons. Denise nous avait suivis également ; même l'oncle Bob avait quitté le boulot pour venir manger un morceau.

— Le député peut attendre, avait-il confié en souriant.

Juste avant d'ajouter :

— Tu veux bien m'expliquer cette estafilade dans ton dos ?

Je lui avais tapoté le ventre.

— Tu sais, si tu continues à manger comme ça, je vais commencer à t'appeler oncle Blob.

— Ce n'est pas très gentil.

— Je sais, c'est pour ça que je te l'ai dit.

— Oh.

Ensuite, on était venus là.

Gemma s'agita sur sa chaise.

— Je travaille là-dessus, OK ? C'est vrai, tu imagines ce que c'est de grandir à côté de l'époustouflante Charley Davidson ? La Charley Davidson, la seule et l'unique ?

J'étais en train de boire une gorgée du thé glacé que m'avait apporté mon père et je m'étranglai avec. Après une longue et difficile quinte de toux, je dévisageai ma sœur d'un air ébahi.

— Tu plaisantes ? De nous deux, tu as toujours été la parfaite petite fille. Et tu as un problème avec moi ?

— Qu'est-ce tu crois ? répliqua-t-elle en levant les yeux au ciel.

On se ressemblait bien plus que dans mon souvenir. C'était flippant.

— Tu ne veux même pas me dire bonjour, protestai-je. Tu ne lèves même pas les yeux quand j'entre dans une pièce.

— Je croyais que tu ne voulais pas que je le fasse.

Elle baissa la tête d'un air gêné. De mon côté, je ramassai ma mâchoire par terre.

— Pourquoi penses-tu un truc aussi ridicule ?

— Parce que tu m'as demandé de ne plus jamais t'adresser la parole, pas même pour te dire bonjour. Et tu as ajouté que je ne devais jamais plus, au grand jamais, te regarder, quelles que soient les circonstances.

— Quoi ? (Je ne me souvenais absolument pas de ça. Ah si, attendez, il y avait bien eu une fois.) M'enfin, j'avais neuf ans !

Elle secoua la tête. Bon, d'accord, il y avait eu une deuxième fois.

— Quand j'avais douze ans ?

Nouveau hochement de tête.

— Quoi qu'il en soit, c'était il y a très longtemps.

— Tu n'as pas mentionné de date limite. Visiblement, tu ne t'en souviens pas, mais moi si, comme si c'était hier. En plus, tu as toujours été si secrète. Je voulais toujours en savoir plus, mais tu refusais de me raconter. (Elle haussa les épaules.) Je me suis toujours sentie à l'écart.

À mon tour, je m'agitai sur ma chaise.

— Gemma, il y a certaines choses qu'il ne vaut mieux pas que tu saches.

— Ça y est, elle recommence ! s'exclama-t-elle en levant les bras au ciel.

Papa, qui était venu s'asseoir en face de nous, se mit à rire.

— Elle me fait toujours ce coup-là, à moi aussi.

— Vraiment, les gars, je ne plaisante pas, insistai-je.

— Charley a raison, intervint Denise. Il faut qu'elle garde ces choses-là pour elle.

Nous étions de retour à Déniville, qui n'était pas aussi amusante que Margaritaville. Rien ne plaisait moins à Denise que de parler de Charley.

— Denise, dit mon père en posant sa main sur celle de sa femme, tu ne crois pas qu'on a joué à ça trop longtemps ?

— Comment ça ?

— Tu l'as toujours mise de côté et tu as toujours refusé de reconnaître son don, même quand tu en avais la preuve juste sous le nez.

— Je n'ai jamais rien fait de tel, hoqueta Denise.

— Maman, intervint Gemma à son tour. (Elle aimait véritablement cette bonne femme. Je ne comprenais vraiment pas pourquoi.) Charley est très spéciale. Tu ne peux pas ne pas le savoir.

— C'est pour ça que j'ai fait ça, reprit mon père, le visage baissé parce qu'il avait honte. Je savais que si Caruso s'en prenait à toi, ma chérie, tu en sortirais indemne – comme toujours.

De mon point de vue, je n'en étais pas sortie indemne. J'avais eu besoin de Super Glue pour me recoller la poitrine. Enfin, pendant quelques minutes. La plaie avait guéri presque immédiatement, mais je n'avais pas eu le cœur de le dire au docteur. C'était un autre aspect de moi que ma famille ne connaissait pas : à quel point je guérissais vite.

— Papa, pourquoi tu ne m'as pas parlé de lui ?

Une grande honte et une profonde tristesse engloutirent mon père tout entier. Je lui pris la main de peur de le voir disparaître.

— Je ne voulais pas que tu sois au courant pour Caruso si je pouvais l'éviter. Je ne voulais pas que tu apprennes ce que j'avais fait. Nous espérions le retrouver avant qu'il puisse mettre sa menace à exécution.

— Papa, tu peux tout nous dire, intervint Gemma.

— Mais vous ne comprenez pas. Il avait raison. C'est à cause de moi que sa fille est morte. Je le poursuivais à deux cents à l'heure, et je lui ai fait une queue de poisson. Il a dérapé, il a rebondi contre la glissière de sécurité et il a dévalé un petit talus de l'autre côté. Sa voiture a fait un tonneau, et sa fille a été éjectée.

— Papa – oh, bon sang ! m'exclamai-je, exaspérée. C'est sa faute, et non la tienne ! Franchement, il s'est lancé dans une course-poursuite avec sa fille dans la voiture ?

Mon père poussa un long soupir, puis acquiesça.

— Je sais, mais ça n'en est pas plus facile à digérer pour autant. Je ne pouvais pas te le dire. Mais je l'ai fait. Alors, maintenant, c'est ton tour.

— Oh, merde, c'était un piège !

— Il a raison, tu dois nous donner quelque chose, renifla l'oncle Bob.

Saint macaroni, s'ils découvraient que j'étais la Faucheuse… Non. Hors de question d'aller sur ce terrain-là.

— Pour commencer, comment as-tu fait ça, l'autre nuit ? demanda mon père.

— Fait quoi ? répliquai-je au moment où Donnie, son barman amérindien, nous apportait nos plats. (Je pris le temps de contempler son torse, puis je ris sous cape en surprenant Gemma en train de faire pareil. On se tapa dans la main sous la table.) Salut, Donnie.

Il me regarda en fronçant les sourcils.

— Salut, répondit-il d'un ton méfiant.

Il ne s'était jamais pris d'affection pour moi.

— Ces gestes, expliqua mon père après le départ de Donnie. La façon dont tu as bougé.

Il se pencha pour ajouter tout bas :

— Charley, ça n'avait rien d'humain.

Gemma ouvrit de grands yeux ronds comme des soucoupes.

— Quoi ? Comment elle a bougé ?

Même Denise parut brusquement intéressée tandis qu'elle mélangeait ses œufs et son chili rouge.

Pendant que mon père expliquait à tout le monde ce que j'avais fait et comment j'avais bougé, je jetai un coup d'œil à Charlotte aux Fraises. Elle était apparue à côté de moi. Je poussai Gemma avec ma hanche pour faire de la place à la petite.

— Salut, mon chou, lui dis-je tandis qu'elle grimpait sur le banc à côté de moi. (Mon père s'interrompit. Tout le monde à table me regardait bizarrement. Je levai les yeux au ciel.) Oui, bon, franchement, chacun ici sait que je communique avec les défunts.

— On sait, rétorqua Gemma, on veut juste écouter votre conversation.

— Oh. Eh bien, d'accord.

Denise fit mine de s'intéresser énormément au contenu de son assiette. Je m'attendais plus ou moins à l'entendre renifler ou piquer une crise, mais je crois qu'elle était consciente d'être en infériorité numérique – pour une fois dans son existence.

— Qu'est-ce qui se passe ? demandai-je à Charlotte aux Fraises. Ton frère sort encore avec cette pute ?

— Charley ! s'exclama Gemma sur un ton réprobateur.

— Non, mais c'est vrai, expliquai-je. Il pourrait avoir besoin d'une intervention.

— Je ne sais pas. (Charlotte aux Fraises haussa les épaules, si bien que ses cheveux blonds se répandirent sur ses épaules.) Je suis allée voir Baby. Tu sais, dans ce vieux bâtiment. C'est vraiment sympa. Et Rocket est si drôle.

Mon cœur fit un bond lorsqu'elle mentionna Rocket.

— Alors, il va bien ?

— Ouaip. Il dit qu'il se porte comme un charme.

Je poussai un soupir de soulagement et me demandai si Baby avait découvert où Reyes cachait son corps. Je détestais poser la question à haute voix, mais…

— Est-ce qu'elle l'a retrouvé ? Reyes ?

L'oncle Bob se figea. Il était le seul à cette table qui sache qui était Reyes et le fait qu'il se soit évadé de prison, pour ainsi dire.

Charlotte aux Fraises haussa les épaules.

— Non, elle a dit que tu étais la seule à pouvoir le retrouver. Mais tu ne le cherches pas avec la bonne partie de ton corps.

Je ne pus m'empêcher de regarder en direction de mon entrejambe.

— Qu'est-ce que ça veut dire ?

— Aucune idée.

Je me penchai pour chuchoter :

— Bien, est-ce qu'elle a mentionné quelle partie de mon corps je devais utiliser ?

Tout le monde à la table s'était penché aussi.

— Elle a juste dit que tu devais tendre l'oreille.

— Oh. (Je me renfonçai sur le siège, perplexe.) Et je suis censée entendre quoi ?

— Je ne sais pas. Elle parle bizarre.

— D'accord, répète-moi exactement ce qu'elle a dit.

— Elle a dit que tu devais tendre l'oreille pour entendre ce que toi seule peux entendre.

— Oh, répétai-je en fronçant les sourcils.

— On va jouer à la marelle.

— D'accord.

— Ah oui, elle a ajouté que tu devais te dépêcher.

— Attends ! (Mais Charlotte aux Fraises était déjà partie.) Putains de gens morts.

— Quoi ? demanda Gemma, dont l'intérêt était piqué au vif.

C'était plutôt sympa d'être aussi franche. Je lançai un regard entendu à l'oncle Bob.

— Elle m'a dit que si je voulais trouver Reyes, je devais tendre l'oreille pour entendre ce que moi seule peux entendre. Je ne sais pas ce que ça signifie.

— Charley, je sais ce que tu es, annonça Gemma.

Ma mâchoire commença à dégringoler. Je me ressaisis et lançai un coup d'œil à la ronde d'un air embarrassé.

— Gemma, personne à cette table ne sait qui je suis.

— Et pourquoi ça ? voulut savoir mon père.

Gemma sourit.

— Je sais que tu es amoureuse.

Puis elle me fit un clin d'œil de conspiratrice, et je compris qu'elle couvrait mes arrières, mais qu'elle savait vraiment ce que j'étais. Quand diable était-ce arrivé ?

— Je sais aussi que tu as des pouvoirs dont tu ne nous as jamais parlé.

Papa se pencha en arrière pour nous dévisager toutes les deux. Il voulait des réponses que je n'étais tout simplement pas prête à lui donner – pas encore.

— Cela vous rassurerait de savoir que je ne m'en sers que pour faire le bien ?

Il pinça les lèvres.

— Que te dit ton cœur ? me demanda Gemma.

Je posai mon menton au creux de ma main et me mis à piquer ma galette de pomme de terre avec ma fourchette.

— Mon cœur est trop épris de lui pour réfléchir sereinement.

— Alors, fais une pause et tends l'oreille, me dit ma sœur. Je t'ai déjà vu le faire, quand on était petites. Tu fermais les yeux et tu écoutais.

C'était vrai. Je redressai les épaules à ce souvenir. Elle avait raison. Parfois, quand je voyais Grand Méchant au loin – avant de savoir qu'il s'agissait de Reyes – je m'immobilisais et j'écoutais ses battements de cœur. Mais il était près de moi. Voilà pourquoi je les entendais. Non ?

Gemma me réprimanda d'une grimace.

— Ferme les yeux et écoute.

Elle se pencha pour chuchoter à mon oreille :

— Tu es la Faucheuse, pour l'amour du ciel.

Je dissimulai ma surprise derrière un masque de réticence.

— Comment le sais-tu ? murmurai-je.

— Je t'ai entendu le dire à ce gamin, Ange, quand tu l'as rencontré.

Putain, j'avais complètement oublié.

— Maintenant, concentre-toi, reprit-elle en me regardant comme si elle avait complètement foi en moi.

Je pris une longue inspiration, puis expulsai lentement l'air de mes poumons en fermant les yeux. Je l'entendis presque aussitôt. Un faible battement de cœur, dans le lointain. Je me concentrai dessus en focalisant tous mes sens sur ce bruit. Plus je me concentrais, plus il devenait fort. Son rythme était si familier, sa cadence si rassurante. Était-ce vraiment le cœur de Reyes ? Était-il toujours vivant ?

— Reyes, où es-tu ? chuchotai-je.

Je sentis une chaleur, une bouffée de feu, puis une bouche à mon oreille. J'entendis alors une voix si profonde, si rauque, que ses basses vibrations déferlèrent sur moi en vagues sensuelles.

— Au dernier endroit où tu penseras à regarder, répondit-il sur un ton presque taquin.

J'ouvris les yeux en poussant une exclamation de surprise.

— Oh, mon dieu, je sais où il est !

Je dévisageai les personnes qui m'entouraient et qui me regardaient d'un air interrogateur.

— Oncle Bob, tu peux venir avec moi ? demandai-je en me levant d'un bond.

Il enfourna une nouvelle bouchée de nourriture, puis se leva. Mon père aussi.

— Papa, tu n'as pas besoin de venir.

Il me lança un regard sardonique.

— Essaie de m'en empêcher.

— Mais il peut très bien ne rien se passer.

— D'accord.

— Bon, OK, mais ton petit déjeuner va refroidir.

Il sourit. Je regardai Gemma, incapable de croire qu'elle savait qui j'étais. Mais l'idée que mon père l'apprenne un jour me broyait la poitrine. J'étais sa petite fille et j'avais envie de le rester le plus longtemps possible. Je me penchai vers elle juste avant de partir.

— Je t'en prie, ne dis pas à papa ce que je suis.

— Jamais, répondit-elle en me souriant d'un air rassurant.

Waouh, c'était sympa – même si ça faisait très famille Adams.

Quel était le dernier endroit où je n'irais jamais chercher Reyes ? Chez moi, naturellement.

Sans attendre mon père ou l'oncle Bob, je traversai le parking en courant aussi vite que mes hauts talons me le permettaient et je dégringolai presque l'escalier de la cave. C'était la seule explication logique. Tous les appartements étaient occupés puisque l'année universitaire avait commencé. Reyes devait donc forcément être dans la cave.

Quand je m'arrêtai brutalement sur le sol en ciment, la porte s'était refermée, et je me rendis compte que j'avais oublié un détail. La lumière. L'interrupteur était en haut de l'escalier. Je fis demi-tour, prête à remonter, mais je m'immobilisai aussitôt. Une étrange forme d'anxiété courait à la surface de ma peau, comme de l'électricité statique parcourant des terminaisons nerveuses à vif. La première chose dont je pris conscience, ce fut l'odeur. Des relents âcres épaississaient l'atmosphère. Leur acidité me brûlait la gorge et les yeux.

Je me couvris le nez et la bouche d'une main et clignai des yeux dans le noir. Des formes géométriques commencèrent à apparaître. Des angles aigus et des articulations saillantes se matérialisèrent. Lorsque ma vision se fut adaptée, je découvris que ces formes bougeaient et rampaient les unes sur les autres comme des araignées géantes, accrochées au plafond, s'écrasant mutuellement pour obtenir la meilleure place.

Je reculai en titubant avant de me rendre compte qu'elles étaient partout. Je décrivis un tour sur moi-même. J'étais complètement encerclée.

— Ils m'en ont envoyé deux cent mille.

Je fis volte-face et aperçus Reyes, la mine farouche et l'épée au clair. Il avait l'air si sauvage, si époustouflant, que j'en frissonnai.

— *Iunctis viribus*, dit-il.

L'union fait la force.

Ils le voulaient tellement qu'ils en bavaient – littéralement. Un liquide sombre dégoulinait de leurs crocs tranchants comme des rasoirs et formait des flaques sur le sol. Ce fut à ce moment-là que je découvris le corps physique de Reyes, qui n'était plus qu'une coquille lacérée. Mes genoux cédèrent sous moi, et je me raccrochai à la rambarde pour rester debout. Je secouai la tête pour repousser la sensation de vertige, puis me focalisai de nouveau sur lui. Inconscient, il baignait dans un mélange de son sang et de la salive noire et épaisse des démons.

— C'est tout ce qui a réussi à passer, m'expliqua Reyes dans sa forme éthérée.

Tout ? La cave était loin d'être petite et abritait désormais deux, peut-être trois mille de ces créatures. Des démons, comme de la suie et de la cendre noires avec des crocs.

La lumière s'alluma et, à ce moment, je compris. Ils avaient été chassés de la lumière. En présence de celle-ci, ils disparaissaient.

— Éteignez la lumière ! hurlai-je parce que je ne pouvais plus les voir.

— Quoi ? demanda l'oncle Bob en haut de l'escalier.

— Éteignez la lumière et restez dehors !

— Non, laisse la lumière allumée, ordonna Reyes. Si tu peux les voir…, ajouta-t-il en faisant allusion à son avertissement.

Mais l'oncle Bob m'obéit.

Reyes lâcha un grondement agacé. Entièrement drapé dans sa robe noire qui ondoyait sous forme de vagues autour de lui, il brandissait sa lame qui scintillait même dans les profondeurs obscures de la cave. Le cercle des démons se refermait peu à peu sur lui ; ils ne cessaient de se rapprocher, rampant les uns sur les autres, suintant hors des fissures et des crevasses et tombant du plafond, luttant entre eux pour obtenir la première place, à l'avant de la légion.

Le cœur battant à tout rompre, je balayai du regard les créatures autour de moi. Comme Reyes l'avait prédit, elles me voyaient, elles aussi. Une par une, elles tournèrent leur tête squelettique dans ma direction. À la manière d'une illusion d'optique cauchemardesque, on aurait dit qu'elles souriaient ; leur grande bouche aux dents tranchantes comme des rasoirs formait un croissant aux pointes relevées.

— Rallume la lumière, répéta Reyes d'une voix tendue. (Il abattit sa lame géante sur l'une des créatures qui s'était un peu trop rapprochée.) Ça les aveuglera et te donnera du temps.

— Charley, qu'est-ce qui se passe ? demanda Obie de l'autre côté de la porte.

Je levai les yeux. L'escalier était complètement bloqué à présent, couvert de dizaines et de dizaines de vrais démons dernier cri.

J'eus besoin d'un moment pour me faire à la réalité de mon environnement. Je restai figée, complètement sonnée.

Puis Reyes se retrouva devant moi, l'épée brandie, et se pencha pour dire d'une voix si désespérée, si déterminée, qu'elle me coupa le peu de souffle qui me restait :

— Ne m'oblige pas à te tuer.

Les démons avançaient sur nous. Reyes se tenait devant moi, prêt à frapper. Ange apparut à côté de moi, les yeux écarquillés par la terreur. Je compris, entre deux battements de cœur, à quel point j'avais complètement, parfaitement merdé. J'aurais dû écouter Reyes. J'aurais dû prendre son avertissement au sérieux.

En même temps, non. Si je l'avais écouté, si j'étais restée à l'écart, combien de temps encore aurait-il tenu ? Pendant combien de temps auraient-ils continué à le torturer ? En combien de morceaux pouvaient-ils le déchirer avant qu'il meure ?

— Dutch, reprit Reyes en levant son épée. Je t'en prie.

N'auraient-ils pas fini par me retrouver, de toute façon ? N'aurais-je pas dû mener ce combat quoi qu'il arrive ? Malheureusement, celui-là, je ne pouvais pas le gagner. Ils étaient tout simplement trop nombreux. Reyes avait raison. S'ils réussissaient à passer, à accéder au ciel, cela déclencherait une autre guerre, par ma faute. Je refusais d'être un tel catalyseur. Il fallait fermer le portail.

Je fermai les yeux pour la dernière fois. Reyes n'hésita pas. J'entendis sa lame fendre l'air comme si elle tranchait des atomes. De nouveau, le monde ralentit. Mon cœur cessa de battre, et je décidai d'affronter mon destin les yeux grand ouverts. Je rouvris les yeux au moment où un démon me sautait dessus en visant ma jugulaire. L'air ondula autour de moi lorsque Reyes abattit son épée de toutes ses forces. Une microseconde plus tard, je me tenais entière et indemne alors que le démon gisait en pièces. Reyes l'avait décapité au beau milieu des airs.

Puis, le temps reprit brutalement son cours lorsque les démons attaquèrent les uns après les autres. Reyes se retourna et transperça chacun d'eux de part en part. Ses talents de guerrier étaient indéniables. Quelque part au fond de mon esprit, je savourais le fait qu'il ne m'avait pas tuée, qu'il les repoussait, qu'il les affrontait pour moi. Ils mouraient, un par un, mais continuaient à avancer, à refermer l'étau autour de nous. De plus, ils connaissaient le point faible de Reyes.

Un démon se tenait immobile au milieu du tumulte. Il observait le combat et semblait plus malin que les autres, plus décidé. Il étudia Reyes, la façon dont il bougeait, la netteté des coups qu'il portait. Puis la créature contempla le corps physique qui gisait à ses pieds et frappa. Ses longs doigts en dents de scie entaillèrent la poitrine de Reyes, et le dieu qui se tenait devant moi tituba. La robe qui le protégeait s'évapora, et il se prit la poitrine d'une main tandis que des dizaines de démons se jetaient sur lui comme des vautours, profitant de ce moment de vulnérabilité.

Par pure volonté, il se remit debout tant bien que mal et se dégagea de l'emprise des créatures. Il brandit de nouveau sa lame et reprit le combat. Sa robe réapparut autour de lui, le tissu masquant les contours fermes de ses muscles et la largeur de son vaste torse.

Mais dès que le vêtement se matérialisa, le démon frappa de nouveau et enfonça ses griffes dans l'épaule de Reyes. La robe disparut de nouveau, et il tomba à genoux. La vue d'une entité aussi puissante ainsi mise à mal me brisa de l'intérieur. Je m'élançai, mais il se retourna et me cloua sur place d'un regard furieux, les épaules courbées, la bête en lui déchaînée.

— Va-t'en, gronda-t-il avant de disparaître sous un océan de démons.

Mes poumons se contractèrent. Cette fois, mes genoux finirent de céder sous mon poids et je tombai par terre, sous le choc, en regardant grandir la pile de démons araignées. Le regret envahit chaque molécule de mon être. Puis, les créatures se tournèrent vers moi à l'unisson. Du liquide noir dégoulinait de leurs crocs. Elles se rapprochèrent de moi, en prenant leur temps, puisque leur seul obstacle était de toute évidence très occupé.

— Charley, va-t'en, me dit Ange en tirant sur mes bras pour me remettre debout.

Je me levai en chancelant et mis un pied devant l'autre, uniquement pour m'arrêter en sentant un souffle piquant sur ma nuque.

La peur m'étreignit violemment, le monde se mit à tournoyer et tout s'obscurcit à la périphérie de mon champ de vision. Les larmes me montèrent aux yeux quand je compris que j'allais mourir.

Chapitre 20

La seule chose que nous devons craindre,
c'est la peur elle-même, et les araignées.
AUTOCOLLANT POUR VOITURE

Je fermais les yeux au moment où le cercle des créatures se refermait sur moi. J'étais la Faucheuse, pour l'amour du ciel. Reyes avait dit que je pouvais les combattre, mais comment ? Je ne possédais même pas d'épée. Mais j'étais brillante, bordel. J'avais au moins ça pour moi. Si brillante que les défunts pouvaient me voir à des continents de distance. Du moins, c'est ce qu'on m'avait raconté. Mais si les démons avaient été chassés de la lumière, comment pouvaient-ils se rapprocher de moi ? Pourquoi ma lumière ne les chassait-elle pas ?

Je rouvris brusquement les yeux.

À la seconde où je le pensais, à l'instant où l'idée apparut dans ma tête, une force viscérale jaillit en moi, vibrante d'énergie et tremblante d'envie. Elle tourbillonna et grandit, encore et encore, jusqu'à ce que je ne puisse plus la contenir.

— Ange, tire-toi, dis-je, incapable de contenir cette énergie tumultueuse en moi.

Trois choses se produisirent alors simultanément. Ange me lâcha la main, les pointes de crocs tranchants comme des rasoirs me transpercèrent la nuque, et la lumière explosa hors de moi dans toutes les directions, inondant la pièce de sa brillance, saturant et engloutissant toutes les ombres. Le rugissement de l'énergie pure qui consumait tout sur son passage couvrit les hurlements des démons. Ces derniers s'embrasèrent et brûlèrent comme du papier pour ne plus laisser que des cendres. Lorsque la lumière revint se blottir en sécurité au creux même de mon être, je restai debout un long moment en songeant à quel point ce qui venait de se passer était extrêmement cool.

— Charley ! s'exclama l'oncle Bob en faisant irruption dans la cave. C'était quoi ce raffut ?

Il dévala l'escalier, mon père sur les talons.

— Attendez, dis-je en levant la main, restez là juste une minute.

— Est-ce que c'est Farrow ? demanda l'oncle Bob.

— Appelle une ambulance.

Je me rapprochai et m'aperçus que la forme éthérée de Reyes n'était visible nulle part. Mon cœur s'arrêta de battre jusqu'à ce que j'entende sa voix résonner entre les murs.

— Cette chose est encore vulnérable.

Je fis volte-face et le découvris accroupi sur une étagère, en équilibre sur la pointe des pieds, une main levée, agrippant la poignée de son épée. La pointe de la lame reposait devant lui sur le sol. L'arme était presque aussi haute que moi. La robe de Reyes ondoyait autour de lui. Elle s'étendit autour et au-dessus de sa tête jusqu'à remplir la pièce dans ses moindres recoins. Puis elle enfla et reflua, et j'eus l'impression qu'un océan de matière noire m'avait englouti. Reyes était le plus bel être vivant que j'ai jamais vu.

Et il était en face de moi. Vivant.

— Je croyais t'avoir vaincu, toi aussi.

Il tourna la tête, mais je ne pouvais voir son visage.

— Je ne suis pas un démon. J'ai été forgé dans la lumière.

— La lumière des feux de l'enfer, lui rappelai-je.

Il ne répondit pas. Brusquement, je me mis en colère. Pourquoi fallait-il que tout, à propos de ma condition de faucheuse, soit si compliqué ?

— Pourquoi ne m'as-tu pas dit que j'étais capable de faire un truc pareil ?

— Je te le répète, ce serait comme de dire à un oisillon qu'il peut voler. Tu dois comprendre à un niveau viscéral que tu en es capable. Si je te l'avais dit avant, je ne t'aurais pas rendu service.

— Et si je n'avais pas pigé à temps, Reyes ?

Il pencha de côté sa tête encapuchonnée.

— Pourquoi se poser cette question ? Tu as compris. Tu as réussi. Fin de l'histoire. Mais cette chose est toujours vulnérable, répéta-t-il en désignant son corps physique, l'enveloppe lacérée, en lambeaux, de l'homme qu'il était auparavant.

— Tout ira bien dès qu'on t'aura amené à l'hôpital.

— Pour quoi faire ?

— Je ne comprends pas ta question.

— Tu crois que c'est tout, qu'on a gagné ? me demanda-t-il. Tu crois que mon père va juste jeter l'éponge ? Au contraire, c'est une victoire pour lui. Il sait maintenant qu'un portail se trouve sur Terre. Il ne reculera devant rien et il trouvera un moyen de t'abattre, de te mettre en pièces pour atteindre ton noyau, ton essence. De plus, il connaît ta faiblesse, maintenant. (Il regarda de nouveau en direction de son corps.) Tu n'imagines pas ce qui se passera si mon père s'empare de moi. Ce n'est pas pour rien que je veux me débarrasser de mon corps physique, Dutch. C'est un risque que je ne peux pas courir.

— Charley, tu dois me laisser l'examiner. Il est mourant.

J'entendis la sirène d'une ambulance se rapprocher.

— Juste un instant, oncle Bob. (Je ne savais pas ce que ferait Reyes si mon oncle s'approchait de lui.) De quoi tu parles ? Pourquoi tu veux t'en débarrasser ?

Reyes sauta à bas de l'étagère pour atterrir sans effort devant son corps physique.

— Ils sont capables de me retrouver. Ils peuvent me traquer au moyen de ce corps, expliqua-t-il.

— Tu me l'as déjà dit. Mais il y a une autre raison. Quelle est-elle ?

Il secoua la tête.

— Tu as dégagé la voie. Maintenant, je peux en finir.

Je compris ce que j'avais fait et j'en restai sonnée. Je me rapprochai de lui.

— Pourquoi ne m'as-tu pas tuée quand tu en avais l'occasion ? Pourquoi vouloir mourir ?

— Charley, que se passe-t-il ? demanda mon père.

Reyes leva sa main gantée vers mon visage. La chaleur qui émanait de lui me caressa comme de la soie brûlante.

— Te tuer ? répéta-t-il d'une voix de velours qui se fraya un chemin jusqu'au plus profond de mon être. Ce serait comme éteindre le soleil.

Je battis des paupières, impuissante, tandis que Reyes se retournait et brandissait son épée en tenant à deux mains la poignée de l'imposante arme. Alors qu'il l'abattait à la vitesse de l'éclair, je me précipitai à travers le temps, plongeai sous ses bras et couvris son corps avec le mien. La lame s'arrêta à quelques millimètres à peine de ma colonne vertébrale.

Il releva son épée dans un grondement.

— Écarte-toi, ordonna-t-il d'un ton dur, menaçant.

— Non.

Je ne pus empêcher mon émotion de transparaître, les larmes jaillissant en me piquant les yeux. Je serrai les dents tout en restant étendue sur le corps physique de Reyes.

Trempé de sang, il brûlait quand même comme un incendie, chaud, vital et vivant. Son cœur battait sous mes paumes.

— Je ne te laisserai pas faire ça.

Il avança d'un pas vers moi et baissa son capuchon pour que je puisse voir ses traits durcis.

— Tu ne comprends pas ce qui se passera s'ils me retrouvent et qu'ils s'emparent de moi.

— Si, je comprends, répondis-je d'une voix suppliante. Ils te tortureront. Ils utiliseront la clé pour entrer dans cette dimension. Mais…

— Ce n'est pas si simple.

Ah bon, parce qu'il trouvait ça simple, lui ?

— Alors quoi ? Dis-le, à la fin !

Il serra les mâchoires d'un air visiblement réticent.

— Je suis comme toi, finit-il par lâcher. Je suis la clé.

— Je sais. Je le comprends.

— Non. (Il se frotta le front de sa main gantée.) Tout comme tu es le portail qui permet d'entrer au ciel, je suis celui qui permet de sortir de l'enfer, expliqua-t-il en baissant la tête comme s'il avait honte. S'ils s'emparent de moi, les légions se répandront sur Terre sans avoir besoin de s'accrocher à l'âme d'un nouveau-né pour accéder à cette dimension.

Il me fallut quelques instants pour intégrer ce qu'il voulait dire par là. C'était difficile à croire. Nous étions bien plus semblables que je ne l'avais imaginé. Tous les deux une clé. Tous les deux un portail. L'un vers le ciel et l'autre vers l'enfer. Comme un miroir.

— Ils auraient un accès direct à travers moi, tout comme les défunts ont un accès direct au ciel à travers toi. La première chose qu'ils feraient, c'est te traquer. Grâce à moi, ils sortiraient de l'enfer et grâce à toi, ils iraient au ciel. Maintenant, écarte-toi, sinon, je t'y obligerai.

Il le ferait. Il m'écarterait de force, me jetterait à l'autre bout de la cave pour pouvoir tuer son corps. En proie à un désespoir et une souffrance terrible, je levai les yeux vers lui, levai ma main et ouvris la bouche.

— Rey'aziel, *te vincio*.

Il se figea et écarquilla les yeux d'un air incrédule.

— C'est exact, dis-je lorsqu'il m'interrogea du regard. Je te lie.

Il recula, visiblement choqué.

— Non, murmura-t-il en empoignant sa robe qui se désintégrait autour de lui.

Son épée tomba et sembla se briser et disparaître en heurtant le sol. Il me regarda d'un air suppliant.

— Dutch, ne fais pas ça.

La culpabilité qui me transperça le cœur était cent fois pire que tout ce qu'il aurait pu me faire avec son épée. Oh, ce regard accusateur, cet air trahi ! Puis il disparut. Aussitôt, son corps physique revint à la vie en aspirant bruyamment de l'air. Il parut ensuite convulser, les mâchoires soudées l'une à l'autre tandis qu'il se tordait de douleur, en proie à une souffrance atroce, absolue.

— Oncle Bob ! hurlai-je. (Mon oncle et mon père accoururent aussitôt.) Je vous en prie, aidez-le.

Ils chargèrent Reyes dans une ambulance. Il était déjà équipé d'un masque à oxygène et d'une perfusion. Son corps d'acier semblait si vulnérable, si enfantin. Je ne voulais rien d'autre que le prendre dans mes bras et effacer tout ce qui lui était arrivé de mal. Mais cela requérait la magie des contes de fée. Même avec mes pouvoirs, ou peut-être à cause d'eux, je ne croyais pas en cette magie.

L'oncle Bob, mon père et moi, nous avions répété notre histoire avant l'arrivée de l'ambulance. Tous les trois, nous nous dirigions vers mon appartement pour y récupérer quelques papiers quand j'avais entendu du bruit dans la cave. Nous y avions retrouvé Reyes inconscient et nous avions appelé une ambulance. Ça sonnait plutôt bien, à condition de ne pas y regarder de trop près. En revanche, après l'avoir répétée bien vingt mille fois, elle commençait un peu à me gaver.

Drapée dans la veste de mon père pour dissimuler mes vêtements trempés de sang, je patientais dans la salle d'attente de l'hôpital. Un nouveau docteur ne cessait de m'interroger alors que moi, tout ce que je voulais, c'était des nouvelles de Reyes.

— Écoutez, c'est tout ce que je sais. J'ignore comment il a été blessé ou ce qui s'est passé, et je suis désolée d'apprendre que certaines de ses blessures ont l'air de remonter à plusieurs jours. Je l'ai juste trouvé dans cet état.

Neil Gossett chassa le médecin en le regardant méchamment, puis s'assit à côté de moi, deux cafés à la main.

— Merci d'avoir pensé à moi, lui dis-je.

— Où est ton oncle ?

— Il a dû retourner au commissariat. On vient juste de résoudre une enquête très difficile, et il prend des dépositions.

Il devait aussi prévenir Cookie. Elle serait contente d'apprendre qu'on avait retrouvé Reyes.

— Bon, me dit Neil en me tendant un café et en fronçant les sourcils à la vue du sang sur mes mains, tel que je vois les choses, quand Reyes s'est réveillé dans ce service de long séjour, il a été frappé d'amnésie. Il venait de passer un mois dans le coma, après tout, à cause d'une blessure à la tête. Il ne savait pas qui il était et encore moins où il se trouvait. On ne peut absolument pas le tenir pour responsable de son évasion puisqu'il n'avait aucune idée de ce qu'il faisait.

Je le regardai, bouche bée. En souriant, il tendit la main et me referma la bouche.

— Tu ferais ça ? lui dis-je d'une voix où perçait ma reconnaissance.

— Oui.

Je poussai un soupir de soulagement.

— Merci, Neil, merci beaucoup.

— Je t'en prie, répondit-il avant de boire une gorgée. Vraiment, n'en parlons plus. J'aime mon boulot.

— Oh, putain, ouais. Maintenant, j'ai de quoi te faire chanter. Alors, voyons, dis-je avant de boire une longue gorgée de café, de quoi ai-je besoin ?

— De voir un psy ? suggéra-t-il. Entre nous, tu n'as pas besoin de recourir au chantage pour ça. Je connais de très bons spécialistes.

— Merci, si j'ai besoin de passer sur le divan, j'irai voir ma sœur.

— Oh, bon sang, ta sœur est tellement sexy.

Il se laissa aller contre le dossier de sa chaise d'un air rêveur, comme s'il se remémorait nos années lycées.

— Beurk. (Gemma était belle, mais quand même. Neil Gossett ? Avec quelqu'un de mon sang ? Ça ne risquait pas d'arriver.) Il faut que je te dise quelque chose.

Il se redressa.

— Ça a l'air sérieux.

— Ça l'est. Je l'ai lié.

— Quoi ?

Je poussai un gros soupir.

— J'ai lié Reyes, comme dans « attaché ».

Il se pencha vers moi pour me demander tout bas :

— Tu es sûre que c'est à moi que tu devrais raconter ça ?

— Mais non, idiot, pas comme ça ! (Du revers de la main, je lui donnai une tape sur l'épaule, puis je baissai les yeux, honteuse de ce que je m'apprêtais à lui confier.) J'ai lié son corps éthéré à son corps physique. Il ne peut plus en sortir. Il est entravé, en quelque sorte.

—Tu es capable de faire ça ?

—Apparemment. Ça m'est venu sur l'instant.

—Waouh.

—Non, mais, si je te raconte ça, c'est parce qu'il est furieux.

Neil posa sur moi un regard étonné.

—Pardon ?

—Il est fou furieux, répétai-je en haussant un coin de ma bouche.

Neil fit jouer sa mâchoire comme s'il essayait de trouver quoi répondre.

—Charley, dit-il après avoir apparemment trouvé, j'ai déjà vu Reyes en colère une fois, tu te souviens ? Ça m'a laissé une sacrée impression.

—Je sais, je suis désolée. Mais il allait se suicider, et je ne savais pas quoi faire d'autre.

—Donc, tu l'as mis en rage avant de le renvoyer en prison ? chuchota Neil d'une voix rauque.

Je fis la grimace. À l'entendre, ça semblait si terrible.

—À peu près.

—Putain de merde, Charley !

—Qu'est-ce qu'elle a encore fait ?

On leva tous les deux les yeux. Owen Vaughn, le type qui avait essayé de m'estropier quand j'étais au lycée, se tenait devant nous dans son uniforme noir de policier, qui incluait sa plaque bien brillante et tout.

—Vaughn, lâcha Neil en guise de salut glacial.

Owen tapota sa plaque.

—Agent Vaughn, rectifia-t-il. Je veux savoir ce qui s'est passé dans cette cave.

Oh, pour l'amour du dragon de Peter !

— J'ai donné ma déposition au lieutenant Davidson, répliquai-je en le défiant du regard.

— Tu veux dire ton oncle Bob ?

— Lui-même.

Owen regarda d'un côté du couloir, puis de l'autre, avant de se pencher vers moi.

— Tu veux savoir ce que je pense de toi ?

— Euh, c'est une question piège ?

— Laisse tomber, répondit-il en se redressant. Je te le dirai une autre fois, quand le moment sera mieux choisi. (Il ricana par anticipation.) Comme le jour où je te foutrai en tôle, par exemple.

— Sérieux, qu'est-ce que tu lui as fait ? demanda Neil tandis qu'Owen s'en allait en trombe.

— C'était toi, son putain d'ami au lycée, répondis-je en écartant les mains. À toi de me le dire.

Neil resta un moment avec moi, puis Cookie prit le relais en apportant de quoi manger et de quoi me changer. Elle essaya de me convaincre de rentrer chez moi, mais je ne pouvais pas partir sans savoir comment allait Reyes. Mon père vint, puis repartit. Gemma aussi. Un docteur finit par venir nous voir, l'air épuisé. Reyes était aux soins intensifs, mais il allait remarquablement bien, compte tenu de son état en arrivant. Malgré tout, je ne pouvais toujours pas partir. Ange se pointa au crépuscule et resta toute la nuit avec moi. Il s'assit par terre à côté de ma tête tandis que je m'appropriais un petit banc rembourré. Je dormis aussi bien que l'on peut s'y attendre sur ce type de siège.

L'oncle Bob revint tôt le lendemain matin. Il semblait un peu énervé.

— Pourquoi n'es-tu pas rentrée chez toi ?

— Parce que. (Je me frottai les yeux, puis je me massai le dos en jetant un coup d'œil à Ange.) Tu es resté là toute la nuit, bébé ?

— Bien sûr. Ce type là-bas n'arrêtait pas de te regarder.

— Qui, celui-là ? demandai-je en désignant le type endormi en face de moi. Je crois qu'il dort juste avec les yeux ouverts.

— Oh. C'est flippant.

— Ouais. Alors, quoi de neuf ? demandai-je à Obie.

— On part pour Ruiz. On nous a accordé la permission d'exhumer le corps d'un certain Saul Romero.

— Oh, tant mieux. Qui est Saul Romero ?

— Le type sous lequel Hana Insinga serait enterrée.

— Oh, oui, c'est vrai. Je le savais.

— Alors, tu m'accompagnes ?

Je haussai faiblement les épaules.

— Ouais. L'État refuse de me laisser voir Reyes, de toute façon.

— Alors pourquoi diable as-tu passé la nuit ici ?

Je haussai de nouveau les épaules.

— C'est du masochisme. J'ai besoin d'une douche.

— Viens, je te ramène chez toi. Il faut qu'on prenne Cookie au passage, de toute façon. On doit retrouver le shérif sur place.

On arriva au cimetière de Ruiz juste derrière la voiture de Mimi et Warren Jacobs. Kyle Kirsch était déjà là en compagnie de son père. À en juger par leurs yeux rougis, eux non plus n'avaient pas beaucoup dormi. La mère de Kyle avait été arrêtée dans le Minnesota et attendait son transfert au Nouveau-Mexique. Malheureusement, Hy Insinga était là aussi, la douleur gravée sur le visage. Mon cœur saignait pour elle.

— C'est celle-ci, déclara Mimi en indiquant la tombe de M. Romero au shérif du comté de Mora. La deuxième sur la gauche.

Deux heures plus tard, une équipe du bureau du médecin légiste d'Albuquerque sortait du sol la dépouille vieille de vingt ans d'Hana Insinga. La souffrance de sa mère était plus que je ne pouvais en supporter. Je me réjouis qu'elle ait une amie avec elle pour la soutenir et retournai au 4 × 4 d'Obie. Je vis Hy Insinga rejoindre une Mimi tremblante et secouée de sanglots et me demandai comment allaient finir ces retrouvailles. Mais elles se serrèrent dans les bras pendant un très long moment.

Trois jours plus tard, Reyes Farrow, qui récupérait de ses blessures d'une façon remarquable mais inexplicable, fut remis aux bons soins de l'équipe médicale du pénitentiaire du Nouveau-Mexique. Je me rendis en voiture jusqu'à Santa Fe pour le voir. Je tremblais littéralement dans mes bottes au sein de la file d'attente des autres visiteurs, en attendant mon tour de passer au détecteur de narcotiques. Mais un gardien me fit sortir de la file en me disant que le directeur adjoint Neil Gossett voulait d'abord me voir.

— Comment vas-tu ? me demanda Neil après que le gardien m'eut fait entrer dans son bureau.

Je commençais à m'habituer à son désordre organisé et m'assis en face de lui.

— Bien, répondis-je en haussant les épaules. Je fais une pause dans mes enquêtes pour l'instant.

— Est-ce que tout va bien ? s'alarma-t-il aussitôt.

— Oh, ouais. C'est juste qu'il n'y avait aucune affaire très pressante. Alors, quoi de neuf? Est-ce que je peux le voir, ou est-ce qu'il est encore à l'infirmerie ?

Neil baissa les yeux avant de me répondre.

— Je voulais te le dire en personne, plutôt que tu l'apprennes dans la zone des visiteurs.

Mon cœur fit un bond dans ma poitrine.

— Il s'est passé quelque chose ? Reyes va bien ?

— Oui, il va bien, Charley, mais… il refuse de te voir. (Il pencha la tête d'un air de regret.) Il a demandé à l'État de refuser ta demande de visite.

Stupéfaite, je restai assise en silence pendant une bonne minute pour digérer ce qu'il venait de dire. Un étau se referma lentement sur mon cœur. La périphérie de mon champ de vision s'obscurcit. Je pouvais à peine respirer et j'avais besoin de sortir de là.

— Bon, ben, je vais m'en aller, dans ce cas.

Je me levai et me dirigeai vers la porte. Neil contourna son bureau et me prit par le bras.

— Il changera d'avis, Charley. Il est juste en colère.

Je réussis à sourire.

— Ça va, Neil. C'est juste… Prends bien soin de lui, d'accord ?

— Tu sais bien que oui.

Je sortis de prison le sourire aux lèvres et retournai chez moi en luttant bec et ongles contre le poids suffocant du chagrin. Malgré tout, des larmes se faufilèrent sous mes cils. C'était pathétique. Tout en roulant, j'envisageai mon avenir. À quoi ressemblerait ma vie sans Reyes Farrow ? Il ne pouvait plus sortir de son corps. Il ne pouvait plus venir me voir, me parler, me toucher et sauver mes fesses régulièrement. Toute ma vie, je l'avais eu à ma disposition. À présent, j'étais seule.

Lorsque je m'arrêtai devant mon immeuble, je me rendis compte que, d'une façon extrêmement déplorable et humiliante, j'étais désormais l'une de ces centaines de femmes qui essayaient de le voir, qui essayaient en vain de se rapprocher de lui. J'étais Elaine Oake.

Je n'étais personne.

Je montai péniblement jusqu'à mon appartement, puis j'allumai mon ordinateur et survolai quelques e-mails signalés urgent, dont deux provenant de l'oncle Bob. Décidant que cela pouvait attendre, je fermai ma messagerie principale et ouvris ma fausse adresse e-mail, tout en m'inventant des excuses pour aller me pieuter à 11 heures du matin. Je voulais être productive, mais la léthargie, teintée d'un soupçon de dépression, m'appelait. Un message de Maîtresse Souci apparut sur l'écran. C'était sans doute le même message qu'elle avait envoyé à Cookie et à Garrett. Peu intéressée à ce stade – je n'arrivais déjà pas à décider si cela valait la peine de continuer à respirer – je cliquai sur le message et le lus.

« Cela faisait longtemps que j'attendais de vos nouvelles. »

EN AVANT-PREMIÈRE

Découvrez la suite des aventures
de Charley Davidson
(version non corrigée)

Traduit de l'anglais (États-Unis) par Isabelle Pernot

Bientôt disponible chez Milady

Chapitre premier

La mort vient à ceux qui savent attendre.
Ainsi qu'aux autres. Alors, de toute façon…
Charlotte Jean Davidson, Faucheuse

Il y avait un clown mort assis dans mon salon. Puisque je n'aimais pas particulièrement les clowns et qu'il était bien trop tôt pour que des paroles cohérentes sortent de ma bouche, je fis semblant de ne pas le voir. Je bâillai bruyamment en me dirigeant vers la cuisine. À ce moment-là, je fus prise d'un accès de panique. Je baissai les yeux pour m'assurer que ma pudeur n'était pas compromise et je soupirai de soulagement. Je portai un débardeur blanc et un pantalon en tissu écossais. Mes nibards, alias Danger et Will Robinson, étaient en sécurité.

Mentalement, je fis un signe de croix en traversant mon humble logis à pas feutrés. Je ne voulais pas attirer l'attention. Je me demandais si le clown mort, qui suivait des yeux le moindre de mes mouvements, m'avait repérée. Mon appartement était un compromis confortable entre un débarras plein de coussins et un placard à balais, alors le voyage n'était pas long, ni particulièrement initiatique. Malgré tout, je parvins, au bout de ces quelques secondes fugaces, à une conclusion plutôt morbide : mieux valait un clown mort chez moi qu'un clown vivant.

Je m'appelle Charlotte Davidson, Charley pour les intimes, Charlotte la Culotte pour les autres, mais ça, c'était surtout à l'école primaire. Je suis livrée avec de jolies courbes, une bonne dose de respect pour l'anatomie masculine et une addiction légèrement perturbante pour les produits comestibles marron. À part ça, et le fait que je suis née Faucheuse, je suis à peu près aussi normale qu'une fille revêche avec une licence de détective privé peut l'être.

J'allai voir M. Café avec de l'envie plein les yeux. Notre histoire, à M. Café et moi, durait depuis un bout de temps, et il restait juste assez de lui pour une autre tasse. Pas besoin de remettre la machine en route et de se faire de la bile. Je glissai la tasse dans le micro-ondes et le programmai pour atomiser tout ce qui avait la malchance d'être à sa portée pendant trente secondes. Puis j'ouvris le frigo. Manger me tiendrait éveillée pendant encore cinq bonnes minutes. Or, mon seul but dans la vie ces deux dernières semaines, c'était de rester éveillée à tout prix. Dormir était encore plus épuisant.

Après une quête épique, je finis par trouver quelque chose qui n'était ni vert ni poilu. C'était une saucisse que je baptisai Peter, en partie parce que j'aimais donner un nom aux choses et en partie parce que ça me semblait juste. Dès que le kawa fut chaud, je glissai Peter à sa place dans le micro-ondes. Avec un peu de chance, l'environnement radioactif le stériliserait. Je n'avais absolument pas besoin de petits Peter courant partout et foutant le bazar.

Pendant que j'attendais en méditant sur la paix dans le monde, le prix exorbitant des sous-vêtements de marque et ce que serait la vie sans le guacamole, Peter émit un bip. Je l'entourai de pain rassis et le mangeai tout en ajoutant assez d'ersatz dans mon café pour en faire un produit dangereux pour la santé. Je bus une longue gorgée, marchai péniblement jusqu'à mon canapé hyper moelleux et me laissai tomber dessus avant de regarder le clown mort. Assis dans le fauteuil club placé à la diagonale de mon canapé, il attendait patiemment que je le remarque.

— Tu sais, je n'aime pas beaucoup les clowns, lui dis-je après une deuxième gorgée de café.

Je n'étais guère surprise de trouver un mort dans mon salon. Apparemment, j'étais super brillante, comme un phare dans la tempête. Les défunts qui n'avaient pas traversé à leur mort étaient capables de me voir où qu'ils soient sur Terre. S'ils le désiraient, ils pouvaient passer à travers moi pour rejoindre l'au-delà. Voilà qui résumait en quelques mots ma mission de Faucheuse. Cela n'impliquait ni faux, ni collecte d'âmes et encore moins le transport des défunts de l'autre côté d'un lac toute la sainte journée, ce qui m'aurait sûrement gavée.

— On me le dit souvent, répondit le clown.

Il semblait plus jeune que je ne l'avais imaginé, vingt-cinq ans peut-être, mais sa voix était rocailleuse d'avoir trop fumé et pas assez dormi dans sa courte vie. Cette image contrastait avec le maquillage haut en couleur sur son visage et les cheveux rouges bouclés sur son crâne. Ce qui le sauvait, c'était son absence de gros nez rouge. Je détestais vraiment ces trucs-là, surtout ceux qui couinaient. Les autres, je pouvais encore les tolérer

— Alors, tu as une histoire à me raconter ?

— Pas vraiment. (Il haussa les épaules.) Je voulais juste traverser.

Surprise, je clignai des yeux, le temps de digérer sa déclaration.

— Tu veux juste traverser ?

— Si ça ne te dérange pas.

— Pas du tout, reniflai-je.

Pas besoin de laisser un message aux êtres chers qu'il laissait derrière lui. Pas besoin de résoudre son meurtre. Pas besoin non plus de partir en quête d'un mot qu'il aurait laissé pour ses enfants dans un endroit où aucune personne saine d'esprit ne penserait à regarder. Les situations évoquées comportaient toute l'étiquette « c'est du gâteau », les calories en moins.

Il fit un pas vers moi. Je ne me levai pas parce que je ne pensais pas en être capable. Le café ne faisait pas encore effet. Mais cela ne parut pas déranger le clown. Je remarquai en le voyant s'avancer qu'il portait un jean déchiré et des baskets en toile décorées au feutre.

— Attends, dit-il en s'arrêtant brusquement.

Oh, non.

Il se gratta la tête, un réflexe qu'il gardait de son ancienne vie.

— Tu peux transmettre un message ?

Merde. Le fléau de mon existence.

— Euh, non, désolée. Tu as essayé Western Union ?

— Sérieux ?

Il ne me croyait pas, mais alors, pas du tout. Je soupirai et mis un bras en travers de mon front pour lui montrer à quel point je n'avais pas envie d'être sa messagère. Puis, je le regardai par en dessous. Il était toujours debout devant moi et attendait, peu impressionné. Je finis par céder.

— Bon, d'accord. Je vais taper un message ou un truc dans le genre.

— Pas la peine. Il suffit d'aller chez *Super Dog* en bas de la rue et de demander une fille appelée Jenny. Dis-lui : « Ronald te dit d'aller te faire voir. »

Je contemplai son maquillage de clown et son sweat à capuche rouge et jaune.

— Tu t'appelles Ronald ?

— Oh, crois-moi, je sais à quel point c'est ironique, répondit-il avec un grand sourire.

Puis il traversa avant que je puisse l'interroger à propos de ce « va te faire voir ».

Quand les gens passent à travers moi, je vois défiler leur vie. Je sais s'ils ont été heureux, quelle est leur couleur préférée et comment s'appelaient les animaux de compagnie qu'ils avaient enfants. C'est un rituel que j'ai appris à savourer. Je laissai mes yeux se fermer et attendis. Ronald sentait le maquillage, la teinture d'iode et le shampoing à la noix de coco. Il avait été hospitalisé dans l'attente d'une greffe de cœur. Pendant son séjour, il avait décidé de se rendre utile. Alors, tous les jours, il s'habillait comme un clown différent et rendait visite aux gamins du service pédiatrique. Chaque jour, il s'inventait un nouveau nom amusant comme Rodéo Ron ou Capitaine Caleçon et, chaque jour, les gamins devaient deviner qui il était à partir de ses indices muets. Il ne pouvait pas très bien parler, à la fin, et même si gesticuler était compliqué et l'épuisait, il trouvait que c'était mieux que de faire peur aux enfants avec sa voix rocailleuse. Il était mort juste quelques heures avant qu'on lui trouve un cœur. Contrairement à ce que je pensais, il n'avait jamais fumé une seule cigarette.

Il était amoureux d'une fille appelée Jenny qui sentait la lotion pour bébé et vendait des hots dogs pour payer ses études. Jenny représentait la partie que je détestais le plus dans mon boulot de Faucheuse : celle des êtres chers que les défunts laissaient derrière eux. Je sentais leur cœur se serrer de chagrin, leurs poumons lutter pour se remplir d'air et leurs yeux piquer à cause des larmes, parce qu'ils avaient perdu quelqu'un qu'ils aimaient et qu'ils avaient l'impression de ne pas pouvoir vivre sans lui.

J'aspirai une goulée d'air et revins au moment présent. Ronald était un type bien. Quand mon heure viendrait, il faudrait que j'aille lui rendre visite, pour voir comment se passait l'éternité pour lui. Je m'enfonçai encore un peu plus dans les coussins du canapé et bus une longue gorgée de café pour réveiller mes cellules grises.

Je jetai un coup d'œil à ma pendule murale *Looney Tunes* et ravalai mon désespoir en voyant qu'il n'était que 3 h 35. Il me restait encore plusieurs heures à tirer avant l'aube. C'était plus facile de rester éveillée le jour. La nuit était si calme qu'elle invitait à la détente. Mais je ne pouvais pas succomber à l'envie de dormir. Cela faisait presque deux semaines d'affilée que je réussissais à fuir le sommeil comme un ex affligé d'herpès. De toute façon, chaque fois que je fermais l'œil, j'en payais le prix.

Rien que le fait de penser au prix en question provoqua des sensations indésirables dans mon bas-ventre. Je chassai cette pensée de mon esprit tandis que la chaleur de cette nuit suffocante dérivait autour de moi comme une lourde vapeur, imprégnant ma peau et étouffant toute idée de confort. Franchement énervée, je me redressai, écartai une mèche de cheveux moite de mon visage et me dirigeai vers la salle de bain en espérant qu'un peu d'eau m'aiderait à me rafraîchir. Je me demandai quand la nuit était devenue si chaude. On était en novembre, bon sang. Peut-être que le réchauffement climatique s'était accentué, ou qu'une éruption solaire avait traversé la couche d'ozone pour nous faire cuire. Ça craignait.

Juste au moment où je tendais la main vers l'interrupteur en me demandant si je devrais acheter de l'écran total, je sentis le désir envahir brutalement mon bas-ventre. Je hoquetai de stupeur et attrapai le chambranle de la porte pour ne pas perdre l'équilibre.

Non, ça n'allait pas recommencer ! Pas encore !

Je regardai le robinet avec envie. Un peu d'eau sur le visage, et tout rentrerait dans l'ordre. Mon moi grincheux serait de retour en un rien de temps. J'allumai la lumière, mais le plafonnier clignota comme s'il manquait d'air avant de s'éteindre tout à fait. J'actionnai de nouveau l'interrupteur, une fois, deux fois, avant d'abandonner, en grande partie parce que la définition même de la folie me venait à l'esprit.

L'électricité dans mon appart faisait passer les mots « équipement pas aux normes » pour un euphémisme. Heureusement, j'avais une veilleuse qui projetait une douce lueur dans la salle de bains. Elle offrait juste assez d'éclairage pour me permettre de me rendre jusqu'au lavabo sans me cogner nulle part. Je me plantai devant le miroir et plissai les yeux pour essayer d'attirer les derniers atomes de lumière que l'univers avait à offrir. Peine perdue. Mon reflet n'était rien de plus qu'une ombre, une apparition fantomatique qui n'existait presque pas.

Tel était l'état de mes pensées quand une onde de désir s'empara de nouveau de moi. Elle me saisit entre ses griffes féroces et délicieuses et me fit trembler si violemment que je dus serrer les mâchoires. J'agrippai la vasque tandis que cette nouvelle ferveur m'enveloppait d'une chaleur sensuelle que j'étais incapable de repousser. Elle s'insinua en moi, m'attirant vers le bord, me poussant vers le côté obscur. Affamée, j'écartai les lèvres et les jambes et laissai la sensation grandir en moi. Ce qu'elle fit. Sa force et sa puissance s'accrurent et s'enfoncèrent en moi comme des tentacules, tourbillonnant et vibrant dans mon abdomen.

Mes genoux cédèrent sous moi, aussi m'appuyai-je sur mes mains tandis que la pression se faisait plus intense, me forçant à lutter pour prendre chaque inspiration. Puis, le son d'un autre souffle se mêla au mien, et je levai les yeux vers le miroir.

Reyes Alexander Farrow, le fils de Satan à moitié humain et à moitié top-modèle, apparut derrière moi, ses puissantes épaules luisant tandis que de la vapeur s'élevait autour de lui, donnant l'impression qu'il venait juste de sortir de l'enfer. Ce n'était pas le cas, évidemment. Il s'en était échappé des siècles plus tôt et il était furieux contre moi, à l'heure actuelle, pour avoir lié son corps éthéré à son corps physique. Mais cela n'atténuait pas du tout l'effet de son arrivée.

Je plissai les yeux pour le voir plus clairement.

— Qu'est-ce que tu fais ici ?

Il baissa la tête, et ses yeux noirs me transpercèrent d'un regard furieux. Quel crétin ! C'était MA salle de bains !

Mais je l'avais emprisonné en liant son corps éthéré à son corps physique. Il n'était pas censé être là. Comment était-ce possible ?

— Tu m'as invoqué, répondit-il d'une voix grave teintée d'animosité.

— C'est impossible, répondis-je en secouant la tête.

Il passa un bras par-dessus mon épaule et appuya la main contre le mur devant moi. Pour se rendre plus imposant. Pour mieux me dominer, me faire savoir que j'étais prise au piège. Il pressa son corps mince contre mes fesses et appuya son autre main sur le mur à ma droite, m'emprisonnant complètement.

Son regard dur captura le mien.

— Pourquoi est-ce impossible ? Parce que tu m'as enchaîné comme un chien à sa niche ?

Oh, ouais, il était furax.

— Tu ne m'as pas laissé le choix, lui rappelai-je d'une voix tremblante, beaucoup moins assurée que je l'aurais voulue.

Il baissa la tête jusqu'à ce que sa bouche soit près de mon oreille.

— Toi non plus, tu ne me laisses pas le choix.

Ses traits se durcirent. Son regard s'étrécit tandis qu'il me contemplait dans le miroir. Sous ses cils épais, ses yeux étaient voilés par la passion.

J'étais incapable de détourner la tête. Il était si beau, si mâle. Quand il m'entoura de son bras et glissa la main dans mon bas de pyjama, j'attrapai son poignet.

— Attends, dis-je, haletante. Je ne comprends toujours pas comment tu peux être ici.

— Je te l'ai dit, tu m'as invoqué.

Malgré tous mes efforts, ses doigts se faufilèrent entre mes jambes. Je laissai échapper une exclamation lorsqu'ils s'enfoncèrent en moi.

— Tu m'as toujours invoqué. Tu as le pouvoir de m'appeler quand tu veux ou quand tu as besoin de moi, Dutch. Tu n'as pas encore compris ça ?

Je luttai contre les sensations délicieuses qui montaient dans mon abdomen à chacune de ses caresses. Je luttai pour comprendre la signification de ces mots qu'il me soufflait à l'oreille.

— Non, tu es toujours venu à moi quand j'avais besoin de toi, quand j'étais en danger.

C'était vrai. En grandissant, il était venu à chaque fois que ma vie avait été menacée.

Son souffle me balaya la joue. Sa chaleur me brûla tandis que sa bouche cherchait mon pouls sur ma gorge.

— Non, c'est toujours venu de toi.

Achevé d'imprimer en juillet 2012
Par CPI Brodard & Taupin - La Flèche (France)
N° d'impression : 69611
Dépôt légal : août 2012
Imprimé en France
81120795-1